외국어 번역 고소설 선집 9

번안소설 1

― 춘향전 ―

역 주 자

장정아 부산대학교 인문학연구소 전임연구원
이은령 부산대학교 불어불문학과 교수
배윤기 부산대학교 교양교육원 강사
이진숙 세명대학교 산학협력단 연구원

이 책은 2011년도 정부(교육과학기술부)의 재원으로 한국학중앙연구원
(한국학진흥사업단)의 지원을 받아 수행된 연구임(AKS-2011-EBZ-2101)

외국어 번역 고소설 선집 9

번안소설 1
― 춘향전 ―

초 판 인 쇄	2017년 11월 20일
초 판 발 행	2017년 11월 30일
역 주 자	장정아·이은령·배윤기·이진숙
감 수 자	정출헌·권순긍·하상복·이상현·강영미
발 행 인	윤석현
발 행 처	도서출판 박문사
책 임 편 집	최인노
등 록 번 호	제2009-11호
우 편 주 소	서울시 도봉구 우이천로 353 성주빌딩 3층
대 표 전 화	02) 992 / 3253
전 송	02) 991 / 1285
홈 페 이 지	http://www.jncbms.co.kr
전 자 우 편	bakmunsa@hanmail.net

ⓒ 장정아 외, 2017. Printed in KOREA

ISBN 979-11-87425-71-7　94810　　　　　　　　　　　정가 36,000원
　　　979-11-87425-62-5　94810(set)

외국어 번역 고소설 선집 9

번안소설 1
― 춘향전 ―

장정아·이은령·배윤기·이진숙 역주

정출현·권순긍·하상복·이상현·강영미 감수

박문사

　한국에서 외국인 한국학에 대한 연구는 지금까지 주로 외국인의
'한국견문기' 혹은 그들이 체험했던 당시의 역사현실과 한국인의 사
회와 풍속을 묘사한 '민족지(ethnography)'에 초점이 맞춰져 왔다. 하
지만 19세기 말 ~ 20세기 초 외국인의 저술들은 이처럼 한국사회의
현실을 체험하고 다룬 저술들로 한정되지 않는다. 외국인들에게 있
어서 한국의 언어, 문자, 서적도 매우 중요한 관심사이자 연구영역이
었기 때문이다. 그들 역시 유구한 역사를 지닌 한국의 역사·종교·문학
등을 탐구하고자 했다. 우리가 이 책에 담고자 한 '외국인의 한국고전
학'이란 이처럼 한국고전을 통해 외국인들이 한국에 관한 광범위한
근대지식을 생산하고자 했던 학술 활동 전반을 지칭한다. 우리는 외
국인의 한국고전학 논저 중에서 근대 초기 한국의 고소설을 외국어로
번역한 중요한 자료들을 집성했으며 더불어 이를 한국어로 '재번역'
했다. 우리가『외국어 번역 고소설 선집』1~10권을 편찬한 이유이자
이 자료집을 통해 독자들이자 학계에 제공하고자 하는 바는 크게 네
가지로 요약된다.

　첫째, 무엇보다 외국인의 한국고전학 논저 중에서 가장 큰 비중을
차지하는 사례가 바로 '외국어 번역 고소설'이기 때문이다. 한국의 고
소설은 '시·소설·희곡 중심의 언어예술', '작가의 창작적 산물'이라
는 근대적 문학개념에 부합하는 장르적 속성으로 인하여 외국인들에
게 일찍부터 주목받았다. 특히, 국문고소설은 당시 한문 독자층을 제
외한 한국 민족 전체를 포괄할 수 있는 '국민문학'으로 재조명되며,

5

그들에게는 지속적인 번역의 대상이었다. 즉, 외국어 번역 고소설은 하나의 단일한 국적과 언어로 환원할 수 없는 외국인들 나아가 한국인의 한국고전학을 묶을 수 있는 매우 유효한 구심점이다. 또한 외국어 번역 고소설은 번역이라는 문화현상을 실증적으로 고찰해볼 수 있는 가장 구체적인 자료이기도 하다. 두 문화 간의 소통과 교류를 매개했던 번역이란 문화현상을 텍스트 속 어휘 대 어휘라는 가장 최소의 단위로 살필 수 있기 때문이다.

둘째, 이 선집을 순차적으로 읽어나갈 때 발견할 수 있는 '외국어번역 고소설의 통시적 변천양상'이다. 고소설을 번역하는 행위에는 고소설 작품 및 정본의 선정, 한국문학에 대한 인식 층위, 한국관, 번역관 등이 의당 전제될 수밖에 없다. 따라서 외국어 번역 고소설 작품의 계보를 펼쳐보면 이러한 다양한 관점을 포괄할 수 있는 입체적인 연구가 가능해진다. 시대별 혹은 서로 다른 번역주체에 따라 고소설의 다양한 형상을 발견할 수 있다. 예컨대 민속연구의 일환으로 고찰해야 할 설화, 혹은 아동을 위한 동화, 문학작품, 한국의 대표적인 문학 정전, 한국의 고전 등 다양한 층위의 고소설 인식을 살펴볼 수 있다. 이러한 인식에 맞춰 그 번역서들 역시 동양(한국)의 이문화와 한국인의 세계관을 소개하거나 국가의 정책에 도움을 주고자 하는 한국에 관한 지식을 제공하기 위해서 출판되는 양상을 살필 수 있다.

셋째, 해당 외국어 번역 고소설 작품에 새겨진 이와 같은 '원본 고소설의 표상' 그 자체이다. 외국어 번역 고소설의 변모양상과 그 역사는 비단 고소설의 외국어 번역사례로 국한되는 것이 아니다. 당대 한국의 다언어적 상황, 당시 한국의 국문·한문·국한문 혼용이 혼재되었던 글쓰기(書記體系, écriture), 한국문학론, 문학사론의 등장과 관련해서도

흥미로운 연구지점을 제공해주기 때문이다. 예를 들어 본다면, 고소설이 오늘날과 같은 '한국의 고전'이 아니라 동시대적으로 향유되는 이야기이자 대중적인 작품으로 인식되던 과거의 모습 즉, 근대 국민국가 단위의 민족문화를 구성하는 고전으로 인식되기 이전, 고소설의 존재양상을 발견할 수 있다. 이 원본 고소설의 표상은 한국 근대 지식인의 한국학 논저만으로 발견할 수 없는 것으로, 그 계보를 총체적으로 살필 경우 근대 한국 고전이 창생하는 논리와 그 역사적 기반을 규명할 수 있다.

넷째, 외국어 번역 고소설 작품군을 통해 '고소설의 정전화 과정'을 살펴보는 것이다. 20세기 근대 한국어문질서의 변동에 따라 국문 고소설의 언어적 위상 역시 변모되었다. 그리고 그 흔적은 해당 외국어 번역 고소설 작품 속에 오롯이 남겨져 있다. 고소설이 외국문학으로 번역의 대상이 된다는 사실은, 이본 중 정본의 선정 그리고 어휘와 문장구조에 대한 분석이 전제됨을 의미하기 때문이다. 사실 고소설 번역실천은 고소설의 언어를 문법서, 사전이 표상해주는 규범화된 국문 개념 안에서 본래의 언어와 다른 층위의 언어로 재편하는 행위이다. 하나의 고소설 텍스트를 완역한 결과물이 생성되었다는 것은, 고소설 텍스트의 언어를 해독 가능한 '외국어=한국어'로 재편하는 것에 다름 아니다.

즉, 우리가 편찬한 『외국어 번역 고소설 선집』에는 외국인 번역자만의 문제가 아니라, 번역저본을 산출하고 위상이 변모된 한국사회, 한국인의 행위와도 긴밀히 관계되어 있다. 근대 매체의 출현과 함께 국문 글쓰기의 위상변화, 즉, 필사본·방각본에서 활자본이란 고소설 존재양상의 변모는 동일한 작품을 재번역하도록 하였다. '외국어 번역 고소설'의 역사를 되짚는 작업은 근대 문학개념의 등장과 함께, 국문고소설의 언어가 문어로서 지위를 확보하고 문학어로 규정되는 역사, 그리고 근대 이전의 문학이 '고전'으로 소환되는 역사를 살피는 것이다. 우리의 희망은 외국인의 한국고전학이란 거시적 문맥 안에서 '외국어 번역 고소설' 속에서 펼쳐진 번역이라는 문화현상을 검토할 수 있는 토대자료집을 학계와 독자에게 제공하는 것이다.

물론 우리가 편찬한 『외국어 번역 고소설 선집』이 이러한 목표에 얼마나 부합되는 것인지를 단언하기는 어렵다. 이에 대한 평가는 우리의 몫이 아니다. 이 자료 선집을 함께 읽을 여러 동학들의 몫이자 함께 해결해나가야 할 과제라고 말할 수 있다. 이들 외국어 번역 고소설을 축자적 번역의 대상이 아니라 문명·문화번역의 대상으로 재조명될 수 있도록 연구하는 연구자의 과제를 들 수 있을 것이다. 더불어 당대 한국의 이중어사전, 해당 언어권 단일어 사전을 통해 번역용례를 축적하며, '외국문학으로서의 고소설 번역사'와 고소설 번역의 지평과 가능성을 모색하는 번역가의 과제를 이야기할 수도 있을 것이다.

목차

머리말/5

9

제1장

〈춘향전 불역본〉(1892)
보엑스 형제, 『향기로운 봄』

J. H. Rosny, "Préface", *Printemps Parfumé : roman coréen,* 1892.

보엑스 형제(J. H. Rosny)

┃해제┃

　기메박물관에서 근무하던 홍종우의 도움으로 2편의 한국고
소설이 불어로 번역될 수 있었다. 홍종우는 일본어가 가능했
고, 통역을 통해 프랑스인과 의사소통이 가능했다. 이러한 과
정을 거쳐 최초로 번역된 작품이 1892년 출판된 <춘향전 불역
본>(『향기로운 봄』)이었다. <춘향전 불역본>에는 원전 고소설과
는 큰 차이점이 존재한다. 그것은 "(1) 춘향의 신분이 평민의 딸
(2) 女裝화소 (3) 방자의 역할 증대 (4) 노파의 존재"라는 변개양
상이다. 이러한 변개를 통해 춘향의 고난과 실현의 모습은 사라
진다. 즉, <춘향전>의 사랑은 서구적 취향에 걸맞은 형태로 전
환되기 때문이다. '관리의 아들과 가난한 서민의 결혼'이라는
신분차이를 극복하고, '부모의 명과 매파의 중매'라는 관습에
벗어난 사랑이란 의미망을 획득하게 되기 때문이다.

참고문헌

구자균, 「Korea Fact and Fancy의 書評」, 『亞細亞硏究』 6(2), 1963.

김윤식, 「춘향전의 프랑스어 번역」, 『한국학보』 40, 1985.

오윤선, 『한국 고소설 영역본으로의 초대』, 집문당, 2008.

이상현, 「서구의 한국번역, 19세기 말 알렌(H. N. Allen)의 한국 고소설 번역 – '민족지'로서의 고소설, 그 속에 재현된 한국의 문화」, 부산대 점필재연구소 고전번역학센터 편, 『한국 고전번역학의 구성과 모색』, 점필재, 2013.

이상현, 『한국고전번역가의 초상, 게일의 고전학 담론과 고소설 번역의 지평』, 소명출판, 2013.

임정지, 「고전서사 초기 영역본(英譯本)에 나타난 조선의 이미지」, 『돈암어문학』 25, 2012.

조희웅, 「韓國說話學史起稿 – 西歐語 資料(第 I · II 期)를 중심으로」, 『동방학지』 53, 1986.

장정아, 「'민족지'로서의 고소설 번역본과 시선의 문제 – 홍종우의 불역본 『심청전 Le Bois sec refleuri』을 중심으로」, 『불어불문학연구』 제109집, 2017.

장정아, 「외국문학텍스트로서 고소설 번역본 연구(I)-불역본 『춘향전』 Printemps parfumé에 나타나는 완벽한 '춘향'의 형상과 그 의미-」, 『열상고전연구』 제48집, 2015.

장정아·이상현·이은령, 「외국문학텍스트로서 고소설 번역본 연구(II) : 홍종우의 불역본 『심청전』 Le Bois sec refleuri와 볼테르 그리고 19세기 말 프랑스문단의 문화생태」, 『한국프랑스학논집』 제95집, 2016.

장정아, 「재외 한국문학의 번역장과 『향기로운 봄(Printemps parfumé)』 : 홍종우 로니 그리고 19세기 말 프랑스 문단」, 『번역과 횡단. 한국 번역문학의 형성과 주체』, 현암사, 2017.

전상욱, 「<춘향전> 초기 번역본의 변모양상과 의미 - 내부와 외부의 시각 차이」, 『고소설연구』 37, 2014.

전상욱, 「프랑스판 춘향전 Printemps Parfumé의 개작양상과 후대적 변모」, 『열상고전연구』 32, 2010.
Boulesteix, F., 이향·김정연 역, 『착한 미개인 동양의 현자』, 청년사, 2001.
조재곤, 『그래서 나는 김옥균을 쏘았다』, 푸른역사, 2005.

Autrefois vivait dans la province de Tjyen-lato, dans la ville de Nam-Hyong, un mandarin nommé I-Teung qui avait un fils, I-Toreng, âgé de seize ans. I-Toreng était parmi les plus habiles lettrés de son pays et il grandissait tous les jours dans l'étude.

옛날 전라도 지방의 남형 마을에 이등이라는 이름의 고을관리가 살고 있었다. 그에게는 이도령¹이라는 열여섯 살 난 아들이 있었다. 이도령은 그 고을에서 학식이 가장 높은 이들에 속했고, 매일 글을 읽으며 성장해갔다.

Un matin, par un beau temps clair, le soleil brillait, le vent chuchotait doucement dans les arbres, agitant les feuilles dont les ombres tremblaient sur le sol, les oiseaux volaient à travers les ramures, s'appelaient les uns les autres et chantaient en chœur sur les branches ;

---

1 I-Toreng. Le nom transmis par le père est I. Tous les fils de I-Teung se seraient appelés I-Toreng s'il en avait eu plusieurs, et, en ce cas, pour les distinguer, il eût fallu un troisième nom ; par exemple l'un d'eux aurait pu se nommer I-Toreng-Ou. 이-도령. 아버지에게 물려받은 성이 '이'이다. 이-등에게 아들이 여러 명 있었다면 이-등의 아들은 모두 이-도령이라 불렸을 것이고, 그런 경우 그들을 구별하기 위해 세 번째 이름이 필요했을 것이다. 말하자면, 그 여러 아들 가운데 한 명의 이름이 '이-도령-우'가 되는 것이다.

les branches des saules trempaient dans l'eau comme pour y pêcher, les papillons allaient de fleur en fleur, et I-Toreng, qui regardait ces choses, appela son domestique :

맑고 화창한 어느 날 아침, 햇살이 빛나고, 바람이 나무들 사이로 부드럽게 속삭이며 나뭇잎을 흔들어 나뭇잎 그림자가 땅 위에서 살랑거리고, 새들은 나뭇 가지 사이로 날아다니며 서로를 부르고 가지 위에 앉아 합창하고 있었다. 버드나무 가지들은 낚시를 하려는 듯 물에 잠겨 있었고, 나비들은 이꽃 저꽃을 찾아다니고 있었다. 이를 보고 있던 이 도령이 자기 하인을 불렀다.

«Voyez cette admirable nature, -dit-il, -le cœur me manque pour travailler quand je la vois si belle, et que je songe que celui-là même qui vivrait jusqu'aux limites de la vie, qui vivrait un siècle, ne vivrait que trente-six mille jours, voués à la tristesse, à la pauvreté ou à la maladie. Ah! ne serait-il préférable de vivre au moins quelques jours parfaitement heureux. Pourquoi toujours travailler, toujours étudier! Il fait si beau, je veux me promener. Indiquez-moi donc un endroit à visiter dans cette ville.»

"이 놀라운 자연을 보거라 — 그가 말했다 — 자연이 이토록 아름다운 것을 보니, 그리고 인생을 끝까지 살아 한 세기를 산다 해도, 삼만 육천 일을, 그것도 슬픔, 가난 아니면 질병에 시달리며 살 수밖에 없는 것을 생각하니 공부할 마음이 사라지는구나. 적어도 며칠만이라

도 온전히 행복하게 사는 것이 더 낫지 않을까! 왜 늘 일하고 늘 공부
해야한단 말이냐! 날씨가 너무 좋으니 산책하고 싶구나. 그러니 이
고을에서 가볼만한 곳을 내게 가르쳐다오."

Le domestique lui dit d'aller à Couang-hoa-lou, qui est sItué sur un
pont, et d'où l'on voit le panorama des montagnes et de la rivière.

하인이 그에게 광화루²로 가시라고 했다. 다리 위에 있어 산과 강
의 전경이 보이는 곳이라고 말이다.

«Je veux voir cela, -répondit I-Toreng ;-conduisez-moi donc.»

"그곳을 보고 싶다－이도령이 대답했다－그러니 나를 데려가다오."

Alors le domestique l'accompagna, Ils arrivèrent bientôt sur le
pont, entrèrent dans le palais de Couang-hoa-lou et I-Toreng, se
promenant sur les terrasses, admira beaucoup le paysage. Longtemps
il se rafraîchit le cœur à la vue des montagnes, des pics coiffes de
nuages et des vallées où dormait la brume. Enfin il remercia son
domestique de lui avoir indiqué de si belles choses, et celui-ci, tout
content, plaisanta, dit qu'il ferait bon vivre là pour un anachorète.

---

2 Couang-hoa-lou : grande maison bâtie sur un pont à Nam-Hyong. Elle appartient au
gouvernement. On s'y promene sur les terrasses comme nous nous promenons dans
les jardins publics. 광화루 : 남형 소재 다리 위에 세워진 대형 가옥. 정부 소유이
다. 공원을 산책하듯 거기서는 테라스에서 산책한다.

그리하여 하인이[3] 그와 동행하였고, 그들은 곧 다리에 도착하여 광화루 누각으로 들어갔다. 이도령은 테라스를 산책하며 풍광을 찬탄했다. 오랫동안 그는 산, 구름에 싸인 산봉우리, 안개가 머물러있는 골짜기를 보면서 기분전환을 했다. 마침내 그는 자기에게 이토록 아름다운 것들을 가르쳐준 자기 하인에게 고마워했고, 하인은 아주 만족해하면서, 농담 삼아, 이곳은 은둔자가 살기 좋은 곳일 거라고 말했다.

«C'est vrai, -fit I-Toreng, -il fait beau ; aussi pourquoi ne pas m'avoir mené plus tôt en cette charmante place afin que je m'y repose de mon dur labeur?

- Je craignais votre père,» répondit le domestique.

I-Toreng lui imposa silence et le renvoya :

«Assez, assez, laissez-moi seul, allez vous amuser un peu plus loin ; mon père ne vous grondera pas pour m'avoir procuré une distraction.»

"맞아 - 이도령이 말했다 - 날씨가 좋아. 그런데 왜 더 빨리 이렇게 멋진 곳으로 날 데려오지 않았느냐? 내가 내 힘든 일과에서 벗어나 이곳에서 쉴 수 있도록 말이지.

— 도련님의 부친이 무서웠습니다," 하인이 대답했다.

이도령은 하인에게 비밀을 지키도록 명하고 그를 돌려보냈다.

"충분해, 충분해, 날 혼자있게 해줘. 너는 조금 더 떨어져서 즐겨.

---

3 Ce domestique est attaché à la résidence du mandarin. Il connait par conséquent très bien la ville. 이 하인은 고을 관리 관저 소속이다. 따라서 그는 마을을 아주 잘 안다.

내 기분전환을 시켜주었다고 내 아버님이 너를 꾸짖지는 않을 것
이야."

Mais, comme il regardait vers la montagne, il vit une jeune fille qui
se balançait aux branches d'un arbre. Il rappela son domestique :

«Qu'est-ce que cela,» fit-il en indiquant la jeune fille.

Le domestique, effrayé et fâché de l'aventure, fit mine de ne rien
voir.

«Comment vos yeux n'aperçoivent rien là-bas?-dit I-Toreng avec
colère.

- C'est une dame qui se balance, -répondit alors le domestique.

- Pourquoi ne me l'avoir pas dit tout de suite?-demanda I-Toreng.

- Si vous m'aviez demande d'abord si c'était une dame, je vous
aurais répondu que c'était une dame. Vous ne m'avez pas demandé
cela et j'ai cru que vous aperceviez autre chose. Mais si votre père
apprend que je vous ai mené ici et que vous vous êtes amusé à
regarder ces choses, il sera fâché contre moi.

- Pourquoi mon père vous gronderait-il pour m'avoir mené à la
promenade un seul jour parmi tant de jours de travail? D'ailleurs ne
parlons plus de mon père, et dites-moi si la personne qui se balance
là-bas est une dame ou une demoiselle.

- C'est une demoiselle, -répondit le domestique.

- Est-ce une fille noble ou une fille du peuple?» demanda I-Toreng.

그런데 산 쪽을 바라보다, 그는 한 아가씨가 나뭇가지에 메어놓은 그네를 타고 있는 것을 보았다.[4] 그는 자기 하인을 다시 불렀다.

"저게 무엇이냐?" 그가 그 아가씨를 가리키며 말했다.

하인은 이 뜻밖의 일에 당황하고 난처하여 아무 것도 보지 않은 척했다.

"어떻게 네 눈은 저기서 아무것도 보지 못한단 말이냐?" – 이도령이 화를 내며 말했다. –

– 저이는 그네 타는 부인입니다 – 그제서야 하인이 대답했다.

– 왜 내게 즉시 그렇게 말하지 않은 것이냐?" – 이도령이 물었다.

– 만약 처음에 나리께서 제게 저이가 부인인지 물어보셨다면, 저는 저이가 부인이라고 대답했을 것입니다. 나리가 제게 그렇게 묻지 않으셔서, 저는 나리께서 다른 것을 보신 줄 알았습니다. 그런데 나리의 부친께서 제가 나리를 이곳으로 모셔와 나리가 이러한 것들을 보면서 놀았다는 것을 아시면, 제게 노여워하실 것입니다.

– 왜 내 아버님이 네게 역정을 내시겠느냐? 그토록 많은 학업의 나날 중 단 하루 나를 산책길로 안내했기로서니 말이다. 그런데 이제 내 아버님 이야길랑 더는 말고, 저기서 그네 타는 저이가 부인인지 아가씨인지 내게 말해다오."

– 아가씨입니다 – 하인이 답했다.

– 양반집 아가씨냐 아니면 상민집 아가씨냐?" 이도령이 물었다.

---

4 Le cinquième jour du cinquième mois de l'année coréenne est un jour saint où les jeunes filles et les enfants attachent des balançoires aux arbres et se balancent longuement. 꼬레에서 한 해의 다섯 번째 달의 다섯 번째 날은 아가씨들과 아이들이 나무에 그네를 매고 멀리까지 그네를 타는 성스러운 날이다. ['한국(의)'에 해당하는 'Corée'/'coréen'은 '꼬레(의)'로 옮기기로 한다. 역주]

Le domestique répondit que c'était une fille du peuple, nommée Tchoun-Hyang.

하인은 그이가 상민집 아가씨로, 이름이 춘향[5]이라고 대답했다.

«Voulez-vous, -reprit I-Toreng, -prier cette jeune fille de venir ici?»

Le domestique objecta que la chose offrait la plus grande difficulté. I-Toreng s'étonna de son opposition, persuadé que rien n'était au contraire plus simple que de faire venir auprès de lui une jeune fille du peuple.

Alors le domestique fit l'éloge de la chasteté, de la haute vertu de cette jeune fille, disant qu'il ne serait pas facile de la convaincre de venir trouver un jeune homme.

«Comment donc ferais-je-s'écria I-Toreng, -pour avoir le plaisir de causer quelques minutes avec elle?

- Si vous tenez tant à cette entrevue, -dit le domestique, -je puis vous découvrir un bon moyen.

- Comment ferez-vous?-fit I-Toreng avec empressement.

- Je demanderai la permission à votre père, -répondit le domestique.

- A mon père!-s'exclama I-Toreng avec terreur, -que dites-vous là? Ne vous mettez pas contre moi, je vous prie, et ne parlez pas de

---

5 Printemps parfumé. 춘향은 "향기로운 봄"이라는 뜻이다.

cela à mon père. Vous me feriez grand tort. Je veux arranger cette affaire avec vous.

- Pourquoi ne pas avoir recours à votre père?-rèpliqua le domestique;

- rien ne lui serait plus facile que d'appeler cette jeune fille auprès de lui, tandis que, malgré toute ma bonne volonté, je ne puis vous satisfaire.

"네가 — 이도령이 말을 이었다 — 저 아가씨가 이리 오도록 청해 주겠느냐?"

하인은 그 일이 가장 어려울 것이라며 거부했다. 이도령은 그의 거부에 놀라, 반대로 그 어떤 것도 상민집 아가씨를 자기 곁으로 오게 하는 것보다 더 쉽지 않다며 설득했다.

그러자 하인은 그 규수의 정절과 고결한 덕행에 찬사를 보냈고, 젊은 남자를 찾아 오도록 그녀를 설득하기란 쉽지 않을 것이라고 말했다.

"그렇다면 내가 어떻게 할까? — 이도령이 소리쳤다 — 그녀와 잠깐 이야기하는 기쁨을 갖기 위해서 말이다."

— 나리께서 그토록 그 만남에 집착하신다면 — 하인이 말했다 — 제가 나리께 좋은 방안을 털어놓을 수 있습니다.

— 어떻게 말이냐? — 이도령이 재빠르게 물었다.

— 저라면 나리의 부친께 허락을 받아달라고 청할 것입니다 — 하인이 대답했다.

— 내 아버님께라고![6] — 이도령이 겁에 질려 소리쳤다 — 네가 지금 무슨 소리를 하는 것이냐? 나와 대적하지 말거라, 부탁이다, 그리고

이걸 아버님께 고하지 말거라. 그렇게 하는 것은 네가 내게 크나큰 과오를 저지르는 것일 게다. 나는 이 일을 너와 해결했으면 한다."

－왜 나리의 부친께 도와달라고 하면 안 됩니까?－하인이 반박했다.

－그분께는 어떤 것도 그 아가씨를 나리 곁으로 불러들이는 것보다 더 쉽지 않을 거라고요, 반면, 저의 모든 열의를 쏟아 부어도, 저는 나리를 흡족하게 할 수 없을 겁니다.

- Trouvez quelque autre moyen, -dit I-Toreng;-je désire que mon père ne soit pas mêlé à tout ceci.

- Fort bien ; mais pour employer un autre moyen il vous faudra dépenser beaucoup d'argent.

- Je dépenserai tout ce qu'il faudra.

- Cependant, -objecta le domestique artificieux, -si vous avez l'esprit occupé de cette jeune fille vous penserez moins à vos études, et si votre père apprend que je vous ai détourné du travail, en vous menant à cette promenade, il usera de ses pouvoirs de mandarin et me fera mettre en jugement.

A ces paroles, I-Toreng se déses-péra :

«Hélas!-dit-il, -que faire?»

Il réfléchit quelques minutes, puis :

«Enfin je vous donnerai beaucoup d'argent, mais il faut que tout se

---

6 En Corée, comme en Chine, le respect filial est la base de la société. Un fils, à n'importe quel âge, est soumis à son père. 꼬레에서는, 중국에서처럼, 부모공경이 사회의 근본을 이룬다. 아들은 나이가 몇이든 자기 아버지에게 복종한다.

fasse à l'insu de mon père.

  - Pourquoi donc n'iriez-vous pas vous promener près de l'endroit où se balance cette jeune fille?-suggéra le domestique.

  - Je veux le faire,» s'écria I-Toreng.

  −어떤 다른 방법을 찾아보거라−이도령이 말했다−내가 바라는 건 내 아버님께서 이 일과 어떠한 연관도 맺지 않는 것이다.

  −잘 알겠습니다. 그런데 다른 방법을 쓰려면 나리께서 돈을 많이 쓰셔야 할 겁니다."

  −필요한 것은 모두 내가 지불하겠다.

  −그런데−교활한 하인이 핑계를 댔다−나리께서 저 아가씨한테 정신이 팔리게 되면 나리 공부를 덜 생각하실 테고, 그리하여 나리 부친께서 제가 나리를 이 산책길로 모셔와 공부에서 벗어나게 한 것을 아시게 된다면 그분께서는 고을 관리의 권위를 이용하여 저를 벌하실 것입니다.

  이 말에, 이도령은 절망했다.

  "아!−이도령이 말했다−어떻게 한단 말이냐?"

  그는 잠시 생각에 잠기더니 이윽고

  "자, 내가 네게 돈을 많이 줄 것이다. 그렇지만 모든 일은 내 부친 모르게 진행되어야 한다.

  −그런데 왜 나리께서는 저 아가씨가 그네 타는 곳 근처로 산책하러 가려고는 하지 않으십니까?"−하인이 넌지시 권했다.

  −나도 그러고 싶어," 이도령이 소리쳤다.

Ils allèrent tous deux. Arrivé près de la balançoire, I-Toreng regarda attentivement la jeune fille. Elle était très belle ; derrière les bandeaux de ses cheveux noirs que le vent ramenait sur sa face, elle apparaissait au jeune homme comme la lune entre deux nuages.

그들 둘 모두가 길을 나섰다. 그네 근처에 도착하자, 이도령은 그 규수를 주의깊게 바라보았다. 그녀는 아주 아름다웠다. 바람에 날리며 얼굴 위로 드리워지곤 하는 검은 머리칼의 띠장식을 뒤로 하고, 그녀가 두 구름 사이로 달처럼 그 젊은 사내에게 나타나기를 반복했다.

«Qu'elle est belle!» pensait I-Toreng.

Un sourire ouvrit les lèvres de la joueuse, sa bouche fut pareille à la fleur du nénuphar entre-close sur les eaux, et, toujours se balançant, elle allait par l'espace comme une hirondelle qui vole. Du bout de son pied capricieux elle repoussait les branches, faisait tomber une pluie de feuilles. Ses mains blanches, aux jolis doigts longs, s'accrochaient aux cordes. Sa taille mince et souple s'inclinait comme le saule au vent.

"너무도 아름답구나!" 이도령이 생각했다.

미소가 그 그네 타는 여인의 입술을 열어, 그녀의 입은 반쯤 다문 물 위 수련화 같았고, 계속해서 그네를 타는 그녀는 날아다니는 한 마리 제비처럼 공중을 지나가곤 하였다. 그녀가 자기 발끝으로 변화 무쌍하게 나뭇가지들을 밀어내어, 나뭇잎 비가 떨어지고 있었다. 그녀의 흰 두 손은 길고 예쁜 손가락으로 밧줄을 붙들고 있었다. 그녀

의 몸은 날씬하고 유연하여 바람에 나부끼는 버드나무마냥 휘어지
곤 하였다.

I-Toreng, éperdu d'admiration, ébloui à ce spectacle, se prosterna
dans une profonde désespérance. Le domestique effrayé le releva :
«Que faites-vous là?-s'écria-t-il. -Si vous agissez ainsi dés l'abord,
j'aurai tout à craindre de votre père et il me punira certainement.
Calmez-vous, s'il vous plaît, rentrez chez vous et nous aviserons ensuite
à quelque moyen de vous satisfaire ; mais ne vous abandonnez pas
dès le premier jour.
- Vous avez raison, -répondit I-Toreng, -mais songez que la vie est
instable, que nous sommes heureux aujourd'hui, malheureux demain;
qui sait si je ne serai pas mort demain, et alors pourquoi ne profiterais-
je pas de l'occasion qui m'est offerte de parler à cette jeune fille?
- Si vous pensez ainsi, faites ce qu'il vous plaira,» dit le domestique.

이도령은 넋을 잃고 감탄하며 이 광경에 사로잡혀서는, 깊이 절망
하여 주저앉았다. 하인이 당황하여 그를 일으켜 세웠다.
"지금 무얼 하시는 겁니까? ─ 그가 소리질렀다. ─ 첫눈에 나리께
서 이렇게 행동하시면, 저는 온통 나리의 부친을 두려워해야 하고,
어르신은 저를 분명 벌하실 것입니다. 진정하십시오, 제발요, 댁으
로 돌아가세요, 그런 다음 나리가 흡족해할 만한 다른 방법을 숙고
해보아요. 그러니 첫날부터 포기하지 마시고요.
─ 네가 옳다 ─ 이도령이 대답했다 ─ 그렇지만 생각해보거라, 삶이 불

안하다는 것을, 우리가 오늘은 행복해도 내일은 불행할 수 있다는 것을 말이다. 누가 알겠느냐 내가 내일 죽지나 않을런지, 그런데 왜 나는 스스로 나서서 저 규수에게 말을 거는 경우는 생각하지 않는 것일까?"

─나리께서 그렇게 생각하신다면, 나리 좋으실 대로 하십시오," 하인이 말했다.

··· Elle allait par l'espace comme une hirondelle qui vole···

(그림 설명)···그녀는 날아다니는 한 마리 제비처럼 공중을 지나가곤 하였다···

Mais, à ce moment même, la jeune fille, effarouchée d'être regardée, descendit de sa balançoire, troussa ses robes et s'en fut, joueuse, vers sa demeure. Ses petits pieds n'allaient guère plus vite que la tortue sur le sable, et elle s'attardait encore, elle ramassait des pierres qu'elle jetait aux arbres pour faire envoler les oiseaux.

그런데, 바로 그 순간, 그네 타던 그 규수가, 누가 자기를 보고 있는 것에 놀라, 그네에서 내려와, 입고있던 치맛자락을 걷어올리고, 자기 처소를 향해 달려갔다. 그녀의 작은 발은 모래 위 거북보다 그닥 더 빠르지 않았고, 게다가 그녀는 여전히 늑장을 부리며, 돌을 모아 나무 쪽으로 던지며 새들을 날려보내곤 하였다.

I-Toreng la regardait et s'émouvait davantage, désespéré de la voir partir. Le domestique l'engagea alors à rentrer, disant qu'il valait mieux s'en tenir là, afin que son père ne sût rien ; mais qu'il trouverait moyen de lui ménager une entrevue pour un autre jour.

«C'est vrai, impossible de rester,» balbutia I-Toreng.

이도령은 그러한 그녀를 보고서 한층 더 마음이 요동쳤고, 그녀가 떠나가는 것을 보고서는 절망하였다. 그때 하인이 집으로 돌아가자고 그를 부추기며, 그의 부친이 아무것도 알지 않도록 하기에 이 정도로 그치는 게 더 낫다고, 그렇지만 자신이 다른 날의 만남을 그에게 주선해 줄 방도를 찾아보겠다고 말했다.

"맞아, 계속 머물러 있는 것은 당치도 않지," 이도령이 중얼거렸다.

Et il rentra chez lui comme un homme ivre. Il alla tout de suite voir ses parents et mangea avec eux. Ils lui demandèrent s'il s'était bien amusé.

«Oui, mon père, j'ai vu une chose ravissante, -s'écria I-Toreng, -oh! l'exquise Tchoun-Hyang.

- Que parlez-vous de Tchoun-Hyang?» fit le père.

I-Toreng, effrayè de sa distraction, répondit :

«Je veux dire, mon père, que les fleurs embaumaient délicieusement le printemps.»

그리고 나서 그는 술 취한 사람처럼 집으로 돌아왔다. 그는 곧바로 가서 자기 부모님을 뵙고 같이 식사를 하였다. 부모님이 그에게 잘 놀았는지 물었다.

"네, 아버님, 저는 황홀한 것을 보았습니다 - 이도령이 외쳤다 -
오!, 매혹적인 춘향![7]

- 춘향이라니 무슨 말인고?" 아버지가 말했다.

자신의 부주의함에 당황하며 이도령이 답했다.

"저는 말씀드리고자 하는 것입니다, 아버님, 꽃들이 감미롭게 봄
날을 향기롭게 적시고 있었다는 것을 말입니다."

Le repas s'acheva en silence et I-Toreng rentra dans sa chambre,
alluma une bougie et ouvrit un livre; mais les mots se brouillaient
devant ses yeux et ils voyaient partout le nom de Tchoun-Hyang, ou
sa chère image sur la balançoire et dans les différentes attitudes oû il
l'avait aperçue. Ne pouvant parvenir à s'abstraire, il appela son
domestique.

«Eh bien!-dit-il-avez-vous découvert quelque moyen?

- J'y penserai toute la nuit. -répondit le domestique, -et je vous
dirai demain matin ce que j'aurai trouvé. Mais, je vous prie, tenez
votre esprit en repos, continuez à étudier ce soir ou couchez-vous et
dormez paisiblement.

- Je vous remercie, -fit I-Toreng, -et, avec l'espoir que vous me
donnez, j'aurai l'esprit tranquille et je dormirai bien.»

---

7 Rappelons, pour expliquer le quiproquo, que Tchoun-Hyang signifie printemps
parfumé. 혼돈을 미리 막기 위해서는, '춘향'이 '향기로운 봄'을 뜻한다는 것을
떠올리자.

침묵 속에서 식사가 끝났고, 이도령은 자기 방으로 돌아와, 초에 불을 켜고 책을 펼쳤다. 그렇지만 단어들이 그의 눈앞에서 서로 뒤섞여, 그의 눈은 여기저기서 춘향이라는 이름을, 아니면 그네 위에 있는 그녀의 사랑스러운 영상과 그가 발견한 여러 다른 자태의 아름다운 그녀 형상을 보고있었다. 거기서 헤어날 수가 없어서, 그는 자기 하인을 불렀다.

"그래!—그가 말했다—다른 방도를 찾았느냐?

—거기에 대해 밤새도록 생각해 보겠습니다.—하인이 대답했다, —그리고 찾아낸 것을 내일 아침 나리께 말씀드리겠습니다. 그런데, 제발, 나리의 정신을 쉬게 하십시오, 오늘 저녁에는 계속 공부를 하시든지 아니면 잠자리에 들어 편안히 주무십시오.

—고맙다—이도령이 대꾸했다—네가 내게 준 희망 덕에 평온한 마음으로 자겠어."

Cependant le domestique se retira, après avoir souhaité le bonsoir, et se dit :

«Voilà une bonne occasion de gagner de l'argent! Mais ce sera difficile.»

Il resta quelque temps pensif, perplexe, puis tout à coup :

«Oh! oh!-fit-il, -j'ai trouvé. Je paierai une vieille femme pour qu'elle aille prier Tchoun-Hyang de se promener avec elle dans un endroit convenu, puis je dirai à I-Toreng de se vêtir en femme et je le mènerai au même endroit ; ainsi il pourra causer avec la jeune fille. Maintenant, en voilà assez, dormons!»

그런데 저녁인사를 한 후에 자리에서 물러난 하인이 혼잣말을 했다. "이건 돈을 벌 좋은 기회야! 하지만 어려울 거야."

그는 잠시 머물러 생각에 잠기더니, 난감해 하다가 갑자기,

"오! 오! -그가 말했다- 찾았어. 노파 하나를 매수해 그 노파가 춘향에게 미리 얘기된 장소에서 같이 산책하자고 청하러 가게 하는 거지, 그리고 나서 나는 이도령에게 여장을 하라고 말씀드리고서 나리를 같은 장소로 모시는 거야. 그러면 도련님이 그 아가씨와 이야기를 할 수 있게 될 터이지. 이제 아주 충분해, 자자!"

Le domestique parti, I-Toreng, ne pouvant dormir, plein du souvenir de la belle jeune fille, ouvrit la fenêtre et regarda dehors. La lune était claire et les étoiles rares. Les corbeaux volaient vers le sud. Le vent soufflait dans les bambous, les faisait s'entrechoquer : les oiseaux se réveillaient, ne pouvaient se rendormir dans le bruit et s'envolaient au loin. Les poissons dormaient à l'ombre des branches sur l'étang. La vue de ces choses, émouvant I-Toreng, le faisait penser davantage à l'aimée.

«Impossible de supporter cela plus longtemps, -fit-il, -je veux fermer la fenêtre et dormir.»

하인이 떠나고, 이도령은 그 아리따운 규수의 기억으로 가득 차 잠들 수가 없어, 창을 열고 밖을 바라보았다. 달이 환해 별들이 드물었다. 까마귀들이 남쪽으로 날아가고 있었다.[8] 바람이 대나무 숲에서 불어, 대나무들이 서로 부딪치고 있었고, 그 소리에 새들이 깨어,

바람 때문에 다시 잠들지 못하고서 멀리 날아가고 있었다. 물고기들은 연못 위로 드리워진 나뭇가지 그림자에 깃들어 자고 있었다. 이런 것들의 풍광에 이도령의 마음이 움직여, 그는 더더욱 그 사랑스러운 이에 대해 생각하고 있었다.

"더는 이걸 견딜 수가 없군 – 그가 말했다 – 창을 닫고 자야겠다."

Il se coucha sur son lit ; mais il s'agitait sans cesse, se retournait sur l'un et l'autre côté, ne pouvant décidément clore les yeux. Enfin, après une longue veille, il s'assoupit et rêva qu'il se promenait dans Couang-hoa-lou, qu'il retrouvait Tchoun-Hyang se balançant aux arbres, qu'il allait la voir et qu'elle rentrait chez elle, joueuse et capricieuse ; mais il la suivait, il lui disait des choses très douces et elle ne lui répondait pas. «Ah! a-t-elle donc le cœur aussi dur que la pierre et le fer?-pensait-il, -comment arriverai-je à la toucher.» Attiré cependant davantage encore par ce silence, il la suppliait de lui dire quelque parole, rien que pour entendre le son de sa voix.

그가 잠자리에 누웠다. 그러나 그는 끊임없이 움직이며 이쪽저쪽으로 뒤척여, 결국 눈을 붙일 수가 없었다. 기나긴 밤샘 이후, 미침내 그는 선잠에 들어 꿈을 꾸었다. 그가 광화루를 산책하다 나무에 매달린 그네를 타고 있는 춘향을 다시발견하고서, 그녀를 보러 가니, 그네 타던 그녀가 변덕스럽게 자기 집으로 돌아갔다, 그렇지만 그가

---

8 Le corbeau est très respecté en Corée, il symbolise l'amour filial. 까마귀는 꼬레에서 매우 존중받는다, 효심을 상징한다.

그녀를 뒤따라가, 아주 감미로운 것들을 말했다. 그러나 그녀는 그에게 대답하지 않았다. "아! 그러니까 그녀는 돌과 쇠만큼 단단한 마음을 지니고 있는 것인가? - 그가 생각했다 - 어떻게 하면 그녀를 움직이게 될런지." 그렇지만 다시 더 짙게 그녀의 침묵이 이어져, 그는 자기에게 어떤 말을 해주기를 그녀에게 애원했다, 오직 그녀의 음성을 듣기 위해서 말이다.

Elle lui répondit que l'usage voulait que les hommes fussent séparés des femmes et, qu'en entrant ainsi chez elle, il commettait une impolitesse, et que c'était pour cela qu'elle ne lui répondait pas.

그녀가 그에게 대답했다, 예법에는 남자가 여자와 떨어져 있게 되어있고, 그렇기 때문에 자기 집으로 들어가는 거라고, 그녀가 그에게 대답하지 않는 것은 그가 무례를 범했기 때문이라고 말이다.

I-Toreng, -tout honteux, -ne trouvait pas de mots, et dans son angoisse, il s'éveilla :
«Mon domestique a dit la vérité, -pensa-t-il ;-cette jeune fille est très vertueuse et il sera difficile de l'approcher. Mais heureux celui qui l'épousera, elle lui sera fidèle. Si je pouvais en faire ma femme, quel bonheur!»

이도령은 - 너무 부끄러운 나머지 - 아무 말도 찾지 못하고 있었고, 그렇게 고뇌에 차, 잠을 깼다.

"내 하인이 말한 게 사실이군 – 그가 생각했다 – 이 규수는 너무도 정숙하여 다가가기 힘들겠는 걸. 그렇지만 그녀와 결혼할 이는 행복할 테지, 그녀가 그이에게 신의를 지킬 테니 말이야. 내가 그녀를 부인으로 맞을 수 있다면, 얼마나 행복할까!"

Et la nuit lui parut interminable dans l'attente. L'aube vint. I-Toreng appela son domestique :

«Eh bien, -dit-il, -avez-vous cherché quelque moyen?

- Oui, j'ai cherche et, bien que ce soit très difficile, j'ai trouvé. Je veux découvrir dans ce quartier une vieille femme et l'envoyer à Tchoun-Hyang pour la prier de se promener dans Couang-hoa-lou.

- Et ensuite?-demanda I-Toreng.

- Ensuite, -fit le domestique, -vous revêtirez des robes de femme et vous rencontrerez la jeune fille à Couang-hoa-lou.

- Fort bien, -dit I-Toreng, -je veux vous obéir.

- Mais, -suggéra le domestique, -il faut que je donne de l'argent à la vieille femme.

- Certainement, -fit I-Toreng,

je dépenserai tout ce qu'il faudra. Combien voulez-vous? Parlez, je vous le donnerai··· Voici quarante mille poun, transportez-les chez vous : vous en userez comme il vous plaira et vous noterez vos dépenses.»

그렇게 그에게 기다림 속의 밤은 끝없어 보였다. 새벽이 왔다. 이도령이 자기 하인을 불렀다.

"그래ㅡ그가 말했다ㅡ무슨 방도라도 찾았느냐?

ㅡ네 찾았습니다. 아주 어려울 테지만 찾았습니다. 이 지역에서 노파 하나를 찾아 춘향에게 보내 광화루에서 함께 산책하자고 그녀에게 청해보라고 했으면 합니다.

ㅡ그런 다음에는?ㅡ이도령이 물었다.

ㅡ그러고 나서는ㅡ하인이 대답했다ㅡ나리께서 여자 옷을 입고서 광화루에서 그 아가씨와 만나는 겁니다.

ㅡ아주 좋아ㅡ이도령이 말했다ㅡ네 말을 따르겠다.

ㅡ그런데ㅡ하인이 제시했다ㅡ제가 노파에게 돈을 주어야 합니다.

ㅡ물론이지ㅡ이도령이 응대했다,

필요한 것은 모두 지불할 테다. 얼마를 원하느냐? 말해 보거라, 내가 줄 테니…… 여기 사만 푼[9]이다, 집으로 가져가거라. 좋을 대로 쓰고, 쓴 걸 적어 두어라."

Le domestique acquiesça, rentra chez lui très content, et s'occupa tout de suite de trouver une vieille femme. Dès qu'il l'eut découverte, il lui dit :

«J'ai besoin de vous pour ménager une entrevue entre I-Toreng et Tchoun-Hyang.»

Cette femme répondit :

---

9 Le Poun, monnaie de cuivre valant environ un centime et demi. '푼'은 1.5상팀 정도의 값이 나가는 구리 화폐. ['상팀'은 프랑스의 구 화폐단위로, 1프랑이 100상팀이다. 역주]

«Je veux bien, mais Tchoun-Hyang est une vierge, et si ses parents apprennent que j'ai détourné leur fille, je crains leur vengeance.

- Ne craignez rien, -dit le domestique, -nous tiendrons cette affaire secrète et les parents n'en sauront jamais rien.

- Je suis prête à vous servir, mais comment?

- Je vais vous l'indiquer. Vous irez chez Tchoun-Hyang, et vous la prierez de se promener avec vous à Couang-hoa-lou.

- Et comment alors I-Toreng lui parlera-t-il?

- J'ai pensé qu'I-Toreng mettrait des vêtements de femme, qu'il irait ainsi à Couang-hoa-lou, et rejoindrait Tchoun-Hyang. Quant à vous, pour leur laisser un moment d'entretien particulier, vous feindrez de vous intèresser à autre chose et vous vous éloignerez un peu.

하인은 그걸 받아들고서 아주 만족해하며 자기 방으로 돌아와, 즉시 노파를 찾는 데 몰두했다. 노파를 찾자마자 하인이 노파에게 말했다.

"내게 당신이 필요한 건 이도령과 춘향의 만남을 주선해 주었으면 해서요."

그 여인이 대답했다.

"기꺼이 그러지요, 그런데 춘향이 처녀라서, 그녀의 부모가 내가 자기들 딸을 딴 길로 이끈 것을 알게 된다면, 나는 그들의 복수를 두려워해야 할 게요.

- 전혀 겁먹지 마시오 - 하인이 말했다 - 우리가 이 일을 비밀에

부칠 것이니 그 부모들은 결코 아무것도 알지 못할 거요.

　-댁을 도울 마음의 준비가 되었소, 그런데 어떻게?

　-알려 드리지요. 춘향의 집에 가서 광화루에서 같이 산책하자고 그녀에게 청하시면 됩니다.

　-그럼 어떻게 이도령이 그녀에게 말을 걸지요?

　-생각해 두었지요, 이도령이 여장을 하고 그렇게 광화루에 가서 춘향과 만나는 겁니다. 댁은 그들이 잠시나마 각별한 대화를 나눌 수 있도록, 다른 것에 관심이 있는 척 조금 떨어져 있으면 되지요.

- Soit, -dit la vieille femme, -mais combien me donnerez-vous pour cela?

- Autant que vous voudrez.

- C'est que, -reprit-elle, -si les parents apprennent jamais la chose, je serai mise en jugement et cela me paraît valoir une bonne somme.

- Oui, je sais, -dit le domestique ;-mais si vous êtes jugée, ce sera par le père de I-Toreng et, par conséquent, la peine ne sera pas forte.

- Si c'est comme cela, je veux essayer ; mais il faut encore que la jeune fille accepte de se promener avec moi et je vais le lui demander.»

　-좋소-노파가 말했다-그런데 이 일로 내게 얼마를 주겠소?

　-댁이 원하는 만큼요.

　-그러니까-그녀가 다시 말했다-만약 그 부모가 언젠가 이 일을 알게 된다면 나는 재판에 넘겨질 것이오, 그러니 이건 내게 크게 값나가는 일인 듯 싶소.

－그럼요, 알겠습니다－하인이 말했다－그렇지만 재판을 받는다
해도 이도령의 부친이 재판을 할 것이니, 벌은 세지 않을 겁니다.

－그렇다면 한번 해보겠소. 그래도 여전히 그 아가씨가 나와 함께
산책하는 것을 수긍해야 하니 가서 요청해 보겠소."

Elle partit là-dessus trouver Tchoun-Hyang qui étudiait. La jeune
fille l'accueillit poliment, lui tendant la main.

«Vous étudiez donc toujours?-dit la vieille femme.

- Oui, -répondit Tchoun-Hyang, -j'étudie beaucoup ; que ferais-je?
Je ne puis sortir toute seule ; par conséquent je suis obligée de
travailler pour me distraire.

그렇게 말하고서 노파는 춘향을 찾으러 떠났다. 춘향은 공부를 하
고 있었다. 그 아가씨는 손을 내밀며 노파를 정중히 맞이하였다.

"이렇게 늘 공부하시나요?"－노파가 말했다.

－그럼요－춘향이 대답했다－공부를 많이 합니다. 제가 무엇을
하겠습니까? 저는 혼자서 나갈 수 없거든요. 그러니 불가피하게도
공부하는 것이 노는 것이지요."

······ Et s'occupa tout de suite de trouver une vieille femme······

(그림 설명)······ 즉시 노파를 찾는 데 몰두했다······

- Trouvez-vous ce livre bien intéressant? -demanda la vieille femme.

- Oui, je le trouve fort intéressant, et je l'aime beaucoup.

- Quel en est le titre?

- C'est le livre du philosophe Confucius,» répondit Tchoun-Hyang.

La vieille femme réfléchissait que cette jeune fille, qui aimait tant la philosophie de Confucius, devait être très vertueuse, donc difficile à détourner, car la philosophie enseigne la crainte de tout plaisir.

　　－이 책이 아주 재미있다고 생각하시나요? －노파가 물었다.

　　－네, 아주 재미있다고 생각해요, 제가 아주 좋아하는 책입니다.

　　－책 제목이 뭐요?

　　－철학자 공자의 책이에요," 춘향이 대답했다.

　　노파가 곰곰이 생각했다, 공자의 철학을 이토록 좋아하는 이 아가씨는 틀림없이 아주 현숙할 것이고, 따라서 다른 길로 이끌기가 힘들겠다고 말이다. 그 철학은 쾌락을 전부 경계하라고 가르치는 것이다.

«Il faudra donc que je ruse pour obtenir d'elle qu'elle m'accompagne à la promenade, -pensait-elle. Et s'adressant à Tchoun-Hyang :

- Oh! j'aime aussi beaucoup le livre de Confucius, et j'aime aussi beaucoup l'étude ; mais toujours étudier, c'est une grande fatigue ; aussi, souvent, pour me reposer, je prends mon livre et je vais me promener dans les bois. Aujourd'hui, il faisait beau, je suis sortie dans la campagne et j'ai composé une poésie que j'écrirai pour vous, la voici :

«Je me promenais dans un chemin «près de la montagne ;-je vis un
«beau pêcher en fleurs ;-le vent «impétueux soufflait dans ses
branches, «-et, les agitant, faisait tomber «les blancs pétales comme
une «neige parfumée ;-et ils voletaient «tout pareils à des papillons
au cœur «froid, -puis je vis des saules et «leurs fleurs cotonneuses
faisaient «chaud au cœur des petits oiseaux «qui chantaient sur
l'arbre ;-et je «me dis : nous sommes ainsi que «ces fleurs, nous nous
flétrissons, -«mais pour toujours, sans pouvoir, «comme elles, refleurir
au printemps «nouveau.»

　　"그러니 작전을 써야만 하겠어. 이 규수한테서 산책길에 나와 동
행하는 것을 허락받기 위해서는 말이야.
　　－노파가 생각했다. 그리고 춘향에게 말을 건넸다.
　　－오! 저도 공자의 책을 많이 좋아하지요, 그러니 물론 공자를 배
우는 것도 아주 좋아하고요. 그렇지만 늘 공부하는 것은 무척이나
고된 일이지요. 그래서 종종 쉬려고 책을 들고서 숲으로 산책하러
갑니다. 오늘 날씨가 좋아서 들판으로 나갔습니다. 그리고 시를 한
수 지었지요, 그 시를 당신에게 적어올리지요, 여기 있습니다.
　　"산 근처 길로 산책을 나갔네. 꽃이 만발한 복숭아나무를 보았네.
바람이 격렬하게 복숭아나무 가지 사이로 불면서 가지들을 흔들어,
흰 꽃잎이 향기로운 눈송이처럼 떨어졌네. 꽃잎들은 차가운 심장을
지닌 나비들처럼 파닥거리며 날았네. 그리고 버드나무를 보았네. 솜
털 가득한 버드나무 꽃망울이 나무 위에서 노래하는 작은 새들의 가

슴을 데워주고 있었네. 나는 혼잣말 했네, 우리는 이 꽃들과 같아 시드
네, 영원히 말이지, 꽃들처럼 봄날에 새로이 피어날 수는 없는 거지.”

Tchoun-Hyang écouta, rêveuse, et tout à coup ferma son livre.

«C'est vrai, -dit-elle, -ce que vous dites dans cette poésie.
Malheureusement, je ne puis sortir seule ; cependant je me sens bien
lasse : voulez-vous venir me chercher demain je vous accompagnerai
à la promenade.»

La vieille accepta avec empressement et demanda à quelle heure
elle devait venir.

«Venez demain à une heure et demie dans l'après-midi, je serai
libre.

- Je viendrai, -fit la vieille femme. -Au revoir.»

춘향이 듣고, 몽상에 잠겨있다, 갑자기 보던 책을 덮었다.

“맞아요-춘향이 말했다-그대가 이 시에서 말하고 있는 것 말입
니다. 불행히도 저는 혼자 나갈 수 없습니다, 그런데 저는 아주 지쳐있
어요, 그대가 내일 나를 찾아오겠다면 그대와 함께 산책할 거예요.”

노파가 기꺼이 수락하고서 몇 시에 와야 할지 물었다.

“내일 오후 한 시 반에 오십시오, 그때는 시간이 될 겁니다.

-그러지요-노파가 응대했다-내일 봅시다.”

Elle partit, alla trouver le domestique et lui dit :

«La chose est décidée, je me promènerai demain avec Tchoun-

Hyang

- Très bien, je suis content de vous, -fit le domestique ;-n'oubliez pas que c'est à Couang-hoa-lou que vous devez vous rendre.

- Je n'y manquerai pas.»

노파가 춘향 집을 나와, 이도령의 하인을 찾아가서 말했다.

"일이 성사되었소, 내일 춘향과 산책할 겁니다."

－잘 알겠습니다, 만족스럽군요－하인이 말했다. 댁이 가야할 곳이 광화루라는 걸 잊지 마시오.

－꼭 거기로 가겠습니다."

Ils se quittèrent là-dessus et la vieille femme rentra chez elle. Le lendemain, le domestique courut chez I-Toreng et lui dit :

«Tout est arrangé. Vous échangerez vos vêtements contre des vêtements de femme et, cette après-midi, vous vous promènerez dans Couang-hoa-lou. Mais prenez garde â ce que vous ferez, car la jeune fille est très vertueuse et ne permettrait pas un geste malhonnête.

- Je sais, je sais,» fit I-Toreng.

그러고 나서 그들은 헤어져, 노파는 자기 집으로 돌아갔다. 다음 날, 하인이 이도령의 방으로 뛰어가 말했다.

"모든 것이 순조롭습니다. 나리께서는 나리 옷을 여자 옷으로 바꿔 입으시고, 오늘 오후, 광화루에서 산책하시면 됩니다. 그런데 주의해서 처신하셔야 합니다. 그 아가씨는 아주 정숙하여 무례한 행동을 용납하지 않을 테니까요.

─알겠다, 알겠어," 이도령이 답했다.

Le domestique prit alors congé de son maitre en lui souhaitant une bonne promenade. I-Toreng alla, sans tarder, rendre visite à ses parents et demanda l'autorisation de se promener dans Couang-hoa-lou. Ils accordèrent facilement cette permission, et ils lui dirent de bien s'amuser. I-Toreng les salua et partit.

그제서야 하인은 행복한 산책이 되길 바란다면서 자기 주인과 작별했다. 이도령은 지체하지 않고 가서 부모님을 찾아뵙고 광화루에서 산책하는 것을 허락해 주십사 청했다. 부모님이 쉽게 허락해주었고, 잘 놀다 오라고 말했다. 이도령은 부모님께 인사를 올리고 떠났다.

Tout heureux, il transporta ses vêtements de femme jusqu'auprès de Couang-hoa-lou. Là, dans un hôtel, il se déguisa, et quand ce fut fait il se regarda dans un miroir; il se trouva très bien, jugeant que nul ne le reconnaîtrait. Puis il pensa qu'il ne serait pas bon d'entrer tout de suite dans Couang-hoa-lou, qu'il pourrait effaroucher Tchoun-Hyang, mais qu'il vaudrait mieux se rendre d'abord dans la montagne y cueillir des fleurs, y attraper des papillons, s'amuser enfin jusqu'au moment où il jugerait convenable d'entrer au palais. Il s'examina une dernière fois dans le miroir et, satisfait, marcha vers la montagne où il passa quelque temps, comme il avait dlt, à cueillir des fleurs, à chasser des papillons, et à dépouiller des branches de saule de leurs feuilles qu'il éparpillait ensuite sur l'eau, pour faire venir les poissons. Si bien que Tchoun-Hyang fut attirée par ces jeux. Elle appela la vieille femme et lui demanda :

«Cette jeune fille qui joue là-bas, la connaissez-vous?

- Où?-fit la vieille femme, feignant l'ignorance.

- Comment vous ne voyez pas?

- Ah! oui, je vois, mais c'est un peu loin, je ne puis distinguer.

- Il est vrai qu'à votre âge vous ne pouvez y voir aussi loin que moi, cette jeune fille a une charmante figure ; elle est vêtue si magnifiquement qu'il est impossible qu'elle soit d'ici où nous sommes tous de pauvres gens.

- Est-elle vraiment si belle? approchons nous un peu pour que moi aussi je puisse voir.»

행복에 겨워 그는 광화루 근처까지 여자 옷을 가지고 갔다. 거기 어느 주막에서 그는 옷을 갈아입었고, 다 끝내고서는 거울 속에 자신을 비추어보았다. 그는 본인이 정말 예쁘다고 생각했고, 아무도 자신을 알아보지 못하리라 판단했다. 그러고 나서 그는 생각했다, 곧장 광화루로 들어가는 것은 좋지 않을 거라고, 그가 춘향을 깜짝 놀라게 할 수 있을 거라고, 반면 우선 산으로 가 거기서 꽃을 따고 나비를 잡으며, 누각으로 들어가기에 적당하다고 마침내 판단될 때까지 혼자 노는 것이 더 낫겠다고 말이다. 그는 마지막으로 거울을 보며 스스로를 점검하고는 만족해하며 산쪽으로 걸어가서, 그가 생각한 대로, 꽃을 따고 나비를 잡으며 버드나무 가지에서 잎을 떼어내 물 위로 흩뿌려서 물고기들이 오게 하며 얼마간 시간을 보냈다. 그 결과 춘향이 이도령의 이 장난에 끌렸다. 그녀가 노파를 불러 물었다.

"저기서 놀고 있는 저 아가씨를 아세요?

– 어디요? – 노파가 모르는 척 하며 대꾸했다.

– 어떻게 안 보이지요?

– 아! 예, 보입니다, 그런데 조금 머네요, 분간이 안 됩니다.

– 맞네요, 연세가 있으시니, 나만큼 멀리 볼 수는 없겠네요, 저 아가씨 모습이 매력적이어요. 그녀의 옷이 너무 훌륭하여 우리 가난한 이들이 있는 이곳 출신일리는 없겠어요.

– 저 아가씨가 진정 그렇게 아름다운가요? 조금 가까이 가봅시다, 저도 볼 수 있게요."

Elles descendirent sur le pont, et la vieille femme pria Tchoun-Hyang de l'attendre.

«J'irai, -dit-elle, -tout auprès de cette jeune fille, je l'observerai bien et je viendrai vous raconter ce que j'aurai vu.

- Faites cela, s'il vous plaît, -dit Tchoun-Hyang, -car je suis fort curieuse.»

La vieille femme s'éloigna, s'approcha d'I-Toreng et revint bientôt

«Oh! c'est vrai, comme vous le disiez, cette jeune fille n'est pas d'ici. Je crois que c'est la fille du mandarin.»

43

그녀들이 다리 위로 내려왔다. 그리고 노파가 춘향에게 자신을 기다려달라고 청했다.

"제가 ─ 노파가 말했다 ─ 저 아가씨 바로 옆으로 가, 자세히 살펴보고 와서 본 것을 이야기해드리지요.

─ 그렇게 해 주세요, 부탁입니다 ─ 춘향이 말했다 ─ 아주 궁금하거든요."

노파는 멀어져서 이도령 가까이 갔다가 곧 돌아왔다.

"오! 정말이에요, 당신이 말한 대로예요, 저 아가씨는 이곳 출신이 아니에요. 고을 관리의 따님이라 생각되네요."

Tchoun-Hyang regarda I-Toreng, et déclara qu'en effet la jeune fille jouait avec une grâce pleine de noblesse :

«Sa figure est belle comme la lune se levant à l'orient des montagnes, -pensa Tchoun-Hyang. -Hélas! si ç'avait eté un jeune homme, combien j'aurais aimé l'avoir pour fiancé.»

Puis s'adressant à la vieille femme :

«Elle doit bien s'ennuyer de jouer ainsi toute seule, elle qui est ètrangère.

- Quel bon cœur vous avez, -fit la vieille femme. -Voulez-vous que nous l'appelions ; si elle vient tant mieux, et, si elle refuse, nous n'y pourrons rien.

- Il ne serait pas poli, -dit Tchoun-Hyang, -d'appeler auprès de nous une étrangère, surtout une étrangère noble et qui ne nous connaît pas. Allons donc la trouver nousmêmes.»

춘향은 이도령을 바라보고서, 정말 그 아가씨가 기품 가득한 우아함을 띤 채 놀고있다고 판단했다.

"저이의 얼굴이 동쪽 산에서 떠오르는 달님마냥 아름답구나 - 춘향이 생각했다 - 아! 저이가 젊은 사내였다면, 약혼자로 삼고서 얼마나 사랑하겠는가."

그러고 나서 노파에게 말을 건넸다.

"이방인인 저이가 저렇게 혼자 노는 건 분명 지루할 거예요.

- 정말 착하시군요 - 노파가 말했다 - 우리가 저이를 부르길 원하시지요. 그녀가 온다면 딱이겠지만, 거절한다면, 우리가 할 수 있는 일은 아무 것도 없을 거예요.

- 그건 예의가 아닐 거예요 - 춘향이 말했다 - 특히나 양반이고 우리를 알지 못하는 낯선 여인을 우리 쪽으로 부르는 것 말이에요. 그러니 우리가 저이를 직접 만나러 가요."

La vieille femme, toute heureuse du succès de la ruse, approuva la politesse.

Elles allèrent donc auprès d'I-Toreng. Celui-ci, qui vit tout à coup la vieille femme et la jeune fille si proches, parut surpris et les salua poliment.

«Nous étions à Couang-hoa-lou à nous amuser, -dit la vieille femme, -lorsque nous vous avons aperçue, jouant ici toute seule ; nous avons pensé qu'il nous serait très agréable de pouvoir vous tenir compagnie.»

I-Toreng était au comble de la joie. Ils remontèrent tous ensemble à Couang-hoa-lou. Là, le jeune homme regarda bien attentivement

Tchoun-Hyang et pensa combien elle ètait jolie! Elle, de son côté, songeait que sa compagne était d'une merveilleuse beauté. Combien les filles de l'aristocratie étaient différentes des filles du peuple par la distinction de leurs manières!

노파는 작전이 성공한 것에 아주 행복해하면서, 예의를 지키는 것에 찬성했다.

그렇게 해서 두 여인이 이도령 곁으로 갔다. 이도령은 노파와 아가씨가 아주 가까이 있는 것을 문득 보고 놀라는 것 같더니 두 여인에게 정중하게 인사했다.

"저희는 광화루에서 놀면서 – 노파가 말했다 – 여기서 혼자 놀고 있는 당신을 발견했어요. 저희는 생각했죠, 당신과 동행할 수 있다면 저희에게 아주 좋겠다고요."

이도령은 더할 나위 없이 기뻤다. 그들은 모두 함께 광화루로 다시 올라갔다. 거기서 그 젊은 사내는 춘향을 주의 깊이 면밀히 보고서 정말로 예쁘다고 생각했다. 그의 곁에 있던 춘향은 자기 여자 동무가 굉장한 아름다움을 지녔다고 생각했다. 품행으로 판별한다면 양반의 딸들은 상민의 딸들과 얼마나 다르겠는가!

Les deux jeunes gens causèrent quelques minutes, tout en observant le paysage et en se désignant les plus beaux sites.

«Ah!-dit Tchoun-Hyang, -je regrette que nous ne nous soyons pas connues plus tôt, nous aurions pu souvent nous promener ensemble comme aujourd'hui.»

Cependant la vieille femme s'éloignait petit à petit, les laissant en tête à tête.

두 젊은이는 잠깐 동안 이야기를 나누며, 풍경을 세밀히 관찰하고 가장 아름다운 경치를 서로 가리켰다.

"아! ─춘향이 말했다─우리가 더 빨리 서로를 알지 못한 게 아쉬워요, 오늘처럼 자주 같이 산책할 수 있었을 텐데요."

그러는 동안 노파는 조금씩 멀어져, 그들을 단 둘이 있게끔 했다.

······ I-Toreng se dèguisa en femme······

(그림 설명)······ 이도령이 여장을 하였다······

Alors I-Toreng, dit à Tchoun-Hyang :

«Je veux vous réciter une poésie que j'ai faite.

Et voyant Tchoun-Hyang attentive :

«La vie est comme un fleuve qui «s'écoule, et c'est pourquoi la vue de «l'eau suscite ma mélancolie ; mais le «salut des saules que le vent incline «me console.»

Tchoun-Hyang, en entendant ces choses, fut triste et répondit tout en marchant :

«Le monde est comme un rêve de printemps, et nous ne pouvons être jeunes qu'une fois. Ne jamais s'amuser, ne jamais sortir c'est bien triste, et, puisque nous ne pouvons être jeunes qu'une fois, il faut égayer notre jeunesse.»

그때 이도령이 춘향에게 말했다.

"제가 지은 시 한 수를 그대에게 읊어 드리고자 합니다.

그리고는 주의 깊게 들으려는 춘향을 보면서 다음 시를 낭송했다.

"인생은 흐르는 강과 같아, 물을 보며 나는 우수에 젖네. 하지만 바람에 휘어져 인사하는 버드나무, 나를 어루만지네."

춘향은 이 싯구들을 들으면서 슬퍼져 걸으며 화답했다.

"세상은 봄날의 꿈과 같아, 우리는 오직 한번만 젊을 수 있다네. 놀지도 않고, 외출도 않는 것은 아주 슬프다네, 우리는 오직 한번만 젊을 수 있나니, 우리의 젊음을 활기차게 채워야 하리."

Ici, elle rappela la vieille femme :

«Pourquoi ne restez-vous pas auprès de moi, -lui demanda-t-elle. -Ne vous èloignez donc pas ainsi.

La vieille femme répondit :

- Hélas! je suis vieille, et les vieilles personnes sont des êtres inutiles.

- Pourquoi dites vous cela?-reprit Tchoun-Hyang.

- J'ai connu votre âge, -gémit la vieille femme, -et je me sens vieille et inutile parmi vos jeux et vos causeries, c'est pourquoi je me suis éloignée.»

I-Toreng et Tchoun-Hyang se rendirent à la justesse de cet argument, mais ils la consolèrent tout de même de bon cœur. Alors, elle les assura qu'elle ne prenait que du plaisir en leur compagnie, et qu'elle avait parlé de sa vieillesse sans amertume.

그때, 그녀가 노파를 불렀다.

"왜 제 곁에 계시지 않는 거예요 – 그녀가 노파에게 물었다 – 그렇게 떨어져 있지 마세요.

노파가 답했다.

– 아! 슬프게도 저는 늙었습니다, 그리고 늙은이는 쓸 데 없는 이들이에요.

– 왜 그렇게 말씀하세요? – 춘향이 말을 이었다.

– 나는 그대 나이를 알지요 – 노파가 한탄했다 – 그대들이 놀면서 이야기 나누는 것을 보니, 나는 나 자신이 늙고 쓸모없다고 느껴져요. 그래서 떨어져 있는 거예요."

이도령과 춘향은 이 논법의 정확성을 인정했지만, 그래도 진심으로 그녀를 위로했다. 그러자 그녀는 그들이 함께 있어주는 것만으로도 자기는 기쁘다고, 그래서 자신의 늙음을 고통 없이 말한 거라고 그들을 안심시켰다.

«C'est par hasard que nous avons fait connaissance aujourd'hui, -dit I-Toreng à Tchoun-Hyang;-Dieu a voulu notre amitié, il a fait nos âmes l'une pour l'autre.

- C'est vrai, -répondit Tchoun-Hyang, -notre rencontre s'est faite par hasard.

Mais elle restait pensive, trouvant qu'I-Toreng ne parlait pas comme une femme, qu'il n'en avait point les manières ; cette singularité la frappa et elle conçut quelque soupçon de la vérité.

　　"우연이지요, 우리가 오늘 서로 알게 된 것 말입니다 ─ 이도령이 춘향에게 말했다 ─ 신이 우리의 우정을 원해, 우리의 영혼을 서로 위하도록 만들었지요.

　　그런데 그녀는 생각에 잠겨 있으면서, 이도령이 여자처럼 말하지 않는다는 것을, 그의 태도도 전혀 여자 같지 않다는 것을 발견했다. 이러한 것이 기이하다고 생각한 그녀가 진실에 대해 몇 가지 의구심을 품었다.

«Vos parents vivent-ils encore?-demanda I-Toreng.

- Non, mon père est mort, je vis avec ma mère. Et vous?

- Moi, j'ai mon père et ma mère, -fit I-Toreng.

- Vous êtes plus heureuse que moi. Mais si vous rentrez trop tard vos parents ne vous gronderont-ils pas?

- Oui, si cela arrivait souvent ; mais une fois, n'est rien.

- Les parents grondent toujours lorsqu'on rentre tard ; aussi, pour èviter les reprochcs dc ma mère, il faut que je vous quitte.»

　　"그대 부모님은 아직 살아 계십니까? ─ 이도령이 물었다.

　　─ 아니오, 제 아버지는 돌아가셨고, 제 어머니와 함께 살아요. 그대는요?

　　─ 저는 아버님과 어머님이 계십니다 ─ 이도령이 답했다

-그대는 저보다 훨씬 행복하군요. 그런데 너무 늦게 집에 들어가면 그대 부모님께서 역정내지 않으실까요?

-그러실 거예요, 자주 그러면요. 그렇지만 단 한 번이니, 아무 일도 아닙니다.

-늦게 집에 들어가면 부모님들은 늘 꾸짖으시지요. 그러니 제 어머니의 걱정을 피하려면, 당신과 헤어져야겠습니다."

I-Toreng, mécontent à l'idée de la séparation, balbutia :

«Quand pourrez-vous vous promener encore avec moi?

- Je ne sors pas souvent, -répondit-elle, -voulez-vous venir chez moi?

- Très volontiers, -fit I-Toreng. Mais votre mère ne grondera-t-elle pas?

- Oh! non, elle sera très heureuse au contraire de me voir étudier et jouer avec une amie.»

Ce disant, Tchoun-Hyang rappela la vieille femme :

«Il se fait tard, -lui dit-elle, -s'il vous plaît, nous partirons ensemble.

- Oui, -fit la vieille femme.»

이도령은 헤어져야 한다는 생각에 불만스러워 우물거리며 말했다.

"언제 다시 저와 산책하실 수 있을까요?

-저는 외출을 자주하지 않아요-그녀가 대답했다-저의 집에 오시겠어요?

-기꺼이요-이도령이 답했다. 그런데 그대 어머니께서 노여워

하지 않으실까요?

"오! 아니에요, 반대로 제가 여자친구와 함께 공부하고 노는 것을
보시면 아주 행복해하실 거예요."

이렇게 말하고서, 춘향은 노파를 불렀다.

"날이 저무니 – 춘향이 노파에게 말했다 – 부탁인데, 같이 떠나죠.
– 예 – 노파가 말했다."

I-Toreng les accompagna jusque sur le pont, et là il leur dit adieu.
Tchoun-Hyang s'éloigna avec la vieille femme. I-Toreng rentra chez
lui, rendit immédiatement visite à ses parents, mangea avec eux et
leur raconta sa promenade. Après le repas, il se retira dans sa chambre,
appela son domestique, et lui dit :

«Je suis très satisfait de vous ; je me suis promené avec Tchoun-
Hyang et j'ai causé avec elle. La vieille femme s'est donné beaucoup
de mal; donc il faudra lui remettre de l'argent.

- Bien, -reprit le domestique, -je m'en vais la faire venir et je lui
donnerai sa récompense.»

Là-dessus, il partit et rentra chez lui.

이도령이 다리까지 그들과 동행했다. 그리고 거기서 그들에게 작
별인사를 하였다. 춘향은 노파와 함께 멀어져갔다. 이도령은 집으로
돌아와, 곧바로 자기 부모님을 뵈러가, 함께 식사하면서 그날의 산
책에 대해 말씀드렸다. 식사 후에 그는 자기 방으로 돌아와, 자기 하
인을 불러 말했다.

"너한테 아주 만족스러워. 내가 춘향과 함께 산책하고 같이 이야기하다니 말이야. 노파도 수고 많았어. 그러니 돈을 더 주는 게 낫겠어.
-예-하인이 말을 이었다-제가 가서 그녀더러 오라고 해 대가를 지불하겠습니다."

그리고 나서, 그는 그 자리를 떠나 자기 방으로 돌아갔다.

De son côté Tchoun-Hyang, de retour chez elle avec la vieille femme, la remerciait vivement de tout le mal qu'elle s'était donné.

«C'est la moindre des choses,» répondit la vieille femme, en lui disant au revoir.

Tchoun-Hyang alors alla trouver sa mère et lui fit le récit de sa journée, et surtout combien heureuse elle avait été de rencontrer la fille du mandarin avec laquelle elle s'était promenée et avait causé. «Une jeune fille bien instruite et intelligente qui viendra souvent étudier ici avec moi.

- Oh! quel bonheur, chère fille!» répondit la mère.

Le domestique s'était rendu chez la vieille femme aussitôt qu'il avait quitté I-Toreng, et il la remercia, lui disant que son maître avait témoigné la plus grande satisfaction et lui faisait remettre un cadeau. La vieille femme, heureuse, reçut l'argent et le serra.

한편 춘향은 노파와 함께 집에 돌아와, 그녀가 해 준 모든 수고에 깊이 감사해했다.

"별것도 아닙니다," 노파는 대답하고, 춘향에게 작별인사를 했다.

그리고 춘향은 가서 자기 모친을 만나, 그날 낮 동안의 이야기를 전했다. 특히 고을 관리의 딸과 만나 산책하고 담소를 나눈 것이 얼마나 행복했었는지 전했다. "교육을 아주 잘 받고 지적인 아가씨 한 분이 종종 와서 여기서 저와 함께 공부할 거예요.

－"오! 정말 잘되었구나, 내 딸아!" 춘향의 어머니가 대답했다.

이도령의 하인은 이도령과 헤어지고 곧장 노파의 집을 찾아가 그녀에게 감사를 전하고, 자기 주인이 최고의 만족감을 나타냈다고 말하면서 선물 조로 돈을 더 주었다. 노파는 행복해하며 돈을 받아 챙겼다.

Tchoun-Hyang, lasse, s'étant retire dans sa chambre, se coucha, s'endormit et rêva qu'un dragon venait s'enrouler autour de son corps. Elle eut très peur et se leva.

«Quel singulier rêve!» s'ècriat-elle.

Cependant, elle se remit au lit, mais, ne pouvant plus dormir, elle prit un livre. La nuit se passa ainsi. Au matin elle courut auprès de sa mère.

«Je n'ai pu dormir de frayeur, -lui dit-elle ;-j'ai rêvè qu'un dragon s'enroulait tout autour de mon corps.

- C'est un cauchemar qui vous vient d'avoir eu hier l'esprit et le corps fatigués de votre promenade, de vos causeries et de vos jeux ; ne vous en préoccupez pas.»

Tchoun-Hyang alors retourna dans sa chambre.

춘향은 피곤해서 자기 방으로 물러가 자리에 누워 잠들었다 그리고 꿈을 꾸었다, 용 한 마리가 자기 몸을 감싸고 또아리를 트는 꿈이었다. 그녀는 아주 겁에 질려 일어났다.

"정말 기이한 꿈이야!" 그녀가 소리쳤다.

그렇지만 그녀는 잠자리에 다시 누웠다. 하지만 더는 잠을 잘 수가 없어 책을 잡았다. 그날 밤은 그렇게 지나갔다. 아침에 그녀는 어머니 곁으로 달려갔다.

"무서워서 잠을 잘 수가 없었어요—그녀가 어머니에게 말했다.—꿈을 꾸었는데요, 용 한 마리가 제 몸을 완전히 감싸고 또아리를 틀었어요.

—어제 산책하고 이야기하고 노느라 마음과 몸이 피곤해서 꾸게 된 악몽이구나. 걱정 말거라."

그렇게 해서 춘향은 자기 방으로 돌아갔다.

Cependant I-Toreng n'avait pu, lui non plus, étudier ni dormir parce qu'il pensait toujours à la jeune fille. Il résolut, dés le matin, de lui écrire une lettre, annonçant sa visite pour le soir même. Il fit appeler la vieille femme et la chargea de cette lettre.

그동안 이도령도 줄곧 그 아가씨를 생각하느라 공부를 할 수도 잠을 잘 수도 없었다. 아침이 되자 그는 그녀에게 그날 저녁 그녀를 찾아가겠노라는 편지 한 장을 쓰기로 마음먹었다. 그는 노파를 부르게 하여 그 서신 임무를 맡겼다.

La vieille prit la lettre et la porta tout de suite à Tchoun-Hyang. La jeune fille ouvrit la missive, la lut, dans une surprise joyeuse, et se hâta d'y répondre :

«Je serai ravie de vous voir. Je «pense continuellement à vous, depuis «que nous nous sommes quittées à «Couang-hoa-lou. Aussi combien «votre lettre m'a fait plaisir! Je vous «attends avec impatience.»

노파가 편지를 들고서 곧장 춘향에게 가져갔다. 그 아가씨는 편지를 열어 읽고서는 뜻밖의 기쁨에 겨워 서둘러 거기에 답했다.

"그대를 만난다면 아주 기쁠 거예요. 우리가 광화루에서 헤어진 이후 지금까지 줄곧 저는 그대를 생각하고 있습니다. 그렇기에 그대의 편지가 얼마나 저를 기쁘게 하였는지요! 애타게 그대를 기다리겠습니다."

La vieille femme alla remettre cette réponse à I-Toreng qui fut transporté de joie. La journée lui parut lente, au gré de son désir. Enfin l'heure du diner vint. Il mangea, retourna dans sa chambre, s'habilla en jeune fille, se glissa dehors, alla trouver la vieille femme ct lui demanda de le conduire auprès de Tchoun-Hyang.

노파가 그 답신을 이도령에게 다시 갖다주었고, 이도령은 기뻐서 어쩔 줄 몰라 했다. 그의 욕망에 비할 때, 그날 하루가 느리게 가는 것 같았다. 마침내 저녁식사 시간이 되었다. 그는 저녁을 먹고 자기 방으로 돌아가 아가씨 복장을 하고서 밖으로 빠져나가 노파를 찾으러 가서는 자기를 춘향 곁으로 데려달라고 청했다.

Il fut fait ainsi.

Ils arrivèrent bientôt à la demeure de la jeune fille. Là I-Toreng pria la vieille femme de le laisser, et il entra seul.

Tchoun-Hyang l'accueillit avec empressement, remerçiant la prétendue amie de la peine qu'elle avait daigné prendre. Puis elle la conduisit auprès de sa mère et la présenta comme l'amie dont elle avait parlé. Ensuite elle ramena I-Toreng dans sa chambre.

일이 그렇게 진행된 것이었다.

그들은 곧 그 아가씨의 집에 도착했다. 거기서 이도령은 노파에게 자기를 내버려두도록 청하고서 혼자 들어갔다.

춘향이 그를 정중하게 맞이했고, 자칭 여자인 그 친구가 자기 집에 오느라 애쓴 것에 감사를 표했다. 그런 다음 춘향은 그녀를 자기 어머니에게 데리고 가, 일전에 말했던 여자친구라고 소개했다. 그러고 나서 그녀는 이도령을 자기 방으로 데리고 갔다.

«Ah! quelle magnifique lune, -dit la jeune fille, -voulez-vous que nous nous promenions quelques moments dans le jardin?

- Avec joie,» fit I-Toreng.

Ils sortirent et se promenèrent jusqu'à l'endroit où I-Toreng avait vu Tchoun-Hyang se balancer, le premier jour de leur rencontre.

«Ah! une balançoire-s'exclamat-il, -voulez-vous que nous nous balançions?»

Tchoun-Hyang accepta avec plaisir. Ils se balancèrent donc et I-Toreng dit.

«Je regrette beaucoup que vous ne soyez pas un jeune homme, car, si vous l'étiez, je vous aimerais infiniment et nous nous épouserions.

- Je pense comme vous, -répondit Tchoun-Hyang ;-moi aussi, je souhaiterais que vous soyez un jeune homme pour vous épouser.

- Oh! je ne puis vous croire, -reprit I-Toreng.

"아! 얼마나 아름다운 달이에요 – 춘향이 말했다 – 우리 잠시 정원에서 산책할까요?

– 좋지요," 이도령이 답했다.

그들은 나가서, 그들의 만남이 처음 이루어진 날, 이도령이 그네 타는 춘향을 보았던 곳까지 산책하였다.

"아! 그네군요 – 그가 소리쳤다 – 우리 그네 탈까요?"

춘향이 기꺼이 수락했다. 그렇게 그들은 그네를 탔고, 이도령이 말했다.

"그대가 젊은 남자가 아니라서 심히 유감스럽습니다, 그대가 젊은 남자라면, 저는 그대를 영원히 사랑한 터이고, 우리는 결혼할 테니까요."

– 저도 그대처럼 생각하고 있어요 – 춘향이 답했다 – 저 역시 그대가 젊은 남자이기를 바랄 거예요. 그대와의 결혼을 위해서라면 말이에요.

– 오! 저는 그대를 믿을 수 없어요 – 이도령이 말을 이었다.

«······Voulez-vous que nous nous promenions quelques moments
······?»

(그림 설명) "······우리 잠시 산책할까요······?"

- Pourquoi donc, -demanda Tchoun-Hyang.

- Parce que je crois que votre pensée ne peut-être comme la mienne
et que vous me trompez.»

Tchoun-Hyang. répondit :

«Je sais, je sais, Confucius a dit : «Un cœur soupçonneux soupçonne
«toujours les autres.» C'est pourquoi vous ne me croyez pas. C'est
vous qui me trompez, j'en suis sûre.

- Oh!-fit I-Toreng en riant, -je veux bien admettre que je vous
trompe! Ainsi vous pensez vraiment comme moi.

- Certainement, je n'ai point l'habitude de douter des autres, et je
parle tout droit comme je pense.

－도대체 왜요－춘향이 물었다.

－그대 생각이 제 생각과 같을 수 없을 테니 그대가 저를 속이는
거라고 저는 생각하거든요.

"그렇지요, 그렇고 말고요, 공자께서 말씀하셨지요. "의심하는
마음은 항상 다른 이들을 의심한다"라고요. 그대가 저를 믿지 못하
는 것은 그 때문입니다. 그러니 저를 속이는 것은 그대라고 저는 확
신합니다." 춘향이 대답했다.

－오!－이도령이 웃으면서 말했다－제가 그대를 속이는 것이라고 저도 정말 인정하고 싶군요! 그렇다면 정말 그대가 저처럼 생각한다는 것일 테니까요.

－물론이지요, 저는 결코 다른 이들을 속인 적이 없어요, 저는 생각한 대로 그냥 그대로 말해요.

- Alors, -reprit I-Toreng, -si vous parlez vrai, je veux vous demander quelque chose.

- Et quoi donc?

- Eh! bien, -dit-il, -j'ai confiance en votre parole, et nous admettrons que, si j'étais un jeune homme, vous m'épouseriez, que, si j'étais une jeune fille, nous serions comme des sœurs ; mais je désire que nous mettions cela par écrit.

- Très volontiers, -dit-elle.

- Cessons donc de nous balancer, -reprit-il, -et écrivons :

- Soit.»

　　－그러면－이도령이 말을 이었다－몇 가지 물어보고 싶어요, 그대가 진실을 말한다면 말이죠.

　　－무엇을요?

　　－그러니까－그가 말했다－저는 그대의 말을 신뢰합니다, 그러니 우리 받아들일까요, 제가 젊은 남자라면 그대가 저랑 결혼하고, 제가 젊은 여자라면, 서로 자매처럼 지낼 것을요. 그런데 이걸 글로 남겼으면 합니다.

－기꺼이 그러지요－그녀가 말했다.

－그러면 그네는 그만 타고－그가 말을 이었다－글로 쓰지요.

－그러지요."

Ils descendirent de la balançoire et I-Toreng écrivit la promesse :
«Signez, maintenant,» dit-il, lorsqu'il eut fini.

Elle signa. I-Toreng mit le papier en poche. Alors Tchoun-Hyang,
plaisantant «Pourquoi tout cela······ Est-ce donc que vous êtes un
garçon?

- Oui, vraiment, je suis un garçon,» répondit I-Toreng.

Tchoun-Hyang, surprise, s'écria :

«Je ne vous crois pas, car pourquoi, si vous êtes un jeune homme,
mettre des vêtements de femme?

- Vous avez raison, cela doit vous paraître fort singulier ; mais
comme je pensais toujours à vous depuis que je vous avais vue, et que
je ne pouvais pas vous approcher sous mes habits d'homme, j'ai mis
des vêtements de femme.»

그들은 그네에서 내려와 약속을 글로 썼다.

"서명하세요, 여기," 다 쓰고 그가 말했다.

그녀가 서명했다. 이도령이 종이를 주머니에 넣었다. 그때 춘향
이 장난삼아 말했다.

"왜 이런 일을······ 그러니까 그대가 사내인가요?

－그렇소, 정말이오, 나는 사내요," 이도령이 대답했다.

춘향이 놀라 외쳤다.

"그대 말을 믿을 수가 없어요, 그대가 남자라면 왜 여인네 옷을 입고 있을까요?

ㅡ그대 말이 맞소, 이게 분명 아주 이상하게 보일 것이오. 그런데 그대를 본 뒤로 줄곧 그대를 생각했지만, 사내 옷을 입고서는 그대에게 가까이 갈 수 없었기에, 여인네 옷을 입은 것이오."

Tchoun-Hyang, convaincue que c'était une simple plaisanterie, fit encore :

«Vous dites cela, mais je ne vous crois pas.

- Vraiment, vous ne me croyez pas? Je suis I-Toreng, le fils du mandarin, et, sous ces vêtements de femme, je porte mes habits d'homme.

- Oh! ne plaisantez plus je vous prie ; vous pensez bien que je ne puis vous croire.

- C'est très sérieux, pourtant, -reprit I-Toreng, -et, si vous doutez, je vais enlever mes vêtements de femme et me montrer à vous en jeune homme.»

Mais Tchoun-Hyang, voulant pousser à bout la plaisanterie et confondre son amie:

«Eh! bien, je vous crois, faites voir.»

Il ôta ses vêtements et apparut magnifiquement habillé en jeune homme.

춘향은 이것이 그저 농담이리라 확신하면서 다시 말했다.

"그대가 이렇게 말하지만 저는 그대를 믿지 않습니다.

－정말 저를 믿지 않습니까? 나는 이 고을 관리의 아들 이도령이오. 그리고 이 여인네 옷 밑에 나의 사내옷을 입고 있소.

－오! 더 이상 농담 마세요, 부탁입니다. 제가 그대를 믿을 수 없다는 걸 그대는 충분히 이해하시잖아요.

－정말 신중하시군요, 그렇지만－이도령이 말을 이었다－그대가 의심을 한다면, 입고 있는 여자옷을 벗어 사내인 나를 그대에게 보여주겠소."

그런데 춘향은 이 농담을 끝까지 밀고 가, 자기 여자친구를 꼼짝못하게 하고 싶었다.

"네! 좋아요, 그대를 믿겠어요. 보여 주세요."

그는 입고 있던 옷을 벗고서 젊은 사내로서 옷 입은 자태를 멋지게 드러냈다.

«Oh!» dit alors Tchoun-Hyang, tout à coup effrayée et attristée.

Il s'efforça de la consoler, et lui mettant doucement la main sur l'épaule :

«Pourquoi être triste, vous ne m'aimez donc pas? J'avais bien raison tout à l'heure de dire que vous me trompiez, et j'ai bien fait de vous faire signer vos paroles.

- Je ne pensais pas que vous pussiez être un garçon, et je vous ai parlé librement comme à une sœur ; j'ai plaisanté, mais si vous parlez sérieusement alors j'ai commis une grande faute, et, pire, je l'ai signée.

- Oui, -dit-il, -et si vous refusez de remplir la convention, si vous ne ne m'aimez pas, je rentrerai chez moi et, muni de mon papier, je vous ferai condamner.

- Condamner!-dit Tchoun-Hyang, -pourquoi?

- Parce que vous avez signe la promesse de m'accepter pour époux, et que vous devez faire honneur à votre signature.

- J'ai signé par pure plaisanterie, -dit-elle, -et si j'avais su que la chose était sèrieuse, je ne l'aurais certainement pas signée.»

"오!" 그때 춘향이 말했다. 그리고는 갑자기 당황해하며 슬픔에 잠겼다.

그가 애써서 그녀를 달랬고, 그녀의 어깨에 손을 부드럽게 얹었다.

"왜 슬퍼하는 거요, 그러니까 그대는 나를 사랑하지 않으시나요? 그대가 내게 한, 내가 남자라면 결혼하겠다는 말이 거짓일 수도 있다고 내가 좀전에 말한 것은 정말 옳았고, 그대가 그대의 말에 서명하도록 한 것은 내가 잘 한 거지요.

－저는 그대가 남자일 수 있을 거라고는 생각하지 않았습니다, 그래서 자매에게 하는 것처럼 편하게 말한 것이고요. 농담을 한 것이지요, 그런데 그대의 말이 진지한 것이라면, 그러면 제가 큰 실수를 저지른 것이 됩니다, 더 나쁜 것은, 제가 서명을 했다는 것이지요.

－맞소－그가 말했다－그러니 그대가 합의를 완수하기를 거절한다면, 즉 그대가 나를 사랑하지 않는다면, 나는 집으로 돌아가 내 문서를 갖고 와서 그대에게 죄를 물을 것이오.

―죄를 묻는다고요! ―춘향이 말했다―왜요?

―그대가 나를 남편으로 받아들인다는 약속에 서명을 하였고, 그대는 그대의 서명을 이행해야 하기 때문이오.

―저는 순전히 농담으로 서명 한 거예요―그녀가 말했다―만약 그 일이 진지한 것인 걸 알았더라면, 저는 분명 서명하지 않았을 거예요."

Alors I-Toreng essaya de la convaincre :

«Nous ne serons jeunes qu'une fois, -dit-il, -et pourquoi n'en profiterions-nous pas pour nous aimer tendrement?»

Tchoun-Hyang resta longtemps pensive, et songea qu'elle ne pourrait pas se dédire puisque c'était signé!

«Eh! bien, -dit-elle, -j'accepte le traité, mais nous ajouterons que, une fois mariés, nous ne nous quitterons jamais.

- Une fois mariés, -fit I-Toreng, -nous ne nous quitterons plus ; il n'est pas besoin de traité pour cela.

- Si j'étais une fille noble, -répliqua-t-elle, -je ne vous demanderais aucun traité, mais les mariages ne se faisant pas entre le peuple et l'aristocratie, il est honnête que je prenne cette précaution. Si vous me refusez cela, rendez-moi le papier.

- Quoi, vous me soupçonnez?-fit-il.

- Je vous soupçonne beaucoup, -dit-elle. -Déjà vous m'avez fait commettre une faute, en me trompant ; je ne puis donc avoir confiance en vous.

- Soit, -reprit-il, -je ferai tout ce que vous exigerez.»

그러자 이도령이 애써서 그녀를 설득했다.

"우리의 젊은 날은 오직 한번 뿐일 것이오 — 그가 말했다 — 그러니 왜 우리가 그 젊음을 누리며 서로가 다정하게 사랑하는 것을 하지 않으려 하겠습니까?"

춘향은 오랫동안 생각에 잠겨서는, 서명을 했으므로 이미 말한 것을 물릴 수는 없으리라 판단했다!

"그래요! 좋아요 — 그녀가 말했다 — 서약을 받아들이겠습니다, 그런데 덧붙이기로 하지요, 일단 우리가 결혼하면, 결코 헤어지지 않기로요.

— 일단 우리가 결혼하면 — 이도령이 말했다 — 우리는 더는 헤어지지 않을 겁니다. 이를 위한 서약은 필요 없습니다.

— 제가 양반의 딸이라면 — 그녀가 응대했다 — 그대에게 어떠한 서약도 요구하지 않을 겁니다, 그런데 상민과 양반의 혼인은 성사되지 않는 것이므로, 이렇게 신중을 기하는 게 옳아요. 그대가 저의 이 제안을 거절한다면, 그 서약서를 제게 돌려주십시오.

— 뭐라구요, 그대는 나를 의심하십니까? — 그가 말했다.

— 많이요 — 그녀가 말했다 — 이미 그대는 제가 실수하도록 만들었지요, 저를 속여가면서요. 그러니 제가 그대를 믿을 수 없지요.

— 알겠습니다 — 그가 말을 이었다 — 그대가 요구하는 것은 모두 하겠소."

Et, très satisfait, il écrivit le second engagement, le signa et le remit a la jeune fille. Elle le prit, mutine, et le plaisantant à son tour en lui montrant le papier :

«Prenez garde, maintenant, si vous me quittez jamais, j'irai trouver votre père et je vous ferai condamner.

- Quel malheur!-fit ironiquement I-Toreng, -en jetant ses bras autour du cou de Tchoun-Hyang et la pressant contre lui······ -Jamais je ne vous quitterai, croyez-le bien.

- Voilà la nuit qui s'avance, -dit Tchoun-Hyang, -rentrons chez moi.»

그리고는, 아주 만족해하면서 그는 두 번째 약속을 기록했고, 서명해서는 그것을 그 아가씨에게 다시 건넸다. 그녀는 그것을 받아들고서, 반전을 꾀하기를, 그에게 서약한 문서를 보여주면서 그녀가 되려 그에게 농담을 하였다.

－이제부터는 이걸 잘 간수하세요, 언젠가 그대가 저를 떠나면, 그대 아버지를 찾아가 그대에게 벌을 내리시게 할 테니까요.

－정말 유감이군요!－빈정거리며 이 도령이 말했다－두 팔을 뻗어 춘향의 목을 감싸 그녀를 끌어당겨 안으면서······－결코 그대와 헤어지지 않을 거요, 굳게 믿으면 되오.

－밤이 깊었습니다－춘향이 말했다－저의 집으로 가시지요."

Ils rentrèrent donc, enlacés doucement, s'embrassant et se disant des choses tendres. Et elle, lui pinçant la joue, comme on fait aux enfants :

«Oh! le malin, -fit-elle ravie, -comme il m'a trompée!»

그렇게 그들은 다정하게 포옹하고, 입 맞추며, 달콤한 말들을 주
고받으면서 춘향의 집으로 돌아갔다. 그리고 그녀는 아이들에게 하
듯 그의 뺨을 꼬집으며,

"오! 장난꾸러기 – 그녀가 황홀해하며 말했다 – 나를 속여 넘기다
니!"

Ils entrèrent dans la chambre de Tchoun-Hyang. I-Toreng enleva
les vêtements de la jeune fille, tandis qu'elle faisait de même pour lui,
puis ils se mirent au lit et passèrent la nuit à s'aimer, comme les
couples d'oies sur les étangs.

그들은 춘향의 방으로 들어갔다. 이도령은 춘향의 옷을 벗겼고,
춘향은 이도령의 옷을 벗겼다. 그리고 나서 그들은 잠자리에 들어
서로의 몸을 바라보며 밤새 사랑을 나누었다. 연못 위 여느 기러기
한 쌍과 같았다.[10]

«Vous ne me quitterez jamais, n'est-ce pas?-disait Tchoun-Hyang,

---

10 Les oies en Corée symbolisent le mariage. Les couples d'oies sont en effet très unis.
Pendant la cérémonie coréenne du mariage, un couple d'oies est placé sur la table,
entre deux cierges, parmi la fumée de l'encens. Les prières se font autour de cet autel.
꼬레에서 기러기는 혼인을 상징한다. 기러기 한 쌍은 실제로 잘 화합한다. 꼬레
의 혼례가 치러지는 동안, 향을 피운 탁자 위 두 개의 촛대 사이에 기러기 한 쌍이
놓여진다. 예식은 이 제단을 중심으로 이뤄진다.

serrée étroitement contre son amant······ -Sinon, gare au papier!

-Ne parlez pas ainsi, -répondait I-Toreng, -je ne vous quitterai jamais, et si vous deviez mourir avant moi, je mourrais de même, comme l'oie mâle privée de sa femelle.»

"그대는 결코 나를 떠나지 않을 거지요, 안 그런가요? – 자기 연인에게 꼬옥 안겨 춘향이 말했다······ – 그렇지 않을 거면, 서약 문서를 유념하세요!
– 그렇게 말하지 마오 – 이도령이 대답했다 – 나는 결코 그대를 떠나지 않을 거요, 그리고 만약 그대가 나보다 먼저 죽어야 한다면, 나도 마찬가지로 죽을 거요, 암컷 잃은 수컷 기러기처럼 말이요."

Ils s'épousèrent, et Tchoun-Hyang parlant symboliquement à I-Toreng :

«La mer du printemps est endormie dans le calme, mais le flux fera partir rapidement le mât du navire.»

Lui répondit en son extase, la contemplant et la voyant rougir si bien qu'elle éta pareille à la cerise mi-mûre :

«J'aime la fleur rouge de la montagne. Je veux en jouir longuement et descendre vers la plaine, le plus tard possible.»

그들은 결혼을 한 것이다. 그리하여 춘향이 이 도령에게 비유적으로 말했다.

"봄바다는 고요 속에 잠들어 있지만, 그 물결이 배의 돛대를 서둘러 떠나게 할 겁니다.”

그녀를 물끄러미 바라보다 그녀가 반쯤 익은 버찌와 같이 붉게 물
든 것을 보면서, 황홀함 속에서 그가 답했다.

“나는 산의 붉은 꽃을 좋아하지요. 오래오래 그걸 즐기다가 가능
한 한 느린 걸음으로 벌판에 내려가고 싶소.”

…… Elle s'était mise a songer……

(그림 설명)…… 그녀는 생각하고 있었다……

La nuit coula, le matin fut…… Ils se levèrent.

Tchoun-Hyang conseilla à I-Toreng de retourner chez lui. Il
demanda pourquoi elle le pressait. Elle dit qu'elle ne le pressait point,
mais qu'elle lui conseillait de retourner par crainte de son père :

«Si votre père apprenait nos amours, vous ne pourriez plus sortir et
je serais bien malheureuse.

- Mon père, dit en riant I-Toreng, a été jeune aussi. Pourquoi me
gronderait-il?

- Si vous ne m'écoutez pas, -fit-elle, grave, -il est probable qu'il
m'arrivera malheur.

- Oh!-rèpondit I-Toreng, -que dites-vous là? De quel malheur
parlez-vous?

- Je répete, -dit-elle, -que votre père n'admettra jamais que vous
veniez passer ainsi la nuit auprès de moi et sa défense me rendrait

triste.

- C'est vrai, -reconnut-il, -il vaut mieux que je rentre tout de suite chez moi.»

　밤이 흘렀고, 아침이 되었다…… 그들이 일어났다.

　춘향은 이도령에게 집에 돌아가라고 권했다. 그는 그녀가 왜 자신을 재촉하는지 물었다. 그녀는 재촉하는 것이 결코 아니라고, 그의 부친에 대한 염려 때문에 그에게 집으로 돌아가라 권하는 것이라고 말했다.

　"그대 부친께서 우리 사랑을 아시게 되면, 그대는 더는 밖으로 나오지 못할 테고 저는 아주 불행해질 것입니다.

　－내 아버님－이도령이 웃으며 말했다－또한 젊은 날이 있었소. 그분이 왜 나를 꾸짖으시겠소?

　－제 말을 듣지 않으시면－그녀가 심각하게 말했다－제게 불행이 닥칠 수도 있을 겁니다.

　－오!－이도령이 대답했다－그대는 도대체 무슨 말을 하는 거요? 어떤 불행을 말하는 거요?

　－다시 말씀드리죠－그녀가 말했다－그대 부친께서는 그대가 이렇게 제 곁에 와서 밤을 보내는 걸 결코 허락하지 않으실 테고, 그분의 그러한 금지가 저를 슬프게 할 것입니다.

　－맞소,－그가 인정했다－곧바로 집으로 돌아가는 것이 낫겠소."

Il partit donc immédiatement et visita ses parents. Ensuite, il se retira dans sa chambre. Il prit un livre et s'efforça d'étudier ; mais le souvenir de Tchoun-Hyang, de la joie qu'elle lui avait donnée, de sa jolie figure rose de plaisir, tout cela papillotait devant ses yeux et il ne parvenait pas à lire. Il attendit impatiemment tout le jour, aspirant à la nuit. Elle arriva enfin et il put se rendre auprés de sa maitresse.

그리하여 그는 곧바로 떠났고 자기 부모님을 뵈러갔다. 그러고 나서 그는 자기 방으로 물러갔다. 그는 책을 들고서 공부하려고 애를 썼다. 그러나 춘향, 그녀가 그에게 준 기쁨, 그녀의 환희에 찬 장미빛 고운 얼굴, 이 모든 기억이 그의 눈앞에 아른거려 그는 결국 책을 읽지 못했다. 그는 밤을 열망하며 하루종일 초조하게 기다렸다. 마침내 밤이 되었고 그가 자기 애인 곁으로 가게 되었다.

Restée seule, elle avait étudié tout le long du jour jusqu'au soir. Alors elle s'était mise à songer à I-Toreng et, se promenant au jardin, elle avait senti une grande tristesse :

«Je suis bien heureuse d'être mariée à I-Toreng ; mais, s'il retourne dans son pays natal, il m'abandonnera!»

혼자 남게된 그녀는 저녁까지 종일토록 공부했다. 그때 그녀는 이도령에 대해 생각했고, 때문에 정원을 산책할 때, 커다란 슬픔을 느꼈다.

"이도령과 혼인을 하다니, 나는 정말 행복해. 그렇지만 자기 고향으로 돌아가면 그는 나를 저버리겠지!"

Au milieu de ces réflexions mélancoliques, I-Toreng entra. Elle courut vers lui, et ils se saluèrent, se caressèrent doucement. Alors, lui, examinant la figure de l'aimée, s'aperçut qu'elle était triste. Il pensa que sa mère l'avait grondée.

이러한 우울한 생각을 하고 있을 때, 이도령이 들어왔다. 그녀가 그에게로 달려가, 그들은 서로 인사하고, 부드럽게 서로를 어루만졌다. 그때 그는 애인의 얼굴을 살피다가 그녀가 슬퍼하는 것을 알아차렸다. 그는 그녀의 모친이 그녀를 꾸짖었다고 생각했다.

«Pourquoi êtes-vous mèlancolique? interrogea-t-il cordialement. -Serait-ce que vous vous repentez de vous être unie à moi? ou bien votre mère vous a-t-elle grondée?

- Non, -fit-elle, -ne dites jamais de ces choses-là.

- Alors pourquoi êtes-vous triste?

- demanda I-Toreng. -Quand je vous vois, ainsi mon cœur est comme la neige à la chaleur. Confiez-moi donc toutes vos peines.

- Non, ami, je ne suis pas triste pour les raisons que vous imaginez. Je pense seulement que, lorsque vous retournerez dans votre pays natal, vous m'abandonnerez ici et que je serai la plus malheureuse des femmes.

"왜 우울해 하는 거요? ─그가 다정하게 물었다 ─나와 하나가 된 것을 후회하기 때문이오? 아니면 그대 어머니가 그대를 꾸짖으셨소?

─아닙니다─그녀가 말했다─그런 것들은 입에도 올리지 마세요.

─그러면 왜 슬퍼하는 거요? 이도령이 물었다.

─그대를 보니, 이렇게 내 가슴은 열에 닿은 눈과 같소. 그러니 그
대의 괴로움은 모두 내게 털어놓으시오.

─아니에요. 그대여, 저는 그대가 생각하는 이유로 슬픈 게 아니
에요. 저는 단지 그대가 고향으로 돌아갈 때 저를 여기에 버려둘 거
라고 그리하여 제가 여인들 가운데 가장 불행한 이가 될 거라고 생각
하고 있는 거예요.

I-Toreng la consola :

«Chère amie, ne dites pas cela. Nous avons fait un traité qui durera
autant que la pierre. Ne vous tourmentez donc pas sur cette question.

- Vous parlez selon votre cœur, -dit-elle, -mais votre père et votre
mère ne peuvent avoir les mêmes sentiments que vous ; et je crois
qu'il sera bien difficile de m'emmener avec vous dans votre pays.

- Oh!-fit I-Toreng, -pourquoi cela?

- Parce que je suis une simple fille du peuple et vous un noble.

- Qu'importe, nos cœurs ne changeront jamais, nous serons toujours
l'un à l'autre.»

Et lui mettant la main sur l'épaule :

«N'y pensez plus, -dit-il, -je vous en prie.»

이도령이 그녀를 달랬다.

"그대여, 그런 말 마시오. 우리는 서약을 했고, 그것은 바위만큼

지속될 것이오. 그러니 그 문제로 괴로워하지 마시오.

─그대는 그대의 마음에 따라 이야기하지요─그녀가 말했다─그러나 그대의 부친과 모친께서는 그대와 같은 감정일 수 없어요. 그러니 그대 고향에 그대와 함께 저를 데리고 가는 것은 정말 힘들 거라고 생각해요.

─오!─이도령이 말했다─왜 그런 말을?

─저는 상민의 보잘것없는 여식이고 그대는 양반이기 때문이지요.

─중요한 것은 우리 마음이 결코 변하지 않을 터이고, 우리는 늘 함께일 거라는 거요."

그러고는 그가 그녀의 어께에 손을 얹으면서 말했다.

"그 점에 대해서 더 이상은 생각하지 마시오─그가 말했다─부탁이오."

Rassérénés tous deux, ils allèrent à la chambre de Tchoun-Hyang, et s'aimèrent comme la nuit précédente. Mais de bonne heure I-Toreng dit :

«Il faut que je rentre à la maison.

- Pourquoi cet empressement à me quitter?-fit Tchoun-Hyang, inquiète.

- Oh! je ne suis pas pressé de vous quitter, -dit-il, -au contraire.

- Mais oui que vous êtes pressé, -répliqua-t-elle. -L'autre nuit vous ne pensiez pas ainsi à m'abandonner.

둘은 다시 평정을 찾고서 춘향의 방으로 가, 전날 밤처럼 서로 사랑을 나누었다. 그러나 곧 이도령이 말했다.

"집으로 돌아가야겠소.

– 왜 이렇게 재빨리 나를 떠나려는 거지요? – 춘향이 불안해하며 말했다.

– 오! 서둘러 그대를 떠나려는 게 아니오 – 그가 말했다 – 그 반대라오.

– 그렇지만 그대가 서두르는 건 맞잖아요 – 그녀가 반박했다 – 지난 밤에는 그대가 이렇게 나를 혼자 내버려두려고 생각하지 않았고요.

- C'est que, -répondit-il, -à cette heure, mon père et ma mère ne sont pas encore endormis. Je veux donc aller leur souhaiter le bonsoir et puis revenir ici.

- Bien comme cela, mais alors il sera préférable que vous restiez chez vous et ne reveniez que demain.

- Oh! quelle rusée vous êtes. Tout l'heure vous me reprochiez de vouloir partir et, maintenant, c'est vous qui me chassez.

- Oh! non, je ne vous chasse pas, -dit-elle ;-seulement, si vous me revencz tard dans la nuit, comme l'air est froid dans la montagne, vous pourriez être malade et j'en serais très triste. Il vaut donc mieux remettre à demain la joie de nous revoir.

- Que vous êtes aimable,» dit I-Toreng.

Et il la quitta ainsi qu'elle le désirait.

─이 시간에─그가 대답했다─나의 아버님과 어머님이 아직 잠들지 않으시기 때문이오. 그래서 그분들께 저녁인사를 드리러 갔다가 여기로 돌아오고자 하는 것이오.

─그렇군요, 그런데 그렇다면 당신 집에 있다가 내일 다시 오는 게 더 나을 거예요.

─오! 그대는 정말 꾀바르군. 떠나려 한다고 나를 나무란 게 조금 전인데, 지금은 그대가 나를 내쫓고 있구려.

─오! 아닙니다. 나는 당신을 내쫓는 게 아닙니다─그녀가 말했다 ─다만 그대가 밤 늦게 나에게로 다시올 때, 산속 공기가 차가우면, 그대가 아플 수 있어, 그렇게 되면 내가 아주 슬플 것입니다. 그러니 우리가 다시 보는 기쁨을 내일로 미루는 게 더 좋을 겁니다.

─그대는 정말 사랑스럽구려," 이도령이 말했다.

그리고 그는 그녀가 바라는 대로 그녀를 떠났다.

Dès qu'il fut rentré, il alla chez ses parents qui lui donnèrent l'ordre de se coucher de bonne heure. Mais, dans sa chambre, il se remit à songer à Tchoun-Hyang, inquiet d'elle, ne pouvant dormir, s'agitant sans cesse. N'y tenant plus, il s'habilla et courut vers la demeure de sa maîtresse.

그는 집으로 돌아와 곧바로 자기 부모님 방으로 갔고, 부모님들은 그에게 일찍 잠자리에 들라고 단단히 일렀다. 그렇지만 자기 방에서 그는 다시 춘향을 생각하기 시작했고, 그녀에 대해 안달이 나 잠을 이룰 수가 없어, 끊임없이 몸을 뒤척였다. 더는 견디지 못하고, 그는 옷을 차려입고서 자기 애인의 거처로 달려갔다.

Restée seule, elle s'était mise au lit et tout-à-coup elle entendit la voix d'I-Toreng. Elle se leva, ravie du courage, de la passion de son amant, et vite elle lui ouvrit la porte, l'introduisit.

혼자 남은 그녀가 잠자리에 들었는데 갑자기 이도령의 목소리가 들렸다. 그녀는 일어나, 자기 애인의 용기와 열정에 매료된 채로, 급히 문을 열고 그를 안으로 들어오게 했다.

«Pourquoi, êtes-vous revenu?-gronda-t-elle, -je vous avais dit de ne revenir que demain, et vous aviez accepté. Comment donc aurais-je confiance en votre parole, si vous manquez ainsi à vos engagements ; vous faites renaitre tous mes doutes pour le futur.

-Pardon, amie, je ma faute ; mais, seul dans mon lit, je vous revoyais sans cesse, je ne pouvais dreconnais ormir, et c'est pourquoi je suis venu.

"왜 다시 왔나요? - 그녀가 나무랐다 - 내일 다시 오라고 말씀드렸고 그대도 받아들였잖아요. 이러니 어떻게 내가 그대의 말을 신뢰하겠습니까, 이렇게 그대가 자신의 맹세를 지키지 않는다면 말입니다. 그대는 미래에 대한 나의 모든 의구심이 되살아나게 하고 있어요.

─ 미안하오, 그대여, 내 잘못을 인정하오. 그렇지만 잠자리에 홀

로 누워, 끊임없이 그대를 다시 떠올리느라 잠들 수가 없었소, 그것
이 내가 온 이유요.

- Je vous sais grâce d'avoir pensé à moi, -dit-elle ;-seulement, si
vous faites ainsi tous les jours, vous ne pourrez étudier, votre corps
souffrira, et voilà pourquoi je me sens ennuyée.

- Rien n'est plus vrai, -dit I-Toreng-mais accordez-moi encore
cette nuit!

- Impossible, -se récria-t-elle, mutinement, -je ne puis accepter que
vous manquiez à tous vos traités. A demain donc.

- Que vous êtes méchante!-répliqua-t-il.

- Je ne suis pas méchante du tout. Ecoutez-moi. En songeant tout le
temps à notre amour, vous n'étudierez pas, vous ne serez pas instruit
et vous rendrez le peuple malheureux; vos parents seront attristés, et,
de plus, vos visites trop fréquentes auprès de moi affaibliront votre
corps. Je juge donc qu'il est préférable que je n'accorde pas ce que
vous me demandez.

　　－나는 나에 대한 그대의 호의를 알고 있어요－그녀가 말했다－
다만 그대가 날마다 이렇게 처신한다면, 그대는 공부를 할 수 없고,
그대 몸은 아플 것입니다. 그것이 내가 걱정스러운 이유입니다.

　　－모두 옳소－이도령이 말했다－그렇지만 오늘 밤은 다시 나를
허락해 주시오.

　　－그럴 순 없습니다－그녀가 격렬히 항의했다－그대가 한 모든

서약을 그대가 지키지 않는 것을 나는 받아들일 수 없습니다. 그러니 내일 만나요.

－그대는 정말 냉혹하군요! － 그가 응수했다.

－나는 전혀 냉혹하지 않아요. 나의 말을 들으세요. 줄곧 우리 사랑을 생각한다면, 그대는 공부하지 않을 것이고, 학식이 쌓이지도 않을 거여서, 불행한 백성이 될 거예요. 그대의 부모님은 슬퍼하실 테고, 게다가 지나치게 나를 자주 찾아오면 그대 몸이 쇠약해질 거예요. 그래서 나는 그대가 내게 요구하는 것을 받아들이지 않는 게 더 낫다고 판단하는 겁니다.

I-Toreng insista :

- Cette nuit seulement, -pria-t-il, -et je vous promets que, dès demain, je me mettrai au travail.

- Non, -dit-elle encore, très ferme.

- Oh! méchante!-fit-il.

- Pourquoi m'appeler méchante? Je ne le suis pas.

- Oui vous l'êtes, car si vous ne m'accordez pas cette nuit, je serai malade tout de même de chagrin. Votre cruauté est donc inutile.»

Elle resta pensive, attristée qu'il pût être malade par elle, et reconnaissant d'ailleurs la justesse de ses paroles :

«Il m'aime tant, je ne puis le faire tellement souffrir.»

이도령이 고집했다.

－오늘 밤만－그가 간청했다－내일부터는 공부할 것을 약속하오.

－안됩니다－그녀는 다시, 아주 단호하게 말했다.

－오! 심술쟁이!－그가 말했다.

－왜 나를 심술쟁이라고 부르시죠? 나는 그렇지 않습니다.

－아니오, 그대는 심술쟁이오. 오늘 밤 그대가 나를 허락하지 않는다면, 어쨌거나 나는 슬픔으로 병들 것이기 때문이오. 그러니 그대의 비정함은 무익하오.”

그녀는 생각에 잠겨, 자기 때문에 그가 병이 날 수도 있음을 슬퍼하면서도, 한편으로는 자기 말이 옳다고 자인했다.

“저이가 이토록 나를 사랑하는데, 내가 저이를 저렇게 고통스럽게 할 수는 없는 노릇이지.”

Et s'adressant à lui :

«Enfin, jurez-moi que si je vous accorde cette nuit, vous tiendrez invariablement votre promesse de travailler dès demain.

- Je vous jure que je ne me dédirai pas.»

Alors, elle lui caressa doucement la figure et le baisa, disant qu'elle l'aimait bien, qu'elle était ravie de lui :

«Mais soyez raisonnable, ne venez pas si souvent les autres jours, travaillez, je vous en prie.»

그러고는 그에게 말을 건넸다.

“그럼, 내게 맹세하세요. 오늘 밤 내가 당신을 허락하면, 내일부터 학문을 닦겠다는 그대의 약속을 변함없이 지키겠다고 말입니다.”

－약속을 어기지 않겠다고 그대에게 맹세하오.”

그리하여, 그녀는 그의 얼굴을 부드럽게 쓰다듬고 그와 입맞춤하면서, 자신이 그를 정말로 사랑한다고, 그로 인해 몹시 기쁘다고 말했다.

"그렇지만 도리에 맞게 처신하십시오, 다른 날에는 이렇게 자주 오지 마시고, 공부하는 겁니다. 부탁이에요."

……Dans une caresse très douce…… elle mit sa joue contre la sienne……

(그림 설명)…… 아주 부드럽게 어루만지면서…… 그녀는 자기 볼을 그의 볼에 대었다.

Dans la plus grande joie, il promit de travailler de tout cœur, puis ils se mirent au lit. La nuit passa. Ils se levèrent à l'aube. I-Toreng rentra chez lui, rendit visite à ses parents, puis, une fois dans sa chambre, il prit ses livres, et, suivant le désir de Tchoun-Hyang, il étudia avec ferveur. Deux jours passèrent.

더할 수 없는 기쁨 속에서 그는 마음을 다해 공부하겠노라 약속했고, 그러고 나서 그들은 잠자리에 들었다. 밤이 흘렀다. 그들은 새벽에 일어났다. 이도령은 자기 집으로 돌아가, 부모님을 찾아뵙고, 자기 방으로 가서는 책을 들고, 춘향의 희망에 따라 열심히 공부했다. 이틀이 지났다.

Le troisième jour, le domestique lui apporta une lettre. Quand I-Toreng eut lu cette lettre il fut désespéré : elle lui annonçait que son père était appelé à de hautes fonctions auprès du roi.

«Hélas! hélas! que faire?» murmurait le jeune homme.

사흘째, 하인이 그에게 편지 한 통을 가져왔다. 이도령은 그 서신을 읽고서 절망에 빠졌다. 편지에는 아버지가 왕으로부터 고위직에 임명되었다고 적혀있었다.

"아! 아! 어떻게 한단 말인가?" 그 젊은 사내가 나직이 말했다.

A ce moment, son père le fit appeler et lui dit :

«Vous allez partir en avant avec votre mère.

- Pourquoi ne partirions-nous pas tous ensemble?-balbutia I-Toreng.

- Parce qu'il faut que je mette le nouveau mandarin au courant des affaires ; il est donc impossible que nous partions ensemble.

- Alors, je partirai,» fit I-Toreng, docile.

Mais il alla trouver sa mère :

«Mon père désire que nous partions avant lui, cela vous convient-il?

- Certainement, -dit-elle, -je ferai comme il voudra.»

그때 그의 아버지가 그를 불러 말했다.

"너는 네 어머니와 함께 먼저 출발하거라.

―왜 같이 출발하지 않으시려는 겁니까?―더듬거리며 이도령이 말했다.

　　-신임 관리에게 업무의 흐름을 알려주어야 하기 때문이다. 그러니 같이 출발하는 건 불가능이다.

　　-그럼 떠나도록 하겠습니다," 이도령이 고분고분 말했다.

그리고 나서 그는 어머니를 찾아갔다.

　"아버님께서 저희들이 먼저 출발하기를 원하십니다. 괜찮으신지요?

　　-물론이다-그녀가 말했다-그분이 원하시는 대로 할 것이다."

　I-Toreng se hâta de faire ses malles où il entassa ses objets préférés ; puis il revint à sa chambre, et, là, le cœur lui faillit, il pleura et se désespéra.

　«Que faire! que faire! Si je pars en avant, il me sera bien difficile d'emmener Tchoun-Hyang.»

　　이도령은 서둘러 짐을 꾸리며 좋아하는 물건들을 챙겼다. 그리고 자기 방으로 돌아와서는 거기서 의기소침해져 울었다. 그리고 절망에 빠졌다.

　"어쩌지! 어쩐단 말인가! 내가 먼저 출발하면, 내가 춘향을 데리고 가는 건 정말 어려울 텐데."

　Il alla donc trouver sa maitresse à la nuit, et, tout le long du chemin, il sc lamentait. Il s'essuya pourtant bien les yeux avant d'entrer chez elle et composa son visage. Elle l'embrassa tendrement :

　«Comme il y a longtemps que je ne vous ai vu,» lui dit-elle.

그리하여 그날 밤에 그는 자기 애인을 찾아갔고, 가는 동안 내내 한탄했다. 그렇지만 그녀의 집에 들어가기 전에는 눈물을 닦고 얼굴 표정을 꾸며 지었다.

"그대를 본 지 얼마나 오래되었는지요," 그녀가 그에게 말했다.

I-Toreng, triste, ne répondit pas. Elle lui dit alors que probablement son père, ayant appris ses amours, l'avait grondé, et que c'était pourquoi il n'était pas venu ces jours derniers.

I-Toreng répondit en pleurant :

«Non, amie, ce n'est pas cela. Je vais retourner dans mon pays.»

Tchoun-Hyang, à cette nouvelle, laissa tomber ses bras, la poitrine affaissée.

«Que dites-vous là?-s'écriat-elle. -Est-ce votre père qui vous renvoie dans votre pays parce qu'il a su notre amour?

-Oh! non, -fit I-Toreng, -mais mon père est appelé auprès du roi comme ministre. Je suis donc obligé de partir.»

이도령은 슬퍼서 대답하지 못했다. 그러자 그녀가 그에게 말했다. 아마도 그의 아버지가 자기들의 사랑을 아시고 노여워하여 그가 요 며칠 오지 않았을 거라고 말이다.

이도령이 울면서 답했다.

"아니라오, 그대여, 그게 아니오. 나는 곧 내 고향으로 돌아가오."

이 소리를 들은 춘향은 팔을 떨어뜨렸다. 가슴이 무너졌다.

"도대체 무슨 말씀입니까? - 그녀가 소리쳤다 - 그대 부친께서 우리 사랑을 아시고서 그대를 그대 고향으로 보내시는 겁니까?

—오! 아니오—이도령이 말했다—내 아버지께서 대신으로 왕의 부름을 받았소. 그래서 떠나야만 하오."

Il pleurait en disant ces choses. Elle le consola, et, pensant qu'il lui serait difficile de l'emmener avec lui :

«Ne pleurez pas ainsi. Si vous partez avant moi, j'attendrai que vous puissiez venir me chercher.

- Vous avez raison ; mais je ne puis souffrir de vous laisser une heure, un quart d'heure seule ici, tandis que je m'éloignerai ; je vous regretterai trop : cela est au-dessus de mes forces.»

이걸 말하면서 그는 울었다. 그녀는 그를 달래며, 그가 자기를 데리고 가는 것은 어려울 거라고 생각했다.

"그렇게 울지 마세요. 그대가 먼저 떠나시면, 나는 기다릴 터여요, 그대가 나를 찾으러 올 수 있기를요.

—그대가 옳소. 그렇지만 내가 멀리 있을 동안 한시라도 잠깐이라도 그대를 여기 혼자 내버려두는 건 견딜 수가 없소. 그대가 너무도 그리울 거요. 이건 내가 감당할 수 없는 일이오."

Elle lui jeta ses deux bras autour du cou, et dans une caresse très douce, mais un peu ironique, elle mit sa joue contre la sienne :

«Vous allez partir, ami, dites-moi quand vous reviendrez me chercher?»

Et montrant un tableau à la muraille où se trouvait dessinèe une cigogne:

«Quand cet oiseau-là chantera et volera, quand la montagne sera la plaine, vous reviendrez, n'est-ce pas, ami? Quand la mer prendra la place de la terre et que la terre prendra la place de la mer, alors, n'est-ce pas, vous viendrez me chercher? Si vous voulez me tuer auparavant et partir ensuite, c'est bien ; mais me laisser seule ici cela n'est pas possible.»

Entendant ces paroles, I-Toreng s'écria :

«Comment faire?»

그녀는 두 팔을 뻗어 그의 목을 감싸고서 아주 부드럽게 그러나 조금은 냉소적으로 자기 볼을 그의 볼에 대었다.

"그대는 떠나겠지요, 그대여, 언제 나를 찾으러 다시 올 지 말해주세요."

그리고 벽에 걸려있는 한 마리 황새 그림을 가리키며 말했다.

"저 새가 노래부르고 날아다닐 때, 산이 평야가 될 때면 그대가 다시 오겠지요, 그렇지 않나요, 그대여? 바다가 땅의 자리를 차지하고 땅이 바다의 자리를 차지할 때면, 그때, 그대가 나를 찾으러 오겠지요, 그러지 않나요? 그대가 먼저 나를 죽이고서 떠나고자 한다면, 그건 좋아요. 하지만 여기 나를 혼자 내버려두는 것 그건 그럴 수 없는 일이에요."

이 말을 듣고서 이도령이 소리쳤다.

"어떻게 하라는 말이오?"

Ils causaient lorsque le domestique arriva. Il prit I-Toreng à l'écart :

«Votre père vous mande à l'instant : allez vite.»

I-Toreng laissa 'Tchoun-Hyang en lui disant :

«Au revoir, à tout à l'heure.»

Il rentra avec le domestique, et alla visiter son père, qui lui dit .

«Pourquoi n'êtes-vous pas encore parti? il faut partir tout de suite.» I-Toreng répondit :

«Oui, mon père, j'y vais.

그들이 이야기를 나누고 있을 때 하인이 도착했다. 그는 이도령을 옆으로 데려갔다.

"어르신께서 당장 오시라고 하십니다. 어서 가시지요."

"잘 있으시오, 곧 봅시다." 이도령이 춘향에게 말하고, 그녀를 두고 갔다.

그는 하인과 함께 집으로 돌아와 부친을 뵈러갔고, 그의 아버지가 그에게 말했다.

"왜 아직 출발하지 않았느냐? 곧장 떠나거라."

"예 아버님, 출발하겠습니다." 이도령이 답했다.

Il dit adieu à son père et courut trouver sa mère.

«Partez en avant, je vous joindrai au plus tôt. j'ai ici quelques amis à qui je veux faire mes adieux.

- Soit, -dit la mère. -Allez donc tout de suite auprès de vos amis, et rejoignez-moi.

- Oui, maman, -dit-il, -à tout à l'heure.»
Sa mère partie, il revint auprès de Tchoun-Hyang.

그가 부친께 작별인사를 하고, 모친을 찾으러 달려갔다.

"먼저 떠나세요. 저는 되도록 빨리 합류하겠습니다. 이곳에 작별
인사를 하고 싶은 친구 몇 명이 있습니다.

－그렇게 하려무나－어머니가 말했다－그러면 즉시 친구들 곁으
로 가거라, 그리고 나서 나와 다시 만나자꾸나."

－네, 어머님－그가 말했다－곧 뵙겠습니다."

자기 모친이 출발하자, 그는 춘향 곁으로 다시 왔다.

«Je pars, à l'instant, -lui dit-il. -Partir! partir! partir!, .. Je pars! je
dois vous laisser ici. Comment faire?»

Elle s'affola :

«Partir, -fit-elle, désespérée, -maintenant, tout de suite! Comme je
vais être malheureuse!»

Elle l'accompagna jusque sur le pont où se trouvait Couang-
hoa-lou. Il tenait serrée dans sa main la main de sa maîtresse, ne
pouvant se résoudre à la lâcher et pleurant. Le domestique, qui
surveillait I-Toreng, accourut alors et lui dit :

«Allons, allons, il faut partir, votre mère vous attend.»

"나는 곧 떠나오－그가 그녀에게 말했다－떠나요! 떠난다고! 떠
난다고요! ... 나는 떠나오! 그대를 여기 남겨두어야 하오. 어떻게 한

단 말이오?"

그녀는 불안에 사로잡혔다.

"떠나세요 – 절망한 채 그녀가 말했다 – 지금, 당장! 나는 얼마나
불행해지겠는지요!"

그녀는 광화루가 있는 다리까지 그를 배웅했다.[11] 그는 자기 손으
로 애인의 손을 꼭 쥐고서, 그 손을 놓아주도록 마음 먹을 수 없어 눈
물을 흘리고 있었다. 이도령을 지켜보고 있다가 하인이 그때 달려와
서 그에게 말했다.

"자, 자, 떠나서야 합니다, 나리 어머님께서 기다리십니다."

I-Toreng, fâche, s'écria :

«Si vous étiez à ma place, que feriez-vous donc? Laisseriez-vous
Tchoun-Hyang seule ici et partiriez-vous sans hésiter?

- Si j'étais à votre place, -répondit le domestique-je ne pleurerais
pas ainsi. Vos parents seraient morts que vous ne gémiriez pas
davantage.

- Coquin! coquin!-se récria I-Toreng furieux.

- Quoi, vous m'injuriez, -dit le domestique, -je vais de ce pas tout
raconter à votre mère.

Le pauvre I-Toreng le calma, le supplia de n'en rien faire.

«Nous allons nous quitter, -lui dit-il, -pourquoi me joueriez-vous

---

11 L'habitude coréenne est d'accompagner ainsi le voyageur aussi loin que possible
avant de le quitter. 꼬레에는 이렇게 여행자가 떠나기 전 가능한 한 멀리 그와 동
행하는 관습이 있다.

ce mauvais tour?

-Si vous partez avec moi, tout de suite, je ne dirai rien,» répondit le domestique.

이도령이 화가 나서 소리쳤다.

"네가 내 입장이라면 그래 어찌하겠느냐? 춘향을 여기 혼자 내버려두고 주저 없이 떠나겠느냐?

－제가 도련님 입장이라면－하인이 대답했다－이렇게 울고 있지는 않을 겁니다. 도련님 부모님께서 돌아가신다 해도 더 많이 울먹이지는 않으실겁니다.

－나쁜 놈! 나쁜 놈!－이도령이 노발대발하며 다시 소리쳤다.

－아니, 저에게 욕설을 퍼부으시는 겁니까－하인이 말했다－나리 어머니께 모든 걸 이야기하렵니다.

불쌍한 이도령이 그를 진정시키고 이 일에 대해서는 아무 말도 말라고 간청했다.

"우리는 곧 헤어질 터인데－그가 하인에게 말했다－왜 너는 나를 골탕 먹이려 하느냐?"

－저와 당장 떠나신다면, 아무 말도 않겠습니다," 하인이 대답했다.

Tchoun-Hyang, dit alors :

«Il est impossible que je vous accompagne plus loin ; nous allons nous séparer ici.»

Et l'embrassant étroitement, le caressant, elle dit encore :

«Ne vous tourmentez pas trop pour moi, ami ; mais étudiez bien afin qu'un jour vous deveniez mandarin à Nam-Hyong et que vous puissiez m'épouser.

- Oh! oui, -s'ècria I-Toreng, -je travaillerai beaucoup en pensant à vous et je passerai mes examens pour vous conquérir.

춘향이 그때 말했다.

"더 멀리 그대와 동행하는 건 안되겠어요. 여기서 헤어지기로 해요."

그러고는 그를 꼭 껴안고 어루만지며, 그녀가 다시 말했다.

"저 때문에 너무 괴로워하지는 마세요, 그대여. 그렇지만 열심히 공부해서 언제가 남형의 관리가 되어 저와 혼인할 수 있도록 하세요.

－오! 알겠소－이도령이 외쳤다－그대를 생각하면서 열심히 공부하고 그대를 얻기 위해 시험에 합격하겠소."

- Je doute encore de vos paroles, -dit-elle-une fois dans votre pays, vous aimerez quelque autre jeune fille et vous m'oublierez.

- Comment pouvez-vous me dire une pareille chose?-dit I-Toreng ;

- C'est donc que vous songez à prendre un nouvel amant.»

Ils s'embrassèrent là-dessus. Elle lui souhaita bon voyage et bon courage. Alors, il dit, à son tour :

«Ne vous dèsespérez pas! Je reviendrai vous prendre le plus tôt possible.»

Ils échangèrent leurs anneaux, et il s'éloigna.

－나는 아직도 그대 말이 의심스러워요－그녀가 말했다－일단

그대 고향에 가면, 그대는 어떤 다른 아가씨를 사랑하고 나는 잊어 버리겠지요."

─어떻게 그와 같은 말을 내게 할 수 있단 말이오?─이도령이 말 했다.

─그대가 새 연인을 얻을 생각을 한다면 그렇다는 거지요."

그러고 나서 그들은 포옹을 했다. 그녀는 그에게 여행 잘하고 힘 을 내라고 빌어주었다. 그때 그가 말했다.

"낙담하지 마시오. 가능한 한 빨리 다시 와서 그대를 맞이하리다."

그들은 반지를 주고받았다. 그리고 그는 멀어져갔다.

Affaissée sur le parapet du pont, elle suivait des yeux son ami, et elle pleurait. Lui, se tournait sans cesse. Elle agita son mouchoir. Il fit de même. Arrivé au détour de la montagne il s'arrêta une dernière fois et il ne pouvait se lasser de lui envoyer des signaux amoureux.

다리 난간에 기대어 주저앉아, 그녀는 자기 애인을 눈으로 뒤쫓으 며 울고 있었다. 그는 쉬지 않고 뒤돌아보곤했다. 그녀가 손수건을 흔들었다. 그도 그렇게 하였다. 산모퉁이에 도착하자 그는 마지막으 로 멈춰서서, 지치지도 않고 그녀에게 사랑의 신호를 계속 보냈다.

Le domestique le pressait, très ennuyé. I-Toreng le suppliait d'attendre encore. Cela menaçait de s'éterniser et le domestique grommelait, regardant Tchoun-Hyang agiter son mouchoir ; enfin n'y tenant plus, il prit le bras d'I-Toreng et l'entraîna derrière le coteau d'où il ne pouvait plus voir la jeune fille.

하인이 아주 지겨워하며 그를 재촉했고, 이도령은 한번 더 기다려 달라고 그에게 간청했다. 이런 것이 영원히 계속될 것 같아 하인은 투덜대며, 손수건을 흔드는 춘향을 바라보고 있었다. 결국 더는 견딜 수가 없어, 그는 이도령의 팔을 붙잡고 더는 그 아가씨를 볼 수 없는 언덕 뒤로 그를 데려갔다.

«Hélas, hélas!-s'écria alors Tchoun-Hyang, -voilà mon amant parti ; je ne le vois plus. Ah! la maudite montagne qui me dérobe l'adoré ; quand je vivrais un siècle, je garderais encore rancune à cette montagne.»

Elle rentra chez elle, elle entassa dans une malle ses plus belles robes, ses parfums, ses bijoux, en signe de deuil, et resta vêtue de pauvres vêtements.

"아, 아! – 그때 춘향이 소리쳤다 – 저기 내 사랑이 떠났구나. 더는 그가 보이지 않아. 아! 내 열렬히 사모하는 이를 내게서 앗아간 저 저주받을 산이여. 내가 한 세기를 산다 해도, 저 산에 대한 원한을 계속 품고 있으리라."

그녀는 자기 집으로 돌아가, 애도의 표시로 자신의 가장 예쁜 옷, 향수, 보석을 큰 함에 쌓아 넣고, 초라한 옷을 입은 채로 있었다.

Cependant, et comme le domestique s'apprêtait à le quitter, I-Toreng lui dit :

«Voici de l'argent pour vous, et voici une somme que vous porterez à Tchoun-Hyang.

Le domestique, rentré en ville, alla trouver Tchoun-Hyang, et lui donna l'argent.

그러는 동안, 하인이 이도령을 떠나려 하자,[12] 이도령이 그에게 말했다.

"이것은 네게 주는 돈이고, 이 큰 돈은 네가 춘향에게 전해줄 것이다.

하인은 마을로 돌아가 춘향을 찾아가서 그녀에게 돈을 건넸다.

Le nouveau mandarin de Nam-Hyong arriva bientôt. Dès l'abord il dit à son domestique :

«Indiquez-moi, s'il vous plaît, une jeune fille de cette ville nommée Tchoun-Hyang.

- Bien, monsieur.

- Faites-la venir auprès de moi.

- C'est difficile, -répondit le domestique, -car la jeune fille est mariée à I-Toreng, le fils du précédent mandarin.»

Le mandarin à cette nouvelle entra dans une grande colère.

«Ne dites pas cela, et appelez-la immédiatement ici.»

---

12 Rappelons que ce domestique est attaché à la fonction, et non pas à l'homme. 이 하인은 사람이 아니라 직위에 소속되어 있음을 떠올리자.

남형의 신임 관리가 곧바로 도착했다. 처음부터 그는 자기 하인에게 말했다.

"춘향이라는 이름의 이 마을 아가씨에 대해 내게 고하라,

– 알겠습니다, 나리.

– 그 아가씨를 내 곁으로 오게 하라.

– 그건 어렵습니다 – 하인이 대답했다 – 그 아가씨는 이도령이라고 하는 전임 관리의 아들과 결혼하였기 때문이지요."

이 말을 듣고 신임 관리는 크게 화를 냈다.

"그런 말 말거라, 그녀를 당장 여기로 불러 오라."

Le domestique s'inclina, et courut remplir sa mission. Tchoun-Hyang était là. Il la fit demander :

«Pourquoi me demandez-vous?-fit la jeune fille, en apparaissant.

- Le nouveau mandarin désire vous voir. Venez tout de suite.»

Dans l'impossibilité de se soustraire à cet ordre elle l'accompagna. Le nouveau mandarin la regarda attentivement.

«Elle est superbe, -pensa-t-il, -malgré ses affreux vêtements.

- J'ai beaucoup entendu parler de vous à Séoul dans la capitale, et je le comprends aujourd'hui en vous voyant si belle. Voulez-vous m'épouser?»

하인이 고개 숙여 인사하고, 자기 임무를 다하러 달려갔다. 춘향이 있는 곳이었다. 그는 그녀를 보자고 했다.

"그쪽이 왜 나를 보자고 하오? – 그 아가씨가 모습을 드러내며 말

했다.

─신임 관리가 당신을 만나고 싶어 합니다. 당장 갑시다."

이 명령에서 벗어날 수 없다는 것을 알고서 그녀는 그와 동행했다. 신임 관리가 그녀를 주의 깊게 바라보았다.

"절세 미인이군─그가 생각했다─추한 옷을 입었는데도 말이지.

─수도 서울에서 그대에 대해 말하는 것을 많이 들었네, 너무도 아름다운 그대를 보니 오늘에야 그걸 이해하겠군. 나와 혼인하겠소?"

Elle ne répondait pas. Le mandarin insista :

«Pourquoi ne me répondez-vous pas?» dit-il.

Il répéta deux ou trois fois cette interrogation, sans que Tchoun-Hyang répondit davantage. Plein de colère, alors, il reprit :

«Pourquoi ne répondez-vous pas?

- Je suis mariée avec I-Toreng. -dit-elle enfin ;-c'est pourquoi je ne vous répondais pas. D'ailleurs, -continua-t-elle, s'exaspérant, -si le roi de Corée vous a envoyé à Nam-Hyong, c'est pour vous occuper des besoins du peuple. Le travail ne vous manquera pas. Certes au cas où le roi vous aurait envoyé ici uniquement pour m'épouser, j'obéirais à cet ordre, sinon, vous ferez mieux de remplir les devoirs de votre charge et d'appliquer en justice les lois du pays.»

그녀는 대답하지 않았다. 관리가 힘주어 말했다.

"왜 대답을 하지 않는 것이오?" 그가 말했다.

그는 두세 번 이 질문을 반복했고, 춘향은 더 굳게 무응답이었다.

그리하여 화가 잔뜩 난 그가 말을 이었다.

"왜 대답을 하지 않소?

—나는 이도령과 결혼했습니다—마침내 그녀가 말을 했다. 그래서 당신께 대답하지 않는 것이오. 게다가—그녀가 격앙되어 말을 이었다. 꼬레의 왕께서 당신을 남형으로 보내셨다면, 그것은 당신이 백성의 필요에 몰두하도록 하기 위함일 게요. 당신에게는 임무가 있을 것이오. 확실하게 왕이 당신을 단지 나와 결혼하라고 이곳에 보내신 것이라면, 내 그 명령에 따르겠소, 그렇지 않다면 당신은 주어진 임무를 다하고, 나라 법을 정의롭게 적용하는 데 더 힘써야 할 것이오."

La rage du mandarin fut sans bornes. Il appela ses serviteurs et leur ordonna de conduire Tchoun-Hyang en prison. Mais elle dit encore:

«Pourquoi me faire mettre en prison? Je n'ai jamais commis aucune faute. Une femme mariée doit rester fidèle à son mari. Si le roi de Corée était remplacé par un usurpateur, le trahiriez-vous pour servir le nouveau monarque?»

Cette fois le mandarin bondit de fureur.

«En prison, en prison tout de suite,» ordonna-t-il. -Les serviteurs se précipitèrent sur elle et la menèrent en prison. Elle y passa de longs jours dans une profonde tristesse, sans presque prendre de nourriture, pensant toujours à I-Toreng.

신임 관리의 분노가 극에 달했다. 그는 자기 종복들을 불러 춘향을 투옥하라고 명했다. 그런데 그녀가 다시 말했다.

"왜 나를 투옥시키려는 것이오? 나는 결코 어떤 죄도 범하지 않았소. 혼인한 여자는 자기 남편에게 충실해야 하오. 만약 꼬레의 왕이 어떤 왕위 찬탈자로 대체된다면, 그쪽은 새로운 군주를 섬기기 위해 왕을 배반하겠소?"

이번에는 관리가 분노로 펄쩍 뛰었다.

"투옥, 당장 투옥하라." ─ 그가 명령했다 ─ 종복들이 그녀에게 달려들어 그녀를 투옥시켰다. 그녀는 깊은 슬픔에 빠져, 거의 음식을 먹지 않고, 늘 이도령을 생각하며 그곳에서 긴긴 나날을 보냈다.

Cependant, I-Toreng était arrivé dans la capitale. Il travaillait énormément dans l'espoir de passer vite ses examens et d'aller retrouver sa chère Tchoun-Hyang.

그동안, 이도령은 수도에 도착했다. 그는 시험에 빠르게 합격하여 사랑하는 춘향을 다시 만나러 가겠다는 희망을 품고서 엄청나게 공부했다.

Un jour, enfin, il apprit que le roi de Corée avait fixé les examens pour le surlendemain. I-Toreng passa brillamment en tête de tous, et le roi, qui aimait beaucoup le jeune homme, le questionna après l'avoir félicitè :

«Que désirez-vous de moi? Je vous accorderai tout ce que vous voudrez. Voulez-vous être mandarin, gouverneur?

- Je souhaite d'être nommé Émissaire royal», dit I-Toreng.

어느 날 드디어, 꼬레의 왕이 그 다음 다음날로 시험날을 정했다
는 것을 그가 알았다. 이도령이 모든 이들 중 최고로 훌륭하게 합격
했고, 이 젊은이를 무척 좋아한 왕이 그에게 축하한 후 하문했다.

"그대가 내게 바라는 무엇이 있는가? 그대가 바라는 것은 모두 허
하겠노라. 행정관인 고을 관리는 어떠한가?

— 저는 암행어사로 임명되길 원하옵니다,"¹³ 이도령이 말했다.

Le roi, alors, lui donna le sceau et les riches vêtements afférents à
son emploi, et I-Toreng se mit en route, après avoir été saluer ses
parents. Il travestit ses domestiques et se travestit lui-même, en
mendiants. Il explora ainsi le pays, interrogeant partout le peuple
pour connaître ses besoins et pour contrôler l'administration des
mandarins. Il arriva bientôt aux environs de Nam-Hyong. Il se logea
dans un petit village de cultivateurs, où les gens travaillaient ensemble
à leurs cultures et chantaient des chants patriotiques. I-Toreng les
écouta chanter, ils disaient :

«Le riz que nous faisons pousser «à grand peine, sous la brûlure du
«soleil, que nous arrosons de nos «sueurs, il en faut d'abord donner
une «part pour le tribut du roi, ensuite «une part pour les amis

---

13 L'Émissaire royal est muni de pleins pouvoirs. Il porte le sceau royal. Il surveille
d'une maniére occulte l'administration des mandarins et les punit s'il les juge
coupables. 암행어사에게는 절대적인 권력이 주어진다. 그는 왕이 인정한 인장
을 지닌다. 그는 은밀한 방식으로 고을 관리들의 행정을 감시하고, 그들이 유죄
라고 판단되면 처벌한다.

pauvres, puis «une part pour les voyageurs, consacrer «encore quelque argent à la fête des ancêtres. Et cela serait bien, si «le mandarin ne nous pressurait de «telle sorte qu'il nous reste à peine «de quoi manger.»

그리하여 왕이 그에게 인장과 직무에 따른 화려한 의복들을 하사했고, 이도령은 먼저 부모님께 인사를 드리고 길을 떠났다. 그는 자기 하인들을 거지로 변장시켰고, 본인도 그렇게 했다. 그는 그렇게 마을을 탐색했고, 도처에서 백성들에게 물어 그들의 요구사항을 알아내고 관리들의 행정을 감시했다. 그는 곧 남형 근처에 도착했다. 그는 농부들이 있는 작은 마을에 묵었다. 그곳 사람들은 경작지에서 함께 일하고, 나라를 걱정하는 노래를 불렀다. 이도령은 그들이 노래하는 것을 들었다. 노래는 다음과 같았다.

"우리들이 큰 수고를 들이고 햇볕에 그을려가며 싹이 나게 하고 우리의 땀으로 물을 주는 쌀은 일부는 왕에게 바치는 조세로 일부는 가난한 친구들을 위해 먼저 내놓아야 하고, 그러고 나서는 나그네들을 위해 일부를 내어 놓아야 하고, 거기다 조상들 제사에 얼마간의 돈을 내어야 한다네. 그렇지만 이것도 좋아, 고을 관리가 우리에게 먹을 것이 남을 정도로만 우리를 압박한다면 말이지."

«Chut, -cria ici un jeune homme. -Ne chantons pas ces chansons-la, car j'ai entendu parler d'un émissaire royal qui se trouve dans les environs de Nam-Hyong, et si jamais il nous entend chanter ainsi, il reprochera au mandarin sa mauvaise conduite et celui-ci se vengera sur nous.»

"쉬 - 그때 한 젊은 사내가 소리쳤다 - 이런 노래는 부르지 말자고. 남형 근처에 암행어사가 한명 있다는 얘기를 들었거든. 만약 언젠가 그이가 우리들이 이렇게 노래하는 것을 듣는다면, 그는 고을 관리의 나쁜 행실을 나무랄 것이고 그러면 고을 관리는 우리에게 복수를 할 것이야."

Intéressé, I-Toreng s'approcha et dit :

«Je veux vous demander quelque chose.

- Quoi donc?-firent-ils.

- J'ai entendu dire que le mandarin de Nam-Hyong est marié avec Tchoun-Hyang et qu'il est très heureux par elle.»

Le jeune homme et tout le peuple se récrièrent.

«Comment osez-vous dire cela? Tchoun-Hyang est très fidèle et très pure, et c'est très mal à vous de parler ainsi d'elle et du méchant mandarin qui l'opprime⋯⋯ Non, le fils du précédent mandarin a séduit la pauvre fille et l'a abandonnée sans plus jamais revenir la voir. C'est un fils de chien, un fils de veuve, un fils de porc!

- Assez, assez!-fit I-Toreng, -ne parlez pas ainsi, ayez plus de respect, craignez de vous montrer injustes.»

Mais il pensa en lui-même qu'il avait commis une faute et s'éloigna pour pleurer.

흥미를 느끼고, 이도령이 가까이 가서 말했다.

"몇 가지 물어보고 싶소.

ㅡ 뭘 말이오? ㅡ 그들이 말했다.

ㅡ 남형 고을 관리가 춘향과 혼인했고 그녀로 인해 매우 행복해 한다고 들었소."

젊은 사내와 사람들이 모두 격렬하게 항의했다.

"어떻게 감히 그런 말을 하시오? 춘향은 아주 지조있고 정말 순수하오, 그러니 당신이 그녀와 그녀를 학대하는 악독한 고을 관리에 대해 그렇게 말하는 것은 아주 잘못된 것이오…… 아니라오, 전임 고을 관리의 아들이 그 불쌍한 여자를 유혹하고서 그녀를 보러 다시는 오지 않은 채 그녀를 저버린 것이오. 그 놈은 개자식, 과부의 자식[14], 돼지 새끼요!

ㅡ 그만, 그만! ㅡ 이 도령이 말했다 ㅡ 그렇게 말하지 마시오. 조금 더 자중하셔서, 여러분들이 부당하게 보이는 일은 피하시오."

그렇지만 그는 자신이 잘못하였다고 혼자 생각하고 멀리 떨어져 나와 울었다.

Il s'arrêta dans un autre endroit où des écoliers jouaient. Curieux de les voir de près et de les entendre, il s'approcha. En jouant, l'un deux, déjà un grand jeune homme, disait à ses amis :

«Aujourd'hui nous sommes gais ; il fait beau temps, voulez-vous

---

14 Le fils de la veuve, gâté par sa mére, tourne souvent mal ; appeler quelqu'un «fils de veuve» est une injure grossière en Corée. 과부의 자식은 자기 어머니로 인해 망가지고, 자주 나쁜 쪽으로 변한다. 누군가를 '과부의 자식'이라고 부르는 것은 꼬레에서 거친 욕설이다.

que nous fassions une poésie?

Un autre fit :

- Mais sur quel sujet, cette poésie?

- Le sujet sera : «La vie du peuple.»

그는 서당 아이들이 놀고 있는 또 다른 장소에서 발걸음을 멈췄다. 아이들을 가까이서 보고 그들 말을 듣고 싶어 그가 다가갔다. 놀고 있던 아이들 중 이미 다 큰 사내 아이 하나가 자기 친구들에게 말했다.

"오늘 우리 모두 기분도 좋고, 날씨도 좋으니, 시 한 수 읊는 건 어때? 다른 아이가 말했다.

－그렇다면 오늘 시는 어떤 주제로?

－주제는 이거야, "백성들의 삶."

I-Toreng pensa que c'était fort intéressant et, couché dans l'herbe, il tendit l'oreille.

Le jeune homme chanta :

«Sur le brillant et doux soleil un «méchant nuage s'est glissé. Tout est «triste sur la terre. Ce nuage est «pareil à un hameçon qui pêche le «pauvre peuple.»

이도령은 몹시 재미있겠다고 생각해서, 풀 속에 누운 채 귀를 기울였다.

좀 전의 그 사내 아이가 노래했다.

"부드럽게 반짝이는 태양 위로 심술궂은 구름 하나 미끄러졌네.
땅 위의 모든 것이 침울하네. 불쌍한 백성을 낚는 낚시바늘과 같은
구름이라네."

Un autre jeune homme s'exclama :

«Ah! quelle tristesse! J'ai entendu dire qu'une jeune fille nommée
Tchoun-Hyang serait exécutée dans deux ou trois jours par le
bourreau du mandarin.

- Pourquoi le mandarin veut-il tuer Tchoun-Hyang?» demanda le
premier jeune homme.

Un autre répondit :

«Oh! ce mandarin, qui ne travaille guère, ne pense qu'à Tchoun-
Hyang; mais elle est comme le sapin et le bambou qui ne changent
jamais, elle reste fidèle à son mari.

- Que c'est donc malheureux d'avoir eu, après le bon mandarin
d'autrefois, ce méchant au cœur dur, qui est pareil à un hameçon
crochant le pauvre peuple.

- Cette Tchoun-Hyang a donc été mariée?-dit le premier jeune
homme.

- Oui, elle a été mariée au fils du précédent mandarin. Quel cochon
que ce fils! Une fois marié il a abandonné la pauvre jeune fille, il a été
plus féroce qu'un tigre.»

다른 사내 아이가 소리쳤다.

"아! 너무 슬픈 일이 있어! 춘향이라는 이름의 젊은 아가씨가 고을 관리의 형리(刑吏)에 의해 이삼일 후 사형에 처해질 거라고 말하는 것을 들었거든.

－고을 관리가 왜 춘향을 죽이려 한단 말이야?－처음의 사내 아이가 말했다.

다른 사내 아이가 답했다.

－아! 그 고을 관리는 일도 거의 하지 않고, 춘향만 생각해. 그런데 그녀는 어떤 소리도 내지 않는 전나무 대나무 같아. 그녀가 정절을 지키는 상대는 자기 낭군인 거지.

－그러니 이전의 훌륭한 고을 관리 후임으로, 이렇게 독하고 나쁜 이가 온 것이 얼마나 불행한 일인지, 불쌍한 백성을 낚는 낚시바늘 같은 놈.

－그러니까 그 춘향이 혼인을 한 거였어?－처음의 사내 아이가 말했다.

－그럼. 그녀는 이전 고을 관리의 아들과 혼인을 하였지. 더러운 녀석 같으니! 일단 혼인하고서 그 불쌍한 아가씨를 내버린 거지, 호랑이보다 더 잔인한 놈이었던 거야."

I-Toreng, entendant cela, fut fort ennuyé et, apparaissant tout-à-coup, il demanda aux écoliers lequel d'entre eux avait chanté la poésie :

«C'est moi, -dit le premier jeune homme.

- Voulez-vous me donner votre nom?-demanda I-Toreng.

- Je suis Tchong-Wan-Jong.»

Là-dessus, I-Toreng s'éloigna rapidement vers Nam-Hyong, et il pleurait en songeant à sa pauvre Tchoun-Hyang.

이도령은 이걸 듣고 아주 난처해져, 갑자기 모습을 드러내고 서당 아이들에게 그들 중 누가 방금 그 시를 노래하였는지 물었다.

"저요-처음의 사내 아이가 말했다.

-네 이름을 내게 알려주겠나?-이도령이 물었다.

-정완종이에요."

그러고 나서, 이도령은 남형 방향으로 급히 사라졌다, 그는 불쌍한 자기 춘향을 생각하며 울었다.

Entre-temps, Tchoun-Hyang, toujours en prison, restait fidèle au souvenir d'I-Toreng et, mangeant à peine, elle était tout amaigrie, toute faible, toute malade. Un jour qu'elle dormait, elle eut un rêve. Elle vit sa maison, et, dans le jardin, les fleurs, qu'elle avait plantées et qu'elle aimait tant, se flétrissaient et s'effeuillaient. Son miroir dans sa chambre était brisé. Ses souliers étaient suspendus au linteau de la porte. Effrayée, elle s'éveilla :

«Quel affreux cauchemar!-pensa-t-elle. -Je vais sans doute bientôt mourir. Je ne regrette pas la vie, mais je suis triste de ne pas avoir vu I-Toreng auparavant.

그 사이, 춘향은 감옥에서 줄곧 이도령과 함께 했던 지난 시간에 대해 신의를 지키고 있었고, 거의 먹지 않아 아주 야위고 허약해져

완전히 병들어 있었다. 어느날 그녀는 잠을 자다 꿈을 꾸었다. 그녀
의 집이 보였는데, 자신이 심어놓고 그토록 애지중지하던 정원 꽃들
이 시들어 잎이 떨어지고 있었다. 자기 방에 있는 그녀의 거울은 깨
져 있었다. 그녀의 신발은 방문 횡목(橫木)에 걸려 있었다. 겁에 질려,
그녀가 잠을 깼다.

"무시무시한 악몽이야! ‐그녀가 생각했다‐내가 아마 곧 죽으려
나 보네. 삶을 후회하는 건 아니지만, 그전에 이도령을 보지 않은 게
슬프군.

Elle arrêta un aveugle qui passait en ce moment dans la rue et lui
demanda la signification de son rêve. Il songea quelques minutes :

«Oh!-dit-il enfin, -quel heureux rêve!

- Comment pouvez-vous me dire cela, -fit elle, angoissée, -alors
que je suis en prison et que je serai bientôt condamnée, à mort. Vous
me trompez!

- Pourquoi dites-vous cela?-répliqua l'aveugle ;-vous êtes en effet
maintenant en prison, mais vous ne mourrez pas et plus tard vous
serez heureuse!

그 순간 길을 지나가던 맹인을 그녀가 불러세워 자기 꿈의 의미를
물었다.[15] 그는 잠시 생각했다.

"오!‐마침내 그가 말했다‐정말 행복한 꿈이군요!

---

15 Les aveugles, en Corée, exercent le métier d'astrologue, chiromancien, déchiffreur de
songes. 꼬레에서 맹인들은 점성가, 손금쟁이, 꿈 해독자와 같은 역할을 수행한다.

─어떻게 제게 그런 말을 하실 수 있나요─매우 불안해하며 그녀
가 말했다─저는 감옥에 있고 곧 처형당할 텐데 말입니다. 저를 속이
시는군요!

─왜 그렇게 말하시오?─맹인이 반박했다─실제로 지금 당신은
감옥에 있습니다, 그렇지만 당신은 죽지 않고 나중에는 행복해질 겁
니다!

…… Un aveugle qui passait en ce moment dans la rue……

(그림 설명)…… 맹인이 그 순간 길을 지나가고 있었다……

- Mais, -dit Tchoun-Hyang, -ces fleurs qui se fanent, ce miroir
brisé, ces souliers suspendus à la porte, tout cela est bien étrange et de
mauvais augure.

- Ecoutez-bien, je vais vous dire ce que cela signifie : ces fleurs qui
se fanent fructifieront, le bruit de ce miroir brisé sera entendu de tout
le monde, les souliers sur la porte indiquent la foule venue pour vous
fèliciter de votre prochain bonheur.

- Je vous remercie, -dit Tchoun-Hyang, -quelle joie pour moi si
tout cela arrive!»

Et elle offrit de l'argent à l'aveugle, qui refusa énergiquement de la
main droite, tandis que sa main gauche s'avançait pour recevoir la
rècompense.

　　─그렇지만─춘향이 말했다─시든 꽃, 깨진 거울, 방문에 매달린 신발, 이 모든 것은 정말 이상하고도 불길한 징조입니다.

　　─잘 들어 보시오, 그게 뜻하는 걸 말씀드리지요. 시든 꽃은 열매를 맺을 것이고, 거울이 깨지는 소리는 세상 전체에 들릴 것이며, 방문 위 신발은 당신 미래의 행복을 축하하기 위해 수 많은 사람들이 온다는 것을 가리킵니다.

　　─고마워요─춘향이 말했다─그 모든 일이 일어난다면 저는 얼마나 기쁠까요!"

　　그리고 그녀는 맹인에게 돈을 주었다. 맹인은 오른손으로는 단호하게 거절했고, 반면 그의 왼손은 그 보상금을 받기 위해 앞으로 내밀어져 있었다.

Le nouveau mandarin, ce même jour, appela son domestique et lui dit :

«Dans trois jours, je célèbrerai une grande fête, où j'inviterai tous les mandarins des environs. Ce jour-là je ferai exécuter Tchoun-Hyang. Voici de l'argent pour faire les préparatifs nécessaires.

- Bien,» fit le domestique, s'inclinant.

Il prit l'argent et s'occupa de préparer tout pour la fête.

　　같은 날, 신임 고을 관리가 자기 하인을 불러 말했다.

　　"사흘 후, 대연회를 열어, 주변 고을 관리 전부를 초대할 것이다. 그날 춘향을 처형할 것이다. 여기 이 돈으로 필요한 준비를 하라.

　　─알겠습니다," 고개를 숙이며 하인이 말했다.

그는 돈을 받고, 몰두해서 연회를 위해 모든 것을 준비했다.

I-Toreng, sur ces entrefaites, arriva dans la ville et alla vers la maison de Tchoun-Hyang. Tout y était abandonné, en désordre, en ruine.

이도령은 그간 그 마을에 도착하여 춘향의 집으로 갔다. 그곳의 모든 것이 뒤죽박죽되어 폐허 상태로 버려져 있었다.

Il appela la mère de la jeune fille. Elle ne le reconnut pas, le prit pour un mendiant.

그가 춘향의 모친을 불렀다. 그녀는 그를 알아보지 못하고,[16] 거지로 여겼다.

«Hélas!-dit-elle, -je ne puis rien vous donner. Ma fille est en prison depuis longtemps ; dans trois jours elle sera exécutée et j'ai eu beaucoup de dépenses à faire.»

I-Toreng, entendant cela, fut affreusement triste :

«Venez auprès de moi,» fit-il à la mère.

Elle s'approcha et le considéra attentivement.

---

16 Il est sous-entendu, à cause du respect pour les parents, que la mère connaissait le mariage secret de Tchoun-Hyang avec I-Toreng. 부모 공경에 비추어 보면, 춘향의 모친이 춘향과 이도령의 비밀 결혼을 알고 있었다는 것은 말할 것도 없다.

«Je ne vous connais pas, -dit-elle. -Votre figure me rappelle celle d'I-Toreng, mais vos habits sont ceux d'un mendiant.

- Je suis I-Toreng,» fit-il.

"아! -그녀가 말했다-나는 당신에게 아무것도 줄 수 없소. 내 딸이 오래 전부터 감옥에 있소. 사흘 후면 처형될 터라, 돈 쓸 데가 너무도 많았소."

이 말을 들은 이도령은 참혹하게 침울해졌다.

"내 곁으로 오시오," 그가 춘향의 모친에게 말했다.

그녀는 다가가서 그를 유심히 살폈다.

"누구신지 모르겠소-그녀가 말했다-당신의 외양을 보니 이도령의 용모가 생각나나, 당신 입성은 거지의 것이구려.

-내가 이도령이오," 그가 말했다.

Elle laissa tomber ses bras de surprise et gémit :

«Ah! tous les jours je vous attendais et ma pauvre fille vous attendait aussi. Vous voilà maintenant ; mais, hélas! dans deux ou trois jours, Tchoun-Hyang sera morte.

- Ecoutez-moi, -répondit I-Toreng ;-quoique je sois un misérable mendiant, j'aime encore Tchoun-Hyang et je voudrais la revoir.

- Oh!-s'écria la mère, -voilà qui est fort étrange. Vous, mendiant, vous aimez encore Tchoun-Hyang. Eh! bien je vais vous conduire, nous allons essayer de la voir.»

Elle marcha devant et I-Toreng la suivit contrefaisant le

malheureux.

그녀는 놀라 팔을 늘어뜨리고 비명을 질렀다.

"아! 날마다 나는 자네를 기다리고 있었고, 내 불쌍한 여식도 마찬가지였소. 이제야 여기 나타났구려. 그런데, 아아! 이삼일 후, 춘향은 죽소.

－제 말을 들어보시오－이도령이 대답했다－제가 초라한 걸인 신세이긴 하지만, 여전히 춘향을 사랑하고 그녀를 다시 보고 싶소.

－오!－춘향의 모친이 소리쳤다－몹시도 기이한 이가 여기 있군. 자네, 걸인인 자네가 아직도 춘향을 사랑한다고. 좋아! 내가 자네를 안내하지. 춘향을 보도록 같이 애써보자고."

그녀가 앞서 걸었고 이도령은 불행한 사람인 척 그녀를 따라갔다.

Ils arrivèrent à la prison. Elle frappa à la porte et appela Tchoun-Hyang.

Celle-ci, triste et fatiguée, dormait. Elle s'entendit appeler.

«Qui donc peut m'appeler?-fit-elle. -Ma mère probablement, car qui d'autre ai-je sur la terre?»

Elle regarda par la lucarne et aperçut sa mère.

«Oh! mère, -dit-elle, -pourquoi m'appeler d'une manière si pressante? Hélas! j'attends toujours mon cher I-Toreng ; est-ce qu'il est arrivé des nouvelles? Dites, dites-moi pourquoi vous êtes ainsi troublée?

- Hélas!-fit la mère en pleurant, -oui, nous attendions toujours I-Toreng, et voilà qu'un mendiant est venu chez moi!

- Eh! bien, quoi, ce mendiant?

- Mais c'est I-Toreng qui est devenu un mendiant, et, tenez, le voici.»

그들이 감옥에 도착했다. 그녀가 문을 두드렸고 춘향을 불렀다.

춘향은 슬픔에 빠져 지친 채로 잠들어 있었다. 누군가가 자기를 부르는 소리를 들었다.

"그래, 누가 나를 부를 수 있단 말인가? – 그녀가 말했다 – 아마도 어머니시겠지, 이 땅 위에 다른 누가 내게 있단 말인가?"

그녀는 천창으로 내다보고서 자기 모친을 확인했다.

"오! 어머니 – 그녀가 말했다 – 왜 이리 급하게 저를 부르시나요? 아! 저는 늘 내 사랑하는 이도령을 기다리지요. 새로운 소식이 도착한 것이어요? 말씀해 보세요, 제게 말씀해주세요, 왜 그렇게 당혹해하세요?

– 아! – 춘향의 모친이 울면서 말했다 – 그래 우리는 늘 이도령을 기다리고 있었지, 그런데 여기 거지 하나가 내집에 왔어!

– 아! 네, 뭐라구요, 거지라니요?

– 그런데 이 자가 걸인이 된 이도령이란다, 자, 이자다."

Tchoun-Hyang, incrédule devant cette absurdité, dit alors

«Comment I-Toreng mendiant, je ne crois pas cela, ce n'est pas possible!

- Le voilà, le voilà,» fit la mère en colère, fâchée au fond de la fidélité de sa fille à cet I-Toreng qui leur revenait mendiant.

I-Toreng parut à la fenêtre. Tchoun-Hyang le regarda.

«Oh!-s'écria-t-elle, éclatant en sanglots, -il y a si longtemps, si longtemps!»

Elle passa fiévreusement sa main par la lucarne, puis elle y passa sa tête la livrant aux baisers de son amant.

춘향은 이 터무니없는 상황 앞에서 믿을 수 없어, 이렇게 말했다.

"이도령이 거지라니, 어떻게, 믿을 수 없어요, 이건 있을 수 없는 일이에요!

－그이를 보거라, 보라고," 화가 난 춘향 모친이, 자기들에게 걸인이 되어 돌아온 그 이도령에 대한 자기 딸의 충직함에 깊이 분개하며 말했다.

이도령이 창 너머로 나타났다. 춘향이 그를 바라보았다.

"오!－그녀는 오열을 터뜨리며 소리쳤다－너무나 오랜만이어요, 너무나도!"

그녀는 열에 들떠 천창으로 손을 내밀었고, 이어서 얼굴을 내밀고는 자기 애인과 입맞춤했다.

······ I-Toreng parut a la fenêtre······

(그림 설명) ······이도령이 창 너머로 나타났다······

Mais la mère intervint, ironique :

«Voilà qui est fort, -dit-elle, -vous allez bientôt mourir, vous allez fermer pour toujours vos yeux à la lumière, et vous embrassez ainsi un misérable mendiant ?

   - Si je suis un mendiant par l'habit, -répliqua I-Toreng courroucé, -je n'en ai ni la figure ni le cœur! Comment osez-vous m'insulter ainsi.

그런데 모친이 빈정거리며 끼어들었다.

"이거 해도 너무하구먼 – 그녀가 말했다 – 너는 곧 죽을 거고, 영원히 빛을 못 보고 눈을 감을 건데, 그런데도 그렇게 비천한 걸인과 입맞춤을 하느냐?

   – 내가 옷차림으로는 걸인입니다만 – 이도령이 노해서 반박했다 – 내 얼굴과 마음은 그렇지 않소! 어찌 감히 나를 이렇게 모욕하는 것이오.

   - Oh! maman, -dit Tchoun-Hyang, -pourquoi dire ces paroles peu polies à un homme comme I-Toreng? Oubliez-vous que, souvent, les héros d'autrefois traversaient de dures épreuves et tombaient dans le malheur? Irais-je renier mon doux, mon seul I-Toreng parce qu'il est humilié? Mais soyez-en sûre, si nous sommes misérables aujourd'hui, nous retrouverons la félicité!······ Non, non, mère, oh! je vous prie, écoutez-moi: retournez à la maison, Voici les clefs de ma malle, prenez tous mes bijoux, toutes les choses précieuses qui s'y trouvent et vendez-les ; vous achèterez avec l'argent tout ce qu'il faut à I-Toreng et vous arrangerez bien ma chambre, afin de l'y loger.

"오! 어머니 – 춘향이 말했다 – 이도령 같은 사람에게 왜 그리 정중하지 못한 말씀을 하십니까? 잊으셨나요? 흔히 옛날 영웅들은 가혹한 시련을 거치고 불행에 빠지기도 한다는 것을요. 그가 모욕을 당했다고 해서 제가 저의 단 하나뿐인 다정한 이도령을 모른다고 하겠습니까? 굳게 믿으세요, 우리가 오늘 불행하다 해도, 천복을 되찾을 거예요!…… 안 됩니다, 안 돼요, 어머니, 부탁입니다, 제 말씀을 들으세요. 집으로 돌아가세요. 여기 제 함 열쇠입니다, 거기 있는 제 패물과 값나가는 것 전부를 가져가서 파세요. 그 돈으로 이도령에게 필요한 것을 모두 사시고, 이분이 묵을 수 있도록 제 방을 잘 정돈해 주세요."

- Bien, -fit la vieille mère, ricanant un peu, -je ferai cela ; mais je n'ai aucune confiance tout de même dans votre I-Toreng.

- Cher ami, -dit Tchoun-Hyang, s'adressant au jeune homme, -rentrez à la maison avec ma mère, reposez-vous bien et réconfortez-vous. Ne pensez pas trop à moi ; mais comme il faut que je meure demain pendant la fête que donne le mandarin, je désire avant ma mort que vous veniez à ma lucarne afin que je voie encore une fois votre cher visage.

- A demain donc, -répondit I-Toreng, -je reviendrai certainement.»

"알았다 – 늙은 어머니가 조금은 냉소를 지으며 말했다 – 내 그리 하마. 그렇지만 어쨌든 너의 이도령은 조금도 신뢰하지 않는다.

– 사랑하는 이여 – 춘향이 그 젊은 사내에게 말을 건넸다 – 제 어

머니와 집으로 돌아가셔서, 푹 쉬시고 기운을 차리십시오. 제 생각
은 너무 마세요. 그런데 내일 고을 관리가 여는 잔치에서 제가 죽어
야 하니, 바라건대 죽기 전에 천창으로 그대의 사랑스런 얼굴을 한
번 더 볼 수 있게 와 주세요.
　－그러면 내일 봅시다－이도령이 대답했다－내 분명 다시 오겠소"

Et il partit en compagnie de la mére mécontente, qui grommelait
en marchant vite.

«Comment, encore donner de l'argent à ce vagabond ; quelle
sottise! ma fille mérite tous ses malheurs.»

I-Toreng, contrefaisant toujours le misérable flageolant sur ses
jambes, monologuait tout bas :

«Aujourd'hui vous êtes fâchée contre moi ; mais demain nous
verrons votre figure.»

Ils entrèrent donc dans la maison, et la mère, obéissant au vœu de
Tchoun-Hyang, courut chercher les bijoux ; mais I-Toreng l'arrêta.

«Inutile de vendre cela aujourd'hui ; nous avons le temps
d'attendre jusque demain ou après-demain.»

그리고 그는 불평하는 춘향의 모친과 함께 떠났다. 그녀는 빨리
걸으며 중얼거렸다.
　"어떻게 이 거렁뱅이에게 다시 돈을 준단 말인가. 얼마나 어리석
은 짓인지! 내 딸에게 그의 모든 불행이 미치는구나."
　이도령은 다리가 후들거리는 불행한 사람 흉내를 연신 내면서 아

주 낮게 혼잣말했다.

"오늘은 그대가 내게 화가 나 있지. 그렇지만 내일 그대의 얼굴을 봅시다."

그렇게 해서 그들은 집으로 들어갔고, 춘향의 모친은 춘향의 소원에 따라, 패물을 찾으러 뛰어갔다. 그런데 이도령이 그녀를 저지했다.

"오늘 이걸 파는 건 쓸데없소. 시간을 갖고 내일이나 모레까지 기다립시다."

I-Toreng alla dormir là-dessus. Le lendemain quand la mère frappa à sa porte, pour l'éveiller, en grondant contre la paresse du jeune homme, elle ne reçut pas de réponse. Ouvrant la porte, elle constata qu'I-Toreng était parti.

«Oh! quel diable!-fit-elle, surprise. -Hélas! ma fille va encore s'attrister pour son dernier jour. Où donc est-il?»

Mais elle le chercha partout vainement.

«Si je le dis à Tchoun-Hyang, -pensa-t-elle, -elle va affreusement souffrir. Je lui tairai donc tout ceci.»

그러고 나서 이도령은 잠자러 갔다. 그 다음날 춘향의 모친이 그 젊은 사내의 게으름을 불평하면서, 그를 깨우려고 그의 방문을 두드렸을 때, 응답이 없었다. 문을 열고서야, 그녀는 이도령이 떠난 것을 확인했다.

"오! 이런 나쁜 놈 같으니! −그녀가 놀라 말했다− 아! 내 딸은 인생의 마지막 날에 다시 슬퍼지겠구나. 그런데 이놈은 어디 간 거야?"

그녀는 그를 여기저기서 헛되이 찾았다.

"이 사실을 춘향에게 말하면 – 그녀가 생각했다 – 그 아이는 몹시 고통스러워 할 거야. 그러니 이 모든 것에 대해 잠자코 있자."

I-Toreng était parti pour rassembler ses domestiques, déguisés comme lui en mendiants. Il leur donna des ordres stricts pour la journée. Ils devaient se tenir chacun à son poste, autour de la maison du mandarin.

이도령은 춘향의 집을 떠나 자기 하인들을 집결시켜, 자신과 마찬가지로 거지로 변장시켰다. 그는 그들에게 그날을 위한 엄정한 명을 내렸다. 고을 관리의 집 주위에서, 그들은 각자 자기 위치에 있어야 했다.

Entre-temps, le mandarin recevait ses hôtes et présidait au grand dîner de gala et aux autres divertissements. I-Toreng parvint à s'introduire au palais et même à s'approcher du mandarin.

«Je suis un pauvre homme, -dit-il, -et j'ai faim. Donnez-moi un peu à manger.»

Le mandarin, furieux, commanda à ses domestiques de chasser l'importun. Ceux-ci bousculèrent I-Toreng et le jetèrent à la porte.

«Ah! Ah!-grommela I-Toreng entre ses dents, -quelle vigoureuse autorité, mais patience! cette autorité s'abaissera tout à l'heure : je montrerai ma force.»

그 사이, 고을 관리는 자기 손님들을 맞아 대연회와 여러 놀이거리를 주재하고 있었다. 이도령은 마침내 관저에 들어갔고 심지어 고을 관리에게까지 다가갔다.

"저는 가난한 사람입니다 - 그가 말했다 - 그래서 배가 고파요. 제게 먹을 것을 좀 주십시오."

고을 관리가 격노하여 자기 하인들에게 그 방해꾼을 내쫓으라 명했다. 하인들이 이도령을 떼밀어 문앞에 내던졌다.

"아! 아! - 이도령이 이를 앙다물고 웅얼거렸다 - 얼마나 거침없는 권력인가, 그렇지만 참자! 이 권력은 곧 쇠할 터이니. 내 힘을 보여주리라."

Le mandarin, entouré de courtisanes, se livrait à l'orgie avec ses amis, mangeant, buvant, chantant. I-Toreng, cependant, rôdait autour de la maison, cherchant quelque moyen de s'y introduire. Les portes étant gardées, il résolut de se servir des fenêtres. Appelant alors un de ses serviteurs, caché près de là, il le pria de l'aider à gagner une fenêtre ouverte. Le domestique le souleva jusqu'à l'appui et I-Toreng fut de nouveau dans le palais.

고을 관리는 기생들로 둘러싸여 지인들과 함께 먹고 마시고 노래하며 통음난무에 빠져있었다. 이도령은 그동안 그 건물 주위를 돌아다니며 거기로 들어갈 방도를 찾았다. 문마다 지키고 있어서 그는 창문을 이용하기로 결심했다. 그래서 그는 가까이에 숨어 있던 자기 종복들 가운데 한명을 불러, 그가 열린 창문으로 들어갈 수 있게 돕

도록 청했다. 종복이 그를 꾐대까지 들어올려, 이도령은 관저 안에
있는 새로운 한 사람이 되었다.

Il se glissa dans l'une des salles où se tenait la fête. Le mandarin de
Oun-Pong, nommé Yong-Tchang, se trouvant à côté d'I-Toreng,
celui-ci demanda :

«J'ai faim, ne pourriez-vous me faire avoir quelque chose?»

Yong-Tchang appela une des courtisanes et lui dit d'apporter
quelque chose pour le mendiant.

그는 잔치가 벌어지고 있는 여러 곳 가운데 하나에 슬며시 들어갔
다. 영장이라는 이름의 운봉 고을 관리가 이도령 옆에 있었다. 이도
령이 물었다.

"배가 고픕니다. 뭐 좀 얻어먹게끔 해주실 수 없을까요?"

영장은 기생들 중 하나를 불러, 그 걸인을 위해 뭔가를 가져오라
고 말했다.

I-Toreng mangea donc, puis, s'adressant toujours à Yong-Tchang :

«Je vous remercie beaucoup de la peine que vous vous êtes donné
pour moi, et je veux vous payer d'une petite poésie,» fit-il, en tendant
un papier.

Yong-Tchang lut :

«Ce beau vin dans des vases d'or, «c'est le sang de mille hommes.

«Cette magnifique viande sur ces «tables de marbre riche, c'est la chair «et la moelle de dix mille hommes.

«Ces cierges resplendissants dont «les pleurs coulent, ce sont les larmes «de tout un peuple affligé.

«Ces chants retentissants des courtisanes «ne s'élèvent pas plus haut «que les gémissements et les cris de «reproche du peuple qu'on pressure «odieusement.»

그렇게 해서 이도령은 음식을 먹었고, 그러고 나서 영장에게 계속 말을 걸었다.

"저를 위해 당신이 보내준 수고에 깊이 감사드립니다. 그래서 제가 짧은 시 한 편으로 대가를 지불했으면 합니다." 그가 종이 한 장을 펼치며 말했다.

영장이 읽었다.

"금단지에 든 이 좋은 포도주, 그것은 천 사람의 피요.

값비싼 대리석 탁자 위 이 훌륭한 고기, 그것은 만 사람의 살과 골수라네.

눈물 흘리는 이 반짝이는 촛불, 그것은 애통해하는 모든 백성들의 눈물이오.

기생들의 이 울려퍼지는 노랫소리, 추악하게 우리가 착취하는 백성들의 비난의 신음과 울음 소리보다 더 크게 높아지지는 않네."

«Oh!-s'ècria Yong-Tchang, fort effrayé à cette lecture, -voilà qui est contre nous.»

Et il passa le papier au mandarin de Nam-Hyong. Celui-ci lut à son tour, puis demanda :

«Qui donc a fait cela?

- C'est ce jeune mendiant,» dit Yong-Tchang, désignant I-Toreng.

Mais il s'effraya tout à coup, en pensant combien il était singulier qu'un mendiant eut fait ces vers. Il se leva donc et, prétendant des affaires urgentes, il se retira.

> "오! - 이걸 읽고 아주 당황한 영장이 소리쳤다 - 이건 우리를 겨냥한 것이군."
>
> 그리고 그는 그 종이를 남형의 고을 관리에게 전했다. 남형 고을 관리가 그걸 읽고서 물었다.
>
> "도대체 누가 이걸 썼습니까?
>
> - 저 젊은 걸인입니다," 이도령을 가리키며 영장이 말했다.
>
> 그런데 그는 한낱 거지가 이런 시구를 지었다는 것이 얼마나 기이한지를 생각하고서는 갑자기 오싹해졌다. 그래서 그는 자리에서 일어나, 급한 용무가 있다고 우기고, 물러갔다.

Les mandarins, pris de la même terreur, s'en allèrent tous sous des prétextcs divers, et le mandarin de Nam-Hyong, resté seul et très effrayé lui aussi, se retira dans sa chambre.

Au fur et à mesure que les mandarins étaient sortis, ils avaient été arrêtés par les serviteurs d'I-Toreng, selon les ordres qu'il leur avait donné.

«Pourquoi nous arrêtez-vous?» demandèrent les mandarins.

Les serviteurs répondirent :

«Nous ne le savons pas, nous agissons sur l'ordre de l'Émissaire royal.

-L'Émissaire royal! Où donc est-il?-chevrotèrent-ils, blêmes de terreur.

-L'Émissaire?-dirent les serviteurs, -nous ne le savons pas ; il était avec vous à la fête tout à l'heure.»

Alors les mandarins furent persuadés que l'émissaire était le mendiant qui avait fait la poésie.

Cependant les serviteurs étant venus rapporter â I-Toreng ce qu'ils avaient fait, il leur ordonna de laisser partir les mandarins.

«Emparez-vous seulement-dit-il, -du mandarin de Nam-Hyong.»

고을 관리들이 똑같은 두려움에 사로잡혀, 각양각색의 핑계를 대고 모두 가버렸다. 남형의 고을 관리만 홀로 남았고, 그 또한 아주 겁에 질려 자기 방으로 물러갔다.

고을 관리들이 밖으로 나갔을 때, 그들은 이도령의 종복들에게 체포되었다. 이도령의 명에 따른 것이었다.

"왜 우리들을 체포하느냐?" 고을 관리들이 물었다.

종복들이 대답했다.

"저희는 모릅니다. 암행어사의 명에 따라 움직이는 것입니다."

-암행어사라고! 그럼 그가 어디 있느냐?-공포에 질려 창백해져 그들이 떨리는 목소리로 말했다.

-어사님요?-종복들이 말했다-저희는 모릅니다. 조금 전에는

나리들과 함께 연회에 계셨습니다."

　그때 고을 관리들은 좀 전의 시를 지은 그 거지가 암행어사임을 확신했다.

　그러는 동안 종복들은 자기들이 한 일을 이도령에게 보고하러 갔고, 이도령은 종복들에게 고을 관리들을 가게 하라는 명을 내렸다.

　"남형의 고을 관리만-그가 말했다-잡아들여라."

Ils obéirent et conduisirent le mandarin en prison. Puis I-Toreng ordonna aux domestiques du palais de quérir Tchoun-Hyang, afin quèlle fût jugée. Elle s'étonna fort de les voir si tôt et leur demanda pourquoi ils venaient :

«C'est l'Émissaire qui nous envoie-dirent-ils. -Il va vous juger. Epouvantée, elle murmura :

«Oh! je vais mourir! Par pitié, -dit-elle aux domestiques, -faites appeler ma mére, que je la voie encore avant de mourir.»

　종복들은 명에 따라 남형 고을 관리를 감옥에 넣었다. 그리고 나서 이도령은 관저의 하인들에게 춘향을 데려와 재판받게 하라고 명했다.

　춘향은 하인들을 너무 빨리 보자 무척 놀라 그들에게 온 연유를 물었다.

　"암행어사가 우리를 보냈습니다-그들이 말했다-그가 당신을 재판할 거요.

　겁에 질려 그녀가 중얼거렸다. "오! 곧 죽는구나! 불쌍히 여겨-그녀가 하인들에게 말했다-내 어머니를 불러주오, 죽기 전에 한번 더 뵙게."

Ils se rendirent à ce vœu. La mère accourut.

«Mère, -fit-elle, -voilà l'heure de ma mort. Où donc est mon ami I-Toreng?

- I-Toreng!-s'écria-t-elle ;-mais je ne sais pas où il est, il a disparu de la maison ce matin, et j'ai eu beau le chercher partout, je ne l'ai plus revu.

- Oh! mère, -gémit Tchoun-Hyang, -vous l'aurez maltraité et il sera parti. Vous me rendez bien. misérable!»

그들은 춘향의 소원에 수긍했다. 춘향 모친이 급히 왔다.

"어머니-그녀가 말했다-이제 시간이 되었어요. 그런데 나의 사랑 이도령은 어디 있나요?"

-이도령!-모친이 소리쳤다-글쎄, 어디 있는지 모르겠네, 오늘 아침 집에서 사라졌다, 그래서 여기저기 찾아보았지만 소용 없었어, 더는 다시 보지 못했어.

-오! 어머니-춘향이 울먹였다-어머니께서 그 사람을 냉대하셨군요, 그래서 그이가 떠났을 테고요. 그이를 제발 제게 돌려주세요. 불쌍한 사람!"

Mais les domestiques les séparèrent, disant que l'Émissaire ne pouvait attendre jusqu'à la fin de leurs histoires, et ils entraînèrent Tchoun-Hyang. La mère suivit de loin, anxieuse.

그런데 하인들이 모녀를 떼어놓으며, 암행어사가 그들의 이야기를 끝까지 기다릴 수는 없다고 말하고, 춘향을 끌고 갔다. 춘향 모친이 초조해하며 제법 떨어져서 뒤쫓았다.

L'Émissaire, derrière son rideau, dès que Tchoun-Hyang fut là, se mit à l'admonester :

- Si vous n'aimez pas le mandarin-conclut-il enfin, -voulez-vous du moins m'épouser, moi, l'Émissaire royal?»

Et, faisant signe ses serviteurs qui, le sabre au clair, entourèrent la jeune fille, il ajouta «Si vous refusez de m'èpouser, je vous fais trancher la tête immédiatement.

- Hélas!-s'exclama Tchoun-Hyang, -combien malheureux le pauvre peuple de ce pays.

- Comment, -fit l'Émissaire, -qu'est-ce qu'il y a de si malheureux pour le peuple?

암행어사는 휘장 뒤에 있었고,[17] 춘향이 나타나자 그녀를 문책하기 시작했다.

－그대가 이 고을 관리를 사랑하는 것이 아니라면－마침내 그가 결론내렸다－그렇다면 나와 혼인할 생각이 있느냐, 나, 이 암행어사와 말이다?"

그리고, 그는 그 아가씨를 에워싼 자기 종복들에게 칼을 빼들으라

---

17 암행어사는 자신의 판결을 내릴 때 휘장 뒤에 숨어 있다. 그가 가능한 한 알려지지 않은 인물이기도 하다는 것은 사실상 전적으로 필요한 요소이다. 그의 임무가 고을 관리들의 과오를 적발하는 것이기 때문이다.

고 신호를 보내고 이어 말했다. "만약 그대가 나와의 혼인을 거절한 다면, 나는 즉각 그대의 목을 자르도록 할 것이다.

－아아!－춘향이 부르짖었다－이 나라 불쌍한 백성은 얼마나 불행한가.

－어째서－암행어사가 말했다－어찌하여 이 나라 백성이 불행하다는 것이냐?

…… L'Émissaire, derriere son rideau, dès que Tchoun-Hyang fut là……．

(그림 설명)……춘향이 나타나자, 암행어사가 휘장 뒤에서……

- Ce qu'il y a, -dit-elle, -mais d'abord l'injustice du mandarin et puis que vous, l'Émissaire du roi, qui devez aide et protection aux malheureux, vous songiez immédiatement à condamner mort une pauvre fille que vous désirez. Voilà ce qui est triste pour le peuple. Jamais on ne vit chose plus inique.»

－우선은－그녀가 말했다－이 고을 관리의 부당함이 존재하기 때문이오, 그 다음은 암행어사 당신 때문이오, 불행한 이들에게 지원책과 보호막이 되어야 하는데, 자기가 원하는 가련한 아가씨 하나를 처형하는 것에만 즉각 마음을 쓰고 있는 당신 말이오. 이것이 바로 백성을 슬프게 하는 것이오. 결코 더 불공정한 것을 본 적이 없소."

I-Toreng, s'adressant alors aux courtisanes qui étaient demeurées dans la salle :

«Défaites les cordes qui lient les mains de Tchoun-Hyang, -dit-il, -coupez-les avec vos dents.»

Elles le firent et Tchoun-Hyang se trouva libre.

«Levez maintenant la tête, -dit l'Emissaire, -et regardez-moi.

- Non, -répondit-elle, -je ne vous regarderai pas, je ne vous écouterai même pas ; coupez-moi le corps en morceaux si vous voulez, mais je ne me marierai pas avec vous.»

이도령이 그때 그곳에 남아 있던 기생들에게 말을 건넸다.

"춘향의 두손을 묶은 밧줄을 풀어라 – 그가 말했다 – 너희들 이로 그것을 끊어라."

그녀들이 그렇게 했고 춘향은 풀려났다.

"이제 고개를 들어라 – 암행어사가 말했다 – 그리고 나를 보아라.

– 아니오 – 그녀가 답했다 – 나는 당신을 보지 않을 것이오. 나는 당신의 말을 듣지도 않을 것이오. 원한다면 내 몸을 조각조각 자르시오, 그렇지만 나는 당신과 혼인하지 않을 것이오."

Alors I-Toreng, charmé, enleva son anneau et ordonna à une courtisane de le porter à Tchoun-Hyang. Elle regarda l'anneau et le reconnut pour celui qu'elle avait autrefois remis à I-Toreng. Elle leva les yeux, reconnut son amant, se dressa toute droite et, soutenue par les courtisanes, s'approcha,tremblante d'émotion.

«Ah!-s'écria-t-elle dans sa joyeuse surprise, -hier mon ami n'était qu'un vil mendiant et le voilà Émissaire royal.»

I-Toreng lui tendit la main, elle se précipita dans ses bras, et ils restèrent quelques minutes à sangloter de bonheur.

그때 이도령은 매료되어 자기 반지를 빼서는, 춘향에게 전해주라고 기생 한 명에게 명했다. 춘향이 반지를 보고, 예전에 자신이 이도령에게 건네준 반지임을 알아보았다. 춘향이 고개를 들어 자기 연인을 확인하고, 몸을 완전히 꼿꼿이 세우고는 기생들의 부축을 받아 앞으로 나아갔다. 감정에 북받쳐 떨고 있었다.

"아! – 뜻밖의 기쁨 속에서 그녀가 소리쳤다 – 어제는 내 연인이 비루한 걸인에 지나지 않았는데 이제는 암행어사라니."

이도령이 그녀에게 손을 내밀었고, 그녀는 그의 두 팔 속으로 달려갔다, 그리고 그들은 행복에 겨워 흐느껴 울며 잠시동안 그대로 있었다.

A ce moment, la mère, voyant ce beau dénouement, accourut en dansant de joie et s'écria :

«Quoi! l'Émissaire est notre I-Toreng. je n'ai pas eu de garçon, -poursuivit-elle, s'adressant aux autres, -mais ma fille me rapporte plus de joie qu'un garçon. Je l'ai bien élevée, et elle a été la plus vertueuse, la plus fidèle des femmes. La voilà mariée a un Émissaire royal. Quel bonheur! Je vous souhaite à tous d'avoir une fille comme la mienne, plutôt que des garçons.»

그 순간, 춘향 모친이 이 아름다운 결말을 보고서 기뻐 춤추며 달려 와 소리쳤다.

"세상에! 암행어사가 우리 이도령이라니. 나는 아들이 없었소 – 그녀는 계속해서 사람들에게 말을 건넸다 – 그런데 내 딸이 내게 아들보다 더 큰 기쁨을 가져다 주는구려. 내가 내 딸 아이를 잘 키웠다오, 그래서 내 딸이 세상에서 가장 덕스럽고 신의있는 여인이 되었다오. 여기 혼인한 이 신부는 암행어사를 낭군으로 얻었다오. 얼마나 행복한지! 그대들 모두에게 바라노니, 아들보다는 내 딸 같은 딸을 가지시오."

Proche d'I-Toreng, elle lui demanda pardon de l'avoir maltraité la veille.

«Mais nous vous avions attendu si longtemps, -dit-elle, -et de vous voir arriver en mendiant, sans autorité pour sauver ma pauvre fille de la mort, cela m'avait fâchée contre vous. Mais tout est bien et je vous prie de m'excuser.

- Tchoun-Hyang a plus souffert que vous-répondit I-Toreng, -e m'a attendu avec plus d'impatience encore, cependant jamais elle ne s'est fâchéc contre moi!

- Oh!-fit la jeune fille, -ma mère est âgée, et elle était vraiment comme folle de me voir souffrir!»

이도령에게 다가가서, 그녀가 전날 구박했던 일을 사과했다.

"그렇지만 우리는 자네를 너무 오래 기다려 왔소 – 그녀가 말했다

−그래서 자네가 걸인으로 와 내 불쌍한 딸을 죽음에서 구해줄 힘이 없는 것을 보니, 자네에게 화가 났던 거요. 그렇지만 모든 게 잘 되었으니, 내 자네에게 청하오, 나를 용서해주오.

−춘향은 그대보다 더한 고초를 겪었고−이도령이 답했다−여전히 더 참을성 있게 나를 기다렸소, 그렇지만 결코 춘향은 나에게 화내지 않았소!

−오!−춘향이 말했다−내 어머니는 연세가 있으세요. 그리고 제가 고통스러워하는 걸 보시고 정말로 미친 사람처럼 되셨지요."

I-Toreng, riant, déclara qu'il excusait tout de bon cœur, qu'il n'était qu'à la joie. Il donna ensuite aux domestiques et courtisanes l'ordre de s'en aller et voulut se retirer avec Tchoun-Hyang dans une chambre où ils pourraient s'aimer à l'aise. Mais la jeune fille s'opposa à ce projet.

«Il faut d'abord, -dit-elle-que vous fassiez tout votre devoir, que vous rendiez justice aux malheureux, que vous punissiez les coupables. Ensuite nous serons heureux ensemble.»

이도령이 웃으며 자신은 진심으로 모든 것을 용서했다고, 기쁠 뿐이라고 밝혔다. 그리고 나서 하인들과 기생들에게 물러나라는 명을 내렸다. 편안하게 사랑을 나눌 수 있는 방으로 춘향과 함께 가려고 함이었다. 그렇지만 춘향이 그 계획에 반대했다.

"우선−춘향이 말했다−그대는 그대의 임무를 다하여야 합니다. 불행한 이들에게 정의를 되찾게 해주고, 죄인들은 벌해야 하지요.

우리가 함께 행복을 누리는 건 그 다음일 겁니다."

I-Toreng, ravi de la sagesse de son amie, acquiesça à son désir.

Il fit donc venir le mandarin de Nam-Hyong.

«Dès que vous avez été nommé mandarin de Nam-Hyong, -dit
l'Émissaire, -vous avez pressuré le peuple, vous l'avez rendu
malheureux; je vous condamne pour tout cela à être envoyé dans une
île.»

이도령은 자기 애인의 현명함에 기뻐하면서 그녀가 바라는 대로
했다.

그리하여 그는 남형의 관리를 오도록 했다.

"그대는 남형 고을 관리로 임명되자마자 – 암행어사가 말했다 –
백성을 착취하여 그들을 불행하게 만들었다. 이 모든 것을 참작해
내 그대를 섬으로 보내도록 판결한다."

Ensuite I-Toreng fit comparaître l'écolier dont il avait surpris la
satire. Il lui donna de l'argent et des gâteaux, l'interrogea sur ses
études et lui recommanda de bien travailler. L'écolier remercia et
affirma ses bonnes résolutions. I-Toreng termina ainsi toutes les
affaires pendantes, dans un grand esprit de justice. Quand tout fut
bien arrangè à la satisfaction générale, il repartit pour Séoul avec
Tchoun-Hyang et sa mère.

그러고 나서 이도령은 풍자로써 그를 놀라게 한 서당 아이를 출두하게 했다. 그는 그 아이에게 돈과 과자를 주었고, 그의 학업에 대해 물었고, 공부를 열심히 하라고 권했다. 서당 아이는 감사를 표했고, 이도령이 사태를 잘 해결하였다고 인정했다. 이도령은 계류 중인 사건을 전부 이와 같이 크나큰 정의감을 갖고 마무리했다. 모두가 만족하도록 모든 것이 잘 해결되었을 때, 그는 춘향과 그녀의 모친과 함께 서울로 다시 떠났다.

Il consigna ses aventures dans un NELUMBO.

그는 자신의 모험담을 한 장의 연(蓮)에 기록했다.

에두아르 기욤 아틀리에
파리, 브륀 대로(大路), 105
1892년 9월 25일

제2장

〈춘향전 극시〉(1926)
어쿼트, 『봄의 향기』[*]

E. J. Urquhart, *The Fragrance of Spring,* Korea: 時兆社, 1926.

어쿼트(E. J. Urquhart)

▌해제 ▌

어쿼트(禹國華, E. J. Urquhart)는 제7일안식일예수재림교회에서 발간한 『時兆』란 잡지의 편집인으로 알려진 인물이다. 『時兆』란 잡지명은 통권 156호인 1923년 9월호부터 붙여졌다. 비록 이 잡지는 교회의 기관지로 출범했지만 기독교 사상과 함께 교양지적 성격을 지녔기에 일반인들에게 널리 읽혔으며 1944년 9월 강제·폐간되기 이전까지는 지속적으로 발행되었다. 또한 〈춘향전〉의 영역본이면서 그 장르를 극시로 재창작 작품이라고 할 수 있는 *The Fragrance of Spring*(1926)을 펴낸 인물이다. 그가 남겨놓은 〈춘향전 영역본〉의 서문과 일러두기를 보면, 게

---

* 에드워드 J. 어쿼트의 『향기로운 봄』은 *The Korean Magazine*의 연재물(1917.9~1918.8)이었던 게일(J. S. Gale)의 「춘향」 "Choon Yang"에 의거해 쓴 극시이다. 게일의 「춘향」은 『매일신보』에 연재되었던(1912.1~1912.7) 이해조의 『옥중화』의 영역본이다.

일 <춘향전 영역본>의 흔적이 발견된다. 또한 그의 번역에 있어서 영어의 활용 역시 마찬가지이다. 어쿼드의 영역본은 한국 고소설이 아니라 고소설 영역본이 새로운 영역본을 창출한 사례라고 볼 수 있다.

참고문헌

오윤선, 『한국 고소설 영역본으로의 초대』, 집문당, 2008.

이상현, 『한국고전번역가의 초상, 게일의 고전학 담론과 고소설 번역의 지평』, 소명출판, 2013.

전영표, 『한국출판론』, 대광문화사, 1987.

윤춘병, 『한국기독교 신문·잡지 백년사』, 대한기독교출판사, 1984.

INTRODUCTION

봄의 향기 제1편 들어가면서

Roll back ye tight-drawn curtains, let the past

In panoramic view some pictures cast

Upon the screen today, that we may know

Its conflicts and its trials, its tears and woes;

Nor leave unshown its loved and happier hues,

The warrior's well-earned praise, the statesman's dues;

The care-free joys of youth, the trysting hours

Of lovers in the gardens' fragrant bowers;

Nor hide the nuptial knot, the blushing bride,

Nor he who claims her hand in honest pride —
Those things that made the days so pleasing fair
Within the land that holds a double share
Of romance. "Morning Calm," we turn to thee,
The days now dead — the days when thou wert free —
Before stagnation quenched thy spirit's flame,
And froze the blood of romance in thy vein,
Give to our ears a story that will tell
The virtues that thy people loved so well.
Roll back ye tight-drawn curtains, roll, be not afraid,
Reveal Choonyang, Korea's honored maid.[1]

팽팽하게 드리운 장막들 걷어 올려라, 과거가
장대한 광경으로 펼쳐지는 몇 가지 그림을 던져
오늘의 장면 위에 펼쳐보니, 우리가 알 수 있으리라
그 갈등과 시련, 그리고 그 눈물과 비통함.
보이지 않은 그 사랑과 그 행복의 분위기조차 남기지 않으니,
전사로서 받아야 할 당연한 찬사, 정치인의 급료
젊은이들의 태평한 즐거움, 밀회의 시간
연인들이 갖는, 정원의 향기로운 나무 그늘 아래서,
부부의 유대도, 얼굴 붉은 새색시도 숨기지 않으며,

---

1 이 연은 20행으로, 10개의 각운 aa/bb/cc/dd/ee/ff/gg/hh/ii/jj(past/cast, know/woes, hues/dues, hours/bowers, bride/pride, fair/share, thee/free, flame/vein, tell/well, afraid/maid)으로 구성된다.

그 또한 정직한 자부심으로 그녀의 손을 요청하는 사람도 아니니.

그 시절을 매우 흥겨운 시장거리로 만드는 그 일들

겉과 속 각각의 몫을 지켜야 하는 그 땅 안에서

사랑과 관련하여서는. "조선" 우린 그대를 향한다.

이제 그 시절, 그대 자유로웠던 그 시절, 지나갔으니

활기를 잃어 그대 영적 불꽃 소멸되기 전에

그리고 당신 핏줄 타고 흐르는 사랑의 열정을 동결시키기 전에,

우리에게 들려다오, 이야기할 어떤 사연

그대 백성들이 아주 귀하게 여기는 미덕.

팽팽하게 드리운 장막들 걷어라, 말아 올려라, 두려워 말라,

코리아가 공경하는 여성, 춘양을 등장시켜라.

MAUNTAIN MAIDENS
산의 여인들[2]

---

2 『향기로운 봄』에서 「춘향」의 누락과 첨가된 부분을 비교해보면 어쿼트 극시의 특징을 알 수 있다.

Choon Yang	Fragrance of Spring
Preface: 번역의 목적 I. RIVERS AND MOUNTAINS: 중국의 절대가인들, 춘향 소개, 춘향모의 태몽, 춘향의 성장, 몽룡 소개, 광한루의 경치 II. THE VISION OF CHOONYANG: 춘향의 추천, 춘향과 방자의 대화, 춘향의 한시	CANTO THE FIRST INTRODUCTION MAUNTAIN MAIDENS: 서시, 왕소군 CHOONYANG: 한국의 절대가인 춘향, 춘향모의 태몽, 춘향의 어린 시절 DREAM-DRAGON: 이감사 소개, 이몽룡 소개, 감사 부자의 남원시 방문 NAMWON: 남원 구경, 광한루 가는 길 MOONLIGHT PAVILION: 광한루, 견우와 직녀 설화 CHOONYANG APPEARS: 그네 뛰는 춘향, 몽룡의 설렘, 춘향과 방자의 대화 THE ANSWER: 춘향의 거절, 수수께끼 같은 초청

1편: 어쿼트는 게일의 1장을 5장으로 나누어 등장인물들을 상세하고 소개한다.	
Ⅲ. THE LIMITATIONS OF HOME: 이도령의 기다림, 천자문 풀이 등 Ⅳ. LOVE'S VENTURE: 춘향집 방문하는 길, 춘향모의 청룡 꿈, 이도령과 춘향의 만남, Ⅴ. An Oriental Wedding: 춘향과 이도령의 결혼 서약, 그들의 초야 Ⅵ. IT NEVER DID RUN SMOOTH: 두 사람의 사랑가, 이부사의 승진 Ⅶ. PARTINGS ARE SAD: 두 사람의 이별 Ⅷ. RESIGNATION: 이별, 정표 교환, 이도령이 서울로 떠남	CANTO THE SECOND INTRODUCTION THE WAIT: 몽룡의 기다림, THE FLIGHT: 춘향집 방문하려 가는 길 THE JOURNEY'S END: 춘향집 도착, 춘향모와 춘향와의 대면 THE INTRODUCTION: 두 사람의 인사, 몽룡의 구혼, THE MARRIAGE: 두 사람의 비밀 결혼, 예식, 합혼주 RAPTURES; 두 사람의 초야 SHADOWS: 이별 THE MOTHER: 춘향모의 분노 ADIEUS: 두 사람의 이별, 정표 교환
2편: 몽룡의 천자문 풀이 삭제: 어쿼트는 판소리계 소리의 특징인 장황한 열거가 특징인 사설부분을 삭제 한다.	
Ⅸ. THE GLORIES OF OFFICE: 변사또의 신연행차, Ⅹ. THE WORLD OF THE DANCING GIRL: 변사또의 기생점고 Ⅺ. THE MAN EATER: 춘향집에 가는 두 사령과 그냥 돌아옴 Ⅻ. INTO THE JAWS OF DEATH: 관아로 끌려가는 춘향, 춘향의 저항 ⅩⅢ. UNDER THE PADDLE: 곤장 맞는 춘향, 십장가 ⅩⅣ. IN THE SHADES: 감옥에 투옥된 춘향, 꿈에서 정렬사에서 중국사 속의 유명한 여인들을 만남 ⅩⅤ. HONOURS OF THE *KWAGO* (Examination): 춘향의 편지, 과거시험, 암행어사 제수	CANTO THE THIRD INTRODUCTION FEAR AND SUSPENSE: 2년 동안 소식 없는 몽룡, 춘향의 불안 A MAGISTRATE PASSES: 전임부사의 죽음 THE NEW MAGISTRATE: 신임 부사 변의 도임, 춘향에 대한 탐욕 DANCING-GIRLS: 기생점고 DISAPPOINTMENT: 기생명부에 춘향이 없는 것에 분노하는 신관 CRAFTINESS: 행수기생의 방문과 농간, 기수들을 다시 보내 춘향 잡아옴 THE MEETING: 춘향과 신관의 대면, 춘향의 절개 INTO THE JAWS OF DEATH: 고문당하는 춘향, 고문 후에도 변함없는 춘향의 정절 IN THE SHADES: 감옥에 투옥된 춘향, 춘향의 편지 THE NIGHT: 춘향의 망부가
3편: 『춘향』에서 상당히 정교하고 길게 묘사되는 변사또의 신영행차, 춘향의 십장가, 몽룡의 과거 시험장 풍경 완전히 삭제된다.	
ⅩⅥ. INCOGNITO: 미복잠행하여 전라도옴, 서울 가는 방자와 만남 ⅩⅦ. BEFORE THE BUDDHA: 천복사에서 춘향모의 기도	CANTO THE FOURTH THE MESSENGER: 하인이 서울로 가는 중 부랑자로 변장한 몽룡을 만남 THE LETTER: 춘향의 편지를 읽음

When highest heaven gives its fruits to earth,

Through women beautiful in mortal birth,

No wide-flung plains are chosen; but the place

Where rugged mountains rise, and rivers race

In mad descent the ragged cliffs among,

Where Nature's wildest odes are fiercest sung.

Here are they born and here their spirits rise,

E'en as their own loved mountains, to the skies.

Children of Nature, tuned to all her lays,

We know them but to love them and to praise.

드높은 하늘이 지상에 과일을 내려줄 무렵,

인간으로 탄생한 아름다운 여성들을 통하여,

XVIII. THE BLIND SORCERER: 허판수가 춘향의 꿈을 해몽 XIX. AT THE HAND OF FARMERS: 농부들과의 만남과 대장부가 XX. THE MOTHER-IN-LAW: 걸인차림의 몽룡, 춘향모의 구박 XXI. THE PRISONER: 춘향을 찾아가는 세 사람, 춘향과 몽룡의 재회 XXII. 제목없음, 변사또의 생일잔치날, 어사의 익살스러운 행동, 금준미주 XXIII. JUDGEMENT: 어사출도, 신분 밝히는 몽룡 XXIV. THE LAUREL WREATH: 춘향모의 지화자, 변사또 현직 유지, 두 사람의 행복한 결말	THE TRAMP: 춘향의 편지를 읽은 몽룡의 눈물 THE MOTHER: 춘향모의 기도와 실망 THE EXPLANATION: 거지꼴의 밉상스러운 몽룡의 행동 THE PRISONER : 춘향의 비몽사몽과 정렬사 방문 THE MEETING: 춘향모, 향단, 어사의 감옥 방문 PREPARATION FOR DEATH 춘향과 몽룡의 만남 THE FEAST: 신관 사또의 잔치, 어사출도, 어사 앞에 끌려나온 춘향, 춘향의 절개 시험 HER HUSBAND: 몽룡임을 밝히는 어사와 춘향의 만남 THE EXILE; 신관사또의 유배 CONCLUSION: 몽룡과 춘향의 행복한 결혼과 그 후의 이야기
4편: 천복사 기도, 허판수 해몽, 농부들의 대장부가 등이 누락된다	

141

드넓게 펼쳐진 어떤 평원이 선택되지 않음에도, 하지만 그 장소
우둘투둘한 산들 솟아나고 강물들 내달리는 곳
들쭉날쭉 벼랑들 사이로, 격한 내리막으로,
자연의 가장 길들지 않은 시가(詩歌)들을 아주 열성을 다해 노래하는
이곳, 그 시가들 탄생하는 곳이며, 그 영혼이 생겨나는 곳,
마치 시가들이 아끼며 칭송하는 산들의 모양처럼, 저 하늘 높이까지.
자연의 아이들, 전체적으로 그 형세에 맞추어,
우린 오로지 사랑하고 칭송하기 위해 시가들을 알 따름이라.

[3]The fairest maid that Cathay ever knew

As passed the empire days and ages through

Was Sosee, she whose cradle was the small

House-plot that lay 'neath Chosa Mountain's wall.

The poets' theme throughout two thousand years

Has been this woman's smiles and her tears;

Whose face was fairer than the mountain flowers

That peered from out her high-flung, dew-dipped bowers;

Whose eyes were soft as stars when summer's night

---

3 어쿼트는 전반적으로 『옥중화』와 게일 「춘향」에 나오는 중국고사 속의 인물들을 생략한다. 1편에서는 유일하게 강산의 '정기'로 태어난 절대가인의 예로 중국의 여인 서시와 왕소군을 포함한다. 게일의 「춘향」에서 서시에 대한 언급은 "Sosee the loveliest woman of ancient China, sprung from the banks of the Yakya River at the foot of the Chosa Mountain"과 독자의 이해를 돕기 위한 게일의 각주 "Sosee. who lived about 450 B.C., was born of humble parents, but by her beauty advanced step by step till she gained complete control of the Empire, and finally wrought its ruin. She is the *ne plus ultra* of beautiful Chinese women."이다. 어쿼트는 게일의 텍스트에 근거해서 서시에 대한 내용을 확장하여 한 연을 구성한다.

Veil but their coldness, while their mystic light

Gives to our sense a dream of languid skies

Encircling love-filled realms of Paradise.

Her voice, —but here, alas! in vain I seek,

Words are so frail, comparisons so weak,

For fitting phrases, for the gods alone

Have language capable of making known

Its music to our ears —suffice to say

That were all voices sweet and clear and gay,

Known to the sons and daughters of mankind,

Gathered in one, in perfect harmony combined,

It could not equal then in every shade

The thrilling voice of Chosa Mountain's maid.

Sosee was graceful as the native hart

That roamed her mountain meadows there apart.

That grace, a guardian angel, kind and true,

Led her the pitfalls all quite safely through

From lowly birth, from humble home and all,

Upward and onward with never a fall,

From height to height in the steep path of life

Till she stood at the top, an emperor's wife.

역사상 중국이 알아왔던 중 제일 아름다운 여인

제국의 시절과 시대를 거치고 또 지나가면서

알려진 그녀 서시(西施), 그녀의 요람은 그 자그만

주택지, 저사산의 벼랑 아래 놓여 있는.

이천 년 동안에 걸쳐 시인들의 주제는

이 여인의 미소와 그녀의 눈물이었다네.

그녀의 얼굴은 산의 꽃들보다 더 빼어났었지

산 높이 던져져 이슬에 잠긴 거처에 피었던 꽃들보다.

그녀의 눈은 여름밤이 그 차가움을 가렸을 때의 별처럼

부드러웠지만, 별들이 내놓는 신비로운 빛

활기 없는 하늘의 꿈을 우리의 감각에 선사 하네,

사랑 가득 찬 천국의 영역들을 에워싸면서.

그녀의 목소리, 하지만 이곳, 아아! 헛되다, 나의 시도가

말은 아주 덧없고, 비교는 그렇게 설득력이 없으니,

오로지 적절한 문구를 위하여, 신들을 위하여

알려지게 만들 수 있는 언어를 갖게 됨으로써

그 음악 우리의 귀에 들리니, 그만 말해도 되겠네,

모든 목소리들 감미로우며 맑고 명랑했구나.

하여, 인류의 아들들과 딸들에게 알려졌나니

하나로 모여져서, 결합된 완벽한 조화를 이루었네,

그러자 지 마다 제 각각 미묘한 차이로 동등할 수 없었던

온 몸 짜릿하게 만드는 저사산 여인의 목소리.

서시는 토종 수사슴처럼 우아했다네,

저기 외따로 떨어진 그녀의 산 목초지를 배회하던.

그렇게 품위 있고, 친절하며 진정성 있는 수호천사,

그녀를 아주 완전히 무사하게 함정을 통과하도록 안내하였네,

천한 출생에서, 변변찮은 집안 출신으로부터
상승하여 결코 전락하지 않고 유지하도록 이끌었네,
높은 곳에서 또 높은 곳으로, 험준한 인생길에서
그녀가 정상에, 마침내 황제의 아내로 서기까지.

Wang Sogun too, the "Flowery Kingdom's" pride,
Sprang from the mountain passes that divide
The East and West. Beauty and virtue crowned
This mountain child of lay and song renowned.
When the fierce Hun swooped down on fair Cathay
And bore, as prisoners, a horde away,
Wang Sogun, with the rest, was snatched to grace
The harem of the Chieftain—sure a place
That many a maiden's heart had claimed in pride,
So favored was the seat the Chief beside,
But not Wang Sogun. When the cavalcade
Passed where the Armoor River's course is laid
The maid leaped from her litter down below
To where the waters churned to froth as snow.
A virtuous grave was better in her eyes
Than guilded court if robbed of this fair prize.
There, where the maiden met her self-sought doom,
Upon the river's bank you'll find her tomb.
Two thousand years have left it fair and whole

Unscathed by time, e'en as her maiden soul.

왕소군(王昭君) 역시, "꽃의 왕국"이라는 자부심으로,
갈라져 있는 산길로부터 솟아올랐네,
동과 서, 미와 덕이 왕관을 썼으니
시와 노래로 유명한 이 산의 아이.
난폭한 흉노, 문명국 중국을 습격하였을 때,
한 무리 사람들을 포로로 데려갔을 때,
다른 이들과 함께 왕소군은 강탈당했으니, 그 품위
분명한 한 장소, 그 흉노 추장의 하렘으로
많은 시녀들 마음으로 자부심을 공공연히 내세웠으며
그 추장 곁의 자리를 은혜롭게 생각했지만,
그러나 왕소군 그렇지 않았으니. 기마대 행렬이
아무르 강 줄기 펼쳐진 곳을 지나고 있을 무렵,
그 여인 가마 안에서 아래로 뛰어내렸다네,
하얀 눈처럼 거품 일으키며, 휘감기는 물, 바로 그곳으로.
절개의 무덤이 그녀 눈에는 더 명예로운 장소
화려하게 도금된 궁정보다도, 이렇게 아름답고 귀한 것도 강탈되
었다면.
거기서 그녀는 스스로 선택한 운명을 맞이했네,
사람들은 그 강의 기슭에서 그녀 무덤을 찾게 될 것이니.
이천년이 그것을 아름답고 온전하게 남겨놓았네
시간에 상처받지 않은 채, 그녀 순결한 영혼까지도.[4]

CHOONYANG

춘양

But not alone the mountains of Cathay[5]

Have given women meet for poet's lay.

Korea too, has had her women grand,

Fair idols of a heaven-favored land.

And if the homes of Cathay's daughters fair

Gave promise of the glory they should share,

Not less auspicious Chiri's mountain dell

That knew the birth of her whose tale I tell.

Where by Red River[6]'s side on April morn

Out little heroine, Choonyang was born;

Nor less renowned the district of Namwon

Than those where Cathay's daughters saw the sun.

---

4 이 연은 왕소군에 대한 것으로, 게일의 「춘향」의 본문인 "Wang Sogun another
great marvel, grew up where the waters rush by and hills circle round"과 왕소군에 대
한 게일의 각주 "This marvellous woman by her beauty brought on a war between the
fierce barbarian Huns of the north and China Proper in 88 B.C. She was finally
captured and carried away, but rather than yield herself to her savage conqueror, she
plunged into the Amur River and was drowned. Her tomb on the bank is said to be
marked by undying verdure. The history of Wang Sogun forms the basis of a drama
translated by Sir John Davis and entitled the "Sorrows of Han."를 참고로 한다.

5 중국(Cathay): lay와 운을 맞추기 위해 선택한, 중국을 의미하는 고어, 시어이다.

6 홍강(Red River): 『옥중화』의 적성강을 게일은 Red City River로 번역하는데 반
해 어퀴트는 Red River로 번역한다. 어퀴트는 "Where by Red River's side our
heroine was born"의 시행을 설명하는 사진을 책 속에 싣는다.

허나 세상에 중국의 산들만 있는 것이 아닌 것이니,
시인의 작업에 들어맞는 여성들을 찾는다면.
코리아 역시, 그 나라의 숭고한 여성들을 배출하였으니,
천혜의 땅으로부터 나온 아름다운 우상들.
그래서 만약 중국의 아름다운 딸들의 고향들
그곳들이 공유하고 있는 그 영광을 약속한다면,
그와 비교하여 조금도 덜하지 않은, 상서로운 지리산 계곡
내가 알리려는 이야기 속 그 여성의 탄생을 알고 있는 산.
홍강 곁에서 사월의 어느 여명에
우리 작은 여주인공, 춘양이 태어났다.
남원 지방의 명성 또한 뒤지지 않으니,
중국 여인들이 태양을 보았던 그곳과 비교한다면.

A few days before this sweet little thing
Looked out on the world and the beauties of spring,
The mother, a vision had seen in the night:
A being stood by her clothed with the light,
Who held in her hand two blossoms, the one
A pink peach-blossom, the other a plum.
Who said, as she viewed the mother the while
With a wistful glance and a pleasing smile;
And placed the peach-blossom on her heart,
"To gently care for this blossom's your part
In life. And if in the years to come

You but graft this blossom into a plum
True joy and happiness will leap to birth
To crown with glory the favored of earth."

이렇게 기분 좋은 작은 일이 생기기 며칠 전
세상과 봄의 아름다움을 내다보던,
그 어머니, 밤에 어떤 형상(形像)이 나타나 보였으니
빛으로 휘감겨 있는 그녀 곁에 어떤 존재가 서 있어,
그녀, 손에 두 가지 꽃을 들었네, 하나는
분홍 복숭아 꽃, 나머지는 자두 꽃.
그런 동안 그녀, 그 어머니 보며 말하였다네,
그리움의 눈길과 기쁨 가득한 웃음을 띤 채로,
그리고 그녀의 가슴에 복숭아 꽃 안기고는,
"이 꽃, 당신의 것이니, 어여삐 보살피시오
평생 동안. 그리고 앞으로 오는 세월 동안
이 꽃을 당신이 자두에 접붙인다면,
진정한 기쁨과 행복, 생겨날 것이며
대지의 축복을 받은 영광스런 관을 쓰게 될 것이로다."

"With this plum-blossom I hurry away,
On another's heart its message to lay."
A moment more and the being was gone,
And the mother thought on the vision alone.
And as she pondered her mother-love guessed

That it delt with the child under her breast.

Thus when it was born, for peach-blossoms blow

In early spring in Korea, and so

With many a prayer for the dear little thing

She called her Choonyang—The Fragrance of Spring.

Choonyang was a dancing girl's daughter and yet

Her father was one of the genteel set.

A man of good fortune, of favor, and fame;

Who bore a clear conscience above a good name.

And because her father was such a one

At seven the little maid had begun

The study of Chinese. And her agile mind,

With an ambition for knowledge combined,

Made her excell in book-learning, and still

Because to her mind was added a will,

She found time for mastering household arts,

And embroidery and music claimed their parts

In the maid's education. Only the true,

The pure and the virtuous fell her due

In the lot of life. Thus every new day

Found her more beautiful, happy, and gay —

A perfect, flawless, shining little gem,

A brilliant star in the world of men.[7]

"이 자두 꽃은 내가 갖고 서둘러 떠나면,

그 계시가 다른 이의 마음에 나타날 것입니다."

잠시 지나고, 그 존재는 사라졌고,

그 어머니, 그 형상만을 붙들고 생각에 잠겼더라.

그녀는 짐작되는 자신의 모정을 곰곰이 생각하면서

자기 가슴 아래 있는 아이를 떠올렸다.

그리하여 그 아이 태어났을 시기가, 복숭아 꽃 피는

코리아의 이른 봄이었으며, 그렇게

많은 기도가 귀엽고 사랑스런 대상을 위해 바쳐지는 시기

그녀는 아이를 봄의 향기란 뜻으로 춘양이라 불렀다.

춘양은 기생의 딸이었지만, 그러나

그녀의 아버지는 상류사회 출신이었다.

재산과 관대함과 명성을 갖춘 남자,

명성 이상으로 분명한 양심을 갖춘 사람.

그녀의 아버지는 그런 사람이었기에

일곱 살에 어린 소녀는 시작했다

한문 공부를. 그리고 그녀의 활발한 정신

지식에 대한 야망과 결합되었으니

학식에서 그녀를 탁월하게 만들었네, 그럼에도

어떤 의지가 그녀 정신에 더해졌던 까닭에

가사 기술 습득에도 시간을 들였으며,

자수와 음악 또한 각각 재능의 한 분야로 그녀에게 갖춰졌다,

---

7 춘향의 출생과 어린 시절 성장을 나타난 연이다.

교육 과정 안에서. 오로지 진(眞),
순(純), 덕(德)은 적절한 시기에 갖춰졌으니
인생이라는 운명 속에서. 그리하여 새로운 날마다
그녀는 더 아름답고 즐거우며 행복해졌으니
완벽하고 결함 없이 빛나는 작은 보석,
인간 세상에서 찬란하게 빛나는 하나의 별.

[8]The summers and winters of seventeen years
Sow free to mankind their smiles and their tears,
Their love and their hate, their bruises and balm,
Within the land of the fair Morning Calm.
[9]And Choonyang's father sleeps 'neath the sod;
His widow finds life distressing and hard,
Striving his fortune to spread o'er the years
Of a life that is constantly haunted with fears.
But little Choonyang — The Fragrance of Spring,
That looked out on life a wee, tiny thing
With wondering eyes as dark as the night
When moon and stars are hidden from sight,

---

8 이 연은 『옥중화』와 게일 「춘향」에 없는 부분으로 어퀴트는 춘향이 17세이고,
그녀의 아버지가 죽었으며, 그 어머니는 남편 없이 춘향을 키우며 남은 유산을
불리려고 갖은 고생을 했다는 내용을 첨가한다. 어퀴트는 춘향이 17세로 성장
하기 이전의 그녀의 가정환경을 그림으로써 춘향을 보다 생생하게 묘사한다..

9 「춘향」의 5장 "oriental wedding"에서 월매는 춘향의 신분을 이야기하며 본인은
퇴기이지만 아버지는 양반가라고 말한다. 어퀴트도 춘향이 양반가와 퇴기 사이
에 난 신분의 경계에 있는 인물로 그린다.

Has drawn from those years all that she could

Of the faithful and beautiful, the pure and the good

For the baby's warm heart, the child's agile mind,

And the woman's face and form combined.

For to womanhood now our baby has grown,

To faults all a stranger, to evils unknown.

And over the hills where the meadow-larks sing

She strays through the beautiful blossoms of spring,

A true child of Nature, as free and as gay

As the little wild things about her at play.

Here in Nature's arms let us leave her a spell,

Sure she will lead her and fashion her well,

Give to her all we could wish here to find

In form and in features, in soul and in mind.

십칠 년 동안의 여름과 겨울들은

제 각각 그 미소와 눈물들을 인류에게 자유로이 뿌렸으니,

그 시절들의 사랑과 미움, 상처와 진통제를,

조용한 아침의 땅 안에 뿌렸구나.

그런 동안, 춘양의 아버지 뗏장 아래 잠들었고

그의 미망인 괴롭고 힘든 삶을 살고 있었더라.

그렇게 한 해 한해 거치면서 그의 재산 늘이려고 애쓰며

언제나 두려움에 쫓기는 삶의 과정이었으니.

그러나 어린 춘양, 그 봄의 향기

153

작고 귀여운 삶을 바라보니

궁금함에 가득 차, 밤 같이 검은 눈으로

달과 별들, 시야에서 가려질 때,

그 세월로부터 길러왔던, 그녀에게 가능한 모든

충실성과 아름다움, 순수함과 선함이

아기의 따뜻한 마음에, 아이의 날랜 정신에,

그리고 마침내 여인의 얼굴과 신체에 결합되었더라.

우리의 아이가 자라서, 이제 여성적 풍모를 갖췄으니,

허물에는 완전 생소하며, 나쁜 일을 알지도 못했다.

그리하여 저 언덕 너머, 초원 종다리들 노래하는 곳

그녀는 봄의 아름다운 꽃들을 통과하며 멍하니 노닐고 있으니,

자유롭고 명랑한 진정한 자연의 아이

그녀에게서 활동하고 있는 작은 야생의 특징들.

이곳 자연의 품안에 그녀를 잠시 놔두자,

분명, 자연은 그녀를 안내하여 훌륭하게 변신시킬 것이니,

우리가 여기서 찾기를 소망할 수 있는 모두를 그녀에게 선사하라

신체와 용모, 영적으로 그리고 정신적으로.

DREAM-DRAGON
드림 드래건[10]

Now far away in the city of Seoul

---

10 몽룡(夢龍)을 일컫는 말이지만, 원문을 살려 '드림 드래건'으로 번역한다.

There lived a family that played quite a role

In the tale that I tell: Yee was its name.

Faithful its sons, nor strangers to fame.

Its daughters were crowned with virtue and beauty.

And each, one and all, a servant to duty.

Came there a day when the Sovereign would name

A man of learning, of virtue, and fame,

As governor of South Chulla Province,

And Yee was chosen. No wonder this since

The post was the most important of all

That waited the will of the Sovereign's call.

And Yee was a man of ability known

By the people at large, as well as the Throne.

A few weeks later the new Governor

Caused in the Capital no little stir

As with fitting pomp and the glory of state

His train set forth through the city's south gate.

The sons and daughters tarried behind,

The youngest son only the father would mind

To take on the journey. A young man he

Of seventeen summers, and the father would be

Close to his son for a certain duration

Of time to assist in is education.

[11]자, 이제 서울 시내 외딴 곳에

나라 일에서 꽤 대단한 역할을 하던 가문, 살고 있었으니,

내가 소개하는 이야기 속에서, 그 가문 성씨는 이(李)였다.

그 아들들 충실하여 명성에 낯설지 않았을 뿐 아니라

그 가문의 딸들은 미덕과 미모의 관을 쓰고 있었다.

그들 각각 모두는 공직에 근무하고 있었더라.

그리하여 주군께서 어느 날 임명을 하게 되었는데,

학식과 미덕과 명성을 갖춘 한 사람을,

남쪽 지방 전라도의 도지사로서,

이 씨가 선택 되었다. 이는 전혀 놀라운 일이 아니니, 그 까닭은

그 자리가 무엇보다 더 중요하기 때문,

신하는 언제나 주군의 부르심의 뜻을 기다리는 것.

그리고 이 씨, 능력 있는 인물로 잘 알려져 있었으니

왕실에 뿐 아니라 일반 백성들 사이에서도.

몇 주가 지난 후, 그 신임 도지사,

도성 내에서 어떤 사소한 법석도 일으키지 않고

적절한 화려함으로 그리고 국가의 영광으로

그의 행렬, 도성의 남대문을 통해 출발하였다.

---

11 게일의 「춘향」에서 이몽룡을 소개하는 부분은 "Now there was living at this time in the department of Three Rivers, Seoul, a graduate named Yi whose family and home were widely noted for faithful sons and pure and beautiful women."가 전부이다. 게일은 서울 삼청동에 사는 명문거족인 이몽룡 집안을 간략하게 설명한다. 이에 반해 어쿼트는 게일의 「춘향」에 없는 내용을 추가하여 주요 등장인물인 이몽룡의 가정 배경을 상세하게 묘사한다. 먼저 전라도 감사로 제수 받은 이도령의 아버지의 신연행차와 아들의 교육에 관한 내용을 첨가한다. 게일의 영역본에서 이몽룡의 나이는 18세로 설정되어 있지만 이 극시에서 이몽룡은 17세로 설정된다.

아들들과 딸들이 뒤에서 기다렸고,

그 아버지, 오로지 가장 어린 아들에게 마음 쓰였는데

그 여행을 떠나는 여정에서. 한 젊은이는

열일곱 살로서 그 절정기에 이르렀고, 그 아버지는

자기 아들과 한동안 가까이 지냈는데

교육을 위해 도움을 주기 위한 시간 동안이었다.

Dream-dragon his name, and tall as a knight,

With face as comely as marble is white,

Brave and gifted and agile of mind.

Thus far might you search before you would find

A youth who promised more for the future

Than Dreamdragons, so brilliant his nature.

An artist he, and a writer of verse,

And being supplied with a liberal purse,

He was quite the idol of the younger set

That 'mid the mirth of the capital met.

Thus with little relish and many a sigh

He bid his companions a long good-by,

As out through the gate the fair cavalcade

With cheers of good-wishes its exit made.

[12]드림 드래건, 그의 이름이며, 한 장부로서 그 키가 훤칠했고,

대리석 조각처럼 잘 생긴 그 얼굴, 흰색이었다,

용맹한 정신과 재능을 타고났으며 영민했다.

발견하기 전에 여기까지 찾아야 마땅했으니,

더욱 전도가 유망한 한 젊은이를,

여타 드림 드래건 또래들보다, 그렇게 영민한 본성의 그를.

그는 예술인이자, 시를 쓰는 사람으로서,

풍부한 재산으로 뒷받침되는 인물,

그는 확실히 우상이었으니, 젊은 무리들의

쾌활한 도성 분위기 가운데서 마주치는.

그리하여 힘 빠진 분위기와 숱한 한숨들 속에

[13]자기 동료들에게 그는 오랜 작별 인사를 보낸다.

격식에 맞춘 행렬이 성문을 빠져나갈 무렵,

떠나감의 행운을 비는 마음 담은 축복으로 장식되었더라.

As they journeyed southward the youth pondered o'er

The things left behind, the things still before:

---

12 이몽룡이라는 인물을 묘사한 연이다. 『옥중화』은 "풍채는 두목지오 얼골은 관옥이라", 「춘향」은 "handsome as China's Toomokehee. His face was comely as the polished marble"로 되어 있다. 우리 고전문학은 한 인물의 특징을 제시할 때 과거 인물의 전형을 통해서 그 특성을 암시하는 것이 특징이다. 중국 고전 문학의 영향으로 판소리계 소설에서도 그런 상부석인 표현을 사용한다. 게일은 원전 『옥중화』의 '두목지의 풍채'를 '두목지처럼 잘생긴'으로, '관옥같은 얼굴'을 '반질반질한 대리석 같이 어여쁜'으로 옮긴다. 이에 반해 어쿼트는 중국 고사 속의 인물로 인물의 특징을 암시하지 않고 대신 '두목지의 풍채'를 '나이트처럼 키가 큰'으로 제시하여 풍채 중에서 큰 키를 강조하고, '관옥'에 대한 번역은 게일의 것을 차용한다. 어쿼트의 "With face as comely as marble is white"는 게일의 "His face was comely as the polished marble"과 매우 흡사하다.

13 어쿼트는 이몽룡이 도성의 친구들과 작별하는 장면과 도성을 떠나 전라도로 가게 되는 그의 심정, 그 지역에 대한 기대감을 첨가한다.

He thought of the times when as free as the wind,

With others as free, he had left far behind

The city of Seoul for a happy day on

The rocky battlements of Sam-kak-san.

Where from the world's roof they had looked out

On mountains and meadows lying about,

While valleys and rivers farther away

All in the beauty of dream-land lay.

And unnumbered islands, away to the west,

Slept like ships on the Yellow Sea's breast.

Here had he wandered and dreamed in the springs —

Dreamed and pondered a thousand strange things,

That poets have dreamed of throughout the long ages

Since earth has known men, and men have known sages.

Now, as riding southward, ever and anon,

Commingled all with these days that were gone,

He thought of the future and wondered what more

Awaited him there on life's shifting shore —

What awaited his feet in the Southland?

Were the wild-flowers as sweet; the mountains as grand;

The birds' songs as thrilling; the sunsets as fair;

As those he was leaving so mournfully there?

Would he meet there companions as blithe and as gay

As those from whom he was thus torn away?

But while his mind roamed and returned at his call
Of the great waiting gifts he dreamed not at all −
The things that the gods held in secret above,
For he thought not of women, he dreamed not of love −
The dream of all dreams that come to our share −
And these were the things that awaited him there.[14]

그 행렬 남으로 여행할 적에, 그 젊은이 곰곰이 생각하였으니,

남겨 놓은 일들, 앞으로 여전히 해야 할 일들.

그 청년, 바람처럼 자유롭던 시절을 생각하면서,

얽매임 없는 다른 이들과 더불어, 이제 뒤로 멀리 남겨두고 떠났
으니,

유쾌한 날들 계속되는 서울, 그 도시

삼각산 암벽을 장식한 성가퀴.

거기 세상의 지붕을 타고 그들이 내다보았던

산에서 목초지에서 드러누워서,

계곡과 강이 더 멀리 뻗어나가는 한편,

모두가 아름다운 꿈의 대지를 이루었네.

저 멀리 서쪽으로는 헤아릴 수 없는 섬들,

황해의 품에 안긴 선박들처럼 잠들어 있었으니.

---

14 이몽룡이 전라도에서 여자를 만날 것이라 생각하지 않았고, 사랑을 꿈꾸지 않
았다는 이 대목은 참고번역 저본들과 다른 부분이다. 『옥중화』에서는 이몽룡을
"호협훈 긔남자"로, 「춘향」도 이와 유사하게 표현한다. 즉 춘향을 만나기 전 이
몽룡은 여자를 모르는 순진한 청년이 아닌데, 어쿼트는 전체적으로 이몽룡이라
는 인물을 매우 단정한 사람으로 그리고 있다.

여기, 그가 봄날에 거닐며 꿈을 꾸곤 했었지.

천 개의 이상한 일들 꿈꾸고 또 사색했지,

오랜 세월 걸쳐 시인들이 꿈꿔왔던 그런 일들

세상이 사람들을 알았고, 사람들이 현인들을 알아주었으니.

이제 남으로 내려가면서 때때로

이런 지난날들과 모두 뒤섞여서

미래를 생각하노라니, 그는 더욱 더 호기심이 생겼다.

인생의 굴곡진 기슭에서, 거기 그를 기다리는,

남쪽 땅에서 그의 발걸음 앞에 무엇이 기다리는가?

감미로운 야생화들이 있었네, 웅장한 산들이 있었네,

전율하도록 하는 새들의 노래들, 아리따운 해거름이 있었네,

그렇게 애처로운 마음으로 떠나, 거기서 그것들을 만나고자 함인가?

거기서 그가 즐겁고 명랑한 친구들을 만나게 될 것인가,

작별을 고하고 떠나온 그 사람들과 같은 사람들?

하지만 그의 정신 배회하다가, 그의 요청에 다시 돌아오는 동안

기다리고 있는 거창한 선물들에 관하여, 그는 전혀 꿈꾸지 않았다.

신들이 은밀하게 높이 떠받드는 그런 일들,

그가 여성을 염두에 두지 않았기에, 그가 사랑을 꿈꾸지 않았기에.

우리들 일부분 되는 모든 꿈들 중의 꿈

그런데 이것들이 거기서 그를 기다리고 있는 일들이었으니.

The new Governor, ere a year had rolled round,

So faithful his service, his judgment so sound;

And too, loving justice better than gold,

Had attained o'er the hearts of the people a hold

That was like unto magic so swift was its course,

Like the will of the gods so strong was its force;

Not as a cloudburst, fierce and soon o'er

But in the swell of its volume 't was more

Like a great river which with its length

Adds width unto width, and strength unto strength.

Thus ever ascending the ladder of fame

The days left no tarnish upon his fair name;

While the people slabs of granite upraised,

The roadways along, to tell his just praise.

Some even today remain there to tell

How truly they loved him, how long, and how well.

> 신임 도지사, 한 해가 다 가기도 전에,
>
> 자기 직무에 아주 충실하여, 그의 판단은 건전했더라.
>
> 그리고 또한, 보석보다 정의를 더 귀하게 사랑했으니,
>
> 백성들 마음을 확고하게 얻게 되었다.
>
> 그런 과정은 마치 요술과 같아 급속도로 진행되었으며,
>
> 그 힘, 매우 강력하여 마치 신들의 의지와 같았다.
>
> 맹렬하게 몰아치는 호우여서, 곧 끝날 것 같지는 않았는데,
>
> 더욱이 그 용량 더욱 더 팽창시키기까지 했으니,
>
> 마치 길게 뻗은 거대한 강과 같이,
>
> 그 폭을 차츰 더 넓히고, 그 세기를 점점 더 강하게.

그리하여 그 명성의 사다리 계속 올라가고,

그의 고귀한 이름에 어떠한 오점도 남기지 않은 날들이었네.

사람들이 화강석 판들을 들어 올리는 동안에도,

길을 쭉 따라 늘어서, 그를 아낌없이 칭찬했네.

몇몇 이야기, 오늘도 거기서 남아 전해지니

그들이 얼마나 진정으로 오랫동안 후하게 그를 사랑했던가.

The following year there came an occasion

For the Governor to make an excursion

Into Namwon district, and his son went along.

It need hardly be said that the young man was strong

For the trip. For though the first year through

He had found little time for else to do

Than the pursuit of his studies, there yet

Were times when he could in nowise forget

The Past and and its pleasures so far, far behind,

That held fast forever their place in his mind.

But with spring again – spring and wild-flowers –

And April sunshine all flooded with showers,

The heart of the man seized the heart of the boy

And filled it with longings – made it a toy

For the play of strong passions unsensed and unknown

That claimed as a tyrant the young heart's throne.

Then how could he read dull books of Chinese,

When spring smiled round him, smiled but to please?

Silently wooing him, urging him still

To Nature's wild haunts of woodland and hill?

Now farewell to stale books, to study good-by,

something more pleasing for a time would he try.

[15]그 이듬해 기회가 생겨나

도지사가 지방 답사를 하게 되었으니

남원으로 들어가는 길에, 아들을 대동하였더라.

그 젊은이, 설명할 필요조차 없고, 강건하다는 사실

그런 여행 할 정도로. 비록 첫 해가 지났음에도 불구하고

그는 그 밖의 일을 할 여유가 없어

오로지 공부에 매진했는데, 그럼에도

결코 잊을 수 없는 시간이었으니

그 과거, 또한 그 즐거움, 아주 멀리, 멀리 뒤로 남겨두고 온,

그의 마음 속 자리를 틀고 영원히 견고하게 남아 있었다네.

하지만 다시 봄이 찾아와, 봄과 야생화들

그리고 사월의 봄볕, 소나기로 흠뻑 젖게 되자,

---

15 『옥중화』와 게일 「춘향」에서 이도령의 아버지와 변학도는 같은 부사 지위임을 알 수 있다. 즉 이부사가 동부승지로 승진한 후 서울로 떠나고 그 자리에 다른 부사가 왔다 그 부사가 1년 후 나주로 간 이후 변학도가 남원부사로 온 것으로 되어 있다. 그러나 이 극시에서 이도령의 아버지는 전라도 감사(As governor of South Chulla Province)이고 신임사또(변학도, 변사또로 명명되지 않는다)는 이 보다 관직이 낮은 남원 지역의 지방관 즉 남원 부사인 것으로 추정된다. 40년간 남원 시를 다스린 부사가 있었고 그가 사망한 후 신임사또가 부임했다고 나온다. 몽룡의 아버지인 전라도 감사는 전임 부사를 방문하려 아들과 함께 남원에 왔다 그 때 몽룡이 춘향이 만났다는 언급이 이 극시에 있다.

남성의 마음이 그 청년의 마음 사로잡고
어떤 갈망들로 가득 채워, 그 마음 갖고 놀았으니,
감각해보지도 알 수도 없었던 강력한 열정의 놀이였으므로
그 청년 마음의 자리를 차지하는 폭군이 되었다네.
그런 마당에 어떻게 풀죽은 한문책을 읽고 있을 수 있겠는가,
언제 봄이 그를 에워싸고 오로지 즐겁게 해주려고 미소 지었던가?
고요하게 그에게 구애하면서, 그를 재촉하면서,
숲과 언덕, 자연의 길들지 않은 유령들에게로?
마침내, 낡아 빠진 책들과 공부에 작별을 고하니,
뭔가 더 유쾌한 일 추구할 때가 찾아왔구나.

NAMWON
남원

They reached Namwon, and the following morn
In Dream-dragon's mind a resolution was born
To spend the day in viewing some shrine
Mid the wilds of Nature, drinking the wine
That Dame Nature gives in the breath of her flowers,
And the beauties that crown her happy spring hours.
"Hey there!" and a yamen attendant sprang forth,
"What renowned places of the district are worth
Spending the day with? where in the past years
The ancients assembled for laughter or tears? –

Away in the mountains, oh, are there not
Places of interest? — some little spot
Hallowed because of the past, and meet
For the dwelling of gods in its lonely retreat? —
No shrines such as those that hallow the North?
Speak up, lad, and say, I long to set forth."
"The wild-flowers beckon, the meadow-larks call;
Springtime throws 'round me her magical thrall;
The spirit of Soboo, China's great sage,
Transforms me as costumes the man on the stage
Linger I cannot, let us up and away
Oh, where are your shrines? Speak up, lad, and say."
The attendant answered, "The Master well knows,
We reap, and reap only, where somebody sows,
And but where the gods send their spirit to earth.
Through warriors and sages in visible birth
Can mortals reap glory, and glory alone
Gives birth unto shrines and life unto stone.
And our poor district little can boast
Of warriors and sages, e'en at the most;
Thus only a few are the places it claims
That are hallowed today by immortal names.
The Master wishing, I'll name one by one
The places that fame all undying have won:

그들 남원에 당도하고, 다음날 아침

드림 드래건, 마음속으로 결심이 돋아났으니

어느 사당에 조문하면서, 그날을 보내기로

야생의 자연 가운데서 술을 마시며

저렇게 고귀한 자연이 꽃들의 숨결을 펼쳐놓고,

행복한 봄날의 왕관을 쓴 미인들을 보내주니.

"여봐라!" 하자, 관아의 하인 폴짝 뛰어나와,

"이 고을 어느 유명한 곳이 좋은가

오늘을 보내기에? 지난 날, 어디였더냐,

옛 선조들 모여서 웃고 울고 했던 곳이?

저 멀리 산 속, 아니, 거기엔 없겠지,

흥미로운 곳들이? 어느 자그만 장소

과거로 인하여 신성하게 되었던, 그리고 적합한 곳,

신들이 거주하기에, 그 외로운 은신처는?

북극성을 신성하게 하는 것들과 같은, 그런 사당 없는가?

털어 놓아라, 청년이여, 말해보라, 앞으로 나가고 싶구나."

"야생화들 유혹하고, 풀밭 종다리들 신호를 보내네,

나를 에워싸고 매혹적으로 속박하는, 봄날,

중국의 위대한 현인 소부(蕭敷)의 정신이

내 의상을 갈아 입혀, 무대 위의 남자로 변신 시키네.

나는 어정거리며 머물 수 없어, 자, 일어나 떠나자,

오, 사당은 어디에 있느냐? 털어봐라, 청년아, 말해보라."

하인 이르기를, "주인님 잘 아시죠,

우리 거뒀어요, 오로지 누군가 씨 뿌린 곳에서만 거두어

167

　　　그리고 오로지 신들이 자기들 영기를 지상에 보낸 그곳에서만.

　　　신들은 우리가 볼 수 있게, 태어난 전사들과 현인들을 통하여,

　　　다만 인간들은 영광, 영광만을 수확할 수 있을 뿐,

　　　사당을 태어나게 하고, 바위에게 생명을 선사합니다.

　　　그리고 우리 초라한 고을은 자랑할 수조차 없으니

　　　전사들과 현인들에 관하여, 최선을 다하더라도.

　　　그리하여 겨우 몇몇 자리 차지하여

　　　오늘날 불후의 이름으로 신성하게 봉양됩니다.

　　　주인님의 소망대로, 내가 하나, 하나 이름 부르리니

　　　언제까지도 죽지 않는 명성을 얻은 장소들을."

"There's the temple built to the strong god of war

Beyond the West Gate and standing before

The battle-plain where our forefathers fought

The hordes of Chinese, and stubbornly bought

The field with the best of Korea's true blood,

Which ran like the rivers in freshet and flood;

Where fame crowned the sons of Silla before

She claimed your own Northland in conquering war.

When the great gods with the strong hand of fate

Bound us together in union of state.

Here broad is the field, the view is sublime,

'T is easy of access, no mountains to climb.

"[16]강력한 전쟁 신에게 바쳐진 사원이 있어

저쪽 서문(西門)을 지나, 그 앞에 서 있는

그 전쟁의 벌판에서, 우리 선조들 싸웠던

중국인 무리들과, 끈질기게 지켰던

그 벌판, 진정한 코리아의 피 중 최상의 피를 희생하여.

호우와 홍수를 만난 강물처럼 흐르는 피를 대가로.

신라의 자손이란 명예를 얻은 그곳에서

신라가 정복 전쟁에서 북쪽 땅을 자기 것으로 선언하기 이전.

강한 힘으로 운명을 좌우하는 위대한 신들이

우리들을 함께 묶어 단결시켰으니.

여기 광대한 그 들판, 그 광경 또한 숭고하리니,

올라야 할 산도 없으니, 가기도 쉽답니다."

"Again, in the mountains beyond the North Gate

Is another shrine to the slumbering great.

'T is Moonlight Pavilion, and truly there's not,

In all of South Chulla, a more hallowed spot.

But the road is rough and the pathway is steep,

Thus few are the people who find this retreat.

Still, if beauty you wish, why, beauty is there

Such as only the gods with the immortals share.

And not e'en today has the wonderful place

---

16 『옥중화』의 관왕묘, 「춘향」의 'the Temple of the God of War'에 해당된다.

Swept beyond the gods' encircling grace;

For children born in the district are given

Grace and beauty unmatched, save in heaven.

Or so say the legends, nor would I bemean

The saying at all since my own eyes have seen

The fruit of their power—" "Stop!" Dream-dragon cried,

"No more would I hear. Let us hasten and ride

To Moonlight Pavilion. Its spell grips my heart,

Go order the horses, make ready to start."

"그런가 하면, 북문(北門)을 지나 저쪽 산에는

또 다른 사당이 그 잠든 위대함으로 서 있답니다.

[17] 그것은 바로 달빛 누각, 정녕 없으니

전라 남부 전역에서, 그보다 더 신성시 되는 곳.

허나 그 길 험하고 통로가 깎아져 있고,

그리하여 이 은신처를 발견한 이들은 거의 없습니다.

그럼에도 미인을 원하신다면, 그렇다면, 거기 미인이 있겠지요,

오로지 신들만이 비인간들과 함께 나누는 그런 곳에서.

그리고 오늘날엔 경이로운 징소조차 없답니다,

신들이 둘러싼 은혜를 넘어 깨끗이 청소된.

그 고을에서 태어난 아이들에게 주어지는

---

17 어퀴트는 게일과 마찬가지로 『옥중화』의 광한루를 Moonlight Pavilion으로 옮긴다. 그는 "Dream-dragon was awed by the wonderful place."의 시행을 설명할 광한루 사진을 책에 싣는다.

은혜와 아름다움은 하늘나라가 아니라면 어울리지 않는답니다.
혹은, 전설이 그렇게 알려주듯, 저는 품위를 떨어뜨리지 않으리니,
그 이야기를 모든 면에서, 제 눈으로 봐왔던 까닭에,
그 힘의 결실－" "그만!" 드림 드래건이 외쳤으니,
"더 이상 듣지 않겠다. 자, 서둘러 말을 몰아
달빛 누각으로 가자. 그곳 마력이 내 마음을 사로잡는구나,
말에게 명하고, 출발할 채비를 시켜라."

The well groomed horses are soon led out
Saddled and bridled, and ready to mount.
While the Master's attendants, one and all,
Awaited but Dream-dragon's cheery call
To be off and away. They are off with the morn,
The Young Master well-dressed, handsome, highborn.
Sits straight in his saddle of red and of blue
As forth on the wings of the morning they flew.
They rode through the woodland, beside laughing streams
Fairer than visions of youths' happy dreams.
Where birds whispered to him － birds and wild-flowers －
Each adding its zest to the joyful hours.
The sun was just climbing the far eastern walls
Of the heaven's pearl and jasper halls
That were still all flushed with morning's vermilion
When they alighted at Moonlight Pavilion.

잘 조련된 말들, 곧 밖으로 인도되었고

안장 얹히고 고삐 채워져, 탈 준비가 됐구나.

주인의 하인들, 하나 같이 모두 다

기다리는 한편, 명랑한 드림 드래건의 부르는 소리는

차츰 멀어지고 사라졌다. 그들은 아침과 함께 출발하였으니,

의관을 제대로 갖추고, 잘생겼으며, 명문가의 그 젊은 주인.

울긋불긋 안장에 꼿꼿하게 앉아서

날아오른 아침 날개들 위에서 앞으로 나아가듯이.

재잘대는 강물을 끼고 숲 지대를 관통해가는, 말 탄 그들,

젊은이들의 행복한 꿈, 그 형상들보다 더 고왔더라.

새들이 그에게 속삭이는 그곳에서, 새들과 야생화들

그 즐거운 시간에 제각각 흥취를 더 하고 있구나.

태양은 극동의 벽을 타고 막 올라가고 있었으니,

천국의 진주와 벽옥으로 된 방들의 벽을 타고 오를 때,

아침의 주홍색으로 완전히 흠뻑 잠겨버린 그 방들,

그 무렵, 그들은 달빛 누각에 이르러 말에서 내렸다.

MOONLIGHT PAVILION
달빛 누각

Dream-dragon was awed by the wonderful place,

[18]For a thousand odd years had left little trace

---

18 "For~dream.": 『옥중화』는 "광한루 당도ᄒᆞ야 도령님 말게 내려 광한루 올나가
이리저리 바라보며"에서 알 수 있듯이 광한루 건물 자체의 아름다움을 그리지

On the beautiful structure. Not young and not old

It stood in its strength defiant and bold,

And still its harshness was mellowed by time.

With lines less severe than when in its prime

It faced the long years defying their blast,

It stood there, a conqueror, viewing that past.

Of huge granite slabs a wide massive stair

Led above to the deep vaulted colonnade where

Dream-dragon paused in wonder to view

Quaint old paintings that in many a hue

Smiled down, or frowned from ceiling and wall.

Things knows and unknown, seen and unseen, all

Thrown roughly together, or so it would seem,

In portrayal of some wild feverish dream.

He turned in his steps, and looked out where in wild,

Yet pleasing array Dame Nature had piled

Her beauties together; where man, seeing this,

Had added his treasures, nor thought it amiss.

[19]In Red River Vally the early sun's light

Was brushing aside the mists of the night;

That like a great curtain were drawing away

는 않는다. 「춘향」은 "The polished floors and ornamented walls call his attention to the pavilion." 정도로 광한루 건물을 표현한다. 그러나 어퀴트는 광한루 건물 자체의 아름다움을 거의 한 연에 걸쳐 상세하게 그린다.

19 Red River Vally: 『옥중화』의 "적성", 「춘향」의 "the Red City plain"에 해당된다.

To reveal the pleasing landscape that lay
There at his feet. To the south he descried
[20]The Fairies' Pavilion, and at its side
The Immortals' Garden, where flowers of red
And yellow and white were profusely spread
In fluttered heaps. They were scattered about
Irregular as soldiers in panic and rout;
Yet all the fairer because of the wild
Fantastic ways in which they were piled.

그 놀라운 장소에, 드림 드래건, 압도되었으니,

천 년 남짓 세월도 거의 자취를 남기지 않았네,

그 아름다운 구조에. 젊지도 늙지도 않은 상태로

그 누각, 도전적이고 대담한 그 힘으로 서 있었는데,

그럼에도 불구하고 시간으로 인해 그 거친 면모, 부드러워졌구나.

그 최상의 시기보다 덜 엄격한 모양새로

오랜 세월 돌풍에 맞서 견뎠으니,

누각은 거기 서서 정복자로서 과거를 지켜보며,

거대한 화강석 판으로 된 넓고 육중한 계단의 과거를,

거기 깊은 둥근 천장의 열주 위로 연결되는

드림 드래건, 경탄하여 보기를 멈췄더라,

기묘하고 오래 된 그림들, 여러 가지 색조들로

---

20 The Fairies' Pavilion(신선각), The Immortals' Garden(무릉도원), the Magpie Bridge(오작교)는 모두 게일의 해당 장소의 번역과 동일하다.

천정과 벽으로부터 미소를 던지거나, 혹은 얼굴을 찡그리는 그림들.

아는 것과 모르는 것, 본 것과 보지 못한 것, 모두

한꺼번에 던져져, 혹은 그렇게 보여서

어떤 길들지 않은 열광적인 꿈의 초상 형태로.

그는 자기 보조에 맞춰서, 야생의 그곳을 내다봤다,

그럼에도 고귀한 자연이 겹쳐 쌓아 올린 배열을 즐기면서

자연의 아름다움들을 함께 모아, 거기서 이를 보는 사람,

자신의 진귀한 것들 보탰으니, 어울리지 않는다 생각지 않았다.

붉은 강 계곡에서, 이른 아침 햇빛은

옆으로 밤안개를 밀어내고 있었다.

마치 거대한 차양이 걷히고 있는 모양으로

펼쳐지는 즐거운 풍경 드러내니

거기 그의 발에서. 그가 식별해낸 그 남쪽을 향하여

그 요정의 누각, 그리고 그 곁에는

불멸의 정원, 거기서 붉은 꽃들이

그리고 노랑과 하양 꽃들이 흐드러지게 퍼져 있네,

이리저리 더미들을 이루고서. 그것들 여기저기 흩어져

황망해 패주하는 병사들처럼 불규칙하게

그렇지만 그 야생의 모습으로 더 아름다운

그것들이 쌓여 길들지 않은 환상적인 방식으로.

All things were tinged with the mystical there,

It flashed on the sight, it rode in the air.

As, ever and anon, on the wings of the morn

The breath of wild-flowers, or fairies, was borne.

And butterflies too, in the balmy spring air,

Fluttered around him, pair after pair.

While the Magpie Bridge, flashing from cover,

Brought to his mind the celestial lovers.

And catching the tune of that mystical hour

He burst into song 'neath its magical power,

And sang with a voice tender, yet strong

'The Celestial Lovers,' an old, old song.

거기서는 만물이 신비로움으로 약간씩 물들었다,

신비로움이 그 광경을 밝혔고, 공중으로 떠올랐다.

가끔 아침의 날개들 위에서

야생화의 숨결, 혹은 선녀들의 숨결, 탄생한 그곳에서.

그리고 나비들 역시, 그 향기로운 봄의 대기 안에서

저마다 짝을 지어, 그의 주변에서 파닥거리네.

덮개로부터 번쩍이는 오작교가

그의 마음에 불러오니, 천상의 연인들을.

그리하여 저 신비로운 시간의 곡조를 따라서

그가 그 마술적 힘을 받아 노래를 토해내니,

그렇게 온유하나 강한 목소리로 노래 불렀더라,

옛날, 오래된 노래, 바로 '천상의 연인들'.

[21]SONG
노래

Tonight, tonight the magpies meet

O'er the Silver Lake

Their bridge to make

For the Weaving Maiden's feet,

Her lover true to meet.

And tonight the Magpie Bridge

Will bear the maiden over

To the Herdsman's cot,

To her waiting lover.

오늘, 오늘밤, 까치들이 만난다네,

저기, 저, 은하수 건너서

그들을 위한 다리 만들어 놓으니

베 짜는 여인(직녀, 織女)의 발걸음을 위하여,

그녀의 연인, 만나기를 기약하는.

오늘밤 그 오작교,

그 여인, 건너도록 할 것이네

가축치는 남자(견우, 牽牛)의 오두막을 향하여,

---

21 『옥중화』와 「춘향」에서 이몽룡이 오작교를 보며 견우와 직녀를 떠올린 것처럼
이 극시에서도 그는 오늘 광한루에서 삼생연분을 만나기를 바란다. 어쿼트는
견우직녀 설화를 극시 속의 노래로 표현한다.

그녀를 기다리고 있는 연인에게로.

One year, one year the lovers true

O'er the watery plain

Have looked in vain,

For they could not wade them through.

But tonight the Magpie Bridge

Will bear the maiden over

To the Herdsman's cot,

To her waiting lover.

한 해, 또 한 해, 그 연인들 기약하니

그 은하수 평원 건너를

헛되이 지켜보았다네,

그들이 건너갈 수 없었던 까닭에.

하지만 오늘밤 저 까치들이 만든 다리(오작교, 烏鵲橋)

그 여인을 건너도록 해줄 것이네,

그 견우의 오두막 향하여

그녀를 기다리고 있는 연인에게로.

Tonight, tonight they meet again,

Meet to part thus meet in vain;

And tomorrow their tears

On earth will appear

In showers of summer rain.
But tonight the Magpie Bridge
Will bear the maiden over
To the herdsman's cot,
To her waiting lover.

오늘, 오늘밤, 그들은 다시 만난다네,
만나서 헤어지므로, 만난다네, 헛되이
그래서 내일이면 그들의 눈물
지상에 그 모습 드러내니
여름 비, 소나기 되어 흐른다네.
그럼에도 오늘밤 오작교
그 여인, 건너도록 해줄 것이네,
견우의 오두막을 향하여
그녀를 기다리고 있는 연인에게로.

He ended the song, and the song and the spot
Made him say to himself, Oh, am I not
The Herdsman Star? but where is the other? −
The Weaving Maiden to call on her lover?
Ah, could I meet her, my soul-mate today,
Accomplished, beautiful, smiling, and gay,
What more could I wish? What more could life give?
But who is the maiden, where does she live?

Now, while he whispered the feelings within,

Little he thought how soon would begin

The dream's fulfillment—hot soon he would find

His heart-mate and soul-mate, the maid of his mind.

그가 노래를 마치자, 그 노래, 그 장소

그로 하여금 자신에게 말하도록 만들었네, 오, 내가 아닌가,

그 견우의 별? 하지만 어디 있지, 나머지 한 별은?

그 직녀, 자기 연인을 찾아가는?

아, 그녀를 만날 수 있을까, 오늘, 내 영혼의 벗,

학식 있고, 아름다우며, 웃음 많고, 또한 명랑한,

내 무얼 더 소망할 수 있을까? 삶이 뭘 더 줄 수 있을까?

허나 그 여인, 누구이며, 어디 사는가?

이제, 그가 안으로 감정에 속삭이는 동안,

잠시, 시작하기에 얼마나 이른가, 생각했다,

꿈의 성취, 그가 찾기에 얼마나 이른가,

그의 마음의 동반자, 영혼의 벗, 마음속의 여인.

"Hey boy! spread the board, bring on the repast,

Let beggars go hungry, let holy-men fast;

Today we will eat, for tomorrow—why then,

We may be but beggars or perchance, holy-men."

The table is spread; but ere they seated,

All laughingly, the Young Master repeated:

"The aged in the country,

And the rich in the city,

Demand the first place;

But country or city

The pretty and witty

Press hard in the race."

"애야! 상(床) 펼치고 식사를 가져 오너라,

거지들은 배고프게, 신선들은 단식하게 놔두고

오늘 우리 먹으리니, 내일을 위하여, 그러면 어떻게

우리가 거지나 어쩌면 신선이 될지도 모르니."

식탁이 펼쳐졌지만, 그들이 앉기 전에,

모두 우습게도, 그 젊은 주인, 반복하였으니,

"촌의 노인들과

도시의 부자들,

상석(上席)을 요구한다네,

그런데 촌이냐 도시냐,

그 미모와 기지로

경쟁하며 거세게 밀어붙이네."

The fairest must sit at the head of the board.

But who is the fairest?—give us the word!

The boy caught the spirit and answered at once,

"He that could not say would be but a dunce.

[22]That fellow to the rear, with the yellow face

And dwarfish body, merits the place.

He's the fairest of all if I am not blind,

Or poor of judgment, or feeble of mind."

최고 미인이 식탁 머리에 앉아야 하는 법.

헌데 누가 제일 미인이던가? 말해보라!

그 아이, 마음 가다듬고, 즉시 대답하기를,

"말할 수 없었던 그는, 오로지 멍청이일 뿐일 것이오,

노란 얼굴, 작달막한 신체,

저 뒤쪽의 친구, 그 자리에 앉을 만하지요.

내 눈멀지 않았다면, 그가 가장 잘 생긴 사람이라오,

아니라면, 형편없는 판단이거나 박약한 정신이니."

"At least", said the Master. "he out-classes me.

So give him the place of all honor and we

Will bow our heads to his sovereign power.

And be his true subjects for one little hour.

And boy, though it be beyond your just due,

---

22 "That fellow~and done." : 두 참고저본에서 신분고하를 떠나 장유 유서에 따라 자리를 정하는 부분으로 나이 많은 후배사령이 상석을 차지하고 술과 담배를 격 없이 나누는 것으로 나온다. 이 극시에서는 나이 많은 후배사령이 상석에 앉지만 그들이 술을 마시고 담배를 피우는 것으로 그려지지는 않고, 대신 함께 식사(repast)를 하는 것으로 그려진다. 이것은 어쿼트가 이몽룡을 단정한 인물로 설정한 결과로 보인다.

Be seated here with the other ones too.

For no formal rulings must bind us today,

Such only detract from the pleasures of play,

With the past we relinquish the forms it imposes;

Since all are aware that Convention's door closes

In opening the door to pleasure and play,

And Pleasure's fair halls we would enter today."

With many a laugh and with many a jest,

With each at attention and each at his best,

Quickly the hour's sifting sands were all run,

And the pleasing repast was finished and done.

그 주인 이르기를, "최소한 그가 나를 능가하니

모든 명예의 자리를 그에게 내주어라, 그리고 우리는

그의 절대 권력 향하여, 우리 머리 숙일 것이니.

잠시 동안이라도 그의 착한 백성이 될 것이다.

그러니 애야, 비록 그것이 너의 정당한 권리를 넘어서더라도

다른 사람들과 함께 너 또한 여기, 자리 잡아라.

오늘은 어떠한 판에 박힌 격식도 우리를 속박해선 안 되니,

그런 것들은 놀이의 즐거움을 떨어뜨릴 뿐이지,

과거와 더불어 그것이 부과하는 격식들은 버리자,

이제 관습의 문이 닫힌 것을 모두 알았고,

향락과 유희의 문이 열렸으니,

그리하여 오늘, 우리 향락의 방으로 들어가는 거야."

웃음과 희롱이 가득한 가운데
각각 정중히 그리고 최선을 다 하여,
그렇게 시간의 체로 거른 모래가 재빨리 다 흘러버리고
즐거운 식사가 끝나고 완료되었더라.

CHOONYANG APPEARS
춘양 등장하다

The doors of time upon their wings of gold,
As if an angel swung them back, unfold,
And he, the hero, looking through can see
Where forth she glides light, swift, and free,
By high-hung ropes, Choonyang, as to and fro

황금의 날개 위에서 시간의 문들이
마치 어떤 천사가 날개 짓하여 방향을 되돌리는 것처럼, 펼쳐내고,
또한 그 주인공, 장애물 사이로 시선을 던져 볼 수 있으니
거기 그녀가 가볍고 재빠르고 자유롭게 활주하네,
높이 내달린 줄을 타고 왔다 갔다, 춘양

She swings. Nor does the swinging maiden know
That he beholds. With strong, yet perfect hands
Firmly she holds the colored, twisted strands,
As back and forth, like bird of paradise,

She sails with easy poise 'twixt earth and skies.

Deftly she rises with all seeming ease

Far up among the branches of the trees,

That at the touch of soft, embroidered toe,

Scatter their blossoms to the ground below.

Wrapped in her play, lost to all other things,

In artless grace the happy maiden swings.

그녀가 그네를 타네. 그네 타는 여인, 알지 못하니

그가 보고 있단 사실. 강하면서도 결점 없는 손으로

그녀, 색색이 꼰 가닥의 줄 굳게 붙잡고,

왔다 갔다 하면서, 마치 낙원의 새처럼,

대지와 하늘 사이를 느긋한 자세로 유영하는구나.

능란하게 그녀는 완전히 보기에도 편안히 솟아

나무 가지들 사이로 멀리 위로,

자수 놓인 부드러운 발끝 접촉으로

꽃들을 아래 바닥으로 흩뿌리면서.

자신의 놀이에 열중하여, 모든 다른 것을 다 잃고서,

꾸밈없는 우아함으로, 그 행복한 여인, 그네를 타는구나.

But Dream-dragon with soul all a-tingle,

Where strange emotions in confusion mingle,

With eyes upon the swinging maiden bent

With inexpressible astonishment,

Calls to the boy, "Look yonder, what is that?"

한편, 혼으로부터 안절부절 못하는 드림 드래건
혼란 속에서 야릇한 감성들 뒤섞이니,
그네 타는 여인에게 시선 고정하고
뭐라 표현할 수 없는 놀라움에 휩싸여,
아이를 불러 이르기를, "저기를 보아라, 저게 뭐지?"

The dozing boy sprang up from where he sat,
More astonished at the Master's awesome call
Than e'en the Master was himself with all
His eyes beheld. "What's what? Your Excellency?"
"Why that that's swinging there from yonder tree?"
"My Lord, nothing is visible to my view."
"But, boy, look where my fan is pointing to."
[23]"Fan, or fairy wand, still nothing do I see."
"You idiot!" said the Master hopelessly,
"Your lowcast eyes are poor indeed of sight
If they can not discern that vision of delight."

졸고 있는 아이[24]는 앉았던 곳에서 벌떡 일어나,

---

23 "Fan, or fairy wand, still nothing do I see": 『옥중화』의 "부처 말고 미룩님 바로 보
아도 안이 뵈이요", 게일 「춘향」의 "Fan or fairy wand, I see nothing."에 해당한다.
동일 표현인 것으로 보아 어퀴트가 게일의 번역본을 참고한 것을 알 수 있다.
24 boy: 『옥중화』의 방자, 게일 「춘향」의 the Boy에 해당된다. 게일은 the Boy를 대

주인의 위엄 있는 부름에 더 놀라서

그 주인 홀딱 빠져 보고 있는 놀라움보다도,

그가 보고는, "무엇이 무엇이지요? 도련님?"

"어찌하여 저기 나무에서 그네를 타는 것이 보이지 않느냐?"

"도련님, 제 눈엔 아무것도 보이지 않습니다."

"애야, 내 부채 가리키고 있는 저길 보거라."

"부채입니까, 아니면 선녀의 지팡입니까, 여전히 아무 것도 보이
지 않습니다."

"이런, 멍텅구리 같은 놈!" 주인 절망하여 말했다,

"네 눈알이 저질이니, 역시 형편없는 시력이로고,

만약 저런 즐거운 광경조차 알아볼 수 없다면."

"In this fair place where gods delight to dwell

Do fairies roam by day? speak, lad, and tell."

"Ah, no, no never in the sun-kissed day,

Only in shadows deep, or night they play."

"Ah, then, if that is truly not a fairy,

Tell me, boy, what can the vision be?"

"Just now my eyes have caught, the boy replied,

문자 처리함으로써 이 단어의 특정 한국어가 있음을 추정하게 하고 실제 the
Boy의 한국음이 pangja임을 텍스트에서 표기한다. 그러나 춘향을 Fragrance of
Spring, 몽룡을 Dream-Dragon으로 계속 표기하는 것에 알 수 있듯이 어퀴트는 가
능한 한 음역보다는 한자 이름의 의미를 푸는 경우가 많다. 한국의 지방 관청의
관속의 한 이름인 방자가 원전에서 중요 인물이기 때문에 the Boy라고 구분하여
표기했던 게일과 달리 어퀴트는 단지 the boy, the attendant 등으로만 영역한다.

"What't is the Master sees." But deep he lied,

For from the first he saw, what eye would not

Unless entirely blind its wretched lot,

The 'vision of delight.' "Why, upon my word!"

That is the daughter of Moon-flower, my Lord.

A thousand pretty girls these eyes have seen

But none compare with yonder Fairy Queen.

Her glory, as the sun, dazes my sight.

My nerves are stunned, my mind has left me quite.

My heart, alas, is slipping too, I fear,

Still all might yet be well if she were here,

So hasten, boy, and to the maiden say

That I would see her here without delay."

이렇게 참한 곳, 신들도 기쁘게 살려고 할 곳에서,

한낮에 선녀가 배회한다고? 말해라, 청년이여, 설명해보라."

"아, 아니, 아니지, 햇빛 스치는 낮엔 결코 아니지,

깊은 그림자 안에서만, 아니면 밤이 되어서야 그들이 놀지."

"아, 그렇다면, 만약 그렇다면, 저건 분명 선녀가 아니야,

애야, 설명해보라, 저 광경이 뭣이란 말이냐?"

"이제 막 제 눈이 붙잡았네요." 그 아이 답했다.

"주인님께서 보신 것을." 허나 그는 속으로 거짓말 했으니,

그가 처음 본 것 때문에, 눈은 아닐 것이다

완전히 눈멀어, 그것의 비참한 운명이 아니라면,

그 '환희의 광경.' "왜 나의 말을!
저것은 달 꽃의 딸이구나, 천지신명이여.
이 눈이 익히 예쁜 여자들 천여 명을 보아왔지만
저쪽 선녀여왕[25]과는 비교할 수 없구나.
마치 태양처럼 그녀의 화려함, 내 시야 뒤흔드네.
내 중추가 어찔해져, 정신은 날 침묵하게 만드는구나.
에고, 내 마음 또한 미끄러져 넘어질까, 두렵도다.
만약 그녀, 여기로 온다면, 분명 그리 되리니.
그러니 서둘러라, 애야, 가서 그녀에게 말하라
지체 없이 여기서 그녀를 만나겠다고."

"Oh, list my Lord, this maid is fully known
Not merely in Namwon district alone;
But quite as well the whole South Country through,
She suitors, too, has had, as was her due,
Yet each, from governor to petty magistrate,
Has sued in vain to meet a common fate.
And more, the honored daughters of Cathay

---

25 선녀여왕(Fairy Queen): 요정들의 나라를 다스리는 전설 속의 여왕이다. 르네상
  스기 영국의 위대한 시인인 에드먼드 스펜서(Edmund Spenser, 1552~1559)는 로
  맨스 장편 서사시인 "The Faerie Queen"에서 그 당시의 영국 문학의 최대 알레고
  리인 엘리자베스 1세를 모델로 하여 선녀여왕의 축제에 12개의 덕목을 대표하
  는 12명의 기사가 하루 한 사람씩 모험을 하는 서사적 로맨스를 적었다. 참고저
  본들에서 이도령과 방자는 추천하는 춘향을 두고 중국고사와 관련하여 금이냐,
  옥이냐, 귀신이냐 하면 서로 말장난을 한다. 어퀴트는 춘향을 'Fairy Queen'으로,
  "Her glory, as the sun, dazes my sight"으로 표현하는데 이는 그가 영문학을 많이
  참고하고 있음을 알 수 있다.

Could not surpass this maid in any way.

Her honor stands today without a flaw

For virtue is the maiden's only law.

Her beauty's unsurpassed the country through.

Her grace is more than Sosee ever knew.

[26]What matters where her mother may have stood?

At heart, the girl's a princess of the blood.

Though her father's dead? his name's sacred still

So let my Lord beware, and curb his wayward will.

Thus it is very plain I must not, cannot go

For, oh, for shame; we dare not treat her so."

The Master laughed. "You ignoramus you,

Dost tell your Master what he ought to do?

The silver—all that mortals ever saw

And all the gold from waters of the Yaw—

A master have they not, you silly dunce?

Then hasten, call the maiden here at once."

There being no choice the boy went to bring

---

26 "what~ treat her so.": 『옥중화』의 "어미는 기성이나 근본이 잇는 고로 임의로 호
뢰치 못ᄒᄂ니라", 「춘향」의 "She is in heart a princess, though born of a
dancing-girl. Her mother's family, too, was originally of gentle origin. You cannot
call her thus."에 해당된다. 『옥중화』에서는 춘향이 근본이 있는 것으로, 게일은
앞부분에서 아버지가 양반이었다는 것을 이미 밝혔고 이 대목에서는 춘향모의
신분까지 상승시켜 춘향의 외가가 원래는 양반이라 한다. 이 극시에서도 방자
는 춘향 아버지가 양반이니 춘향을 함부로 부를 수 없다고 하며 이몽룡을 막는
다. 이는 춘향을 기생의 딸이고 현재도 기생인 것으로 그리는 <경판계열 춘향
전>과 차이가 있다.

His Master's wish to the girl in the swing.

When near he came "Choonyang," he called aloud.

She slipped from her seat as rain from the cloud.

"What is it?" she asked, as she turned around,

[27]"You almost caused me to fall to the ground."

"오, 주인님, 잘 들으세요, 이 여인 너무나 유명하니

단순히 남원 지방서만 아니라,

전체 남부 지방 통틀어 아주 잘 알려진 여인이라,

그녀 혼기(婚期) 차기를 기다리는 구혼자들 또한 많았더라,

허나, 도지사부터 작은 고을 수령에 이르기까지

하나 같이 헛되이 간청하였다가, 똑같은 결과를 맞았습죠.

그리고 더욱이, 중국의 명예로운 딸들도

어떤 식으로든 이 여인을 능가할 수 없을 터이니.

그녀 명예, 한 점 흠도 없이 지금 서 있네,

그 여인의 유일한 법, 바로 미덕인 까닭이지요.

그녀 미모 또한 그 곳곳을 통틀어 비길 데 없습니다.

그 우아함은, 서시가 평생 알았던 것 이상이지요.

그녀 모친, 서 있는 자리가 뭐 그리 중요할까요?

---

27 "You~badly, too": 『옥중화』에서 성적인 언어유희가 나타나는 부분이다. 즉 춘향이 落傷이라 말한 것을 방자가 落胎라고 하며 방자가 성적인 언어유희를 한다. 게일 「춘향」은 "You almost made me fall.", "A young lady like you surely runs the risk of falling badly"로 나타내어 그 낙상과 낙태의 의미를 명확하게 표현하지 않는다. 어쿼트는 춘향의 낙상을 보다 명확하게 "You almost caused me to fall to the ground."로 표현하지만 방자의 말은 게일과 마찬가지로 모호하게 처리한다.

그녀 심장엔 공주의 피가 흐르고 있건만.

비록 부친 죽었다한들, 그의 이름 여전히 고귀하니

하여, 내 주인님, 자기 변덕스런 의지 단속하여 조심하도록 하기를.

그러니 아주 분명합니다. 내 가서는 안 되고, 갈 수 없는 것,

창피하고, 오, 부끄러워라, 감히 그녀를 그렇게 대해선 안 됩니다."

주인 웃었다. "너, 아는 체하는 네놈이,

네 주인에게 해야 할 일을 가르치는 것이냐?

인간들이 지금까지 봤던 모든 은,

바다 위 흔들리는 배에 실린 모든 금,

그들에게 없는 것, 주인이 갖고 있으니, 너 어리석은 멍청이

자, 서둘러, 즉시 그 여인 여기로 모셔라."

그 아이, 가서 데려 올 수밖에 없었으니,

그의 주인 소원, 그네 타는 여인이었더라.

가까이 다가가서, 그가 크게 "춘양" 불렀더니.

구름으로부터 비 내리듯, 그녀 자리서 미끄러졌다.

"무엇이냐?" 그녀, 돌아서면서 물었다.

"너는 나를 거의 바닥에 내동댕이칠 뻔 했구나."

The grinning boy replied, "A girl like you

Runs the risk of falling, and badly, too,

When swinging like this in the open day,

And all in sight of the King's Highway.

Do you really think it discreet and wise

To hold out to the passerby such a prize?

And did you never think one might demand

A closer, fuller look at Fairy Land?

I jest not, lady, for yonder my Lord

In Moonlight Pavilion, has given the word

To call you before him. And yet I tried

By every device to turn him aside

From the great folly of thus calling you;

But still he insisted, so what could I do,

But deliver his word? And yet think not

That I had in the matter parcel or lot.

Will you go? Speak quickly, lady, and say?

The Master's condition brooks no delay."

그 아이 씩 웃으며 대답하니, "당신 같은 여인이

떨어질 위험 무릅쓰다니, 안 될 일이지요.

이렇게 그네를 탈 때, 화창한 날에

그리고 한 데서 이렇게 뻔히 다 보이니

당신 정말 그게 분별 있고, 현명하다 생각하오,

지나는 행인에게 그런 대단한 상(賞)을 내미는 것이?

그리고 생각 안 해 봤나요, 누군가 요구할지 모른다,

더 가까이 더 완전히, 선녀의 땅을 보고자 하여?

여인이여, 저기 있는 내 주인 위하여 농하는 건 아니라오,

저기 달빛 누각에서, 나한테 명하여

당신을 자기 앞에 뫼시라고. 그러나 저는 시도했지요,

갖은 책략으로, 그가 달리 생각하게 하려고
당신 모시라는 그리도 거창한 어리석은 생각 못하도록.
하지만 그는 여전히 고집했고, 내가 뭘 할 수 있으리오,
오로지 그의 말 전달 이외에? 하지만 생각 마시라,
조금이라도 내가 그런 생각 갖고 있었으리라고.
가시겠소? 어서 이야기 하시오, 여인, 말하시오?
주인 상태가 한 치 머뭇거림도 못 참을 지경이라오."

THE ANSWER
답변

"I can not go," the listening maiden said,

As firmly too, she shook her pretty head.

"You can not go? what do you mean, I pray?

[28]When nobles speak we only can obey."

"Is your Lord the only one of the gentry?

Am I not too, highborn? ─highborn and free?

And though my father's dead, is not his name

Enough to hold his daughter from such shame?"

---

28 "When~obey": 게일 「춘향」의 "When a gentleman calls a country girl, does she say
'I cannot go'?"은 이 극시의 "When nobles speak we only can obey"와 미묘한 차이
가 있다. 게일은 시골 처녀를 부르면 당연히 가야한다고 하여 서울 양반과 지방
처녀의 대립 구도를 그린다. 이 극시에서 방자는 '양반이 부르면 그 명을 따라야
한다'고 말하는데 이는 양반 대 비양반을 대립시켜 춘향의 신분이 양반이 아님
을 주장한다.

"Even though you be of the gentry Miss,

"난 갈 수 없구나," 듣고 있던 여인 말했으니,
아주 단호히, 그녀 예쁜 머리 가로저으면서.
"갈 수 없다고요? 제발, 무슨 뜻인지요?
양반들 말할 때면, 우린 복종할 도리밖에 없지요."
"네 주인만 유일한 양반이더냐?
내 역시 명문가 출신 아닌가, 명문에다 얽매임 없는?
비록 아버님 돌아가셨더라도, 그의 이름 그렇지 않으니,
자기 딸 그런 수치 당하지 않도록 할 만큼 충분치 않느냐?"
"여인께서 비록 양반 출신이라 하여도,

'T is a very lame kind when compared with his.
For your father's high birth can hardly erase
From the family stock your mother's disgrace.
So argue no more, nor further delay.
The Master's impatient, let's up and away."
But once again the maiden said with vim,
"I can not and I will not go to him.
He has no right to act in this rude way
And't would be as ill-mannered for me to obey."

그분과 비교한다면, 매우 낮은 종류이거늘.
당신 부친 고귀한 태생 지울 수 없다하더라도

어머니 불명예에 또한 가계에서 지울 수 없는 것.
그러니, 더 이상 논쟁도, 더 이상 머뭇거림도 마시기를.
그 주인 성급하니, 어서 일어서 갑시다.”
하지만 그 여인 다시 한 번 생기 있게 말했다.
“나는 갈 수 없고 또 가지도 않을 것이야, 그에게.
그가 이렇게도 무례한 방식으로 거동할 권리는 없어
그리고 내가 복종하는 것 또한 예에 어긋날 터.”

“But listen, maid, before your final word
I carry yonder to my waiting Lord,
This would I say, the master's young and fair,
While in the classics few with him compare;
He comes from an old family, one that stands
Foremost among the gentry of the land.
Its honor bright, nor strangers to renown,
Its filial piety a glorious crown;
Rich as Yonan in property and gold;
With daughters beautiful, and sons as bold;
Thus stand they worthy of your virtues Miss,
And should you ever want a husband, this
Were fitting place to choose. I say no more.
What message shall I bring my Lord before?”

    “하지만 들어보시오, 여인, 결론 내리기 전에

내가 저기로 모시겠습니다, 기다리고 계신 주인나리께,

제 말씀은, 그 주인 젊음과 잘생김은,

고전을 통틀어도 타의 추종을 불허한다는 것입니다.

그는 전통적인 가문 출신으로서, 서 있는 자리가

선두에 있지요, 이 나라 양반들 중에서도.

그 명예 높아서, 명성에 누를 끼칠 사람도 아니며,

그 효성, 영광스럽게도 최고에 이르고,

재산과 보화에서는 연안과 같이 부유하지요.

아름다운 딸들, 용감한 아들들, 생각한다면,

비길 가치 충분하오, 당신의 아씨다운 미덕에.

당신은 원하기라도 해봤소, 한번이라도 이런 남편을.

이제 여기가 선택할 곳이오. 난 더 말 않겠소.

내 주인 앞에 어떤 전갈을 들고 가리까?"

"Why talk to me of husband? Is it meet,

You impudent fellow, to throw at my feet

Such insinuations? And what if I do,

As girls will, seek a husband, think you

The South Land destitute of sons of fame,

That a Northerner thus before me you name?

Now turn to your Master, give him my word.

I follow you not. My answer you've heard."

"Need I remind you," the boy made reply,

"That many of my Lord's kinsfolk hold high

Offices under the crown, and too, since

His father is governor of the Province,

Refusing to come when the Young Master calls

May place your mother behind prison walls

To pay for your caprice. No more would I say.

What is your answer? I hasten away."

왜 내게 얘기하느냐, 남편 어쩌고? 그게 말이 되는가,

너, 이 건방진 친구야, 내 발에다 던지다니

그따위 교묘한 암시? 그리고 내가 그렇다면 어때,

무릇 여인들이 생각하는 것처럼, 남편을 구하려고,

저명한 가문, 아들들 없는 이 남쪽 땅에서,

그래서 내 앞에서 네가 북쪽 땅 사람을 언급하는 거냐?

자, 이제 네 주인께 돌아가 내 말을 전해라.

내 너를 따라가지 않는다. 내 답은 네가 이미 들었다."

"제가 상기시켜야 하니," 그 아이 대답했다,

"내 주인의 다수 친척들이 높은 가문이지요,

임금님 아래 관직을 하며, 또한

그의 부친, 이 지방 도지사이니,

젊은 주인이 부를 때는 거부하지 마시고,

감옥에 넣을 수도 있으니, 당신 어머니를

공연한 고집의 대가로. 난 더 이상 말하지 않겠소.

당신의 대답, 무엇이오? 난 서둘러 떠나겠소."

The maid alarmed at the horrible view
Held up before her, said, "What can I do?
I would like to comply with your wishes and still
The shame in my heart balks the free will;
Thus unto your Master say only for me,
[29]The wild-goose follows the water, the bee
Follows the flower." And the maiden was gone
While the boy took his way backward alone.

그 여인, 실로 무시무시한 정황에 놀랐으니,
자기 앞에서 벌어진. 이르기를, "내 무얼 할 수 있겠는가?
나는 네 요청에 따르고 싶긴 하지만, 그럼에도
내 마음 속 수치스러움, 그 자유 의지를 방해하는구나.
해서, 너의 주인께 오로지 나를 위하여 말해주기를,
야생오리 물 찾아가고, 벌이
꽃을 찾아가는 법." 그리고는 그 여인 사라졌고,
그 아이, 혼자 제 갈 길로 돌아왔더라.

Dream-dragon, pacing in haste to and fro,
Watching the two 'mid the trees there below,
Stopped in his steps when he saw the maid start

---

29 "The wild-goose~the flower": 「춘향」의 "An soo hai; chup soo wha; hai soo hyol." 대
신 이 극시는 앞서 춘향이 거부의 의사로 표현한 "Does the flower follow every
butterfly that lights upon it?"을 확장, 변경하여 도령에게 그녀의 뜻을 전달하게
한다.

Away through the pines, and his fast-beating heart
Stood still for a moment. "Oh why," he sighed,
"Does the maiden refuse a place at my side?
O Beautiful Vision, Dream of my heart,
Do we meet only to be torn thus apart?
Have the gods nothing better to offer today
Than the glimpse of a girl who flits thus away?
Must the opening bud be lighted before
Its petals unfold—ere its close-fitting door
Is opened—that its scent and sweetness may blend
In a whole, entrancing, beautiful end?
Must the honey stay in the rock's narrow cleft?
And the bird fly away o'er the meadow bereft
Of the mate that has fallen? And I, must I still
Climb on ward alone up life's rugged hill,
For lack of a mate, whose companionship might
Make the same way only hills of delight?"
And further his thoughts in fancy had gone
Had the gods but left him to think there alone.
But the boy, coming up to make his report,
Stopped his wild thoughts, cut his reverie short.

드림 드래건, 초조한 맘으로 왔다 갔다 하는 가운데
저기 아래 나무들 사이로 두 사람을 지켜보고 있었으니,

그는 걸음을 멈추고, 그 여인이 떠나기 시작할 무렵,

소나무들을 통과하며, 빠르게 뛰는 그의 심장

한 동안 꼼짝 않고 서 있었다. "오, 어찌하여," 한숨을 쉬면서,

"그 여인이 내 옆 자리를 거부하느냐?

오, 아름다운 광경이여, 내 마음의 꿈

우리가 만나면, 필시 갈라져 떠나야만 하는가?

신들은 오늘 제공할 더 좋은 것이 없는가,

훨훨 날아 떠나버리는 소녀의 모습 이외에는?

터지고 있는 봉오리엔 틀림없이 빛이 내리리니

그 꽃잎들 펼쳐지고, 그에 꼭 맞는 문 앞에서

열리니, 그 향기, 그 감미로움 뒤섞여서

전체적으로 황홀하게 만드는 아름다운 결말?

꿀은 바위의 좁은 갈라진 틈새에서 기다려야 하는가?

그래서 그 새는 잃어버린 목초지 너머 날아가 버려,

떨어진 그 짝을 버리는가? 그런데 난, 나는 그럼에도

올라야 하네, 인생의 울퉁불퉁한 언덕을 혼자서

짝도 없이, 그의 동반자 의식은

오로지 환희의 언덕만을 동일한 방식으로 만들 것인가?"

더욱이 환상에 빠진 그의 생각, 더 진전되었는데

신들은 그가 거기서 혼자 생각하도록 내버려둘 뿐

하지만 그 아이, 보고하기 위해 올라오는

자기 흥분한 생각을 멈추고, 자기 몽상을 짧게 잘랐다.

"My Master, I come, and yet, as you see,

The maiden has fled, nor comes back with me."

His Master glanced fire, and made his reply,

"'T was to bring the maiden to me that I

Sent you thus forth, and how is it that you

Failed thus in what I bid you to do?"

In faltering tones the timed boy replied,

"My entreaties she scorned, my threats defied.

She said, you're rude and she a fool'd be

To forget her modesty and come with me.

That she'd nothing from you or yours to fear,

That she by birth and standing is your peer.

And then with head held high, e'en like a queen,

She bade fate drop the curtain on the scene.

And yet one time she almost came this way —"

"Almost, why, what did the maiden say?"

"She said her mind was willing to act the part.

But that she could not for shame of heart.

And then she spoke a riddle[30] declaring the bee

---

30 riddle: 게일 「춘향」에서 춘향의 한자구사를 이해하지 못했던 방자는 이도령에게 "She just covered me with insult, that's what she did."고 하며 춘향이 자신에게 욕(insult)을 했다고 말한다. 이 극시에서 방자는 춘향이 수수께끼(riddle)를 말했다고 보고한다. 어쿼트는 게일처럼 한자어를 음역하는 경우가 서시, 왕소군, 소부, 예양, 춘향을 제외하곤 거의 없다. 이러한 한자의 음역이 목표언어 지향적인 번역을 추구하는 이 극시의 번역 흐름에 어울리지 않는다고 생각했기 때문일 것이다. 이 대목에서 한자음을 음역하여 번역한 게일 영역본에서 한자를 모르는 방자가 듣기에 춘향의 한자 사용이 욕으로 들릴 수도 있다. 그러나 이 극시의 "Follows the flower, and the wild-goose, the sea."를 두고 욕이라고 표현하기는 힘

Follows the flower, and the wild-goose, the sea."

> "주인님, 제가 왔지만, 보시는 바와 같이,
> 그 여인 도망갔습니다, 저와 함께 오지도 않고."
> 그의 주인, 눈 번득이며 대답하였으니,
> "나에게 그 여인을 모셔 와야 하는 것이었다,
> 내가 너를 보낸 까닭, 대체 어떻게 된 거냐,
> 네가 실패하다니, 내가 너에게 행한 명(命)의 실행을?"
> 머뭇거리는 어투로 그 아이 답하니,
> "나의 간청, 그녀는 하찮게 여겼고, 내가 위협적으로 도전하니,
> 그녀가 이르기를, 주인님 무례하다, 자기가 바보취급 당했다,
> 겸손함도 망각하고, 저와 함께 오게 명하니.
> 그녀, 주인님과 그 신분에 대해서도 아무 두려움 없이,
> 출신과 지위에서, 자신이 주인님 동료라는 겁니다.
> 그리하여 머리 높이 치켜들고, 마치 여왕인양,
> 그 장면, 운명의 차양을 내리도록 했던 겁니다.
> 그러하나 한 번, 그녀가 거의 이 길로 올 뻔 하였습니다."
> "거의, 라니, 무슨 이유로, 그 여인 뭐라 말했느냐?"
> "그녀 이르길, 자기 마음 기꺼이 그렇게 하고자 한다, 라고.
> 하지만 자신 부끄러워 그럴 수 없다는 것입니다.
> 그런 연후에, 그녀 말했습죠, 수수께끼 같은,
> 벌이 꽃 따라가고, 야생오리가 바다 찾아가는 법."

들 것이다. 그래서 어쿼트는 이를 잘 이해가 안 되는 수수께끼라고 표현한 것으로 보인다.

A little while the Master sat in silent thought.

What was the message in the words thus brought?

He gave a whistle low, "O maid," he said,

Under his breath, "Your riddle is read.

The bee follows the flower, and I must, thee,

E'en as the wild-goose flies beside the sea.

Twice is the thought repeated, thus tonight

Within the second watch, if I am right,

I am welcome to the Fairy's mountain glen,

Ah well, sweet things, good-by, good-by till then."

주인, 잠시 동안 아무 말 없이 앉았더라.

전달된 전갈, 말 그대로 하자면, 무슨 뜻인가?

그는 낮게 휘파람 내면서, "오호, 여인이여," 했다.

작은 목소리로, "당신의 수수께끼 풀렸다오.

벌이 꽃 따라간다, 그러니 내 그댈 따라가야,

심지어 야생오리 날아서 바다 곁으로 가는 법.

그런 생각, 두 번씩이나 곱씹으니, 오늘 밤

두 번째 야경 안에, 만약 내가 옳다면,

내 그 천사의 산 협곡으로 환영받는 것이구나.

아, 어쩌면, 아름다운 일들이여, 안녕, 그때까지 안녕."

"Hey boy, prepare the mounts. This place is dead.

Its beauties and its charms, alas, have fled.

That day which I had deemed would happy be

Has snatched away its pleasure and its glee.

And so, disgusted with the wretched place

I turn my back upon it, and my face

Toward home." Bitterly he spoke, or tried

To speak, but words and tones could scarcely hide

The joys that surged within, nor shut from view

The fire's red glow that struggled to break through.

For e'en the boy that saw and heard, knew well

The heart held secrets it was loath to tell.

And though he could not read their every word,

He knew the gods were speaking to his Lord.

And guessed the message, dark to him as night,

Had been unto the Master only light.

"여봐라, 말 탈 준비해라. 여긴 맛이 갔구나.

그 아름다움과 매력도, 한순간 도망쳐버렸구나.

행복하리라, 내 생각했었던, 그 날이

그 즐거움과 환희 낚아채 갔으니.

그러니, 메스껍구나, 이 불쾌한 장소,

내 여기에 등 돌리고, 다신 찾지 않겠으니,

가자, 집으로." 그는 비통하게 말했다, 혹은 노력했다,

그렇게 말하려고, 허나 단어와 어조, 좀처럼 숨길 수 없었으니

안에서 굽이치는 기쁨, 보이지 않게 가릴 수 없었더라,

뚫고 나오려 씨름하는, 그 불의 붉은 광휘.

그 아이조차, 충분히 보고, 듣고, 또 알았으니,

언급하기 싫은 비밀, 마음에 담았다.

단어 하나하나 모두 해독할 수 없다 하더라도,

알았으니, 자기 주인에게 신들이 이야기하고 있다는 사실.

그리고 그 전갈, 자신에게 밤처럼 어두웠다, 짐작 했지만,

[31]주인에겐 간절한 빛이었던 것이다.

So, busy with the riddle, musing went

To do the service for which he was sent.

Soon all the mountains echoed to the feet

Of racing horses, as in quick retreat,

They hurried homeward. And, too, a listening maid

Half joyful, and more than half afraid,

Guessing that her message had been read aright,

Faced with throbbing heart the coming night.

그렇게 수수께끼로 분주하던 생각의 시간 지났으니,

그가 파견되었던 임무를 수행했던 것.

곧 모든 산들은 메아리로 되받아, 그 발소리

달리는 말들의, 급하게 퇴각하는 듯이,

---

31 『옥중화』와 「춘향」에서는 이도령이 방자에게 춘향의 한시구절을 풀이해둔다.
이에 반해 이 극시에서는 혼자만 그 의미를 이해한 몽룡을 보고 방자는 자신이
가져온 전갈로 그가 기분이 상했다고 오해하고 몽룡은 방자에게 자신의 감정을
숨기느라 애쓴다.

그들은 집으로 서둘렀다. 한편, 역시, 그 소리 듣고 있던 여인,

반 즐거움에, 두려움은 반 이상이었으니,

짐작했다, 자기 뜻 정확히 잘 해독되었으리라,

오는 밤 맞이하며, 두근거리는 가슴으로.

(End of Canto the First.)

　　(제1편의 끝)

CANTO THE SECOND
　　제2편

INTRODUCTION
　　도입부

How narrow and how dwarfed the human mind!

It clings to its small sphere, nor can it find

Fitting excuse for others' thoughts and deeds

If foreign to its culture and its creeds.

And little can we sympathize with those

Whose way of living doth our own oppose.

And so in viewing those of other lands

Bound by traditions or by stronger bands.

We deem their thoughts half vile, their actions rude.

The way they wear their clothes, or eat their food,

Jars on our nerves and shocks us, and we turn

In disgust from them, not trying to discern

The nobler lives that lie beneath the things

That such repugnance to our senses brings.

Yet what may seem to us devoid of taste

Or oven vulgar or a bit unchaste

May be, when measured by their laws and creeds,

The purest and the noblest of all deeds.

And if on Western ears this story jars

Because the sense of propriety it mars,

Remember it is written of a day

And race diverse from ours in many a way;

Whose culture was its own, not yours and mine,

And yet that bore a feeling and a rhyme

Unmatched today in any Western clime.

인간 정신이란 얼마나 편협하고 보잘 것 없는가!

그렇게 작은 영역에 매달려서, 찾아볼 수도 없으니

타인들 생각과 행위에 대한 적절한 양해를,

만약 문화와 신념이 생소한 경우를 맞는다면.

그런데 우리가 거의 공감하지 못하는 경우,

그들 생활방식을 우리 방식에 대립시키는 까닭이다.

그리고 다른 지역 생활방식을 보는 경우도 그러니,

전통에 묶여, 혹은 더 강한 집단에 귀속되어,

우리는 그들 생각이 불완전하고 천하며, 행동이 무례하다, 판단
한다.

그들 옷 입는 방식, 식사 방식이

우리 신경 거슬리게 하고 충격을 준다하여, 우린 돌아서는 것,

그들에 느끼는 불쾌감으로, 가려볼 노력도 없이

그런 일들 아래 놓인 더 고상한 삶들을,

그런 혐오감, 우리 감각에 일으키는구나.

하지만, 무엇이 양식의 결여로 보이게 만드는 것 같은가

혹은 저속하다거나 약간 음탕하다고 생각하게 만드는 것 같은가

어쩌면, 그 사람들 법과 신조들로 가늠한다면,

모든 행실들 중 가장 순수하고 고상할 수도 있으니.

그리하여, 만약 서구인 귀에 이런 이야기가 거슬린다면,

예법의 의의를 손상시킨다는 이유로,

기억하라, 그것이 어느 날에 관하여 기록된다는 사실,

우리들과는 수많은 점에서 다른 민족이

자기들 문화 고유하게 갖는데, 당신네 것 아니고, 내 것이라 하여.

그런데 어떤 느낌과 어떤 운율을 전승하니,

서구 어떤 지방에도 오늘날 적합하지 않은, 그런 문화.

THE WAIT
기다림

"Boy, are you sure you read the heavens right?
The stars, as snails, pursue their way tonight.

You say that it will be two hours before

"여봐라, 네가 하늘을 제대로 이해한다, 확신하느냐?
별들은 달팽이들처럼 오늘밤 자기네 길 찾아가는 구나.
네가 이르기를, 두 시간 지나면

The signal sounds, 'Lights out.' If it were more
I fear I should go mad. Boy, do you know
The gateman will be there? You'd better go
And see him once again, and promise too,
Another piece of gold when we pass through.
What e'er the cost our plans must carry straight
And all might fail. alas, if at the gate
No gateman waits to open to our feet
And pass us out beyond the city's street.
But, fellow, once again I caution you
Keep sealed in secret tight who passes through.
My goings and my comings none must know.
You have your Master's will. Make haste and go."

'퇴등(退燈)' 신호 소리 날 것이라. 만약 더 이상이라면,
나, 미치게 될까, 걱정이구나. 애야, 아느냐
[32]문지기 저기 있겠지? 네가 가는 게 좋겠구나,
그리고 다시 그를 확인하고, 또한 약속 하여라,

금 한 조각 더 준다고, 우리가 통과한다면.

어떤 비용을 치르더라도, 우리 계획 어김없이 이행해야 하니,

그런데 모든 일, 수포로 돌아갈 수도, 만약 성문(城門)에

문지기 없다면, 우리 발걸음에 맞춰 열어주고,

하여 저 너머 고을 길로 우리 통과하도록 해줄.

하지만, 친구여, 다시 한 번 네게 주의 주노니,

굳게 봉해 비밀로 지키기를, 지나치는 사람들에게.

나의 왕래, 누구도 몰라야 할 것이다.

네 주인 의지 알았으니. 서둘러서 가 보거라."

The boy was loath to start for well he knew

The gateman would be there to pass them through.

The look he had received when he had paid

The advance bribe had said, Be not afraid.

But still the Master's wishes he must heed

And run again unto the gate with speed.

He found the gateman there, he promised too,

That at the password he would let them through,

---

32 gateman: 『옥중화』, 「춘향」에서 몽룡이 춘향을 처음 만나러 가는 날 그는 퇴등 (light out)의 소리만 나기를 기다린다. 그러나 이 극시에서의 몽룡의 난관은 밤에 함부로 관아문 밖으로 나갈 수 없기 때문에 춘향집으로 오고 갈 때 문지기에게 뇌물을 주고 암호를 말해야 하는 점이다. 이러한 설정은 조선 시대 도성이나 궁 출입의 모습과 유사하다. 게일 영역본에서 방자가 청사초롱을 들고 두 사람이 걸어서 가는 것으로 설정된다. 그러나 이 극시에서는 온 도시의 불이 꺼진 후 도령과 방자가 말을 타고 멀리 있는 춘향집으로 간다. 이로 미루어 춘향집과 몽룡이 있는 관아가 꽤 먼 거리임을 알 수 있다.

And keep his station there beside the gate

To let them in again, however late

The hour. The boy in turn enlarged the purse

Would crown successful passage and the curse

If aught should fail. Then hastened back again

To where the Master waited at the yamen.

"So you are back. How slow you are tonight.

What did the gateman say? Are all things right?

As forth you went, you said 't would be two hours

Before the 'lights out' signal from the towers

Declares our passage safe; but sure am I

More than two wretched hours have passed by

Since here you left. Go forth again and read

The stars' position." "My Lord, there is scarce need

For as I came I noticed, carefully,

Each tiny barque that sails the azure sea,

And truly it will be almost an hour

Before the signal sounds from yonder tower.

You ask me too, as to the road and gate.

All there is well: The gateman only waits

The password and the gold to let us through.

No questions will be asked, nor yet a clue

Be left behind, save that the gold perchance,

Will softly say, A man whose circumstance

Is far above the common lot of men
Passed without the gate and in again.
And rest assured, my Lord, that voice would quell
Whatever wagging tongue were want to tell
The secret of the night." With not a word
Unto the boy his agitated Lord
Paced back and forth across the little room
With staring eyes beneath a brow of gloom.
Until the signal rolled from door to door,
"Lights out! lights out!" the whole wide city o'er.

그 아이, 나서기 꺼렸으니, 이미 잘 알았으므로,
문지기 거기서 그들을 통과시킬 터였다.
그가 앞서 지불할 때, 그가 받았던 인상
먼저 번 뇌물이 말하기를, 두려워 말라.
그럼에도 여전한 주인의 소망, 마음속에 둬야 하니,
다시 속도 내서 문으로 달려야만 한다네.
그는 그 문지기 거기서 발견하고, 다시 약속했다,
그가 암호 문구에 그들을 통과시킬 터이며,
문 옆 자기 위치 지키고 있을 것이니,
다시 성 안 들어오게 하도록, 얼마나 늦더라도,
그 시간. 그리하여 그 아이, 지갑 넓게 하여
성공적인 통과에 상 내릴 것이고, 저주 퍼부어질 것이니,
만약 뭐든 실패한다면. 연후에 서둘러 돌아오니,

관아에서 주인 기다리는 곳으로.

"그래 돌아왔구나. 어쩌면 그토록 어정대느냐, 너는 오늘밤.

문지기 뭐라더냐? 모든 일 잘 됐느냐?

네가 앞으로 가면서, 이르기를, 두 시간 정도일 거라고,

저기 탑들에서 '퇴등' 신호 보내기 전,

안전한 우리 통과, 확언했겠지, 하지만 내 확신컨대

불쾌한 시간, 두 시간 이상 흘러갔다

네가 여기 떠난 이래. 이제 다시 가서 보아라,

별 자리를." "주인님, 그럴 필요 없습니다.

제가 오면서 유심히 주목 하였는데,

제 각각 작은 배들을, 푸른 바다 항해하는

진실로 거의 한 시간일 터입니다,

저기 탑에서 신호 보내기 전.

나린 제게 또 물으셨지요, 그 길과 문에 관하여.

모든 일 순조롭고, 문지기 오로지 기다릴 뿐

암호 문구와 금이 우릴 통과시킬 것입니다.

어떤 질문도 없을 것입니다. 단 하나 증거도

남겨지지 않을 것입니다, 만일 어쩌다 그 금이

다정히 속삭이면 안 되므로, 어떤 사람, 그 신분이

평민보다 훨씬 더 높은 사람이

차단 없이 통과하고, 다시 들어오는 내막을.

그러니 푹 쉬세요, 주인님, 그 목소리가 진정시킬 터이니,

나불거리는 혀가 말하고 싶은 것이면 무엇이든

그 밤 비밀을." 한 마디 말도 없이

초조해진 주인, 그 아이 향하여

앞뒤로 왔다갔다, 그 작은 공간 가로질러

찡그린 눈썹 아래, 눈으로 응시하면서.

문에서 문으로 그 신호 전달되기까지,

"퇴등! 퇴등!" 넓은 전체 도시에 걸쳐서.[33]

THE FLIGHT

비상

Two figures stepped without into the night

And quickly stole across the court in flight;

As silent as the stars, which overhead

Alone witnessed their flight as on they sped.

All rapidly and yet with cushioned feet

They took their way along the city street,

No curious eye the wiser as they passed,

And thus the Great North Gate was gained at last.

Where forth the gateman stepped the two before

Received the whispered password, aye, and more —

---

33 『옥중화』와 「춘향」에서는 이몽룡과 방자가 춘향과 만나기 위해 기다리는 중에 발생하는 에피소드가 해학적으로 그려진다. 책에 집중할 수 없는 몽룡이 "춘향이 보고싶소"라고 크게 외치자 이를 잠결에 들은 부사가 그 연유를 물어 몽룡이 중국고전을 읽는 중이라 말하고 이에 부사는 부자유전이라면 초를 주며 더 열심히 읽으라고 하는 재미있는 부분이 나온다. 이 극시에는 이러한 부분이 누락된다. 판소리계 소설의 해학적인 요소가 대부분 제거된 이 극시는 그래서 전체적으로 단정하고 진지한 어조를 띠게 된다.

Pieces of shining gold. The key's applied,

The massive gate swings back. They pass outside

To meet the moon that rises o'er the hills,

That all the world with mellow softness fills.

Secure they feel, as for ward now they move

And pass within the shadows of a grove

Where two saddled horses are waiting to be

Only untied and safe-mounted and free

To bear them as on the wings of the wind,

To places ahead from places behind,

Until they should reach the end of their way,

Be it Moonlight Pavilion or arther away.

All things spoke of love as they galloped along,

The stars reflected it, the little brook's song

Repeated the chorus; e'en the clouds above

That drifted like ships, seemed freighted with love.

두 인물 어둠 속을 향하여 밖으로 나서서,

그리고 날듯이 빠르게 성안을 가로질렀다.

별들만큼이나 소리 없이, 저기 머리 위에 떠서

떠나는 그들, 홀로 지켜보았으니, 속도 내는 그들을.

아주 신속하지만 조심스런 발걸음으로,

그들은 자기들 길을 갔다, 시가(市街)를 따라

어떤 호기심의 눈도 없었으니, 그들 지나갈 무렵

그리하여 결국, 북쪽 성문 맞이하였도다.

두 사람 앞으로 문지기 걸어 나와

속삭이는 암호 문구 받고는, 아, 더 이상의 것.

빛나는 금 조각들. 그 열쇠 작동하여,

육중한 문 열리니. 그들 통과하여 바깥으로

언덕 위 솟아오른 달 만나니,

온 세상, 감미로운 부드러움으로 가득 차 있구나.

안전함을 느끼는 그들, 드디어 앞으로 이동하면서

어느 작은 숲 그늘 안을 지나친다.

거기 안장 올린 말 두 마리 기다리고 있으니

끈 풀고 안전하게 올라, 거리낌 없이

마치 바람의 날개 탄 듯, 말 몰아서

장소들 지나서 앞으로 저 곳으로

자기들 길 끝에 도달하기 까지,

그게 달빛 누각인지, 아니면 다른 먼 곳인지.

줄지어 말 달리는 동안, 만물은 사랑을 이야기했더라.

별들은 그것을 반사하며, 그 작은 시내의 노래를

그 합창 따라 부르니, 저기 위 구름들까지도

마치 배처럼 하늘 떠다니는, 사랑 싣고 떠나는 배들처럼.

But why did the road seem so long, and why

Did the stars move so slowly over the sky?

But the longest road has an end at last,

As the longest day drifts over and past.

³⁴Thus they finally came to the village that lay
'Neath Moonlight Pavilion, the end of their way.
In a shadowy grove the two dismount
To tie their horses the village without;
Then silently stole the narrow streets through
Lest they awaken the dwellers to rue
The night's escapade. The boy led the way
To the house of their destination, that lay
In a little hollow of the hill beyond
And apart from the others, as if the bond
That held the dwellers to the others was light;
Thus silent, alone it stood in the night.

그러나 어찌하여 그 길 그렇게 멀게만 보이는가, 또한
하늘의 별들, 어찌하여 그리도 천천히 이동하는가?
하지만 그리 먼 길이라 하여도, 결국 끝이 있는 법,
그렇게 기나긴 날 또한 흘러서 지나가듯이.
하여, 마침내 그 마을 도착했으니,
달빛 누각 아래 있는, 자기들 길의 끝.
어느 어둑한 숲 속, 두 사람 말을 내리니,
마을 바깥에 자기네 말 묶어놓고
그런 다음 좁은 길 말없이 조용히 지나가며,

---

34 어쿼트는 "Thus they finally came to the village that lay"의 시행을 설명해주는 마을의 가옥이 있는 사진을 책 속에 싣는다.

마을 주민들 깨우지 않기 위하여, 연민을 보낼
그 밤 엉뚱한 짓에. 그 아이 길 안내했는데,
자기들 목적지 그 집을 향하여, 저기 있는
저 너머 언덕, 작은 계곡에
다른 집들과 떨어져, 마치 그 결속,
그 집 사람들을 타인들과 묶어주는, 그 유대 가볍다는 듯.
그렇게 말없이 외따로, 그 집 한 밤중 어둠에 서 있었더라.

THE JOURNEY'S END
여정의 끝

There in a circle too thick to pass through
Around the garden pines and cedars grew.
They peered within where white cranes wide awake
Were keeping watch beside a little lake,
And a flock of gray geese taking their rest,
Floated like ships upon its still breast.
With their glistening sides goldfish at play
Came into view to swiftly dart away.
Peonies, roses, orchids, all in bloom,
Cast forth upon the night their rich perfume.
Kissed by the mellow moonlight, all things there.
As gardens of the gods, were passing fair.
The two passed on before the house and found

A wall of stone that hedged the court around.

Dream-dragon, peering through the tight-barred gate

Saw at the house, although the hour was late,

A feeble light that gleamed the lattice through.

His heart went wild for all too well he knew

A precious little thing, lovely and fair

Had through the hours been waiting for him there.

너무 빽빽하여 통과해 갈 수 없었으니, 환원 모양으로

둘러 있는 정원용 소나무와 전나무가 자라나서.

그들은 들여다보았다, 그 안에 흰 두루미들 깨어서

작은 호수 가에서 계속 경계하였으니,

회색 거위 무리 휴식 취하면서,

고요한 숨소리로 배처럼 떠 있는가 하면,

금붕어들이 빛나는 양 옆을 뽐내며 놀자

날쌔게 달아나버리는 모습, 눈에 들어왔다.

모란과 장미와 난 따위는 완전히 활짝 폈고,

자기네 향기 밤 어둠 위에 툭툭 던지고 있었다.

감미로운 달빛 받으며 만물이 거기 있었구나.

신들의 정원처럼, 잘 정돈되어 있었네.

둘은 그 집 앞 지나면서, 발견했다,

정원을 둘러싸고 울타리 치고 있는 암벽.

드림 드래건, 굳게 빗장 건 대문을 통해 들여다보고

집을 확인하니, 비록 시간 늦었긴 했어도,

격자 창 통과하여 어렴풋 비치는 미광.

그의 심장 열광했는데, 자신 너무나 잘 알았으니

사랑스럽고 아리따운 한 귀중한 존재

거기 그를 그 시간들 내내 기다리고 있었다네.

"Is this the end? Say, boy, what can we do

To get over this wall, or under, or through?"

35"I don't know," said the boy "and yet you might,

With a running jump get over alright;

But after you've cleared it, my Lord, I'm afraid

You'll find a dog waiting instead of a maid."

"이게 끝이냐? 말해보라 얘야, 우리가 어떻게 할지를.

이 벽 넘어갈지, 아래로, 아니면 통과해 갈 것이냐?"

"저는 모릅죠," 아이 말했다. "그리고 나리께서

달려서 뛰어오르시면 무사히 넘을 것입니다.

그렇지만 주인님, 넘어간 이후, 제가 걱정하는 것은

여인 대신 개가 기다리는 경우이지요."

---

35 "and you might~alright": 『옥중화』의 "엇지 홀 슈 잇소 도령님이 와락 쮜여드러가 춘향을 붓잡고 실컨 마음 디로 지조디로 희보시구려"에서 방자는 이도령에게 성적인 농담을 건낸다. 「춘향」에서는 "By a running jump you might make it, sir, and after you had vaulted over you could then pay your respects to Miss Choonyang." 처럼 뛰어가 춘향에게 문안인사를 하라는 정도로 순화한다. 이 극시는 그냥 달려서 뛰어오르라고 말한다. 해학성과 성적 농담의 정도가『옥중화』, 「춘향」, 「향기로운 봄」 순으로 순화되고 있음을 알 수 있다.

Just then, as if to add spice to the joke,

A savage growl on the stillness broke;

Followed by a volley of barks until

Echoes resounded from mountain and hill.

A shade was pushed back and a voice said,

"Be still, you dog, you will awaken the dead.

Do you bark at the wild-geese flying by,

Or at the moon out there in the sky?"

The mother, stopping the dog, passed within

The room of Choonyang, where in the dim

Light of a candle the maid sat reading,

Wrapped up in her studies, as if unheeding

The lateness of the hour. The mother said,

"Why child, you surely should be in your bed.

How important books have grown all at once,

Did I not know better I'd think you a dunce."

Just then the dog began barking again

마치 그런 우스개에 양념 더하듯, 바로 그때,

난폭한 으르렁거림이 고요를 깼으니.

개 짖는 소리들 연이어 뒤따랐고

산과 언덕에 메아리로 울려 퍼질 때까지.

차양이 밀려 올라가고, 목소리 들렸으니,

"조용히 해, 이 녀석 개야, 네가 죽은 이들 깨우느냐.

날아가는 기러기 보고 짖는 것이냐?

아니면, 저 하늘 달에 대고 짖는 것이냐?"

개를 저지하면서 그 어머니, 안에서 지나갔다,

춘양의 방, 거기 희미한

초의 불빛 비치는 가운데, 그 여인 앉아 독서 중이었다.

공부에 열중한 까닭에, 마치 늦은 시간

개의치 않는 듯이. 그 어머니 말했다,

"아가, 어쩐 일이냐, 너 분명히 침소에 들었을 시간인데.

갑자기 책들이 그렇게 중요하게 되었나,

내 잘 몰랐더라면, 내가 널 바보로 생각했을 터이니."

[36]바로 그때, 그 개 다시 짖기 시작했으니,

In such a savage, uproarious strain

That the mother stepped the doorway without

To see what the fracas all was about.

And there she saw, for who could fail to see,

The two on the wall as owls in a tree.

"Thieves or spirits, what are you I pray,

To be prowling around at midnight this way?"

---

36 『옥중화』와 「춘향」에서는 춘향모가 이도령을 처음으로 만나기 전 큰 청룡이 나
타나 춘향을 입에 물고 하늘로 날아가는 꿈을 꾼다. 춘향모가 두 사람의 관계를
허락하고 그들의 인연을 암시하는 복선이다. 이 극시에서는 춘향모의 꿈을 삭
제한다. 대신 춘향모는 태몽에서 선녀가 이화와 도화를 가져다주었던 것을 떠
올린다. 이몽룡의 'Ye'가 '오얏 리'는 것을 떠올리고 두 사람의 관계를 허락하는
것으로 처리한다.

The boy jumped down from the wall and said −
While the Master sat as one that was dead −
"Forgive us for making such an uproar,
And for this unannounced call at your door.
Your caller is none but the Governor's son;
Who's as queer as his name, is Dream-dragon."

그토록 난폭하고도 소란스런 팽팽한 긴장 속에서
그 어머니, 바깥문간으로 나갔으니
대체 무슨 소동인지 확인하기 위해.
그녀 보니, 보지 않을 수 없었던 까닭에,
그 벽에 두 명, 나무의 올빼미마냥 붙어 있었겠다.
"도둑들이요 아니면 귀신들이요, 정체가 뭐요,
어찌하여 이런 식으로 자정에 배회하는 것이요?"
그 아이, 벽에서 뛰어내려 이르기를,
주인은 마치 죽은 사람처럼 앉아 있는 동안,
"소란을 피운 우릴 용서하십시오,
또 이렇게 알리지도 않고 댁을 방문하여,
댁의 방문자, 다름 아닌 도지사 아들이며,
그 이름만큼 이상야릇한 그는, 드림 드래건이라 하오.

The mother was startled, for what could incite
This unannounced visit thus in the night?
Was she in still greater stress to be cast,

And the fears of the years break o'er her at last?

But summoning the aid of her very best smile,

She asked the Young Master in for a while.

Who in mockery answered, "As you are aware

The young and the old, as the ugly and fair,

Find slight companionship." The mother then guessed

The visit's meaning, and relieved of her stress

Lightly she answered, "I suppose that you too,

Are opposed to my daughter, say, is it true?"

어머니 깜짝 놀랐으니, 뭐가 더 흥분시킬 수 있겠는가,

이렇게 알리지도 않은 한 밤 방문에 비한다면?

그녀는 던져진 더 큰 압박에 꼼짝 않고 있었으니,

그리하여 노령의 근심이 결국 그녀를 장악한 것인가?

그러나 바로 자신의 가장 훌륭한 미소의 도움 불러서,

그 젊은 주인 잠시 들어오시라, 청했더라.

그는 냉소하며 답하여, "그대, 아시다시피,

젊은이와 늙은이는, 못생긴 이와 잘 생긴 이와 같이,

동료의식 찾기 힘드니." 그러자 그 어머니 추측하니,

그 방문 의미를, 그리고는 가해진 압박에서 해방되어

편안하게 대답했으니, "내 추측컨대 당신, 역시,

내 딸을 상대하자는 것이요, 말해보오, 정말이오?"

"How wise are you mothers," Dream-dragon replied.

And under his breath, "Will my suit be denied?"
"Come into the house, Choonyang lingers still
Over her studies and I trust that she will,"
The mother said with a faint roguish smile,
"Be pleased to talk with your Lordship a while."
She then led the way to the living-room, where,
Dressed in her silks with painstaking care,
The maiden sat waiting, her heart in a flutter,
Having caught the words that came through the shutter.
The mother stepped quietly into the room,
Saying, "Choonyang, to our dwelling has come
A guest of high honor, the Governor's son;
Dream-dragon by name, and his wish, that I bring
Him before my fair daughter, the Fragrance of Spring."

"세상의 어머니들이란 어찌나 현명하던지," 드림 드래건 답했다.
그는 조용한 목소리로, "내 청원 거절되는 것이오?"
"집으로 들어오시오, 춘양, 여전히 우물쭈물 시간 보내고 있으니
공부 한납시고, 나는 그녀 의지를 신뢰하오."
그 어머니, 어렴풋 짓궂은 미소 띠며 말했다,
"잠시라도 나리와 이야기 나눠 기뻤습니다."
그런 다음, 그녀는 거실로 안내했다. 거기서는
세심하게 정성들여 비단 옷 차려입고
그 여인 앉아 기다렸으며, 그녀 심장 퍼덕이는 가운데,

덧문 통해 들어오는 말들을 역시 듣고 있었던 것이다.
그 어머니, 조용히 그 방 들어와
이르기를, "춘양아, 우리의 거처에 오셨구나,
지체 높으신 도지사님의 아드님이 손님으로서,
이름은 드림 드래건이라, 그의 소원 따라, 내 모시었다,
그를, 내 아름다운 딸, 봄의 향기 앞에.

THE INTRODUCTION
소개

The maiden arose as Dream-dragon stepped in,
And bowed with a grace whose beauty might win
The heart of a monarch. Such charms it displayed
That it crowned as with magic the beautiful maid.
Her greeting as music from fairy lips sped,
"Rest in sweet peace, Your Honor," she said.
"Thank you," he answered, "and peace be to you."
'T was all he could say, 't was all he could do.
Upon the room's walls Dream-dragon descried
[37]Pictures that rulers might treasure with pride —
Gems from far cities, as brilliant of hue

---

37 "Pictures ~fresh dew": 게일 「춘향」에서는 '비를 오게 하는 탕왕(King Tang)의 그림이 있었다'라고 되어 있지만 이 극시에서는 '왕들이 보물처럼 생각했을 그림들이 있다'로 변한다. 상산사호(Four noted Old Men of the Immortals)의 그림은 서구독자들이 잘 이해할 수 있는 보석(Gem)으로 대체된다.

As wild-flowers bathed in morning's fresh dew.
A bookcase was there where classics of old
Smilled cheerily at him, and quite plainly told
Of the culture that brightened the inmates there
Where all was in order, pleasing, and fair.

드림 드래건 들어서자, 그 여인 일어났으니,
품위 있게 인사 하니, 그녀 미모는
군주의 마음 사로잡을 정도구나. 그런 매력들 전개되니,
마술처럼 그 아름다운 여인, 왕관을 얻었다.
그녀 인사말, 천사의 입술을 탄 음악처럼 급속히 되니,
"평안하게 쉬십시오, 나리," 그녀 말했다.
"고맙소, 당신도 평안하기를," 그가 답했다.
그 정도가 할 수 있는 말 전부, 행동의 전부였다.
드림 드래건, 그 방의 벽들 이리저리 살폈더니,
군주들이 자랑으로 귀중히 여기는 그림들
먼 도시들로부터 온 보석들, 밝은 색조 띤,
마치 신선한 아침 이슬에 목욕한 야생화들과 같이.
거기에 책징 하나 있었는데, 고전 서적들 꽂힌
그에게 명랑하게 미소 보내며, 아주 분명히 말했으니,
거기 주인 명석하게 교육했던 문화에 관하여,
모두 질서 있고, 유쾌하고, 아름다웠던 것이다.

But devoid of beauty was yet everything

If matched with the charms of the Fragrance of Spring.

No artist could paint her, no language make known

The sweetness and beauty that charmingly shone

Through her eyes, and played on her wonderful face,

Nor the perfect rhythm of her maidenly grace.

Words failed the gallant in this crucial hour.

His boldness had fled before the still power

Of the soft witchery of dark dreamy eyes

That held all the magic of earth, sea, and skies.

그럼에도 불구하고 그 모든 아름다움에는 결함이 있었으니,

만약 봄의 향기 매력들과 겨룬다면.

어떤 예술가도 그녀 그릴 수 없고, 어떠한 언어도 묘사할 수 없을 터이니,

그 사랑스러움과 아름다움, 매력적으로 빛났으며

그녀 눈을 통하여, 그리고 그 경이로운 얼굴 위에서 노니는,

그녀 여성스러운 품위의 완벽한 리듬 또한 설명할 언어가 없을 것이다.

그 호남자, 말을 잃었으니, 이렇게 중요한 시간에.

그의 대담함, 그 침묵의 위력 앞에서 도망쳐 버렸던 것

모호하게 꿈꾸는 듯 하는 눈의 부드러운 마법의 위력 앞에서,

그것은 대지와 바다와 하늘의 모든 마력을 지배하고 있었으니.

To break the dread silence the mother then said,

"Why thus, my dear sir, to my house are you led

Unannounced and unsummoned at the hour of midnight? —
An hour that surely bequeaths me the right
To know your mind fully." Dream-dragon replied,
"Your wishes, kind lady, shall not be denied.
Today as in Moonlight Pavilion I strayed,
I caught a chance glimpse of this wonderful maid
And that little glance as a magnet draws me
Hither tonight, as the tides of the sea
Are drawn by the moon, And since I now see
More of her charms, her grace, and her beauty
I make bold to ask, for I dare not delay,
That your lovely daughter throughout the long way
That leads through the mountains and valleys of life
May walk as my comrad, companion, and wife?"

그 오싹하게 만드는 침묵 깨기 위해, 그 어머니 이르기를,
"경애하는 나리께서 어찌하여 제 집으로 인도되었는지요,
이 자정 시간, 알리지도 호출하지도 않은 가운데?
이 징도면, 분명 나에게 권리가 주어지는 시간일 터
나리 의향을 충분히 알아야 할." 드림 드래건 대답하기를,
"친절한 어인이시여, 당신 소망 무시되지 않을 것입니다.
오늘 내가 달빛 누각에서 배회했을 때,
흘끗 쳐다볼 기회 잡아서, 이렇게도 경이로운 여인을
그리고 작은 일견에, 마치 자력이 날 당기는 것처럼,

오늘밤 이곳으로, 바다의 조수처럼,

달에 이끌려서 왔지요, 그리고 내가 마침내 확인한 까닭에

그녀의 매력, 품위, 아름다움, 그리고 그 이상을,

내 감히 청하건대, 머뭇거릴 수 없는 까닭에,

당신의 사랑스런 딸, 그 기나긴 길을 거치면서

산들과 계곡들을 통과하며 이어지는 그 인생의 길을

나의 동지요, 동료이자, 아내로 함께 걷는다면?"

The maiden sat blushing—conquered the queen,

The mother, outwardly, calm and serene.

Who quietly said when the Master was done.

"As the butterfly hies to the flower you have come

And now for the heart of my daughter you sue;

But if your sincerity fails to prove true

And you claim her heart but to cast her away,

As children their toys at the end of their play;

Who then would repair the broken harp string?—

Bring sunshine again to the Fragrance of Spring?

Dear sir, is a glance enough to make fast

Two hearts until life be over and past?"

"Dear Madam, the magic of love's holy flame

Comes not through laws that mortals can name,

It has its own way of leaping to birth—

We witness the process each day in the earth—

But seeing it oft, can you tell in your mind
How two souls blent together and love is enshrined?
Can you tell how the arrow of Cupid takes flight?
Or is love in its speeding kenned by the sight?
Can love's magnet be known save by those it attracts?
Or be governed the while by specified acts?
Are there laws known to man that control love's desires? —
That quench the deep soul's thirst, or quicken its fires?"

그 여인 얼굴 붉어져 앉았으니, 그 여왕 정복되었으나,
그 어머니, 외관상 차분하고 침착했다.
그녀 조용히 말했다, 그 주인 말을 모두 끝내자.
"나비가 꽃에게 급히 가듯이, 나리께서 오셨습니다,
그리고 이제 내 딸의 마음에 간청하였습니다.
하지만 만약 나리 성실성이 진심임을 증명할 수 없다면,
그래서 나리, 그녀의 마음 사고도, 그녀를 버린다면,
마치 아이들 장난감처럼, 장난이 끝났을 때.
누가 그 망친 거문고 현을 고칠 것인가요?
누가 봄의 향기에 다시 햇볕을 몰고 올 것인가요?
나리, 한번 본 것으로 그렇게 충분히 단단하게
두 마음, 인생 다 할 때까지 갈까요?"
"부인이시여, 사랑의 신성한 불꽃이 부리는 마술,
인간들이 이름붙일 수 있는 법을 통해 오지 않는 법입니다.
그건 갑자기 탄생하는 그 자체 방식으로 옵니다.

우린 매일 세상에서 그런 과정을 목격하지요.

허나, 자주 보기는 하지만, 마음속 다 말할 수 있을까요,

어떻게 두 영혼 함께 섞이고, 사랑이 숭배되는지를?

[38]부인은 큐피드 화살이 어떻게 날아가는지 설명할 수 있습니까?

혹은, 속도 낸 사랑을 시력으로 볼 수 있는지요?

사랑의 자력, 그것이 끌어당기는 것들로만 알 수 있겠죠?

아니면 특정 행동들로 그 시간이 제어될 수 있는지요?

그런 사랑의 욕망을 통제하는 인간에게 알려진 법, 세상에 있는가요?

깊은 영혼의 갈증 억제하거나, 그 불길을 촉진할 수 있습니까?"

So might we ask questions, and questioning find

That we poor mortals to love's ways are blind;

For we know not its form and ken not its flight,

"그리하여 우린 질문하고, 질문으로 알게 되지요,

사랑의 방식에 대하여 우리 가련한 인간들이 맹목적이란 사실을.

우리 그 형식을 모르며, 그것의 비상을 볼 수 없기 때문에,

Since love in its passing is silent as light −

---

38 게일의 경우 가능한 한 원문의 어휘와 표현을 그대로 축자역함으로써 『옥중화』
을 충실히 번역하여 한국 문화와 한국여성의 정절을 서구 독자에게 전할 수 있
다고 생각했다. 소설과 극시의 장르 차이는 있겠지만 이 극시는 전체적으로 한
국의 문화를 서구에 알리는 것을 목적으로 삼기 보다는 한국 남녀의 아름다운
사랑과 시련에도 굴하지 않는 한국 여인의 정절을 보여주는 것을 더 큰 목적으
로 삼은 듯하다. 사랑의 화살을 의미하는 서구식 상징인 큐피드(Cupid)의 화살
이 이 극시에 포함된 것은 그러한 번역 경향과 관련된다.

The eyes meet a moment and the arrow is sent,
And never returns till lifetime is spent;
The hand touches hand and soul's knit to soul
In a union that's beautiful, perfect, and whole.
And since I have felt love's quickening flame
I would all its bounties and privileges claim −
I ask for your daughter, and only one thing
Could turn me away from the Fragrance of Spring −
"T would be her command for me to depart,
E'en then would I go with a sore-wounded heart,
And often return my fondness to prove
Till all her objections would melt into love."

현재의 사랑은 빛만큼이나 소리조차 없으므로.
사랑의 눈들 한 순간 마주치며, 보내지는 화살,
일생의 시간 소모되기까지 결코 돌아오지 못하지요.
손이 손에 가 닿고, 영혼이 영혼 결합시키니,
아름답고 완벽하며 전체적인 하나의 결합으로.
사랑이 재촉하는 불꽃, 내 느낀 이래로
난 그 축복과 특권 전적으로 인정하게 되니,
내 부인의 따님에게 간청하는데, 그 세상 하나뿐인
봄의 향기에게서 나를 되돌려 떼놓을 수 있겠습니까.
내 떠날 수 있으려면, 그녀의 명령 있어야 할 터이며,
설사 그렇더라도, 내 아픈 부상 가슴에 안고 갈 것입니다.

그리고 자주 내 맹목적인 사랑 증명하려고 돌아올 터이니,
그녀의 모든 이의제기, 사랑으로 녹아들기까지.”

[39]“And now lovely maiden, Choonyang, e'en to you,
I turn with my question and pleadingly sue
For one word of comfort, or else I depart
Dejected of spirit and broken of heart.
Can you place the worth of body and soul
In the keep of your lover? Oh, think me not bold!
I dare not ask less, and I cannot ask more.
So turn me not, Love, in despair from your door.
Thus, what is your answer, Queen of my life,
Will you give me my pleasure, and be my fair wife?”

“해서, 이제 경애하는 여인 춘양, 당신에게까지
내 질문을 보내고 탄원하듯이 간구합니다,
위안을 주는 한 마디만 하시오, 아니면 난 가리다,
낙담한 정신과 부서진 마음을 안고서.
당신은 몸과 혼의 가치를 매길 수 있습니까,

---

39 “And~my fair wife”: 게일의 「춘향」에서 이도령은 다소 점잔을 빼면서 두 사람이
미혼이고, 정식 결혼은 못하지만, 신뢰를 져버리지 않을 것임을 양반의 명예를
걸고 약속한다. 양반은 한 입으로 두 말하지 않는다는 말을 하는데 그는 철저하
게 자신이 양반계급임을 드러냄으로써 춘향모의 허락을 받아낸다. 이에 반해
이 극시의 몽룡은 사랑에 빠진 젊은이로 춘향모 앞에서도 달콤한 말로 춘향에
게 사랑을 갈구하는 적극적인 모습을 보인다.

당신의 연인 보호하려고? 제발, 날 뻔뻔하다 생각 마오!

내 감히 덜 요구하지 않고, 더 요구할 수도 없소.

그러니 날 돌려세우지 마시오, 사랑이여, 당신 문 밖 절망하도록.

하여, 당신의 답 무엇이오, 내 인생의 여인이여,

나에게 기쁨을 선사하며, 내 어여쁜 아내 되겠소?"

The maiden 'mid blushes and sweet little sighs.

With a new-born light in her dark dreamy eyes,

Turns to her mother and sweetly replies,

"Dear mother of mine, whose love and whose care

Has provided for me more than my share

Of the good things of life, say, will it wound you

If I do what this man has asked me to do?

For I own without shame that my heartstrings

Vibrate with joy to the message he brings.

And would the transaction not grieve you,

And were it not sinning to leave you,

I would follow him e'en where he leads me,

To the end of the planet if needs be,

To find in his presence peace and repose,

With love as serene as the world ever knows;

Shut in by that love from hardship and woes.

So, mother, may I say, Yes, to his suit,

Or leave untasted the pleasing ripe fruit?

No law but your wishes is mine even still,
I wait for your answer, what is your will?"

얼굴 붉어지고 애교 있게 작은 한숨을 쉬던 여인
꿈 많은 까만 눈에 새로운 빛 띠우면서,
자기 어머니에게 몸 돌려 상냥하게 대답하니,
"귀하신 내 어머니, 어머니의 사랑과 보살핌으로
베푸셨으니, 분에 넘치도록 저에게
삶의 좋은 것들 관련하여, 어쩌면 어머니께 상처를 드리지 않을까,
만약 제게 한 이 남자 요청 따라 제가 한다면?
부끄럼 없이 고백 드린다면, 제 마음 현들이
그가 전하는 전갈에 맞춰 즐겁게 진동합니다.
해서, 그런 교류가 어머니 슬프게 하지 않을지,
그리고 어머니 떠나는 일이 죄짓는 건 아닐지,
저는 그가 이끄는 곳 어디든 따라갈 터이니,
만일 필요하다면, 지구 끝까지라도,
그분 면전에서 평안과 평정 발견하니,
세상이 지금까지 알고 있는 만큼 평온한 사랑으로,
그런 사랑에 의해 곤경과 비애로부터 단절되어서.
하여, 어머니, 제가 그의 간청에, 예, 말해도 되나요,
혹은 그 호감 가는 익은 과일, 맛도 보지 않고 내버릴까요?
그럼에도 여전히 어머니 소망 이외에 어떤 법도 제 법이 아닙니다.
전 어머니 답을 기다립니다, 무엇인지요?"

"My daughter, thus far in life's journey have I
Sought only your pleasure, and thus till I die
I would seek out your wishes to know how to move
Even in your hair-dressing, much more in your love.
But sir," to Dream-dragon, "my daughter is taught

내 딸아, 인생의 여행길에서 이곳까지, 나는
네 즐거움만 찾아 왔고, 그렇게 내 죽을 때까지,
난 너의 바람을 찾을 것이니, 어떻게 변해갈지 알기 위해
심지어 네 머리 손질까지, 너의 사랑에선 훨씬 더 많이.
하지만 나리," 드림 드래건에게 이르기를, "내 딸은 배웠지요,

In the Chinese classics, but be it not thought
That this is all the distinction that she
Can claim aside from her acknowledged beauty.
For household arts −" "Stop," Dream-dragon cried,
"Were your daughter lacking these things of your pride,'
Still would I claim her, my soul-mate and bride.
'T is the soul within that I enthrone
And that links her heart to my very own: −
So give me your answer and this alone."

한문 고전을, 그렇지만 생각하지 마세요,
이것이 그녀 우수함의 전부라고는, 그녀가

알려진 자기 미모 제외하고 주장할 수 있는.

집안일과 관련하여서도," "그만 하시오," 드림 드래건 크게 말했다,

"당신 자랑하는 이런 것들, 당신 딸에게 없다 하더라도,

여전히 난 그녀를 내 영혼의 벗, 신부로 선언하오.

그것은 내 내면에서 받드는 혼입니다,

바로 내 마음에 그녀 마음 연결하는, 그 혼.

그러하니 그대의 대답 주시오, 이 뿐입니다."

THE MARRIAGE
[40]혼인

"My son you may have her," the mother replied.

Blithe was her answer, but he marked that she sighed.

"New mother of mine, from my heart's deep well

I thank you more than my words can tell.

And though we cannot the six forms pursue

Of the wedding ceremony, I here promise you,

With the word of a gentleman, the oath to swear

And to seal the contract good and fair.

And if I fail aught as husband or son

May the devil take me when life is done.

Kind mother, I give you the word of a Yee

---

40 여기에 해당하는 게일 『춘향』의 장 제목은 "An Oriental Wedding"이다.

In giving your daughter as wife to me."

"나의 사위, 당신 그녀를 가져도 좋소," 어머니 답했다.
그녀 대답 유쾌했으나, 그녀 내쉬는 한숨에 그는 주목했다.
"장모님, 내 마음의 깊은 우물에서부터
내 말로 설명할 수 있는 이상으로 감사 올립니다.
[41]비록 우리 육례(六禮)를 갖출 수 없다 하더라도,
결혼식 위해 필요한, 난 여기서 당신께 약속하오,
양반의 말로써, 맹세하노니
선과 공정의 계약을 체결하노라.
그리고 어찌됐건, 내 남편으로서 혹은 아들로서 어긋난다면,
생명 끝나는 순간, 악마가 나를 데려갈 것이니.
친절한 장모님, 제가 당신께 이 씨 가문의 말씀을 드립니다.
제 아내로서 당신 딸 주십시오."

The mother turned pale at hearing of Yee,
For the name in Chinese stands for a tree —
Even a plum-tree — and she thought of the night
When came to her chamber the being of light,
Declaring, "If in the days yet to come
You but graft this peach-blossom into a plum

---

41 the six forms pursue/Of the wedding ceremony: 『옥중화』의 육례, 게일의 "the Six Forms of ceremony"에 해당된다. 어퀴트는 각운을 맞추기 위해 동사 pursue를 시행 끝으로 배치하긴 하지만 게일과 유사한 번역을 한다.

True joy and happiness will leap to birth

To crown with glory the favored of earth"

Why doubt any longer? The hands of the gods

Were guiding affairs and great were the odds

In her side of the balance, and soon she would know

No more of sorrow, of fear, or of woe.

이 씨라, 말 듣고 어머니 창백해졌는데,

한문으로 그 이름, 어떤 나무 상징하여,

바로 그 자두나무. 그래서 그녀 그 밤을 생각했으니,

그 밤, 빛의 존재가 자기 방으로 들어와

선언했었지, "만약 아직 오지 않은 날들에

네가 이 복숭아꽃 자두에 접목시키기만 한다면,

진정한 기쁨과 행복 솟아날 것이니

대지의 축복 받은 영광의 관 쓸 것이로다."

더 이상 무슨 의심? 그 신들의 조화가

일들을 인도하며, 우열은 크지만,

그녀 편에서 균형을 보자면, 그리고 곧 그녀 알았을 것이니,

슬픔도 걱정도 비애도 더 이상 없단 사실을.

"E'en though in a private wedding like this

The six forms of ceremony we must dismiss

We may a regular certificate provide,

Which, when signed by the groom and the bride,

Will be to all intents and purposes quite

As legal as others, as proper, and right."

A weasel-hair brush and paper were brought

And he with quite fancy flourishes wrought

The wedding certificate, fairer by far

Than wedding certificates usually are.

'T was true to the form, just a verse alone

Made it distinctive, made it his own:

"As wide as the heavens are wide,

So wide is my love for you;

And as long as the earth abides,

So long will my love prove true;

Till the sea dries up and is gone,

Till the skies forget to be blue."

The copy was signed by the groom and the bride,

And given Choonyang, who claimed it with pride.

[42]"이와 같이 비밀스런 결혼 하더라도

---

42 『옥중화』와 게일 「춘향」에서 춘향모의 요청에 의해 결혼계약서를 문서로 작성하고 몽룡은 자신이 이를 어길 시 관아 수령에게 갖다 주라고 말한다. 이 극시에서도 두 사람의 결혼서약의 작성 과정이 그려진다. 몽룡은 자신이 약속을 어기면 죽은 후 악마 즉 지옥에 갈 것이라 말한다. 참고저본에서는 두 사람이 한 결혼서약 문서는 전체 서사 전개에서 큰 역할을 하지 못한다. 그것을 공증하는 것은 "may the Guardian Spirit of Creation bear witness to this our marriage." 즉 '천지신명'이다. 두 사람의 마음은 굳건하지만 그 관계가 합법적이 관계가 아닌 것이다. 그러나 이 극시에서는 "legal as others", "my lawful husband" 등의 표현에서 알 수 있듯이 두 사람의 결혼이 비밀 결혼이지만 합법적인 결혼임을 곳곳에서 암시한

결혼식 육례, 생략한다 하더라도

우리 정식으로 증명서, 만들 수 있으리니,

신랑과 신부가 서명을 한다면, 그것은

모든 의향과 목적에 아주 꼭

다른 결혼처럼 적합하고 타당한 만큼, 합법일 것입니다."

족제비 털로 만든 붓과 종이 들어왔으며,

그는 아주 상상력 발휘하여 공들여 작업했으니,

더 공명정대한 결혼 증명서, 지금까지

일반적으로 쓰인 결혼 증명서 어느 것보다.

그것은 형식에 충실했고, 시(詩) 한 편만 오로지

독특하게 만들었는데, 그 자신의 운을 살렸다.

"하늘 넓은 만큼이나 넓고

그렇게 넓은 그대 향한 내 사랑

대지가 지속된 만큼 오래토록

그토록 오래 내 사랑 진실일 것이니.

완전히 말라서 바다 사라질 때까지,

하늘이 파란색이란 사실 망각될 때까지."

그 원본에 신랑과 신부가 서명했고,

자긍심으로 요청했던 춘양에 주어졌더라.

As custom decreed, a table was spread

With a few sweet dainties, with wine, and with bread.

다. 그렇기 때문에 참고저본에서보다 이 극시에서 춘향을 첩으로 삼고자 하는
신관사또의 악행이 더욱 강조된다.

The mother then said;"Choonyang, take your place
And serve your new master with becoming grace."
Choonyang passed the wine, the glass he took up
And with fervor declared o'er the nuptial cup,
"Like lovely dreams, and yet not dreams,
Pleasures untold are given me,
For life is everything it seems,
And so, my Love, I drink to thee."

정해진 관습 따라, 큰 상 차려지고,
몇몇 산해진미와 술과 떡으로 가득 올려져.
그러자 그 어머니 이르기를, "춘양아, 네 자리 잡아라,
상응하는 품위로써 네 새 주인 모셔야지.
춘양이 술 따르자, 그는 잔을 받았고,
혼례의 잔에 열정을 채워 공표하니,
"멋진 꿈처럼, 아니 꿈 아니지,
알려지지 않은 기쁨 나에게 주어졌네,
그것이 인생의 모두인 듯
그래서 나의 사랑, 내 그대를 위해 마시리."

He took a sup and passed it to the bride.
She, blushing, bowed her head and sighed.
Raised to his gaze a face flushed rosy red,
Lifted the nuptial cup and faintly said,

"Oh, a happy night is this;

For never a better one,

Came to a fatherless maid

Beneath the smiling sun.

I drink to my new-found Lord,

And e'en for a thousand years

May the joy we know tonight

Never be drowned in tears."

The service was ended, the board borne away,

But the mother talked on with nothing to say.

Till Dream-dragon yawned, and the charming young bride,

Catching his meaning, wearily sighed.

Thus the mother knew she had finished at last

Her duties and into her bed-chamber passed.

그는 한 모금 마시고, 신부에게 잔을 건넸다.

수줍은 그녀 절하며 한숨 쉬었다.

그의 시선에 장미 같이 붉게 달아오른 얼굴 떠오르고,

혼례의 잔을 들어 올리면서 어렴풋이 이르기를,

오, 이렇게 행복한 밤

이보다 더 나은 날, 결코

오지 않으리니, 아버지 없는 여인에겐

미소 짓는 태양 아래서.

저는 새로운 주인을 위해 마십니다,

꼭 천년 동안

우리 오늘밤 즐거움을 잊지 않기를

결코 눈물 속에 익사하지 않으리니."

예식은 종료되고, 상은 치워졌고,

하지만 어머니 아무 할 말 없어도 계속 말했더라.

드림 드래건 하품할 때까지, 하여 그 매력적인 젊은 신부

그의 뜻 헤아리며, 피곤에 지친 한숨 쉬었다.

그리하여 마침내 어머니, 마쳤음을 알았고,

자기 의무, 그리고는 자기 침실로 들어갔다.

RAPTURES
환희의 외침

[43]Left alone, they were diffident, bashful, and shy;

Yet happy was each with the other near by.

The bride took her harp, while her deft fingers strayed

Cunningly over its strings as she played

In bewitching strains soft dreamy airs,

That made heaven's bliss descend to be theirs

The music like magic, cast o'er them a spell

---

43 『옥중화』는 춘향과 이도령의 초야 부분을 다룰 때 그 당시 성행하고 있던 「춘향가」보다 훨씬 순화된 표현을 사용했다고 이 책의 출판업자는 광고한다. 게일의 「춘향」은 『옥중화』의 육체적 정사 장면을 더 많이 생략한 더 순화된 텍스트이다. 어쿼트의 이 극시는 저본인 「춘향」보다 더 순화된 텍스트로, 사랑가 부분 등을 대폭 생략하고, 거의 성적인 표현 없이 두 사람의 초야 부분을 짧게 그린다.

That broke all restraints, and so it befell

He took her into his arms, held her there tight,

Kissed her and called her his dream of delight.

He painted the future in pictures of gold.

Declared to her all that that future would hold

Of raptures and pleasures, and all the good things

That would fly to their door on fortune's fair wings,

Till time all unheeded passed rapidly by

And the moon outside sailed over the sky,

And the boy's knock on the door called them back

To the duties of life, for alas and alack,

They were still in the world, and the coming day,

In its breaking, must find him at home far away.

A few soft words and softer caresses.

As still to his heart his darling he presses,

Then hurried good-bys, and the door shut him out,

Where he and the boy hastened to mount

Their horses that carried them home before

The sun kissed in beauty mountain and moor.

따로 남겨진 그들, 서로 사양하고 부끄러워하며 수줍어했고,

그렇지만 행복했다, 서로 가까이 있어.

신부는 거문고를 켰고, 그녀 능숙한 손가락들 솜씨 있게

현들을 위를 비켜 지나가니, 연주하는 동안,

매혹적 긴장 속, 부드러운 꿈같은 분위기,

조성되는 천국의 기쁨, 자기들 것 되도록 내려오게 하는

그 마술 같은 음악, 그들에게 주문 던지니,

그 모든 속박 해제하고, 그렇게 일이 닥쳤네,

그는 그녀 품에 안고, 바짝 끌어당겼으며,

입맞춤 하고, 그녀를 자기 꿈같은 즐거움이라 불렀더라.

그는 그림 같은 미래를 금으로 그렸다.

미래가 가져올 모든 것, 그녀에게 선언하면서,

환희와 쾌락, 모든 좋은 일들이

행운의 고운 날개 타고 그들의 문으로 날아오리라고,

전혀 방해받지 않고 급속히 통과할 때까지

바깥 달 하늘을 항해하고,

아이의 문 두드리는 소리, 그들을 소환하니

일상의 의무들에로, 아아, 슬프도다.

그들 여전히 이승에 살고 있으니, 날 밝아지고

꿈에서 깬 그는 집으로 가야 한다, 멀리.

몇 마디 부드러운 말, 더 부드러운 애무.

그는 자기 사랑 꼭 껴안고 꼼짝 않고 있다가,

이어서 납히 작별하고, 그는 문 닫고 나가니,

그와 아이, 서둘러 말을 탔고

말들은 그들 태우고 앞으로 집 향해 달렸으니,

태양이 산과 광야에 닿으며 스치고 있었다.

Days pass on silvery wings, one, two, and eight,

And every night the Great North city gate

Is opened by the guard and two pass through

To pass within again before the dew

Of morn as diamonds glows beneath the sun

That rises over the city of Namwon.

And every night the lovers meet to know

Still keener joys of heart as passions grow.

As they drink anew from night to night

The draught of love in hours of pure delight.

Knit was each heart to heart and soul to soul

Until it left them one, complete and whole.

He sang to her as only lovers do,

Love songs that thrilled her through and through.

One night he sang some verses of his own

Made for her dainty ears and hers alone.

날들 지나고, 하루, 이틀, 은빛 날개 타고, 여드레,

찾아오는 매일 밤이면, 도시 북문이

문지기에 의해 열리고, 두 사람 통과해 지나가고,

다시 돌아 들어오니, 이슬 내리기 전

다이아몬드처럼 빛나는 아침, 태양 아래서

남원시를 아우르며 떠오르는.

그렇게 매일 밤, 그 연인들 서로 만나 알아가기 위해

훨씬 더 강렬한 마음의 즐거움을, 열정 커져 감에 따라서.

그들 새로운 기분으로 마시고, 밤부터 밤까지

사랑의 술 마시기, 순수 환희의 시간 동안 이어졌구나.

따로 또 같이, 마음과 마음, 혼과 혼 굳게 결합시키네,

그들 하나로 남게 될 때까지, 완벽하고 전체적인.

그는 그녀에게 노래 불렀다, 오로지 연인들만 부르는

사랑 노래들, 그녀를 전율로 휘감고 또 감았더라.

어느 날 밤, 그는 자신의 몇 곡 노래 불렀는데,

오로지 그녀 고상한 귀와 그녀의 것만 위해 만든 노래들.

SONG

[44] 사랑 노래

Since I met you,

The world has fairer grown

And all its ills have flown,

For life has lost its care

And always, everywhere,

Are beauties true.

---

44 『옥중화』와 게일 『춘향』의 이도령의 사랑가와는 어조와 내용이 확연히 다르다. 어퀴트의 표현처럼 이몽룡의 노래는 "Made for her dainty ears"이다. dainty는 '앙증맞은', '얌전한'의 의미를 모두 가진다. 게일 영역본에서 "세상의 사랑 노래들에는 춘향같이 진실하고 유덕한 처녀가 듣기에 아름답지 않은 단어들이 많이 있어 손상되었기에, 도령은 단지 엄선된 노래만을 불렀다(The world's songs of love were marred by many uncomely words and references, such that a true and virtuous girl like Choonyang might not hear, and so he sang only selected ones)라 말한다. 이 극시에서 몽룡의 사랑가는 중국고사 속의 인명과 지명을 인유하지 않아 대상언어 중심의 번역임을 느끼게 한다.

The moon and stars by night

Glow with a softer light,

And the skies are blue

Since I met you.

Since I met you

And we have given all

In answer to love's call,

Life is only flowers

And songs and golden hours,

With smiling skies of blue

Since I met you.

Since I met you,

And know just how you care

Much I can do and dare

I can be strong to fight

The battles of the right

Life's whole day through;

For always, every hour,

Your faith gives me the power

To be strong and true

Since I met you.

내 그대 만난 이래로,

세상, 점점 더 맑아졌고

불쾌한 모든 것들 날아가 버렸네,

삶이 그 근심 상실한 까닭에

그리하여 언제나, 어디서나,

아름다움은 진실한 것.

밤의 달과 별들

한층 부드러운 빛 반짝이고,

그래서 하늘은 파랗고,

내 그대 만난 이래로.

내 그대 만난 이래로,

우린 모든 것 내놓았지

사랑의 요구, 응답하면서,

인생은 오로지 꽃들과

노래들과 귀중한 시간들,

미소 짓는 파란 하늘과 더불어

내 그대 만난 이래로.

내 그대 만난 이래로,

당신이 얼마나 마음 쓰는지 알고 있으니

많은 일을, 내가 할 수 있고 감히 실행하는

내 강해질 수 있네, 맞서기 위해

옳은 것 위한 전투에서

전 인생 통틀어

언제나, 시간 시간마다,

당신의 충실, 내게 힘을 주고

강고하고 진실해지도록

내 당신을 만난 이래로.

These little love verses caused her to think
Of the full cup of life that they were to drink,
And with prophetic vision, glancing ahead,
She turned to her husband and solemnly said,
"I see you holding an office, honor crowned,
With friends of high standing gathered around,
And in the mighty councils of the state
I see my husband rise supremely great."
Then breaking into happy, artless song
Her flattering prophecy she bore along:
"E'en higher than the mountains
I see my true-love rise –
Chief of the senate chamber
So earnest and so wise.
And through the years till evening
I see him true to me,
And e'en in the hereafter
To all enernity."

이렇게 소박한 사랑 노래, 그녀가 생각하도록 했으니
자기들 마시게 될 가득 담긴 인생의 컵에 관하여,
예언적인 통찰로, 앞을 내다보면서,

253

그녀, 남편에게 몸 돌리고 경건하게 말했으니,

"저는 낭군께서 명예로운 관직에 드시는 것을 봅니다,

높은 지위 친구들, 주위에 모여드는 가운데,

그리하여 국가의 위엄한 조정에 들어가시고,

저는 제 낭군께서 최고위에 오르는 것을 봅니다."

그런 다음, 갑작스레 행복하고 꾸밈없는 노래 부르며

길조의 자기 전망, 그녀는 예언했다.

"저 산들보다 훨씬 더 높이

나는 보네, 내 진정한 사랑 생겨나는,

조정의 영상께서

아주 정직하고, 또 아주 현명하니.

세월을 거치면서, 저녁까지

그가 나에게 진실한 모습 보이는,

실로 저 세상 간다하여도

언제까지나."

The happy woman closed her prophecy,

Turned to her Lord and blushing, dropped a sigh.

"May our agreement of a hundred years

Never know sorrows and never know fears,

Nor the sun of our lives be clouded with tears,"

Whispered the maid. Sweetly her lover said,

"Fear not the future, precious little maid,

Fairer than dreams so shall our future be

As in the path of love we'll walk continually,

For I shall walk beside you forever, ever true

What trails my feet shall know shall know the feet of you,

As we travel together the fair path of life,

I, as your husband and you, as my wife."

그 행복한 여인, 자신의 예언 종결하고,

자기 주인 향하며 발그래진 얼굴로 한숨 내 쉬었다.

"부디 우리 백년가약

결코 어떤 슬픔, 어떤 두려움도 없이

우리 삶의 태양, 눈물의 구름에 가려지지 않기를."

그 여인 속삭였네. 그녀 연인 살갑게 이르기를,

"두려움은 우리의 미래 아니리, 귀중한 여인이여,

우리의 미래 꿈보다 더 아름다우리니

그 사랑의 길, 우리 단절 없이 걸어갈 것이고,

내 당신 곁에서 영원히 언제나 진실하게 걸을 것이므로,

내 걸음, 당신이 발 디딘 길 알 터이니,

우리 아름다운 인생길 함께 여행하는 동안,

난, 당신 낭군으로서, 당신, 내 아내로서."

SHADOWS
[45]조짐

---

[45] 「춘향」은 "Partings are sad"의 장 제목 하에 이부사의 승진, 이별을 전하는 몽룡과 춘향의 갈등, 춘향모의 분노 등이 모두 그려진다. 이에 반해 어쿼트는

A few nights later in arriving before

The house of his bride and its all-friendly door

Dream-dragon looked solemn, dejected, and sad,

And Choonyang in welcoming him, knew that bad

News was in store for her. "Why, my dear one,

This look of dejection? Oh, is the sun

Of your fair life darkened? And what is the fate

Has befallen my husband, please quickly state."

So gushed the maid, but as still silently

He sat there before her in deep reverie,

She continued, "I've heard that a messenger came

Last evening from Seoul in the Sovereign's own name."

Did he bring news to you? and are they so bad,

As to make my dear husband dejected and sad?

"Are relatives dead? —" "Hush," Dream-dragon said,

"It could not equal this were all of them dead.

My father's advanced by decree of the king

To cabinet member, and now everything

We had planed with such care is swept quite away

To Seoul I must start with another new day."

몇 날 밤 지나고, 앞에 도착하여,

SHADOWS, THE MOTHER로 나누어 두 사람이 이별하게 되는 이유과 갈등, 춘
향모의 절망을 그린다.

자기 신부의 집, 너무나 친숙한 대문 앞에서,

드림 드래건, 경건한 마음으로 보고, 낙담하며, 슬퍼했으니,

그리고 그를 맞는 춘양 알게 되었더라, 안 좋은

소식, 그녀 위해 준비되어 있었딘. "내 사랑이시여, 어찌하여

이렇게 낙담한 표정이신지요? 아니, 당신 고운 삶의

태양이 어두워졌는가요? 그래서 그런 운명이

제 낭군께 떨어졌나요, 제발, 어서 말씀해보아요."

그 여인, 그렇게 북받쳤지만, 그럼에도 조용하게

그는 깊은 생각 잠겨 그녀 앞에 앉았으니,

그녀는 이어 말하기를, "제 들기로, 사자(使者) 왔다고

어명 받들어, 서울에서 지난 저녁.

그가 당신께 소식 전했소? 정말 안 좋은 소식이니,

제 경애하는 낭군님, 낙담하고 슬프게 만들 정도로?

어떻게 친척이 돌아가셨나요?" "쉿" 하면서, 드림 드래건 이르기를,

"이 소식, 친척들 모두 돌아가신 것과 같을 수 없소.

부친께서 어명 받아 진출하게 되신 거요,

조정 대신으로, 하여 이제 모든 것들

우리 신중히 계획했딘, 깡그리 정리되어

서울로, 난 또 다른 새로운 날 시작해야 하오."

"I can't understand," said the maiden perplexed,

"Just why you are sad, just why you are vexed.

To Seoul, oh, what joy, I long to set forth.

I know I shall love all the things of the north.

And if I cannot prepare in a day,

As you, to make ready and be on the way,

A few days at most and I'll follow you there

To be with you always life's joys to share."

"Listen," he answered, "though heavy the blow

That I strike you now, and weighty the woe

That I bring to your door, yet believe me wont you,

That I do it because it is all I can do?

I can't take you with me. O sweetheart, look not

So utterly wretched, though sad by your lot.

[46]Were I to openly claim you right now

The revelation would cause such a row

That the Governor would rage and roar,

And drive me pennyless forth from his door.

Only last night, when he told me the news

And I tried to frame a valid excuse

---

46 "Were~his door.": 게일 「춘향」에서 "the Governor's ideas are that if a son of the
aristocracy, before his regular marriage, takes a concubine from the country, and it
gets noised abroad, his name will be cut out from the family register, and he'll not be
able to share in the household sacrifices. That's my difficulty." 이몽룡 아버지의 생
각이긴 하지만 여기에는 이몽룡도 그 생각을 공유하고 있음을 알 수 있다. 즉 춘
향과의 결합을 정식결혼(regular marriage)으로 생각하지 않고, 그녀를 시골 출
신의 첩(a concubine from the country) 정도로 생각하고 있음을 알 수 있다. 그러나
이 극시에서는 이몽룡이 춘향을 첩으로 생각하고 있다는 그런 노골적인 표현은
없다. 춘향의 지위에 『옥중화』, 「춘향」보다 조심스럽게 접근함을 알 수 있다.
<춘향전>은 분명 신분상승의 관점에서 해석할 수 있는 요지가 많지만, 이 극시
는 정치적인 요소, 계급적인 요소를 대부분 희석하고 오로지 두 사람의 사랑을
강조하고 있음을 곳곳에서 발견할 수 있다.

For staying behind, he made it quite plain
That should I ask mercy, I'd sue all in vain.
Already of his son's bad behavior he'd heard
Rumours, and so he would hear not a word
Of remonstrance to his plan, so tomorrow I'd start
For the Capital. Forgive me dear heart,
For the pain I have caused you by telling you this,
Yet think not forever is ended our bliss."

　　"이해할 수 없네요," 그 여인 당황하여 이르길,
　　"어찌하여 낭군께서 그리 슬퍼하시고, 또 곤란하신지요.
　　서울로, 오, 그런 즐거움, 제가 나아가려고 열망하는.
　　전 제가 북쪽 지방 모든 일 좋아하게 되리라 생각합니다.
　　만약 제가 하루 만에 준비할 수 없다면,
　　당신, 준비 되는대로 길 떠나시고,
　　길어야 수 일 안, 저는 당신 따라, 거기로
　　당신과 함께 언제나 인생의 즐거움 나누면서."
　　"보시오," 그가 답하기를, "이 말, 비록 충격이라 하더라도
　　내 지금 당신에게 전달하는 말, 무거운 비통
　　내 당신에게 안긴다 하더라도, 그렇더라도 날 믿지 않겠소,
　　내 할 수 있는 건 그것뿐이라, 내가 한다고?
　　나로선 당신 데리고 갈 수 없구려. 오, 내 사랑, 표정 짓지 마오,
　　그렇게 노골적으로, 내버려진 듯, 당신 편에서 슬퍼다하더라도.
　　내 지금 당장 터놓고 당신을 아내라 밝힌다면,

그런 공개가 대단한 소동 일으킬 터이며

도지사 분노할 것이니, 그래서

자기 집 문 앞에, 날 무일푼으로 쫓아 낼 것이오.

오로지 지난 밤, 그가 나에게 그 소식 전할 때

그리하여 내 적절한 구실 만들어보려 했을 때

뒤에 남아 있기 위해, 그는 아주 명백하게 말했지요,

내가 자비 구한다 해도, 모두 헛된 것임을.

이미 그는 당신 아들의 비행 들었고

소문을 통해, 그리하여 그는 한 마디도 듣지 않았으니,

자기 계획관 관련한 항의, 하여 내일 난 출발하오,

경성으로. 용서하오, 내 사랑이여,

당신에게 일으킨 고통을, 내 이 말 한 까닭에,

그렇지만 끝났다 생각 마오, 우리의 환희의 삶.

The face of Choonyang blanched pale as is death,

Her whole being trembled, in gasps came her breath.

Her little hand mirror dropped to the floor

To never be clasped in the maiden's hand more.

"A cast off bride," the wretched maiden said,

"Has slight use for mirrors. Oh, were I dead —

Broken like this — it would more fitting be

Than to live out my years in dumb misery.

But a few days ago you promised poor me

You'd be true till the waves dried up on the sea.

Say, is it not so? But now you would fly
From your month old bride and leave her to die.
In the Capital, ah, new loves you will find
And forget the one you have left thus behind,
Till not in a dream will my memory bide.
Then of course another you'll claim as your bride,
And I all dejected, my troubles unknown,
Will live on in sorrow and die all alone."
Her anguish condemned him, her suffering so real
Made him a wretch in its solemn appeal.
"Don't cry," he said, "for e'en though I go,"
'T will not be forever, my loved one, oh, no.
You'll not be forgotten, nor yet will a tear
That flows down that face so preciously dear.
Have faith in me, sweetheart, trust and forgive,
For I go not forever, be hopeful and live.
Now good-by precious one, but again on the morn,
As forth from the city our party is borne,
I'll find an excuse to leave them and fly
Here to my darling for a final good-by.

　　춘양의 얼굴, 마치 죽은 사람마냥 핼쑥하게 창백해졌으니,
　　그녀 몸 전체가 떨렸으며, 가쁜 숨 새어나왔다.
　　그녀 작은 손, 거울을 떨어뜨렸고 바닥에

절대로 쥐지 않겠다는 듯이, 그 여인의 손이, 더 이상.

"버려진 신부," 비참한 여인이 말했더라,

"더 이상 거울이 필요 없어요. 오, 내 차라리 죽었다면

거울처럼 깨져서, 그게 더 어울릴 터이니,

벙어리 불행으로 세월 사는 것보다.

허나, 며칠 전만해도 가련한 제게 약속했지요,

바다의 물결 다 마를 때까지 당신 진실할 것이라고.

말해 봐요, 그게 사실 아닌가요? 하지만 이제 당신 떠날 것이라고

당신 입으로 이전의 새색시 두고, 그녀 죽도록 내버리고.

경성에서, 아, 새로운 사랑 찾겠지요,

그리고는 당신 뒤에 버리고 떠났던 그 사람 잊겠지요,

내 기억 꿈에도 남아 있지 않을 때까지.

그런 다음, 당연히 다른 사람 신부로 구하겠지요.

그러면 전 완전 낙심하여, 제 고통 알리지도 못하고

슬픔 가운데 살다가 철저히 고독하게 죽겠지요."

그녀 괴로움 그를 탓했고, 그녀 아픔 진실한 것이었으니,

그 엄숙한 호소 때문에 그는 불쌍한 존재가 되었더라.

"울지 마시오," 그가 이르기를, "내 간다 하더라도,

ㄱ게 영원한 이별 아니리, 내 사랑, 아, 아니.

당신 잊히지 않을 것이고 또 한 방울 눈물도

그렇게 귀중하고 사랑스런 얼굴 타고 내리지 않을 것이니.

내 사랑이여, 내 안에 충심 믿고, 용서해주오,

내 영원히 떠나는 것 아니기에, 희망 갖고 살아가기를.

이제 안녕, 귀중한 여인, 하지만 아침에 다시 만나길,

우리 행렬 이 도시 빠져 나갈 무렵,

나는 무리 떠나서 도망칠 구실 찾을 것이오,

여기 내 사랑에게 마지막 안녕 전하기 위해.

THE MOTHER
[47]어머니

Unannounced the mother stepped into the room

And haughtily faced the startled young groom.

Wakened at the sobs of the Fragrance of Spring

She had laughed softly, supposing the thing

A lover's quarrel, knowing well at the end

Would be a reunion of hearts that would blend

The closer together for having a time

Suffered a discord in love's pleasing rhyme.

But on hearing more the mother soon knew

That more than a quarrel was being passed through.

And dressing in haste she passed to the room

To hurl her fierce anger upon the poor groom.

"So, scoundrel, it was for this that you came

---

47 「춘향」의 7장 'Parting are sad'는 이 극시에서 이감사의 승진으로 몽룡이 춘향을
남원에 두고 혼자 서울로 가야하기 때문에 발생한 갈등과 이를 들은 춘향모의
분노를 각각 SHADOWS, THE MOTHER로 장을 분리하여 그리고 있다. 「춘향」
과 「향기로운 봄」의 장의 구성을 살핀 앞의 각주에서 알 수 있듯이 어쿼트는 전
체적으로 인물 중심으로 장을 구성한다.

And flourished before us your father's good name?

And gave us a contract, and promised us two

That a husband you'd be both faithful and true;

To stand by my daughter by day and by night,

To be her protector and be her delight?

Tell me, vile wretch, is my daughter untrue

That thus to one side she is cast by you?"

알리지 않고, 그 어머니 그 방으로 들어가며,

거만한 태도로, 그 놀란 젊은 신랑 맞았으니.

봄의 향기 흐느낌에 깨어나서,

그녀 살짝 웃기만 했다, 그러려니 하면서

연인의 다툼, 결말은 잘 알려진 대로

마음의 재결합 이루어, 서로 섞어서

시간 거치면서 더 가까이 함께

사랑의 유쾌한 운율에 생기는 불화 겪으며.

그렇지만 더 들어보고는 어머니 곧 알아챘고

다툼보다 더 한 일 벌어지고 있다는 사실을.

급하게 옷 입고 그 방으로 가서는

그녀 솟구치는 화, 그 가련한 신랑에게 쏟아냈으니.

"아주, 불한당이야, 이러자고 네 여기 와서

우리 앞에서 네 부친 훌륭한 이름 화려하게 펴 놓았더냐?

우리에게 서약해 주었지, 약속도 하면서

네 충실하며 진실한 남편 되리라고,

낮이면 낮으로 밤이면 밤으로, 내 딸 옆에 서서,

그녀 보호자가 되어, 그녀 기쁘게 해준다고?

말해봐라, 사악하고 비열한 사람, 내 딸 진실하지 않아서,

그래서 그녀가 너로 인해 한 구석에 버려지는 거냐?"

Then, her anger rising in passionate fire,

She jumped at Dream-dragon and clutched his attire

With the fierce, wild rage of a demon she tore

At his hair and cursed him, and loudly swore

She'd tear him to pieces, except he relented —

Her actions as one that is wholly demented.

Choonyang stepped forward — brave little maid —

And a firm, gentle hand on her mother laid.

And challenged, "O mother, is culture no more

Than a thing for fair weather, to vanish before

The first thing that crosses our own chosen course,

To leave us a plaything of passion's dread force?"

그러자, 그녀 강렬한 불꽃으로 화가 치밀어,

드림 드래건에게 달려들고 옷가지 움켜쥐며

악마 같이 흉포한 야성의 분노로 잡아채고는,

그의 머리카락을, 그리고 그를 저주했고, 요란하게 욕설 퍼부었

으니,

그녀는 갈기갈기 찢을 기세였다, 그가 사죄하지 않는다면,

그녀 행동 마치 완전히 발광한 사람 같았더라.

용감하고 귀여운 여인, 춘양 앞으로 걸어 나왔고,

그리고 단호하며 부드러운 손, 그녀 어머니에게 올렸다.

그리고는 요구했다, "오, 어머니, 문화가 아니지요, 더 이상은

맑은 날씨 동안 생긴 어떤 일보다, 자취를 감춰버린다면,

첫 번째 일을 두고, 우리 자신의 선택 경로 엇갈리게 만드는

우리를 열정에 휩싸인 무서운 힘의 노리개로 만들어버린다면?"

"Desist mother now, and go to your room.

If the fates thus decree the day of my doom

Can we change the decision by battle and blood?

Nay mother, not so, and e'en if we could

I'd refuse to change it at such a great price,

Prefering, instead, the dread sacrifice

Of a life of neglect." The hand that was laid

On the mother's arm, or the words of the maid

Calmed the mother who walked from the room,

Leaving alone the bride and the groom.

"어머니, 이제 그만 하시고, 방으로 가시어요.

만약 운명의 신이 내 죽을 날 공표한다면,

우리가 싸움과 피로써 그 결정 바꿀 수 있을까요?

아니요, 어머니, 그렇지 않아요, 설사 우리 할 수 있다 하더라도,

전 그것 변화시키는 데 그렇게 큰 대가 치루길 거부합니다,

오히려 경외할만한 희생이 더 좋아요,

무시당한 삶이라는 희생." 놓였던 그 손,

어머니 팔 위에, 혹은 그 여인의 말,

어머니 진정시켰고, 그 방 걸어 나서도록 했다,

신랑 신부만 남겨놓은 채로.

ADIEUS
별리

[48]Early on the new day with his father's train

The Young Master sets forth, but when they gain

Five Mile Pavilion he turns to the right

O'er the road he has gone this many a night.

Swift as an arrow his steed bears him o'er

A road that is closed to him evermore.

And one little hour, e'en long though it seems,

Brings him before the house of his dreams.

His smitten bride, standing the doorway before,

Smiles faintly at him, but cannot do more.

Ah, sad was her face and yet the more fair

Because of the sadness deep-seated there.

---

48 "Early on~forth": 『옥중화』와 「춘향」에서 이도령은 그의 어머니와 함께 먼저 출
발하고, 이부사는 뒤에 남아 일을 정리한 후에 올라오는 것으로 되어 있다. 『향
기로운 봄』은 참고저본들과 달리 등장인물의 수를 최소화한다. 이도령의 어머
니가 전혀 등장하지 않는 것은 이러한 극시의 장르적 특성 때문으로 보인다.

As he put his strong arms about her, again
Tears fell from her overfull eyes like rain.

새로 날 밝자, 일찍 자기 아버지 행렬과 함께
그 젊은 주인 출발했다, 허나 오마일누각에,
그들이 당도했을 때, 그는 오른쪽으로 돌아봤다,
숱한 밤 그가 갔었던 그 길 굽어보며
그의 말은 그를 실어 날랐던 길,
그에게 영구히 폐쇄된 길을 쏜살같이 달린다.
짧은 시간, 비록 길게 느껴지더라도
그를 자기 꿈의 집 앞에 데려 놓았다.
그의 고통당하는 신부, 문간 앞에 서서
어렴풋이 그에게 미소 보내지만, 더 이상 그럴 수 없다.
아, 슬프구나, 그녀 얼굴, 하지만 더 아름답구나,
거기 깊이 들어찬 슬픔으로 인하여.
그가 튼튼한 팔로 다시 그녀 감싸 안으니,
눈물 넘쳐흘렀더라, 마치 빗물처럼 그녀의 눈에서.

The trembling maiden slipped from his hold,
Cast off the emotions that over her rolled,
Dried her tears, and thus her husband addressed,
"A short time ago, oh, how little I guessed
How soon our fair romance would come to an end —
How soon bitter tears their anguish would blend

With life, to drown every hope that was born,

And promised so much on our fair wedding morn —

For the solemn conviction steals o'er me at last

That my beautiful dream forever is past.

My Beauty no longer my husband can bring

To the side of the stricken Fragrance of Spring.

Like the spring, with the spring, my husband is gone

And the summer steals onward to find me alone,

Alone with my sorrow, to weep and repine,

Was ever a fate as distressing as mine?"

전율하는 여인, 그의 품에서 미끄러져 나오면서,

버림받은 감정 말아 올려 정리하고,

눈물을 말리자, 그녀의 낭군 말을 건다,

"잠시 전, 오, 얼마나 작은지 짐작했구나,

우리 아름다운 사랑, 얼마나 빨리 막 내리게 됐는가,

얼마나 빨리 쓰라린 눈물, 그들의 고뇌와 뒤섞이게 됐는가,

삶과 함께, 생겨난 저마다의 희망 사라지게 만들고,

우리 아름다운 혼인의 아침에 그렇게 약속되었던

그 경건한 서약도 결국 나도 모르게 지나가버렸으니

내 아름다운 꿈도 영원히 가버렸네."

"내 남편, 더 이상 내 미모 생각나게 할 수가 없구나,

상처받은 봄의 향기 편으로.

그 봄처럼, 그 봄과 함께, 내 남편 떠났네,

그리하여 여름이 나 홀로 남겨놓기 위하여 가만히 오는구나,

홀로 내 슬픔과 함께, 눈물 흘리며 불평하니.

내 운명만큼이나 비참한 운명 또 있었겠는가?"

She more would have said, but sobs drowned the rest,

To keep it locked up in her fast-heaving breast.

"Don't cry," said her husband, "O darling, don't cry,

For e'en though today I bid you good-by

'T will not be forever, for when at last

[49]State examinations are over and past.

And my future is certain, I'll come to my own

To take her where sorrows shall never be known.

Two years from now as the geese northward wing

I'll come for the beautiful Fragrance of Spring.

For the one that I broke, take this little glass

And while the long days and longer moons pass

Try to think me, dear heart, as faithful and true,

As this little mirror in imaging you."

The maid took the mirror, and then pulled a ring

From the slim little finger of the Fragrance of Spring

"Take this little ring; the wretched maid sighed,

Endless as its circle my love shall abide,

---

49 State examinations: 과거로, 게일은 Kwago로 음역하고 대문자로 Examination으로 병기해준다. 어퀴트는 보다 구체적으로 과거를 "국가 시험"으로 번역한다.

As long as the heavens and earth shall last,

Till life itself drifts over and past."

그녀는 더 이상 말했을 테지만, 울음이 그 나머지 삼켰고,

빠르게 들썩이는 가슴 속 걸어 담아두기 위하여.

"울지 마오," 그녀 남편 말했네, "오 내 사랑, 울지 마시오.

비록 내 오늘 당신에게 작별 고하기는 하지만

결국 때가 되오 과거 시험 치러서 급제 한다면.

이게 영원은 아닐 것이오.

나의 미래 정해지는 것이며, 내 의지 따라 올 것이니,

슬픔이란 것, 알지도 못하는 곳으로 그녀 데려가리.

지금부터 이 년, 기러기들 북쪽으로 날개 짓 할 무렵

내 아름다운 봄의 향기 위하여 오리다.

내 깬 그 약속 지키기 위해, 이 작은 유리 가지시오,

긴 낮과 더 긴긴 밤들 지나는 동안

날 생각해주오, 내 사랑, 충실하고 진정한 사랑으로서,

당신 그리는 이 작은 거울 간직하시오."

그 여인 거울 받고서는, 반지를 당겨 뺐다,

가늘고 작은 봄의 향기 손가락에서,

"이 작은 반지 가지세요," 그 불행한 여인 한숨 내쉬고는,

"그 동그란 형태처럼 끊임없이 내 사랑 오래 지속할 터이니,

하늘과 땅 지속하는 만큼 오래토록,

삶 자체의 표류, 완전히 끝날 때까지."

Then in stepped the mother. The rage of the night
If still in her heart, burst not into sight.
Who quietly said, "As a jewel has my daughter
Been guarded by me till the day that you saught her.
[50]For her to the merciful Buddha I prayed;
For her sacrifices to the spirits I made,
To the mountain spirits and the Dragon king
I knelt in behalf of the Fragrance of Spring.
Nor ceased my petitions by day nor by night
Thus she grew beautiful, happy, and bright;
The joy of my heart and the pride of my life,
Till you came to our dwelling to claim her as wife.
Your words were so earnest, your bearing so true
That I feared not in giving my daughter to you.
But now you purpose to pass through our gate,
Leaving my daughter to this awful fate."

　　그러자 어머니 들어왔다. 그 밤의 분노
　　마음속 있지만, 겉으로 드러내지 않았더라.
　　차분히 이르기를, "보석 같은 내 딸,
　　자네가 그녀 찾아왔을 때까지 내 가르침 받았네.
　　나는 그녀 위해 자비로운 부처님께 기도 올렸어,

---

50 어쿼트는 "For her to the merciful Buddha I prayed"의 시행을 설명해 주는 부처 사
　 진을 책에 싣는다.

그녀 위해 신령님께 제물도 바쳤고,

산의 신령들과 용왕님께

내 무릎 꿇었지, 봄의 향기 잘 되라고,

낮이고 밤이고 나의 기원, 그치지 않았지,

하여 그녀 아름답고, 행복하며, 영리하게 성장했고,

내 마음 기쁨이자 내 삶의 자랑으로서

자네 우리 보금자리로 와서 그녀를 아내로 삼기까지.

자네의 말 아주 진지했고, 태도 또한 그토록 진실했지,

내 딸 자네에게 주기가 걱정되지 않을 만큼.

하지만 자네 우리 집 대문 지나쳐 가려고 하는군,

이리도 지독한 운명에 내 딸 버려두고."

"Better out with her tongue and her wonderful eyes,

Than to leave her the plaything of sorrows and sighs,

To grow old in a decade – to fade as the flower

When lost to the sunshine and robbed of the shower.

But let me remind you, I'm past fifty years

And soon, very soon, shall cease all my tears;

But when I am gone I'll haunt you till death,

And wish you in hell with your dying breath

If aught you have promised this daughter of mine

Fails of fulfillment." She closed and the time

Demanded leavetaking. "Good-by my sweet bride,

The joy of my life, of my manhood the pride."

He took her soft hand and led her without
Where all impatiently waited his mount.
A few fond embraces, a few kisses sweet,
Then hurried good-bys, and clattering feet,
As his horse galloped on with loose-slackened rein
To bring him again to his father's train.
(End of Canto the Second)

"슬픔과 한숨의 노리개로 그녀 버려두기보다,
그녀 혀와 놀라운 눈, 뽑는 게 낫겠어,
십 년 안에 점점 늙어서, 꽃처럼 시들어
햇빛 느끼지도 못하고 소나기 빼앗기겠지.
하지만 상기시켜 주겠네, 내 오십 살 지났으니,
곧, 아주 곧, 내 모든 눈물조차 그칠 것이야.
하지만 내 떠난다면, 죽을 때까지 자넬 따라다닐 것이야.
그리고 자네 죽어 지옥 가도록 기원할거야
만약 내 딸에게 한 자네 약속들
어긴 다면 말이지." 그녀 말 마쳤고, 시간은
떠나기를 요구했다. "안녕 내 사랑스런 신부,
내 인생의 기쁨이요, 장부로서 내 자부심인 신부."
모두가 그가 말 타기를 조바심 내며 기다리는 곳으로
그는 부드러운 그녀 손을 잡고 이끌었다,
몇 차례 애정 어린 포옹, 몇 차례 달콤한 입맞춤
급한 작별과 소란스런 발걸음,

그의 말, 느슨해진 고삐에 전속력으로 달리자

[51]그는 다시 자기 부친 행렬에 합류했더라.

(제2편의 끝)

CANTO THE THIRD
제3편

INTRODUCTION
도입

Of our dread enemies, fear is the most

Deadly of all. It stands a haunting ghost,

Whose deadly breath enwraps our souls to freeze

The hot blood in our veins, that by degrees

Refuses to perform its functions and we find

No rest of body and no peace of mind.

But if suspense be added to that fear

Well may the awful plight claim pity's tear,

As hour by hour we wait the breaking storm,

And wastes with them the intellect and form;

That finds but in the shroud's enwrappings peace,

---

51 『옥중화』와 게일 「춘향」에서는 몽룡의 부모인 이부사 내외가 춘향과 몽룡의 관
　계를 알고 난 후 춘향에게 쌀과 보석, 돈을 보내고 후일을 기약할 것을 위로하는
　대목이 나오지만 이 극시에서는 이 부분이 생략된다.

And knows but in the hour of death release,

From all the agonies of mind and soul —

The haven's calm beyond the ocean's roll.

걱정은 우리가 두려운 적들 중 최대의 적이다,

가장 치명적이다. 그것은 마음을 떠나지 않는 유령으로 존재한다,

그것의 치명적인 숨결은 우리 영혼을 감싸서 얼게 만든다.

우리 혈관의 뜨거운 피, 조금씩 조금씩

그 기능 수행을 거부하고, 우리는 알게 된다,

어떤 육신의 휴식도 어떤 정신의 평화도 없다는 사실을.

그렇지만 그 걱정에 긴장감이 더해진다면,

두려움을 일으키는 곤경이 동정의 눈물을 요구해도 좋다,

시간 시간이 지나도록 우리는 파괴의 폭풍을 기다리니,

지식과 형식이 그것들과 함께 소모되는 것이다.

수의가 감싸고 있는 평화 가운데 있을 뿐이다,

죽음이 가능케 만드는 해방 속에 있을 따름이다,

정신과 영혼의 모든 고뇌들로부터.

항구의 평안은 대양의 굽이침 너머에 있으니.

FEAR AND SUSPENSE

걱정과 긴장감

Two years, how silent and how swift their flight

When carpeted with flowers and clothed with light;

How slowly do they drag their course along

When banished is their rapture, stilled their song.

And robbed of all its beauties, slow of wing

Passes the time o'er the Fragrance of Spring.

But twice in those years the light shone through

The shadows of her days, to bring anew

The old ring to her voice, light to her eyes

To dry her falling tears, and stop her sights.

For twice from the far north o'er rivers deep,

By valleys fair, through mountains rough and steep,

For full three hundred miles, the royal courier,

In passing south, had letters brought to her—

Letters from him, her husband, far away

To turn her deep night shades to sun-kissed day.

But now six months had passed—six months of cold

And wind and winter's snow had onward rolled—

Without a letter or a word from him

And so her lamp of joy was burning dim.

이 년의 시간, 그 흐름이 얼마나 무심하고 얼마나 빠른지,

바닥이 꽃들로 깔리고 빛으로 옷 입혔을 때

시간은 그 갈 길을 얼마나 천천히 끌고 가는가,

그 황홀이 사라지고 그 노래가 그쳐졌을 무렵.

그 모든 아름다움을 강탈당하고, 느린 날개 짓

봄의 향기 너머로 그 시간은 지나가네.

그 시간 중 두 차례 빛이 비쳤지,

그녀의 좋은 날의 그늘, 새로 펼치기 위해.

옛 반지가 그녀의 목소리에, 그녀의 눈에 빛을 비추네,

그녀가 흘리는 눈물을 말리고, 생각을 그치게 하여.

깊은 강들을 건너 저 멀리 북쪽으로부터 두 차례,

빼어난 계곡들 옆으로 거칠고 가파른 산들을 지나서,

족히 삼백마일을 달려 왕실의 종자가

남쪽 지방으로 그녀에게 편지들을 가져왔네.

멀리 떠났던, 그녀의 남편, 그로부터의 편지들,

그녀의 깊은 어둠의 밤을 태양 가득 낮으로 바꾸었네.

하지만 이제 육 개월이 지났을 무렵, 추위의 육 개월

겨울의 바람과 눈은 계속해서 몰아쳤고

그로부터는 편지 한 장이나 한 마디 말도 없었네,

그리하여 그녀의 기쁨의 등불은 희미하게 타들어갈 뿐.

Choonyang, half sick and more than half afraid,

Among the pines before their dwelling strayed,

The first warm breath of spring upon her face

Brought to its gentle lines a deeper trace

Of sadness. For the days failed to bring

Her husband again to the Fragrance of Spring.

Would her worst fears prove true and days pass on

Through weeks, months, and years till life were gone

And still no husband come? The woman sighed,

"Oh, must I ever stricken here abide

Alone to weep, as I have wept until

There is no longer any tears to spill?

Or will he come to brush them all away,

And turn my moonless night to perfect day?"

Just then a flock of wild-geese on the wing

In northern flight caused the Fragrance of Spring

To think of the promise Dream-dragon had given,

When he, the smiling sun, had left her heaven;

"Two years from now as the geese northward wing

I'll come for the beautiful Fragrance of Spring."

Two years and spring and geese, but husband none

And she, as through those years, was still alone —

Alone and sad, to feel life's bitterest pang

And so with feelings deep the woman sang:

　

반 걱정 반 우환 이상으로 고생하던 춘양,

자기 집 앞의 소나무들 사이에서

자기 얼굴에 따뜻한 봄의 첫 숨결이 닥치고

더 깊은 슬픔의 자취가 그 온화한 윤곽으로

다가오니. 다시 데려올 수 없는 날들 동안

봄의 향기에게로 다시 그녀의 남편을.

그녀의 최악의 걱정이 사실로 될까, 아, 날들은 가고

인생이 가는 날까지 주, 달, 연을 통과하며

그래도 여전히 남편은 오시지 않는가? 여인은 한숨 쉬며,

아, 내 정녕 여기서 닥친 불행을 안고 살아야 하는가,

울면서 혼자, 쏟아 놓을 눈물이 더 이상

남아 있지 않을 때까지 눈물을 흘리면서?

아니면 그런 것들을 모두 쓸어가기 위해 그가 올 것인가?

그리하여 달 없는 나의 밤을 온전한 낮으로 만들기 위해.

바로 그 때 기러기 떼가 날아서

북쪽 비행하며 봄의 향기로 하여금

드림 드래건이 해 주었던 약속을 생각토록 했다,

웃음 띤 태양인 그가 그녀의 낙원을 떠날 때 한 약속,

지금으로부터 이 년, 기러기가 북쪽으로 날개 짓 할 때,

내 아름다운 봄의 향기에게로 오리다.

이 년과 봄과 기러기, 하지만 남편은 오지 않았네,

그 시간이 지나도록 그녀는 여전히 혼자 있었으니.

홀로 그리고 슬픔으로, 인생의 가장 아픈 고통을 겪으며,

여인이 노래하는 깊은 느낌으로 노래하네.

SONG

노래

"Oh, where is my fairy prince? –

My own true passionate lover,

Is the perfect bliss of his firey kiss

Forever, ever over?"

"Oh, can it really be

That the cord of love is parted?

And that all my fears will set in tears,

To leave me broken hearted?"

아, 어디이신가요, 내 아름다운 왕자님?

진실한 열정의 나의 귀중한 연인,

그의 귀중한 입맞춤의 완전한 희열이

영원히, 아주 끝난 것인가요?

아, 정말 그럴 수 있는가요,

사랑의 연결선이 끊어진다는 것이?

또한 내 모든 걱정이 눈물로 생겨날 것인데,

비탄에 잠긴 마음의 나를 버려두실 건가요?

A MAGISTRATE PASSES
부사의 죽음

Beat loud the brazen bells and mourn in Namwon

[52]For sleeps her magistrate, —his days are done.

Father he was to the people and true,

And for keeping his trust the populace grew

---

52 어퀴트는 "For sleeps her magistrate, —his days are done" 시행을 설명해주는 무덤 사진을 책에 싣는다.

281

To love him as few men are loved. But now
Stilled is his heart and cold is his brow.
That heart that beat so warm in its love
Never again in deep pity would move
At his people's distress, their pain, and their woes;
Nor that brow so fair in its solemn repose
Grow sad at their tears, or bright when their days
Lighted with sunshine should lead by the ways
Of prosperity, happiness, rapture, and peace.
So beat the bells, the brazen bells, nor cease
To morn in fitting strain. Weep, weep and shout
For lo, a mighty life has been snuffed out.

놋쇠 종들이 시끄럽게 울리는 남원의 아침
남원부사의 임기가 다 됐으니.
그는 백성들에게 원로였고, 진실했으며,
민중들이 점차 그에 대한 신뢰를 키우며 지켰으니,
아무나 받을 수 없는 사랑으로 그를 받들었지만
이제 그의 마음 움직이지 않고, 그의 표정 차가워졌네.
그 사랑으로 아주 따뜻하게 박동하던 그 마음은,
다시는 깊은 동정으로 움직이지는 않는구나,
자기 백성들의 고뇌, 그들의 고통, 그들의 비탄을 보면서도.
그 경건한 평정의 가운데 그토록 아름답던 그 이마는
백성들의 눈물에 슬퍼하지 않고, 그들이 좋은 날에 태양 빛을

비추어 밝힘으로써 길을 나아갈 때에도 기뻐하지 않는구나,
행복의 길, 기쁨의 길, 평화의 길.
그렇게 울려라, 종을, 그 놋쇠 종들을, 멈추지 말고,
적절한 선율로 아침에. 슬퍼하라, 울어라, 소리쳐라,
아뿔싸, 대단한 시절은 끝나 버렸구나.

THE NEW MAGISTRATE
[53]신임 부사

Over mountains rough from the far away north
The new magistrate rides airily forth
To the bereaved South, and the city of Namwon,
That grieves for her ruler smitten and gone.
But he rests now in the city of Kwangju,
Pride of the South, and around him a few
Of his subordinates are gathered, having come
Long miles to bring the new Chief to his home.
Wise in letters this man, yea, and wise too,
In all ways of evil, whose passions knew
No curb, and whose sole bent was to live
For what the world to those passions could give.
But who had thus far in life kept only the good,

---

53 어쿼트는 신관사또를 주로 the new Magistrate, new Chief로 지칭한다.

For good is there in each, as best as he could
Before the eyes of those whose power he feared,
Or courted for advancement. Thus he steered
His barque by day by charted routes, to know
By night the way where evil waters flow.
Yet well had screened his movements, thus he stood
Before the Throne adjudged a ruler good.
And so by Royal wish had journeyed south
To be the Sovereign's guardsman and his mouth.

아주 멀리 북쪽에서 거친 산들을 넘고 넘어서,
신임 부사가 경쾌하게 말 타고 나타났다네,
남겨진 남쪽으로, 남원이란 도시로,
통치자에 반했으나 떠나버린 슬픔을 남긴 도시.
하지만 그는 이제 광주에 머문다 하네,
남쪽 지방의 자랑 광주, 그의 주변에 자기 부하들 중에서
몇 명만이 모여 들었고, 먼 곳으로
새로운 수령을 그의 고향으로 모셔가기 위해 왔다네.
이 남자 교양으로도 현명하고, 말고, 현명하고,
모든 사악한 방식으로, 그의 열정은 모른다,
어떠한 구속도, 그의 유일한 성벽은 살아가는 것이라네,
세상이 그런 열정에게 줄 수 있을 것들을 위하여.
하지만 지금까지 살면서 지켜왔던 유일한 선한 것,
각자에게 선한 것이 있으니, 그가 할 수 있는 최선만큼

힘을 가진 자들의 눈앞에서 그는 두려웠다,

아니면 그는 출세를 위해 구애했다. 그리하여 그는

자기 배를 도표로 계획된 경로를 따라 매일 운항했다, 알기 위해

밤이면, 그 길, 사악한 물결이 흐르는 곳.

그의 움직임은 잘 포착되었고, 그는 서게 되었다,

임금 앞에서 부사의 좋은 일을 수여받기 위해

바라던 바, 어명으로 남쪽을 향한 여행을 떠났으니

임금의 위병이 되고, 그의 입이 되기 위하여.

"Do deep hang the clouds o'er the city of Namwon?

Or shines in all splendor the light of its sun? —

Are the people sullen and ready for war

On me, their new master, who comes from afar?

Or are they in spirit ready to bend

The knee to the ruler their Monarch doth send,

To succeed the one who has ruled them of late?"

So questioned Lim Anchu, the new magistrate.

"Our Chief, I suppose, is quite," answered one,

"Familiar with the life of the ruler that's gone.

How that for forty long years he has been

The protector and not the slayer of men.

Thus have they forgotton the days, when of old

Their rulers were despots, not servants, and gold

Was the price of all fovors, and the whip

The pay of the subject who dared to let slip
A word of protest, or whose hand tried to hold
For itself but a grain of the coveted gold.
Thus clouds there are none o'er the city of Namwon
But shines in all splendor the light of its sun."
Dark flushed the brow of the new magistrate,
"Enough of business, the hour is too late
For lengthy discussion, nor am I inclined
To discuss such questions. Your townsmen will find
Me a man not of words but of actions and so
Enough for tonight, no more would I know
Of the slaves who shall serve me. But say is it true,
As is reported the north-country through,
That within the district of Namwon there are
Girls whose beauty is as sun is to star,
When compared to the girls of the Northland? —
Girls whose attractions no man can withstand?"
The chief sentry answered, "In all of the earth
No maidens are fairer or greater of worth
Than those of our district." The Chief made reply,
"And is there at present a star in your sky
That outshines all others — a beauty whose grace
Of body is perfect, and about whose fair face
All the sweet charms known to fairy-land cling,

And whose name is known as the Fragrance of Spring?"
"There is," the man answered. "And is she well,
And quite as lovely as the stories would tell?"
"She's well I believe, the greatest wonder too
Since ancient times." The Chief, "Ah, is it true?
And tell me, my man, how long is the trail
That leads from here to this blithe fairy's dale?"
"It's fifty long miles, the man made reply,
From here to Namwon as the wild-geese fly,
But full sixty miles over mountain's rough road
Is the trail that we take to reach the abode
Of this wonderful creature." "Hold," the Chief cried,
Miles mean nothing to me, but say, can we ride
From here all the way to the city of Namwon
Within the light of tomorrow's swift sun?

남원시에 걸쳐 짙은 구름들이 매달렸는가?
태양빛이 번쩍이며 비치고 있는가?
백성들은 음울하고 전쟁을 준비하는가,
그들의 새 주인인 나에 관해, 누가 멀리서 오는가?
아니면, 그들이 굽힐 준비를 마음으로 하였는가,
그들의 임금이 보내신 통치자 앞에서 무릎을 꿇을까?
최근에 그들을 통치했던 자를 계승한 나에게?
[54]새 부사 림안주가 그렇게 질문하였다.

어느 사람이 답했다, "나리께서는 아주

전임 통치자의 삶과 친숙하시니.

사십년 오랫동안 살아오신 세월

살인자가 아니라 백성의 보호자로서.

백성들은 그 날들을 망각하고, 그들의 옛

통치자들이 폭군들이며, 종복이 아니라, 황금은

모든 호의의 대가였으며, 채찍은

감히 입 밖에 내려하는 백성이 치러야 할 대가

저항의 말, 혹은 자기 손으로 잡으려 노력했던

혼자서 오로지 몹시 탐내는 금 한 돈을.

그리하여 구름이라곤 남원시 위에는 하나도 없습니다.

그렇지만 그 태양빛은 휘황찬란하게 비칩니다.

신임 부사의 표정이 어둡게 홍조를 띠었다.

알았다, 시간이 너무 늦었으니

더 길게 이야기하기에는, 나 또한 이야기 하고 싶지 않다,

그런 문제를 놓고. 너희 주민들은 알게 될 것이다,

내가 말로 하는 사람이 아니라 행동으로 하는 사람임을

오늘 밤은 충분하다. 더 이상 하지 말자, 내 알았으니,

---

54 변사또의 경우, 『옥중화』에서는 "변학도", 「춘향」은 "by name Pyon"으로 나타
낸다. 신관 사또의 성씨가 '변'인 두 텍스트와 달리 어쿼트는 그의 이름을 림안
주(Lim Anchu)로, 향단이를 "Lichangnee"로 표기한다. 어쿼트가 게일의 「춘향」
을 참고로 이 극시를 쓴 것으로 추징힐 수 있는 근거들은 많이 있다. 주요 내용의
전개, 등장인물의 이름, 유사한 번역된 표현들이 그러하다. 그런데 어쿼트가
Choon Yang, Dream Dragon의 이름을 그대로 가져오면서 왜 "Pyon", "Hyangdanee"
을 Lim Anchu와 Lichangnee에 그리고 춘향의 편지를 서울로 전해주려 가는 방자
의 이름을 Seung-chill로 표기하는지 그 연유에 대해서는 지금으로서는 파악하
기 어렵다.

나를 모시게 될 그 노예들에 관해. 하지만 그것이 진실이라 말하라,

북쪽 지방 전역에 보고된 바와 같이

남원 지방 안에는, 그 미모가 태양 같고

별에 견줄만한 여자들이 있느냐?

북녘 땅 여인들과 비교해도 때.

여자들의 매력이 어떤 남자도 견디지 못하도록 하는가?

초병 장이 답했다, 지상의 모든 것 중에서

어떤 여인들도 우리 지방의 여인들보다

더 아름답거나 훌륭하지 않습니다. 부사가 답했다,

그러면 현재 너희 하늘에 별이 있다면,

모든 다른 이들을 비추면서, 아리따운 미모,

그 신체의 우아함이 완벽하고, 어여쁜 얼굴을 가진

선녀들의 땅에 살아간다고 알려진 모든 사랑스런 매력들 중에,

그 이름이 봄의 향기로 알려진 여자는?

그 남자가 답했다, 있습니다. 그렇다면 그녀는 잘 있고,

이야기로 전해지는 만큼이나 매우 사랑스러운가?

제가 알기로 그녀는 잘 있으며, 또한 정말 환상적인

고대 이래로 볼 때. 부사가 말했다, 아, 정말인가?

말해보게 이 사람아, 그 길이 얼마나 먼가,

여기서부터 그 쾌활한 선녀의 골짜기까지 가는 길?

50마일 먼 길입니다, 그 남자 답했다,

여기서부터 남원까지, 기러기처럼 날아서 가면,

그러나 거친 산악 길을 넘어서 간다면, 60마일은 족히 됩니다.

그 환상적인 여인이 거처로 도착하는

그 길을 우리가 가고 있습니다. 서라, 부사가 외쳤다,

나에게 거리는 아무 것도 아니야, 말해라, 우리가 탈 수 있는가

여기서부터 줄곧 남원시까지

내일의 급하게 뜨는 태양빛이 나오기까지?

[55]The sentry replied, "My Chief, heretofore

We have taken two days and sometimes e'en more

To make the long trip; but if you should say

To make it in one, it shall be in one day."

"Well said, my good man, and if I am right,

A future awaits you as fitting quite

As was your answer to my question just now —

But enough for tonight, tomorrow your vow

Must be proven to me, or your head pay the debt,

Thus it's Namwon tomorrow and don't you forget."

그 초병은 답했다, 나리, 지금까지

우리는 이틀을 여행했고, 어떤 경우에는 훨씬 더

긴 여행을 합니다. 하지만 나리께서 말하시니,

---

55 『옥중화』는 변사또의 신연행차에서 서울에서 남원까지 오는 동안의 지역명, 그
들을 맞으려 갔던 관속들의 수 많은 이름들, 그리고 그들의 옷과 치장들을 매우 세
세하게 그리고 있다. 『옥중화』의 직역본으로 볼 수 있는 「춘향」에서 게일은 가
능한 한 원전의 어휘나 표현들을 생략하지 않고 번역하고자 하였다. 그는 이를
통해 한국의 사회문화를 서구독자들에게 보여줄 수 있다는 생각했다. 그러나
이 극시는 두 저본에서 매우 공들인 변사또의 신연행차 부분을 거의 생략하고,
신관사또의 춘향에 대한 탐욕 부분만을 그린다.

그것을 하루로 만들어라 하면, 하루가 될 것입니다.

잘 말했다, 나의 착한 사람, 만약 내가 옳다면,

미래가 자네를 기다린다, 아주 적절했느니라,

방금 내 물음에 대한 너의 대답이 말이다.

하지만 오늘밤 충분하다, 내일 너의 맹세는

나에게 증명되어야 할 것이야, 아니면 너의 머리를 바쳐야 한다,

그러니 내일이면 남원이라, 잊지 말아라.

On the morrow at eve dejected and worn

They pass namwon's north gate and are borne

Along its streets. Two by two do they ride

Fifty horse strong, but the dominant pride

That flushed them at morn has faded and fled,

Heads bowed in fatigue characterize them instead −

All but the Chieftain, who sits straight and proud

As they take their way through the city's crowd.

Then the journey ends and the yamen gate

Swings wide to admit the new magistrate.

Hot rice is in waiting, wine ready poured

And delicacies many smile from the board.

[56]When supper is ended the chief would have called

---

56 "when~master before": 『옥중화』에서 신관사또는 도착한 지 삼일이 지난 후에 기
생점고를 해야 하는 것으로 나온다. 변학도는 "뎨면을 싱각ᄒ고 이를 갈고 견디
ᄂ디 엇지 이를 갈고 참엇던지 압니는 다 빠질 디경이엇다 뎨삼일이 당ᄒ야~기
싱점고 어서 ᄒ여라". 게일 「춘향」에서도 해학적인 요소는 누락되었지만 그 내

291

The head dancing-girl, who, quite appalled

At this early summons, opened the door

And tremblingly bowed her new master before.

With greetings accomplished the Chief made request,

"Go to your maidens and have them all dressed

In most fitting apparel, for soon would I see

Each dainty one in the office before me.

Step lively now, do as thus I command,

And from this hour forward must you understand;

That I, who henceforth am ever your Load,

Am a man of actions and my every word

Must meet response in actions, so go in all haste

And prepare the girls, there is no time to waste."

이튿날 저녁에 기운 없고 지친 상태로

그들은 남원의 북문을 지나고, 거리를 따라서

그의 이름을 알린다. 그들은 둘씩

오십 필의 말을 타고, 그렇지만 아침에 활기를 띠게 만들었던,

주된 자랑은 활기를 잃고 사라져 버렸다,

대신에 피로에 젖어 수그러진 머리들이 그들을 특징을 보인다.

꼿꼿하게 앉아 자랑스러운 부사를 제외한 모두는

용은 다르지 않다. 그러나 이 극시에서 신관사또는 두 참고저본의 변사또와 달리 참지 않고 도착한 당일 기생점고를 바로 명한다. 이러한 행동으로 인해 그는 두 저본의 변사또보다 더 자제력이 부족하고, 관리로서의 자격도 더 없고, 여자를 탐하는 더 탐욕적인 인물로 그려진다.

도시의 군중들 사이로 길을 만들어 나아갔다.

그러자 여행은 끝나고, 관아의 대문이

활짝 열리고 새로운 부사를 맞이했다.

따뜻한 밥이 기다리고 있었으며, 준비된 술이 따라졌다,

산해진미는 식탁에서 웃음을 만들었다.

저녁 식사가 끝나자, 부사는 불렀을 것이다,

아주 소스라친 우두머리 무희가

이렇게 이른 소환에, 문을 열었다.

그녀의 새로운 주인 앞에서 떨면서 절을 하였다.

인사가 끝나자, 부사는 요구했다,

너희 여자들에게로 가서 모두 옷을 갖춰 입혀서,

가장 적절한 의복으로, 곧 내가 볼 터이니,

집무실에서 내 앞에 각각 우미한 여인 한 명씩

지금 어서 가서, 내가 명한 대로 하여라,

앞으로 이 시간부터 너는 알아야 하느니라,

지금부터 언제나 내가 너의 주인이라는 사실을,

나는 모든 말을 행동으로 옮기는 장부라,

행동으로 응답해야 하느니라, 그러니 서둘러 가보거라,

여식 아이들을 준비시켜라, 버릴 시간이 없구나.

He enters the office and bends to the floor,

Bowing his dread Sovereign's picture before.

For faithful would he each duty perform

For those higher up lest the spirits inform

Someone of his slackness, whose hand held the power

To change his good fortune in one little hour.

As he takes his official seat with pride

He summons the steward in haste to his side.

"The stars swiftly move, the hour's growing late

Till tomorrow must rest the business of state.

So bring in the dancing-girls without more delay

We'll crown as were meet this most wretched day."

그는 집무실로 들어서고, 바닥에 엎드린다,

그의 경외하는 임금의 그림 앞에 절을 하며.

그는 충성스럽게 각 임무를 수행할 것이다,

귀신들이 더 고위의 인사들에게 알리지 않도록,

누군가가 그의 태만에 대해서, 권력을 쥐고 있는 사람이

단지 짧은 한 시간 만에 그의 행운을 변경하지 않도록.

그는 자부심으로 그의 관직을 지키고 있으므로,

그는 부하를 속히 자기 옆으로 오도록 불렀다.

시간이 점점 늦어져, 별들이 신속이 이동하는 구나

공무는 내일까지 쉬어야 한다.

그러니 더 이상 지체 말고, 무희들을 데려 오너라,

고생 많았던 가장 힘들었던 오늘에 맞게 우리 놀아보자.

The rear door is opened, a bevy of girls

Decked in silk garments, in jade, and in pearls,

File into the room and drop to their knees

And bow their fair heads, striving to please

Their new master. "And are those," asked he,

"All dancing-girls? If they are I see

My finish sure. Bring the register and call

The name of each beauty, the fair names of all.

And have them one by one approach my chair.

That I at closer range their looks may share."

뒷문이 열리고, 한 무리의 소녀들

비단 옷과 옥과 진주로 장식하고,

줄지어 방으로 들어가서 무릎을 꿇었다,

예쁜 머리를 숙여서, 자기들의 새 주인을.

즐겁게 해주려고 애쓰면서, 그가 물었다, 저들이

전부 기생들이냐? 만약 그들이 그렇다면, 내가 보겠다,

확실한 끝을. 명부를 가져오고, 불러라

각 미인들의 이름을, 모두의 예쁜 이름들을.

그리고 하나씩 내 의자에 가까이 오도록 하여라,

더욱 가까이서 그들의 용모를 함께 나누리라.

DANCING-GIRLS

[57]기생들

---

[57] 『춘향』의 10장 "THE WORLD OF THE DANCING GIRL"는 이 극시에서 DANCING-GIRLS과 DISAPPOINTMENT 장으로 나뉜다.

[58]The steward, bowing low, silently took

And opened wide the registration book.

And read, "Where the sailor boys far to the south

Bend over their oars in Red River's mouth,

With silken sails and with masts of gold,

Where the mists of night for the day unfold,

To float as the leaves of the autumn float

O'er the waters blue sails the Orchid Boat."

The girl thus named stepped gracefully forth

To greet her Load from the far away north.

She knelt at his feet and bowed her fair head,

"I am here, my Lord, for your service," she said.

A low-spoken word for her ears alone

And the girl with fitting blushes has flown.

Again, as before, the steward proceeds

Turns his eyes to the book and solemnly reads,

"Looking over the still purple hills afar

Beneath the smiles of the evening star,

Dispelling the darkness of night and the gloom

Like a silver barque, glides the Rising Moon."

And like the Orchid Boat in her jewels fair,

---

58 이 극시에서 기생점고 때의 기생의 이름은 게일의 「춘향」과 거의 동일하다. 난 주(ORCHID BOAT), 월출(RISING MOON), 하연(Summer Swallow), 류청 (Willow Green), 채운(Tinted Cloud), 연화(Lotus Bud).

The Rising Moon steps from the others there
To bow at the feet of her Master and Lord
And receive as the other the low-spoken word.
"In the hush of the evening's sweet twilight
Before the dark tread of the onrushing night
Spoils the spell," read the steward, "and the song —"
"Stop!" cried the Master, "Why make it so long?
If we continue on in this aimless way
It will take the whole night and part of the day
Just to name a half hundred girls, and so
Read only the names, let the poetry go."

집사는 낮게 절하며 조용히 갖고 가서
그 명부를 넓게 펼쳤다.
그리고 읽었다. 배타는 소년들은 남쪽 멀리 어디서
붉은 강의 어귀에서 노를 젓고 있느냐.
비단 돛과 금 돛대를 하고서,
오늘의 밤안개는 어디서 퍼지고 있는가.
배는 가을 나뭇잎처럼 떠서,
파란 바다를 항해하는, 오키드 보트.
그렇게 호명된 소녀는 앞으로 우아하게 걸음 내디뎠다,
저 멀리 북쪽에서 주인을 향하여 인사하기 위해.
그녀 무릎을 꿇고 예쁜 머리 숙여 절했다,
주인 나리, 저 여기 대령했습니다, 그녀가 말했다.

그녀의 귀에만 들릴 낮게 깔리는 말이 내려졌고,

그 소녀는 적절하게 홍조로 덮었다.

아까처럼, 다시 집사가 나선다.

그의 눈을 책으로 돌리고, 경건하게 읽는다,

멀리 고요한 분홍색 언덕을 보아라,

저녁별의 미소 아래로

밤의 어둠과 우울을 일소하면서,

마치 은으로 된 배처럼 활주하는, 라이징 문.

오키드 보트처럼, 귀한 보석으로 치장한

라이징 문은 거기 다른 이들 사이로부터 나와서,

그녀 주인의 발 아래 절했다.

이전 소녀처럼 그녀도 낮은 목소리의 말을 들었다.

저녁의 달콤한 석양의 침묵 속에서,

돌진하는 밤의 어두운 발걸음 이전에

그 조화, 그 노래를 망쳐 놓고, 집사가 읽었다.

멈춰라! 부사가 고함쳤다, 왜 그렇게 길게 늘어놓느냐?

만약 우리가 이렇게 정처없이 계속한다면,

밤새도록, 그리고 다음 날까지 갈 모양이구나.

그냥 반백명의 소녀들 이름만 불러라, 그리고

이름만 읽고, 그 시는 그냥 놔두도록.

Thus soundly admonished the steward began

To read the names of the girls, which ran:

Summer Swallow, Willow Green, and Silvery Lake,

"Tinted Cloud, Lotus Bud," who silently take

Their way to their Master to bow at his feet,

"Flower Fragrance," and all till the list was complete.

When the Master turned to the steward to know

Was he through reading the list, and if so

Why the Fragrance of Spring was missing tonight.

He had heard of her beauty and his was the right

To demand her appearance. And by the gods all

He'd know where the fault lay, and let his wrath fall

On the head of the culprit, who dared thus defy

His power and his wrath. What was the reply?

그렇게 깊이 훈계받은 집사는 시작했다,

소녀들의 이름 읽기를, 그것은 이러했다.

섬머 스왈로우, 윌로 그린, 실버리 레이크,

틴티드 클라우드, 로터스 벗, 불린 사람은 조용히

나와 주인 발 앞에 절 하였다.

플라워 프래그런스, 그리고 모두들, 그 목록이 끝나기까지.

부사가 집사에게 몸을 돌려서 알려고

그가 그 목록을 다 읽었는지, 만약 그렇다면,

어찌하여 봄의 향기가 오늘 밤 빠졌는지.

그가 그녀의 미모를 들었는바, 그는 권리가 있어

그녀가 나타나도록 요구할 수 있지. 그리고 모든 신들에 의하여

그는 잘못된 것을 알았고, 격노를 떨어뜨렸다.

감히 도전하는 피의자의 머리 위에,

자기 권력과 자기 분노를. 돌아온 응답은?

DISAPPOINTMENT
실망

"Excuse me, my Load, but I am afraid

That this way or that a mistake has been made.

Yet who is to blame for the whole wretched thing

I know not, and yet the Fragrance of Spring

Is not as you think, a dancing-girl, Sir,

[59]Though her mother was one it passed not to her,

For through legal marriage the girl knew birth,

And her father was a gentleman too, whose worth

Was not—" "Hush!" cried the Chief. "her mother, you say,

Was a dancing-girl in her earlier day.

It's enough, write the name of the Fragrance of Spring

In the book with the others and hasten to bring

Choonyang to my presence. Make haste and obey.

Nay, answer me not, but be on your way."

---

59 "Though~and obey": 집사는 춘향은 양반가의 아버지와 기생 사이에 태어났고 여염생활을 하기 때문에 기생이 아니므로 기생명부에 올라 있지 않다고 보고하지만, 신임사또는 춘향이 原妓의 딸이기 때문에 당연히 기생명부에 올려야 한다고 고집한다. 신분의 경계에 있는 춘향으로 인해 춘향의 신분에 대한 서로 상반되는 견해가 존재함을 알 수 있다.

"Is the Chief well aware that long is the road

From here to the village of the woman's abode?

Or that the son of the late Governor,

So rumour would have it, is married to her?"

실례합니다만, 나리,

어떻게든 실수를 저지른 것 같습니다.

그렇지만 전체 비열한 짓으로 비난 받을 자는

제가 알지 못합니다. 그러나 봄의 향기는

나리가 생각하는 기생이 아닙니다,

비록 그녀의 어미가 기생이었으나, 그녀에게 물려주지 않았습니다.

법적인 결혼을 통하여 그 여식의 출생을 알기 때문입니다.

그녀의 부친은 양반이며, 그의 가치는

아닙니다-, 조용, 부사가 소리 질렀다, 그녀의 어미가, 네 말했지,

젊은 시절에 기생이었다고.

봄의 향기의 이름을 등록하기에 충분한 이유로군.

다른 여자들처럼 기생부에 적어, 속히 시행하라,

춘양을 내 앞에 데려와라. 서둘러 따르라.

아니라고, 답하지 말라, 다만 맡겨진 일을 하라.

부사께서 길이 멀다는 것을 잘 아시는지,

여기서부터 그 여인의 거처가 있는 마을까지?

혹은 지난 도지사의 아들이,

소문이 전하는 바, 그녀와 결혼했다는 사실을?

"She is married You say, how, when, and where?

And who is the villain whose boldness would dare

To step between me and the prize I would claim?

And you I deem not that lost is the game."

So raged the Chief, as a man that's beside

Himself; while the steward calmly replied,

"Two years ago the good Governor Yee

Came with his son to our city to see

Our late Chief, whose sun forever is set.

And rumour would have it the young people met

To love and to wed — wed in secret of course.

And a few days later he mounted his horse

To follow his father, called north by the king,

To leave broken hearted the Fragrance of Spring.

Though two years have passed no word, I believe,

Comes from the far away north to relieve

The woman of her fears, thus her body frail

Grows weary and weak, and her face grows pale."

그녀가 결혼했다고, 네 말하느냐, 어떻게, 언제, 어디서?

그 악당이 누구기에 감히 뻔뻔하게

나와 내가 요구하는 상 사이에 끼어드느냐?

너, 내가 그 사냥감을 놓쳤다고 생각하는구나.

부사가, 마치 정신 나간 사람처럼, 매우 분노하는 동안,

집사가 조용히 대답한다,

이 년 전, 선한 이 도지사께서

우리 시로 아들과 함께 오셨지요.

그의 태양이 영원히 져버린 우리의 작고한 부사를 만나기 위해,

그리고 소문에 의하면, 그 젊은 사람들이 만나서

사랑하고 또 혼인하였고, 물론 비밀스런 방식으로요.

⁶⁰며칠 후 그는 자기 말을 탔으며,

어명을 받아 북쪽으로 소환된 자기 부친을 따라갔고,

상심한 봄의 향기를 내버려두었지요.

비록 이 년이 지났지만, 제 생각에는, 아무 소식도,

아주 멀리 북쪽으로부터 오지 않았고, 그녀의 두려움을

덜어주지 못했지요, 그리하여 그녀의 약한 육신은

지치고 허약해지며, 얼굴 또한 창백해졌습니다.

CRAFTINESS

교활함

"Married in secret, two years onward glide,

And still the young rascal comes not for his bride,

---

60 "To love ~a few days later he mounted his horse": 『옥중화』에서는 몽룡과 춘향이 첫 만남 후 이부사의 서울 발령 전까지의 시간을, "십려일이 지나가니", 게일은 "Days passed, one, two, five, ten"으로 표현한다. 이 극시는 소문이지만 비밀결혼 며칠 후 이몽룡이 서울로 가는 것으로 그려진다. 두 사람이 사랑했던 시간이 두 참고저본보다 더 짧게 설정된다. 이로 인해 그들의 안타까운 사랑과 그들의 짧은 만남에도 불구하고 굳건한 춘향의 절개가 더욱 강조된다.

While the country girl, the Fragrance of Spring,"
That happened a few moment's pleasure to bring
To his life is forgotton, and left to her grief,
"Then what need I fear?" so mused the Chief.
Then aloud, "'T is enough no more would I know,
Write in her name. The Orchid Boat will go
At once with fitting carriers to bring
To my side the delinquent Fragrance of Spring."
So spoke the new Chief, while his signet ring
He gave to the girl to give her the power
To pass through the gates at the midnight hour.
"You have my command, while the hour grows late
So hasten away," said the new Magistrate.

비밀 결혼을 해, 이 년이 흘러가고,
그럼에도 그 어린 놈이 신부에게 오지도 않았다,
봄의 향기, 그 시골 소녀가 기다리는데도.
우연히 몇 차례의 쾌락이 그의 생에
찾아왔고, 그 사실 잊혀지고, 그녀에게 슬픔만 남겼으니,
그렇게 생각하던 부사가, 그렇다면 내가 무슨 걱정?
그러면서 더 큰 소리로, 그것으로 충분해, 더 이상 알 필요 없어,
그녀의 이름을 올려라. [61]오키드 보트가 갈 것이다.

---

61 『옥중화』과 게일의 「춘향」에서 변사또의 명을 받은 호장이 행수기생 난주에게
    사또의 명을 전하고, 춘향집에 갔다 온 행수기생은 호장에게 전후 사정을 전하

즉시 적절한 가마를 준비하여,

직무태만의 봄의 향기를 내 곁으로 대령하라.

[62]신임 부사가 그렇게 이야기하면서, 그 기생에게

전권을 주기 위해 그의 도장 반지를 주었다.

자정의 시각에 성문들을 통과할 수 있도록.

너는 내 명령을 받았다, 시간이 늦었으니,

속히 떠나거라, 신임 부사가 말했다.

O'er the city street, through the still spring night

And the frost-laden rays of the pale misty light

Of the low-hanging moon of the April morn

[63]The dancing-girl's litter is silently borne.

Till the gateway is gained, the challenge is given

And the little moon slips down out of heaven.

[64]The signet is shown, the gate opened wide,

And the girl and her bearers pass outside.

고, 이를 들은 호장이 춘향을 해하고자 하는 행수기생의 말을 적당히 걸어 사또
에게 보고한다. 이에 반해 이 극시에서는 사또가 행수기생에게 지시하고, 돌아
온 후 행수기생이 직접 사또에게 보고한다.

62 부사가 행수기생에게 출입증으로 'signet ring'을 준다는 내용은 『옥중화』와 「춘
향」에 없는 대목이다. 이는 이몽룡과 방자가 문지기에게 뇌물을 주고 문을 출입
하였다는 대목과 유기적 관련이 있다.

63 The dancing-girl's litter: 『옥중화』와 「춘향」에서 행수기생이 가마를 타고 춘향집
으로 갔다는 장면은 없다. 이는 춘향을 관아로 끌고 가기 위해 사령들이 말을 타
고 오는 대목과 관련된다.

64 어쿼트는 "The signet is shown, the gate opened wide" 시행을 설명하는 성문 사진
을 책에 싣는다.

Then northward they hasten by wood and by stream

With nothing to light their way but the gleam

Of the stars in the heavens, till the dawn

Of the morning bids the shadows be gone.

And as over the hills rises the sun

Far in the rear lies the city of Namwon.

And shortly thereafter the train halts before

The home of Choonyang, and a call at the door

Brings out the mother, who wishes to know

Whether the visit spells pleasure or woe.

도시의 거리에는 여전히 봄날 밤이었다,

엷게 안개 낀 빛의 서리 내린 광선

사월의 새벽 낮게 걸린 달 아래

그 기생의 가마가 조용히 옮겨지고

통로가 확보되기까지, 도전이 생기고

작은 달은 하늘의 바깥으로 미끄러져 내리고,

도장을 보여주자, 성문은 넓게 열리고,

그 소녀와 가마꾼들은 밖으로 통과했다.

숲을 지나 강을 지나 그들은 북쪽으로 서둘렀다.

길을 밝힐 어떤 불빛도 없이, 다만 희미한 빛

하늘의 별들로부터의, 새벽까지

어둠이 가고 아침 새들이 깨어날,

저기 언덕너머 태양이 떠오르기까지

남원시의 멀리 저 뒤편에 있으니,

그로부터 짧게, 그 행렬이 앞에 멈췄으니,

그곳이 춘양의 집이라, 문에서 부른다.

그 어머니가 나온다,

대체 그 방문이 길인지 흉인지 알려고.

Said the Orchid Boat, "I come to your gate

At the command of the new Magistrate,

Arrived but last night from the North and the King,

Who orders before him the Fragrance of Spring."

The mother grew pale and as cold as is death,

Stunned was her body, in gasps came her breath.

"Oh, slay my poor darling," she pleadingly cried,

"But call her not thus to the Magistrate's side,

Sick is she e'en now, and dejectedly bowed

The beautiful head that once was so proud.

And if my dear child is called to such shame.

Who values as life her virtuous name,

'T will be but her death, and the summer will bring

Only flowers o'er the grave of the Fragrance of Spring."

Choonyang, from within, hearing all that was said,

With trembling form arose from her bed,

And hurriedly dressed and stepped outside,

Where, striving her agitation to hide,

She said to the messenger, "I have heard
The message you bring — quite every word.
You say that the new magistrate has come,
Who sends you thus early unto our home
To call me before him; and his is the right,
Since he is our father and his is the might.
But if as a dancing-girl he would call me
Surpassed is his right and I am left free.
For not e'en your Master the power can claim
To rob me of virtue and spoil my good name."
"Go slow little sister," the dancing-girl said,
"Or the Master may humble that pretty head;
For his disposition is masterful quite.
Thus before him to argue the wrong and the right
Would meet but his fury and the whip man's lash,
So come with your sister and don't be so rash
As to call forth his wrath. But if you refuse
To come at his bidding I only can use
Entreaties to bring you. So what do you say?
The Master's condition brooks no delay."

　　오키드 보트가 말했다, 저는 당신 집에 왔습니다,
　　신임 부사의 명령을 받들어서,
　　북쪽 지방으로부터 어명을 받들어 지난밤에 막 도착하신,

당신 앞에 봄의 향기를 대령하라 명하십니다.

그 어머니 창백해지고, 죽음만큼 냉담해졌다.

충격을 받은 그녀의 몸, 그녀는 숨을 헐떡였다.

그녀는 탄원조로 외쳤다, 오, 내 불쌍한 아이를 차라리 죽이시오,

부사의 곁에 부르지는 마시고

지금도 그녀는 병들고, 기운 없이 풀죽은 상태인데

한때 아주 자랑스러웠던 그 아름다운 두상

만약 내 귀중한 아이가 그런 모욕에 불려간다면,

그녀는 그녀의 절개 있는 이름을 목숨처럼 여길 것이오.

오로지 그녀의 죽음이로구나, 여름이면 그렇게 피우겠네.

봄의 향기의 무덤 위에 꽃들만.

안으로부터 춘양 그 모두를 듣고서 말했다,

자신의 침상에서 떨면서 일어나

급하게 옷을 입고 밖으로 나와서

자신의 초조함을 숨기려 애쓰면서,

그녀는 그 사자에게 말했다, 나 들었소,

당신이 가져온 그 전달, 거의 모든 말을.

당신 말씀이, 신임 부사께서 부임하셨고,

그래서 당신을 일찍 우리 집으로 보내어

그 앞으로 나를 대령하라 했군요, 그것이 당연한 그의 권리라고,

그가 우리 백성의 아버지이며 그런 권력을 가지셨기 때문에,

하지만 만약 기생으로서 저를 부르셨다면

그는 월권을 하신 것입니다. 저는 자유로운 몸이니까요.

당신의 주인이라도 그런 권력을 주장할 수 없어요,

저의 미덕을 강탈하고 제 선한 이름을 망칠 권한은 없지요.

그 기생이 말했다, 신중하게 생각하시오, 작은 아씨

그렇지 않으면 부사께서 그렇게 예쁜 두상을 꺾어놓을지도 모르니,

그의 기질이 아주 지배적인 까닭이오.

그러니 그의 앞에서 옳고 그름을 주장하는 것은

오로지 그의 분노와 매질하는 자의 채찍만 부를 것이오.

그러니 당신의 자매와 함께 가고, 너무 분별없이 행하지 마시기를,

그의 격노를 부를 수 있으니. 하지만 만일 당신이 그의 명에 따라 오기를

거부한다면, 내가 오로지 사용할 수 있는 것은

당신을 데려가기 위한 간절한 애원일 뿐, 어쩌겠습니까?

부사의 조건이 조금의 지연도 견디지 못하니.

Said the wretched woman, "I'm sick, as you see,

Thus go to your Master and tell him for me

That I, being poorly, can not well attend

Him at his wishes. And try to defend

Me, a poor creature smitten with grief

And broken in body, before your new Chief."

"Know, little sister," the other replied,

"That your fair request will not be denied."

But she ment not a word of all that she said,

For her wish was to see the other led

Through vice and shame. Yet well she hid

Her thoughts, and with seeming feeling bid
Good-by to Choonyang, and deeming well done
Her mission, she hastened back to Namwon.

그 비참한 여인이 말했다. 보시는 바와 같이 저는 아픕니다.
그러니 당신의 주인께 가서서 저를 위하여 아뢰어주시기를
불쌍하게도 제가 건강하게 잘 모실 수 없다고,
나리를 그의 바람과 같이. 그리고 변호를 해주시기를
저를, 슬픔의 충격에 사로잡힌 불쌍한 존재를,
그리고 몸 또한 망가졌다고, 신임 부사에게 말해줘요.
다른 이가 답했다. 작은 아가씨,
당신의 정당한 요구는 부인되지 않을 것을, 알아두시오.
하지만 그녀는 자신의 말 중에서 한 단어도 진심이 아니었다.
그녀의 바람은 다른 이가 악과 수치로
인도됨을 보는 것이기에. 하지만 용케도 자신의 생각을
숨긴다. 가식적인 느낌으로
춘양에게 안녕이라 말하고, 자신의 임무를
잘 수행했다 생각하며, 남원으로 서둘러 돌아갔다.

At high noon she entered the yamen gate
To report her trip to the new Magistrate.
"My Lord, I've returned," so the woman began,
"Dispense with such folly," flung back the man.
"That you've come I can see and that's quite enough,

No more would I hear of such rotten stuff.

What of your mission─I told you to bring

By this hour before me the Fragrance of Spring.

And like the fool that you are, here you return

And say, 'I've returned,' but mine is to learn

Why you come thus alone." The heart of the maid

Was on fire 'gainst her Load, but being afraid

Of the man she turned her words and her wrath

Against the poor victim that stood in her path.

"My Lord, the bold hussy, permit me to say,

Defies your commands in the most flagrant way,

Scoffing alike at your wrath and your might,

Declaring that her virtue gives her the right

To reject your proposal..." "Enough," the Chief cried,

"I know a good way of curbing the pride

Of girls who talk virtue, and by the gods all

If she drives me too far my fury will fall

In all of its power on her fair, stubborn form

To crush it as flowers are crushed when the storm

By the wrath of the gods is bitterly hurled

In destructive tempests over the world.

So go to your room and send me the steward."

정오에서야 그녀는 관아 문으로 들어서서,

신임 부사에게 다녀온 사실을 아뢰었다.

그 여인은 시작했으니, 나리, 제가 돌아왔습니다.

그런 어리석은 말을 할 필요 없다, 부사가 되던졌다,

네가 온 것을 내가 볼 수 있고, 그로 족하다.

이미 아는 일을 시시콜콜 내가 들을 이유가 없느니라,

내가 너에게 데려오라고 내렸던 네 임무는?

지금쯤이며 내 앞에서 봄의 향기가 있어야 한다.

네 지금 같이 바보처럼, 여기 돌아와서,

돌아왔습니다, 라고 말하니, 내가 알고픈 것은

네가 혼자 온 연유니라. 여인의 마음은

자기 주인에 대한 분노로 들끓었지만, 그 남자가

두려웠기에, 그녀의 길을 막아섰던

그 가련한 희생자에게로 그녀의 말과 격노를 바꾸었으니,

나리, 감히 그 년이, 이 말을 하는 저를 봐주세요,

가장 무도한 방식으로 나리의 명에 도전하고,

나리의 분노와 나리의 실권을 마찬가지로 비웃고,

자신의 정조가 그녀에게 권리를 부여한다고 선언하며,

나리의 제안을 거절하였습니다," 부사가 외쳤다, 됐다.

나는 정조를 이야기하는 년들에게 재갈을 물리는

좋은 방법을 알고 있지, 맹세코.

만약 그 년이 나를 멀리 한다면, 내 분노가 떨어질 것이야,

온 힘을 다하여, 그녀의 예쁘고 고집스런 신체에

폭풍으로 꽃이 짓뭉개지는 것처럼, 그것을 짓뭉갤 것,

신의 분노로 일어나는 폭풍, 세차게 불어 닥칠 때,

세상에 닥쳐오는 파괴적인 폭풍우로.
그러니 네 방으로 가고, 집사를 불러오라.

The maiden departed nor answered a word.

The steward stepped quickly into the room,

And guessed that the Master's brow of gloom

Spoke ill for someone. "Prepare," said his Lord,

"And mind that you miss not the force of my word,

A company of horsemen quickly to carry

My will to Choonyang, and see that they tarry

Not in their mission, nor fail as before

The messenger failed that I sent to her door.

Thus before the first watch is over tonight

I would that they usher into my sight

The Fragrance of Spring. And remind them for me

That I will accept from the hussy no plea

For delay or for mercy, thus if they should

Fail in the task that I set them it would

Be better for them had they never seen light

Than to take the flogging that awaits them tonight.

You have my commands, go carry them through

With dispatch and precision, or you will yet rue

The folly that caused you to thus disobey

Your Chieftain's orders, so be on your way."

그 여인은 아무런 답도 없이 떠났고,

집사는 재빨리 그 방으로 들어왔다.

부사의 침울한 표정을 추측하면서

누군가를 욕할 것이라, 그의 주인이 말했다, 준비해라,

그리고 내 말의 힘을 놓치지 않도록 명심해라,

한 무리 마부들이 빠르게 와서

춘양에 대한 내 의지를 전해라, 그리고 살펴라 그들은 지체하며

자기들 임무를 수행하지 않는지를, 이전처럼 실패하지도 말고,

그 집으로 보냈던 사자가 실패했으니,

첫 번째 야경이 오늘 밤 끝나기 전에

나는 그들이 내 눈 앞으로 데려오길 원하나니

봄의 향기를. 그리고 그들에게 상기시켜라,

내 그 발칙한 년으로부터 어떤 간청도 받지 않을 것이니,

지체에 대해서, 혹은 자비를 구하는 간청도, 그러니 그들이

내가 그들에게 내린 임무에 실패한다면,

오늘밤 그들을 기다리고 있을 매질을 맞는 것보다는,

그들이 결코 빛을 보지 못하는 편이 더 나을 것이다.

내 명을 알아들었으면, 가서 그들을 데려와라,

급히 그리고 정확하게, 아니면 너는 한탄할 것이야,

네가 불복하도록 만들었던 우행에 대해서,

네 지휘관의 명령을, 그러니 어서 가라.

The Master's order is hurriedly placed,

And horses are saddled and mounted in haste,

And a score of horsemen are galloping forth

From the city's gate on the road to the north.

They arrive at Choonyang's, make known the decree

Of their new Master, and petition that she

Get ready at once with a litter to go

Quickly with them to the city, for lo,

The Master had said that ere was begun

The second watch in the city of Namwon,

She should be at his side or the paddle would fall

Upon their backs as an example to all

Who dared disobey him. So would she make haste

And prepare for the trip, there was no time to waste.

　　　부사의 명령은 급히 내려졌다.

　　　말들에 안장이 올려지고, 급히 올라 탔고,

　　　⁶⁵20여 명의 기수들이 전속력으로 달려 나갔다,

　　　도시의 대문으로부터 길을 따라 북쪽으로.

　　　그들이 춘양의 집에 도착하자,

　　　신임 부사의 명령을 포고한다,

---

65 『옥중화』와 게일 「춘향」에서는 행수기생이 춘향집에 갔다온 후 김번수, 박번수
　사령 2명이 다시 간 것으로 나온다. 두 사람의 해학적인 모습이 비중 있게 그려
　진다. 그러나 이 극시는 춘향을 체포하기 위해 말을 타고 춘향집으로 가는 약 20
　명의 기수들을 짧게 기술한다. 많은 등장인물들을 비중 있게 다루는 두 참고저
　본과 달리 이 극시는 주변인물을 최소화하고 중심인물을 중심으로 극을 진행한
　다. 2명의 사령이 아닌 20여명의 기수를 보내 춘향을 데려오게 하는 설정은 신관
　이 춘향을 굴복시키겠다는 그의 고집과 권력을 상징적으로 보여준다.

그녀는 속히 갈 가마와 함께 준비를 갖추도록 하라,

그들과 함께 속히 남원으로 갈 수 있도록, 아, 보라,

남원 시내에서 둘째 야경이 시작되기 이전에

그녀가 나리의 곁에 와야 한다고, 아니면 곤장이 떨어질 것이라고

그 기수들의 볼기에, 모든 사람들에게 보이는 본보기로

감히 그를 불복한 사람들에게. 그러니 그녀는 서둘러야

떠날 준비를, 흘러 버릴 시간이 없는 것이다.

Choonyang, knowing well that further delay

Would only make harder her over-hard way,

With all things to lose or all things to gain,

Believing that further resistance was vain,

And dreading the Chief's unlimited power,

Promised to be off with them in an hour.

Thus the shadows of night found her afar

Away in her litter, where the evening star

And the quiet hush of the early spring night

Brought to her mind her most wretched plight.

She reasoned of life, its pitfalls and snares,

Its strange complications that come unawares,

Of her husband afar, her onrushing doom;

Contrasted the light of life with its gloom,

Prayed the gods that her husband's arrival might bring

Freedom and peace to the Fragrance of Spring.

Or had he forgotton? were all men alike?

With no hand to stay it would the blow strike

With all its dread fury upon her poor head

To crush her and leave her disfigured or dead?

For well she knew that the magistrate's power

Could do even this in one little hour.

춘향은 더 지체하면 잘 알고 있기에,

자신의 고난의 길을 더 어렵게 만들기만 할 뿐이라는,

모든 것을 잃느냐, 모든 것을 얻느냐,

더 이상의 저항은 헛되다고 생각하면서,

부사의 무제한의 권력을 두려워하면서,

한 시간만 기다리라고 그들에게 약속했다.

그래서 밤의 어둠 속에서 멀리 보이는 그녀를

그녀의 마차 안에서, 거기 저녁별과

이른 봄밤의 고요한 침묵 속에서

가장 불행한 처지로 내몰리고 있었으니,

그녀는 인생과 그 함정들과 올가미들을 추론했다,

불식간에 닥치는 그것의 기이한 복잡성들,

자기 신랑은 멀리 있고, 운명은 돌진해오고,

생명의 빛과 그것의 우울이 서로 경합하면서

신에게 빌었다, 남편이 도착하여서

봄의 향기에게 자유와 평화를 가져오기를.

아니면 그가 잊었단 말인가? 모든 남자들이 같단 말인가?

일격을 가하기 위해 대기하는 어떠한 손도 없이
오로지 두려운 화만이 그녀의 불쌍한 머리에 닥치니
그녀를 짓이겨서 엉망으로 만들거나 죽일 것인가?
부사의 권력을 그녀가 잘 알았기에
단 한 시간 안에 이런 일도 할 수 있다는 것을.

THE MEETING
대면

[66]At last they arrive at the yamen door,

And the wretched Choonyang is ushered before

The man whose desire has the power to bring

To shame or to death the Fragrance of Spring.

The new Magistrate let his greedy eyes fall

On the face and form of the woman, and all

The beast of the man came into his eyes

As he studied her features and measured the prize.

"Ah, beautiful creature, not half did they tell

In naming thy charms. And yet it is well

As it is, for had they have told me the truth

I should have thought that they mocked me forsooth.

---

66 At last~Spring: 『옥중화』와 「춘향」에서 춘향은 변사또 앞에 가기 전에 머리를 헝
클고 다 헤진 옷을 입는 등 예쁘지 않게 보이려고 한다. 이 극시에서는 그런 부분
이 없다.

Well may the flowers bow their heads in shame,

And the moon hide her face when is mentioned thy name.

'T was to gaze on your face with its varied charms,

[67]And to clasp your perfect young form in my arms,

That I applied for this post and am here,

Nor do I esteem the transaction too dear,

Though it cost me heavily to get the place,

Since I behold your most beautiful face.

Still I understand that I'm somewhat late;"

Continued the men, "that already a mate

You have found. Yet I trust that the days

Of his absence has taught you so much of men's ways

That you cherish no more the thought that his mind

Is steadfast toward you. And if so you will find

The world not too bad, or its pleasures all dead.

And yet by your beauty, sweet thing, I am led

To believe that lovers you have nearer by

Who ease the dull hours. Now do not try

To tell me 't is different in your case for I

Know women, my beauty, as birds know the sky."

Modestly, yet firmly, the woman replied,

---

67 And ~my arms: 『옥중화』에서 변학도는 춘향에게 '수청'들라고 하고, 게일 「춘향」에서는 수청을 'marry'로 표현한다. 이몽룡과 춘향을 그릴 때와는 달리 어퀴트는 신관의 욕망을 노골적으로 드러낸다. 이는 신관 사또의 탐욕을 더욱 강조하는 효과를 가진다.

As you are aware, Sir, I am a bride

Bound by an oath to forever abide

True to the man of my choice till life

Is over and past, and death, as a knife,

Severs us two. It is true he has gone

For a time to the North, and that I all alone

Have watched for two year. Yet, Master think you

That two short years would prove me untrue

To the pledge that I made? or that unto me

Come new loves to shame my inconstancy?

No, alone I await the coming of him

Who only can revive the light that is dim."

결국 그들은 관아 대문에 도착했고,

불행한 춘양은 앞으로 안내되었다.

그 남자, 그 욕망하면 그 힘으로

봄의 향기에게 수치도 죽음도 내릴 수 있는 이.

그 신임 부사는 자신의 탐욕스런 시선을 내려

그 여인의 얼굴과 신체를 보고,

남자의 야수성이 그의 눈에 도드라졌다.

그는 그녀의 특징들을 살피고 상품을 재면서,

아, 아름다운 것이구나, 그들이 반도 이야기하지 못했구나,

너의 매력을 언급하면서. 하지만 좋다

있는 그대로, 그들이 나에게 진실을 말했다면

나는 그들이 나를 조롱했다고 생각했을 터이니.

꽃들이 부끄러워 고개를 숙이고

달도 얼굴을 감추겠구나, 네 이름이 언급된다면.

갖가지 매력으로 빛나는 너의 얼굴을 보는 것은

내 팔로 너의 완전하고 어린 몸을 끌어안는 것은

내가 이 직위와 지금 여기에 온 목적이니,

그 거래가 비싸다고 생각하니 않는다.

비록 그 자리에 이르도록 크게 비용이 들었기는 했었지만

내가 너의 절색 얼굴을 보았기에 괜찮다.

그럼에도 내가 조금 늦었음을 안다.

그 남자 계속했다, 이미 짝을

네가 찾았더구나, 하지만 내 믿는다, 그가 없었던

그 날들로 인해 네가 남자들의 방식을 많이 배웠을 것이라고,

네가 더 이상 그런 생각을 귀중하게 여기지 않을 것이라고,

너를 향한 그의 마음이 확고하다는 그런 생각을, 만약 그렇다면 너는

세상이 그리 나쁘지 않다는 것을 알게 되겠지, 아니면 모든 즐거움은 죽은 거야.

그러나 너의 미모로 보건대, 사랑스런 것, 나는 생각해,

네가 더 가까이 곁에 연인들을 두어

무료한 시간을 달랬으리라고. 이제 애쓰지 마라,

나에게 너의 경우가 다르다고 말하지 말아라, 내가

새들이 하늘을 아는 것처럼, 여인들을 아느니라, 나의 미인이여.

겸손하게, 그러나 확고하게, 그 여인이 답했다,

나리께서 아시는 바와 같이, 저는 신부입니다,

영원히 살겠다는 맹세에 묶인 존재

제가 선택한 남자에게 진실하겠다는, 삶이

끝나고, 지나고, 죽음이, 칼처럼 우리를

둘로 나눌 때까지. 그가 떠났다는 것은 사실입니다.

한 동안 북쪽 지방으로, 그리하여 저는 완전히 혼자였지요.

이 년 동안 독수공방했지요. 그렇지만 부사 나리,

그 짧은 이 년 동안 내가 서약에 충실하지 않았다고

그 시간들이 증명할 것이라 생각하나요? 혹은 저에게

나의 변절을 수치스럽게 할 새 사랑들이 생겼다고 생각하나요?

아닙니다, 혼자서 저는 그가 오시기를 기다립니다,

지금 희미한 그 빛을 되살릴 유일한 분.

Said the man to himself, "She's a wonder indeed,

Both inside and out, but she cannot mislead

Me with her prattle, for from ancient days

Fresh outward beauty and innocent ways

Blend not together; and virtue is known

To go with plain faces, plain faces alone.

A blameless character, and a flawless face,

With a proper form and perfect grace,

Are never found in the daughters of men."

Then aloud, "I understand you have been

Deceived by Yee's son, and trapped as a bird

In the snare of the huntsman. I have heard

Of young Yee, he is to graduate soon,

If my memory's right, it happens this moon.

Then of course he well marry with never a thought

Of the country girl whose folly has brought

Him a few days of pleasure. Now, little one,

It is time to forget the evil that's done.

I'll forgive you that past if now you become

A true concubine to brighten my home.

Remember Yeyang was a secondary wife,

Yet where would you find a more beautiful life

Than was hers? So come to my room and my arms,

I hunger to feed on your wonderful charms."

부사는 혼잣말을 했다, 그녀는 정말 놀라운 여인이구나,

안과 밖 공히, 하지만 그녀가 오도할 수는 없어,

나를 자기 쓸데없는 소리로, 옛날부터

신선한 겉의 미모와 순결한 방식은

함께 섞이지 않으니, 그리고 미덕은 알려진다,

수수한 얼굴과 함께 한다고, 수수한 얼굴들만이.

비난할 길 없는 인품과 흠 없는 얼굴에

적절한 몸가짐과 완벽한 품위까지

인간의 딸들에게서 발견할 수 없는 존재야.

그러고는 목소리를 높여서, 내 너의 사정을 이해한다,

이 씨의 아들에 속아서, 새처럼 붙잡혀서,

사냥꾼의 올가미에. 내 들었다

젊은 이 씨에 관하여, 그가 곧 졸업할 것이며,

만약 내 기억이 맞으면, 이번 달에 있을 것이다.

물론 그는 결코 어떤 생각도 없이

시골 여자 아이에 대한 생각, 그녀의 우둔함이

그에게 며칠간의 쾌락을 가져왔었지. 이제 귀여운 사람,

악의 행위를 잊어야 할 시간이야.

내 지난 일과 관련하여 너를 용서하고, 지금 네가 된다면

내 집을 행복하게 해줄 진정한 첩이 된다면,

기억하라 예양은 두 번째 아내였지만,

예양보다 더 아름다운 삶을 네가 어디서

찾을 수 있겠느냐? 그러니 내 방으로 들어와 내 팔에 안겨라.

내 몹시도 너의 불가사이 한 매력을 먹고 살아가고 싶구나.

"I do not believe my husband untrue,

And though he were I would not come to you.

I'll wait as a widow, if needs be, through life

Alone; but never the vows of a wife

Will I break or despise," so answered she.

The Magistrate sneered and well might you see

The beast in the man; while he cuttingly said,

[68]"Great times are these when a dancing-girl's led

To talk of virtue. So the virtuous link

Twixt you and your paramour does, do you think,

Give you the right to thus disobey me?

Alright, little lady, so let it be

But the sting of the paddle, or so I surmise,

Will soon lead you to think quite otherwise."

Choonyang, unabashed, unafraid, made reply,

"Your wishes, dear sir, would yet I deny

Though death were the bitter price I should pay

For holding to virtue and for pushing away

The shame that you offer. I dread not your might;

And yet I would question, What is the right

That would take a virtuous woman by force

And thrust her into such shameful course?

I abhor the sight of the man, or the beast

Who thus on another's shame would feast."

저는 제 남편의 불충실을 믿지 않습니다,

---

68 Great times~disobey me?: 『옥중화』와 「춘향」에서 언어유희가 이루어지는 대목이다. 『옥중화』는 "허허 이런 시졀보소 기성수졀혼단 말을 뉘가 아니 요졀홀가 분부거졀키는 간부사졍 간졀ᄒ야 별층졀을 다 말ᄒ니 네 죄가 졀졀가통 형장아리 긔졀ᄒ면 네 쳥츈이 속졀업지", 게일은 "What times we've landed on! When keesangs talk of virtue, my virtuous sides will split with virtuous laughter. Your virtuous desires to see your paramour make you virtuously break my orders do they? Your virtue lands you under the paddle where you may virtuously taste of death for it." 에서 virtue, virtuous, virtuously 등의 품사 변화로 저본의 언어유희 느낌을 최대한 살린다. 그러나 이 극시는 전체적으로 판소리계 소설의 해학적인 요소, 언어유희, 장황하게 늘어지는 사설 부분을 대부분 생략한다.

설사 그가 그렇다 하더라도, 제가 나리께 가지는 않을 것입니다.
저는 하나의 창문처럼 기다릴 것입니다, 만약 필요하다면.
비록 혼자 살지라도, 결단코 아내로서의 맹서를
저는 깨거나 능욕하지 않을 것입니다, 그녀는 그렇게 답했다.
부사는 조소를 보냈고, 여기서 나타나는
남자의 내면에 있는 야수성, 그런 가운데 그는 비꼬면서 말했다,
지금 정말 대단한 시절이구나, 기생이
정절에 대해 이야기할 정도로. 그리하여 그 절개가
너와 너의 애인 사이를 연결하고, 그래서 네가
나를 불복할 권리를 가졌다고 생각하느냐?
좋다, 귀여운 여인이여, 그렇게 되리라,
그러나 곤장의 아픔, 혹은 나는 그리 추측하는데,
머지않아 아주 다르게 생각할 마음이 생길 것이다.
얼굴을 붉히지도 두려움도 갖지도 않고 춘양은 대답했다,
그렇지만 나리, 제가 나리의 소망을 부인하지 않고,
제가 치러야 할 고통스런 대가가 죽음이라 하더라도
정절을 지키기 위하여, 그리고 멀리하기 위하여,
나리께서 제안하시는 수치를. 저는 나리의 권력을 두려워하지 않습니다.
그렇지만 저는 질문할 것입니다. 그 권리가 무엇입니까,
정절을 지키는 여성을 완력으로 끌어와서,
그녀를 그렇게 치욕스런 과정으로 밀어 넣으십니까?
저는 그런 남자나 짐승의 견해를 몹시 싫어합니다,
그리하여 누가 다른 사람의 수치를 크게 즐기는 그런.

327

INTO THE JAWS OF DEATH
죽음의 위기 상황으로

This defiant speech roused the wrath of the man.

Red flushed his face, as the hot blood ran

Through his form. While eyes flashing and chin

Quivering, told of the rage he was in.

"Here!" he shouted, and the boy at the door

Quickly hurried his Master before.

"Send in the guard, be quick with it too."

He turned in haste and raced the entrance through,

And the guard appeared all in a breath,

To observe a flushed man, a girl pale as death.

"Out with this wench!" yelled the man. The guard

Knowing by one day of training that hard

Would it go with him should he scorn the command,

Grasped the fair hair of Choonyang in his hand

And dragged her across the office floor,

Unheeding the cries of pain from the poor

Stricken thing. While the Master yelled in rage

To the trembling and terror-stricken page,

"Call the director of torture in haste."

"Yes Sir," said the boy, as off he raced.

In rushed the man his new master before,

Who commanded him with a bellowing roar,

"Take that foul-tongued wench to the torture chair

And beat her unconscious, and if you dare

To show her mercy I'll have your hide

Flayed from your body. The damnable pride

Of the wench I'll break, or let her taste

The cup of death. Now away with haste."

이런 반항적인 발언은 그 남자의 격노를 일으켰다.

붉게 달아오른 그의 얼굴, 뜨거운 피가 흐르면서,

그의 신체를 관통하면서, 눈이 번뜩였고 턱이

떨리고 있었는데, 그의 분노를 말해준다.

여봐라, 그는 소리 질렀고, 문에 대기하던 시종이

급하게 자기 주인의 앞에 나왔다.

간수를 보내라, 빨리 데려와라.

그는 신속히 돌아서 입구를 통과해 뛰어 갔고,

그리고 간수가 숨을 차서 나타나

얼굴 붉힌 남자와 죽은 것 같이 창백한 여인을 관찰했다.

이 계집년을 끌어나가! 그 남자가 소리 질렀다. 간수는

훈련 하루 만에 명령을 듣지 않으면

자기의 일이 어려울 것을 알고

자기 손에 예쁜 춘양의 머리채를 쥐고서

관청 마루를 가로질러 그녀를 끌고 가야간다,

그 불쌍한 것의 고통스런 비명에 신경 쓰지 않고

불행에 휩쓸린 그것을. 부사가 분노하여 고함치는 동안,

벌벌 떨면서 공포에 짓눌린 시동을 향하여,

급히 고문 지휘자를 불러와라.

예, 나리, 그 시동이 뛰기를 시작하면서 말했다.

자신의 새 주인 앞으로 그 남자가 돌진해 왔다,

노호하는 고함 소리로 그에게 명했던 주인,

저 더러운 혀를 놀리는 계집년을 고문 의자에 앉혀라

그 년을 때려서 인사불성으로 만들고, 만약 네가 감히

그 년에게 자비를 베푼다면, 내 너의 가죽을

네 몸에서 벗겨낼 것이다. 그 지독하게 오만한

저 망할 년을, 내가 파괴할 것이다, 아니면 그 년에게

사약의 맛을 보도록 하리. 서둘러 가보거라.

[69]The director of torture to the woman went

And told her the work for which he was sent;

Took hold of her arm, and led her away

To the torture chair. Where her flesh would pay

The debt the too ready confession had placed

Upon her virtuous soul and chaste.

Choonyang, unresisting, is tied in the chair,

Her shoes removed and her legs stripped bare.

And the last adjustments are made complete

---

69 The director of torture: 『옥중화』의 "수형리"에 해당되는 표현으로 게일의 「춘향」
에서의 번역(Director of Torture)과 동일하다.

As the beating-sticks are thrown at her feet.

> 고문 집행인은 그 여인에게 갔다.
> 그는 자신이 명령받은 과업에 대해 그녀에게 설명했다.
> 그녀의 팔을 붙잡아서, 그녀를 끌며 나갔다,
> 그녀의 살점이 떨어질 고문 의자를 향하여,
> 그녀의 지조 있고 정숙한 영혼에 대하여
> 너무 즉석에서 나온 고백에 대한 대가로서,
> 저항 없이 춘양은 의자에 결박되었다,
> 신발이 벗겨지고 다리는 맨살이 드러났다.
> 마지막으로 조정하는 작업이 완료되었다,
> 때리는 몽둥이들이 그녀의 다리 앞에 던져지면서.

Flushed was the east with the first streak of dawn
And trembled at breaking the early spring morn;
But the sun of a life seemed setting, and gloom
Shut about it, as fast the dread hour of doom
Swept down upon it. Yet the outward form
Of the woman was calm, though bitter the storm
That raged within; as she thought of the shame
That the monster would heap upon her good name.
And she firmly decided the torture to bear,
To hold to her oath, and to die in the chair.
But never recant from her statements or bend

Her will to the beast, whatever the end

That should come unto her for being thus true

To herself and her husband. And yet she knew

That unless kind fate its protection should throw

About her young form its nerves would know

A pain unsensed before; till death should bring

Release to the suffering Fragrance of Spring.

여명의 첫 기미로 동녘이 홍조를 띠기 시작했다.

이른 봄 아침의 시작에 떨리면서

그러나 인생의 태양은 지는 것 같고 또 우울했다,

그에 관해 입 다물고, 운명의 두려운 시간은 빠르게

그에 엄습했으니. 그러나 그 여자의 겉모습은

침착했다, 비록 폭풍이 모질게도

내부에서 휘몰아칠지라도. 그녀는 그 수치에 관해 생각했다,

그 괴물이 그녀의 선량한 이름 위에 올려놓으려고 했던.

그래서 그녀는 굳건하게 그 고문을 견디기로 작정했다.

자기 맹세를 지키고, 그 의자에서 죽기로.

결단코 자신의 진술을 철회하지 않으며, 그 짐승에게

그녀의 의지를 굽히지 않을 것이다. 끝이 어떻게 되든,

그녀에게 다가올 그 끝이. 자기 자신과 신랑에게

진실함으로써. 그렇지만 그녀는 알았다,

만약 애정 어린 운명이 그것의 보호망을 던지지 않는다면,

자신의 젊은 신체에, 그 신경은 겪게 될 것이다

이전에 감각하지 못했던 고통. 죽음이 가져올 때까지
고통 받는 봄의 향기에게 해방을.

As the glowing light of the morning sun
Smiled its good cheer to the city of Namwon.
The Magistrate came to Choonyang to know
The state of her mind and to witness her woe.
First he would ask if she would retract
From the position she had taken and act
As became her station, and submit to his will?
If not he would have her beaten until
Her breath had departed. The woman replied,
In calm, even tones, "I am the bride
Of another, and till life's light grows dim
I will keep the oath that I pledged to him.
As it was at the first, my mind is still,
For I am determined to wholly fulfill
My marriage vow, and the fiends of hell
Cannot that purpose shake, nor can they quell
The riot in my blood that fills my heart
With hate for you." The Chieftain gave a start.
He yelled in furious rage, "Lay on! Lay on!!
To the breaking of her bones, and understand none
Of your lady-taps here, or knave, you will

With your own base blood the debt fulfill."
"Should I look with mercy," the man replied,
"On such a wretch? I'll break her pride
Or I'll break her bones, as the case may be,
Or my name is not 'The Terrible Lee.'"

아침 태양의 빨갛게 타오르는 빛이
남원시에게 그것의 선량한 활기로 미소 지을 즈음,
부사는 춘양에게 와서 묻기 위해
그녀 마음의 상태를, 그리고 고통스런 상태를 확인하기 위해서.
먼저 그는 그녀가 물러날지를 물었다,
그녀가 취하고 행했던 입장에서,
그녀의 위치가 자신의 의향을 받아들이기로 한 것인지?
만약 그렇지 않다면, 그는 고문을 멈추지 않을 것이다,
그녀의 숨이 끊어지기까지. 그 여인 대답했다.
침착하게, 아주 정상적인 상태로, 저는 다른 남자의 아내입니다,
그리고 생명의 빛이 희미하게 살아있을 때까지
제가 그에게 맹서했던 서약을 지킬 것입니다.
애초에 그랬듯이, 저의 마음은 동요하지 않을 것입니다.
왜냐하면 저는 단호히 제 결혼의 맹세를
완전히 지킬 것이며, 그리고 지옥의 악귀들이
그 목적을 뒤흔들 수 없으며, 억누를 수도 없습니다,
제 심장을 채우고 있는 핏속의 반란을,
당신에 대한 증오를. 부사는 개시를 명했다.

그는 포효하는 분노로 고함질렀다. 쳐라! 매우 쳐라!!

그년의 뼈가 으스러지도록, 그리고 여기 누구도 네년의

여자 구멍을 모르거나, 천한 놈으로 알 것이다.

너는 네 자신의 천한 피의 빚을 갚게 되리라.

내가 자비롭게 보이냐, 그 남자 말했다,

그리도 천박한 년에게? 내 그년의 오만을 꺾거나

사정에 따라서는 뼈를 부수거나 하리라,

아니면, 내 이름은 '그 끔찍한 이 씨'가 아니다.

[70]The beater raised his arm to its full length

And quickly struck with all its sinewy strength.

Upon the woman's legs her knees below

In fiendish cruelty fell the heavy blow.

With a snap the beating-stick broke in two,

Its broken end across the courtyard flew.

The intense pain brought terror to her heart,

Giddy she felt, ah, could she act the part?

Trembling seized her and it seemed her soul

Would melt in the ordeal — that the chosen goal

Was beyond her reach, and that human power

Was too frail and weak to survive the hour.

But she nerved herself as the fiery blows

---

70 『옥중화』와 「춘향」에서는 곤장을 맞으면서 춘향이 하는 십장가가 길게 자세하게 그려진다. 그러나 이 극시에서는 십장가 부분은 생략된다.

Fell upon her legs. And as the awful throes

Of pain engulfed her, her senses reeled

And her sight grew dim, but still she steeled

Her taut form to receive the blows that fell

Like the fiery blasts of indignant hell.

그 고문 집행자가 자기 팔을 곧게 완전히 들어올려,

그리고 근육질의 체력으로 재빨리 강타했다,

그 여인의 무릎 아래 쪽 다리에,

그 육중한 타격은 악마 같은 잔인성으로 떨어졌다.

매질 몽둥이는 한번 내려침으로 두 동강 났다.

부르진 한 쪽은 안마당을 가로질러 날았다.

강한 고통이 그녀의 마음에 공포를 몰고 왔다.

그녀가 아찔함을 느끼니, 아, 그녀가 당해낼 수 있을까?

그녀는 전율했고, 그녀의 영혼은

고된 시련 속에서 사라지는 듯했다. 선택된 목표는

그녀의 능력 범위를 넘어 있었고, 인간의 힘은

너무도 부서지기 쉬우며 그 시간을 견뎌내기에는 허약했다.

하지만 그녀는 그 불같은 타격들을 스스로 감각했으니,

자기 다리를 내려치는. 그리고 통증이 가하는

그 무시무시한 고통이 그녀를 삼켰네, 그녀의 감각은 감아 올려 졌고,

그녀의 시야는 점점 희미해졌다. 하지만 그녀는 단단히 했다,

분개한 지옥의 불같은 폭발처럼 떨어지는

자신의 긴장한 신체가 떨어지는 타격들을 받아들이도록.

As the tenth blow fell, "Hold!" cried the Chief,

"I'll question the wench, it is my belief

That she has had enough to break her in

And to teach her that there is naught to win

Through rebellion." Then to Choonyang he spoke,

"I suppose you find that it is no joke

To break as you have the great law of the land?"

"What's the great law?" questioned she, "I demand

That you read it to me." The Chief complied

Because it suited his aim and his pride.

Thus the book being brought aloud he read,

"'Rebellion is a crime for which the head

May be taken, and disobedience is a crime

For which banishment may be laid for all time.'"

He stopped and said, "Now don't you bemoan

Your lot, for mercy by the law there's none.

For have you not disobeyed your Lord,

And offered rebellion? Give us your word."

She answered, "Read the next page to me,

Where it is written as plain as can be,

'He must pay for the trespass with his life

Who dares to step between husband and wife.'"

The Master grew pale. "Lay on!" he cried.

Unto the beater, "We'll break the pride,

And shut the brazen mouth, and fully quench
The fiendish, biting talk of this bold wench
And short our work will be." The blows again
Fell like the wintry blast. The intense pain
Surged through Choonyang and shook her form as trees
Before the tempest's blast. By slow degrees
Her senses ceased to function, and her form
Grew limp before the fury of the storm.

열 번째 타격이 떨어지나, 멈춰라! 부사가 외쳤다,
내 저 계집에게 묻겠다. 내 믿기로
저 년을 충분히 손 봤으니
반역함으로써 이길 것이 아무 것도 없다는
사실을 가르쳤으니. 그러고 그는 춘양에게 말했다,
네 년, 농담이 아니라는 사실을 알았으리라,
네 년이 나라의 대법을 어긴 대가를 받는다는 사실을?
그 대법이 무엇이지요? 그녀가 물었다. 저는 요구합니다,
나리께서 제게 읽어주시기를. 부사는 동의했다,
그것이 그의 목적과 자기 자존심에 부합했기 때문이었다.
그래서 그 책을 가져오게 하여, 그가 읽었으니,
반역은 효수에 처할 수 있는 범죄이며
불복종은 범죄로서 유형에 처해질
수도 있느니라, 언제든,
그는 읽기를 마치고 말했다, 이제 한탄하지 않느냐

네 년의 운명, 법에 의한 자비는 무엇도 없으니,

네가 네 주인에게 불복종했던 까닭이니라.

반역을 하다니? 네 말을 해 보거라.

그녀가 대답하길, 다음 장을 제게 읽어주십시오,

가능한 분명하게 적힌 대로,

만약 남편과 아내 사이에 감히 끼어드는 자가 있다면,

그는 그 범죄로 목숨을 내놓아야 한다.

부사는 새파래졌다. 매우 쳐라! 그는 외쳤다.

고문 집행자에게, 우리는 저 오만을 교화해야 할 것이다,

저 나불대는 주둥이를 막고, 완전히 지워 버려라,

저 사악하고 무엄한 계집년의 가시 돋친 이야기를,

우리의 작업은 짧게 끝날 것이다. 타격이 다시

쌀쌀한 돌풍처럼 몰아쳤다. 강렬한 고통이

춘양을 관통하여 굽이쳤고, 마치 나무처럼 그녀의 몸을 흔들어놓

았다.

폭풍우가 몰아치기 전, 느린 정도로

그녀의 감각은 작동을 중지하고, 그녀의 신체,

그 폭풍의 격노 앞에서, 엉망이 되어갔다.

Lost is the fascination of the game

To him, the monster, since the blows can claim

No response from her, the victim, thus the brute

Stopped short his work. It could no longer suit

His foul design. He said, "It is in vain

We cannot break her thus so we must gain
Our ends by other means. Take her to jail
And make her fast with chains, and do not fail
To put on her the cangue and seal it tight;
And hold her fast a day and a night.
And before the dawn of tomorrow will I
Declare what other stunts we will try
To break her stubborn will. No more I'll say,
Loose the beastly wench and drag her away."

그 사냥감의 매력에 혼을 잃은
그 괴물, 타격을 요구할 수 있었으나,
그녀로부터 어떤 대답도 들을 수 없었던 까닭에, 그 짐승은
고문을 멈추게 했다. 더 이상 적합하지 않았다,
자신의 더러운 계획에. 그는 말했다, 헛일이다,
우리는 저 년을 교화시킬 수 없다, 그래서 우리는 다른
수단으로 우리 목적을 이뤄야 한다. 그년을 감옥에 넣어라,
사슬로 꼼짝도 못하게 하여라,
반드시 칼을 씌우고 단단히 봉하두록 하라.
밤이고 낮이고 단단히 붙들어 매둬라.
내일 여명 이전에 내가
우리가 시도할 다른 작업을 선언하리라,
저 년의 고집불통 의지를 꺾어놓을. 더 이상 말이 필요 없다.
저 불결한 계집년을 풀어서 끌고 감옥에 쳐 넣어라.

IN THE SHADES

그늘에서

The beater dragged her the gateway without

And threw her down; while the boy gave a shout

To bring the jailor. When the jailor beheld

The state of Choonyang, his own feelings welled

In tears to his eyes. And he called the Chief

A hundred vile names to bring some relief

To his mind. And then because he dared not

Do otherwise, for his soul's sake he brought

The great wooden cangue and fastened the thing

About the fair neck of the Fragrance of Spring,

And sealed it as ordered; then lifted her form,

Broken and crushed by the inhuman storm

That she had passed through, in his arms strong

And bore her gently the pathway along

That led to the jail. When they reached the place

The mother rushed up with a haggard face,

Having been told of all that had passed

Since they had parted at home but the last

Evening at twilight. Now dim grew her sight

As she kenned her daughter's most wretched plight

"Oh, why have they killed my own darling child?"

She wailed in tones sad, bitter, and wild.
"Has law and order passed from the earth
That virtue claims no beauty, no worth?"

고문 집행자는 그녀를 문 밖으로 끌어갔다,
그리고 팽개쳤다. 그가 소리를 질러,
간수가 왔다. 간수가 살핀
춘양이의 상태에, 그는 자신의 감정에 북받쳐서
눈에 눈물이 고였다. 그리고 그는 부사를 욕했다,
온갖 악한 이름들로, 마음에 조금이라도 위안을 얻기 위해.
그리고는 그가 감히 달리 행할 수
없는 까닭에, 자기 목숨을 위해, 그는 가져왔다,
커다란 목조 칼을, 그리고 그것을 단단히 묶었다,
예쁜 봄의 향기 목둘레에다,
그리고 명령받은 대로 그것을 봉했다. 다음으로 그녀의 신체를 들어올렸다,
무정한 폭풍에 부서지고 짓밟힌
그녀가 겪었던 그 폭풍, 그의 강한 팔에 들려서
그를 천천히 통로를 따라 옮겼으니
감옥으로 갔다. 그들이 거기에 도착했을 때,
그 어머니 초췌한 얼굴로 쇄도했고,
이미 지난 모든 이야기들을 듣고 달려왔다
집에서 헤어지고 난 이래로, 단 지난 저녁
해거름을 제외하고. 이제 그녀의 눈이 가물해졌다,

자기 딸의 가장 불행한 곤경을 보고는,

오, 어찌하여 그들은 내 귀한 자식을 죽이고 있는가?

그녀는 슬프고 원한 섞이고 거친 음조로 한탄했다.

지상에서 전해지는 법령이

정절이 어떠한 아름다움도 가치도 갖지 못하도록 한단 말인가?

Slowly the woman revived and the pain

Shot through her crushed form and nerves again.

The mother sent for balm to ease the sting

And to bring some relief to the Fragrance of Spring.

And high tribute paid to the Fragrance of Spring

For all of her faithfulness. At the last

There being no recourse, the woman was cast

Into the prison. She was chained and barred

Was the door. Thus she was left to a lot as hard

As ever a being, whatever its state,

Was caused to accept at the hand of fate.

While the mother raged and wept before

The bars of the tight-locked prison door.

천천히 그 여인이 되살아났고, 통증이

그녀의 짓밟힌 신체와 신경을 통해 쑤셔대고

어머니는 상처를 완화하기 위해 향유를 가지러 보냈다.

봄의 향기의 아픔을 들기 위해.

그리고 봄의 향기에게 높은 찬사를 바쳤으니,
그녀의 완전한 충실성에 대하여. 결국에는
어떤 기댈 곳도 없었고, 그 여인은 버려졌던 것,
감옥 안으로. 사슬에 묶이고 투옥되니
문이 잠기고. 그리하여 그녀는 인간이 겪을 상황,
그 상태가 운명의 손에 있는 무엇이든 받아들이도록 강제되는
어느 것만큼 가혹한 상황에 던져졌던 것이다.
이 동안 굳게 잠긴 감옥 문의 빗장 앞에서
어머니는 분노하고 슬피 울었다.

The Master, being told that a crowd had begun
To gather to view the work he had done,
Ordered the guard to the pace to send
The people to their homes and to make an end
Of the foolishness before a mob should form
In sympathy with the smitten woman to storm
The yamen, and perhaps demand through force
Retribution of him for his hapless course.
When the crowd had left and the guard had gone
A servant girl and the mother alone
Remained at the door. Where the mother cried
And wailed for the daughter chained inside.
Till Choonyang thought more of her mother's grief
Than of her own pain, that knew some relief

From [71]the balm applied. Thus the woman said,

"Cry not, dear mother, for I am not dead,

And am innocent still and who can tell

How soon the gods may break this fiery spell?

To live's to hope, and hope's of life the sum.

And mother dear, my husband yet man come

To break my chains and quell the raging storm,

To ease my grief, and heal my wounded form.

And since I think of him, will you not bring

Paper and brush that the Fragrance of Spring

A letter may send to the far away north,

Before the Magistrate again leads me forth

To torture or to death? for I would send

A letter to my husband before the end

Comes with its crushing blow to bring

The shadows of death to the Fragrance of Spring."

부사는 그가 행했던 작업을 보기 위해서,

군중이 모이기 시작했다는 것을 듣고는,

경비에게 급히 가서 사람들을 집으로

보내라고 명하고, 그런 어리석은 짓의,

---

71 the balm(향유): 『옥중화』의 "청심환을 사오너라, 동변을 밧어라", 게일 「춘향」
의 강장제(restorative)에 해당된다. 두 영역본 모두 『옥중화』의 생리현상과 관련
된 표현을 누락하는 경향이 있다.

끝을 냈다. 군중이 형성하기 전에

그 두들겨 맞은 여인을 동정하여 관아로

들이닥쳐서, 어쩌면 폭력으로 요구하는

그의 불운한 행로 때문에 그에 대한 징벌을.

그 군중이 떠나고 경비가 사라지자

하녀와 어머니만 남아

문에서, 거기서 어머니는 울었으니,

안에 묶여 있는 딸을 슬퍼하며 통곡했다.

춘양은 자신의 고통보다도, 자기 어머니의 슬픔을

생각했고, 향유를 발랐더니

고통이 조금 완화되는 것을 느꼈다. 그래서 그 여인 말했다.

울지 마세요, 사랑하는 어머니, 저 죽지 않았으니,

여전히 결백하니, 누가 말할 수 있겠어요,

얼마나 속히 신들이 이렇게 불같은 마법을 깰 수 있을지?

산다는 것은 희망하는 것이요, 희망이 삶의 전부인데,

사랑하는 어머니, 내 남편은 이미 오셨나요,

내 쇠사슬을 끊고, 노한 폭풍을 사그라들게 하기 위해.

내 슬픔에 위안을 주고, 상처 난 신체를 치료하기 위해.

내가 그를 생각하고 있으니, 좀 가져오시지 않겠습니까,

종이와 붓을, 봄의 향기가 저 멀리 북쪽으로

편지를 한 통 써서 보낼 수 있게요.

저 부사가 다시 나를 끄집어내

고문을 하거나 죽이기 전에요? 내가 편지를 보내서

이 사태가 끝나기 전에 남편에게

짓이기는 타격과 함께 끝이 찾아오기 전에
봄의 향기에게 죽음의 어둠이 몰려오기 전에요.

All quickly returning, the mother brought

The material that the woman sought

For writing the letter, and threw it all

Through the bars of the prison door to fall

At her daughter's side; who quickly began

To write her letter, while the hot tears ran

Down her pale cheeks on the page to blur

The words that she wrote; whose import would stir

A heart though of stone it were made, and the blood

Of her wounded self on the pages stood,

To tell e'en better than words could tell

The sorrow, the suffering, and the hell

That already had passed and were passing

Over the form of the Fragrance of Spring.

정말 신속하게 돌아가, 어머니는 가져왔다,

편지를 쓰기 위해 필요한,

그 여인이 찾은 재료를

그것 모두를 넣었다, 감옥 문의 빗장들 사이로

자기 딸의 옆에 놓이도록. 신속하게 시작했다,

딸은 편지를 쓰며, 뜨거운 눈물이 흘렀네,

그녀의 창백한 볼 아래로, 종이에 퍼지면서
그녀가 썼던 글을 흐리게 만들고, 편지의 요지는 흔들 것이다,
돌로 된 마음이라 할지라도,
그녀의 상처 난 자신 피가 종이 위에 떨어져,
글자들이 말할 수 있는 것보다 더 많은 것을 말한다,
그 슬픔, 그 고생, 그 지옥을,
이미 지나갔고, 또 겪어내고 있는
봄의 향기, 그 몸을 통하여.

Having finished the letter, she crawled in pain

On her hands and her knees the length of her chain,

Which brought her near to the door where she might

With her arm extended the full length, quite

Reach her mother's hand thrust through the door

And give her the letter. But the effort tore

At her wounded form till it seemed she would die

Of the effort; and the soul-piercing cry

Of pain that she gave caused the mother anew

To rage in behalf of her daughter. She threw

Herself on the ground and moaned and cried

Till the little servant girl there at her side,

Thought she was dying, and the Fragrance of Spring

Forgot her own torture in striving to bring

Peace to her mother. "Mother don't cry

For it breaks my heart and I surely will die
If you carry on so. And mother since you
Cannot a single thing here for me do,
Wont ou hurry back and a messenger find
And dispatch my letter? It will ease my mind
To know that an effort is being put forth
To carry the news of my plight to the north.
And mother, bid them make haste as they go
For none can tell how soon'll fall the blow
That makes all efforts useless, nor can bring
Aught to the slaughtered Fragrance of Spring."
The mother hearing this, and sensing anew
What yet her daughter might have to pass through,
With a hasty good-by fled from the place,
And with hurrying footsteps turned her face
Toward home. Choonyang then said to the maid,
"Weep not little one, and be not afraid
Of the fate that awaits the Fragrance of Spring.
For I have hopes that my letter will bring
Aid from the far away Northland to gain
Freedom for me before I am slain.
So go to our home, little maiden, to bring
Comfort to mother, and the Fragrance of Spring,
Though all things oppose us as they do still,

May yet live to bless you for doing her will.

With good-bys through her tears, the little maid

A parting blessing on her mistress laid

And turned from the door, as the noonday sun

Cast its warm cheer o'er the city of Namwon,

That fell through the prison bars to warm

The bruised and broken and suffering form

Of the woman chained within, and to bring

Some rays of hope to the Fragrance of Spring."

편지를 완성하자 그녀는 고통으로 천천히 기어

자기 손 위에, 무릎을 꿇고 쇠사슬의 길이만큼,

문 가까이로 가기 위하여, 그녀가 거기서

자기 팔을 완전히 길게 뻗어서

문을 통과하여 자기 어머니의 손에 밀어서 닿기 위하여

그래서 편지를 전달하기 위하여. 하지만 노력은 찢어져

그녀의 상처 난 신체에, 그녀가 죽을 듯이 보이기까지

그렇게 시도함으로써, 그리고 영혼을 꿰찌르는 비명

고통으로 인하여 그녀가 내지르는, 어머니를 새로이 분노케

만들었으니, 자기 딸을 지키기 위하여. 그녀는 던졌다,

자신을 바닥에, 그리고 신음하고 울었다,

그녀 곁에 있던 작은 하녀가

그녀가 죽어가고 있다고 생각하기까지, 그리고 봄의 향기는

자신의 고문을 망각하고, 어머니에게

평안을 주기 위해 애쓰면서, "어머니 우지 마세요,

울음이 제 마음을 찢어 놓고, 저는 분명히 죽을 것 같습니다.

만약 계속 그러신다면. 또한 어머니는

저를 위하여 여기서 한 가지 일도 할 수 없습니다,

서둘러 돌아가서, 사신을 구해서

제 편지를 보내시지 않겠어요? 그것이 제 맘을 위안을 얻을 것입니다,

북쪽으로 내 곤경의 소식을 전하기 위하여

추진하는 노력이 진행되고 있음을 안다면.

그리고 어머니, 떠나는 그들에게 서둘러라 명하세요,

왜냐하면 아무도 매질이 얼마나 빨리 시작될지 모르고,

모든 노력이 소용없게 될 수도 있으며,

어찌됐든 봄의 향기는 도살될 수도 있으니까요.

이를 듣고 새로 정신을 차린 어머니

그녀의 딸이 전달하려고 했던 것을 들고

급히 작별하고 그 장소를 떠났다.

그녀의 얼굴을 돌리고 빠른 걸음걸이로

집을 향한다. 그러자 춘양은 하녀에게 말했다.

울지 마라 애야, 겁내지도 말아라,

춘양에게 기다리고 있는 죽음에도,

나는 편지가 가져오리라 희망을 가진다,

내가 살해되기 전에 나를 위한 자유를 확보하기 위하여,

멀리 북쪽으로부터의 도움이 올 것이라는 것을.

그러니 애야, 집으로 가서, 어머니를

351

평안하게 해드려라, 그리고 봄의 향기,
비록 만사가 지금 그렇게 되듯이 우리를 적대하지만,
네가 그녀의 뜻에 따르면 복을 받으리라.
어린 하녀는 눈물을 뿌리면서 인사를 했고,
자기 여주인에게 복을 기원하면서
문으로부터 방향을 돌렸다, 정오의 태양이
남원시에 따뜻한 기운을 던질 무렵
감옥의 창살을 통과하여 온기를 전하여
멍들고 망가지고 고통스러운 신체에까지
그 여인의 몸, 묶인 채 안에서, 봄의 향기에게
몇몇 희망의 광선을 가져오는 것처럼.

As o'er the western hills retired the sun
And as shadows gathered in the streets of Namwon,
The jailor brought, for e'en within a form
Rough-hewn and coarse, there beat a heart as warm
As nobles boast, hot rice and steaming food.
And while the woman ate in reverence stood
Outside the room. But when the meal was o'er
He passed within to tell the news he bore,
"Poor child," he said, "the Master bids me say
That with the noontide of another day
He, at the yamen in all splendor, holds
A birthday feast unto a hundred souls

And when it is finished he'll call on you
To pay with your life the debt that is due
To him and his peers. I hoped that I might
Bring better news to your prison tonight,
But the Master's fury no one can quell
For it burns like the fiery flames of hell.
So lady, forgive me for the message I bear
And at noon tomorrow for death prepare."

서쪽 언덕 너머로 해가 질 무렵
그리고 남원의 거리에 어둠이 모여들 무렵,
간수가 운반해왔다. 거칠게 자르고 조악한
형식으로 식사를, 따뜻한 심장이 뛰고 있었으니,
양반들의 자랑만큼, 따뜻한 밥과 김이 나는 음식,
그리고 그 여인이 공손하게 먹고 있는 동안
바깥에 서 있었다. 하지만 식사가 끝났을 때,
그는 가져온 소식을 안으로 전달했다,
불쌍한 아가, 그가 말했다, 부사가 나에게 말하라 하셨다,
어느 날의 정오에
호사스럽게 관아에서 백 명 정도에게
생일잔치를 베풀려고 한다고,
그리고 잔치가 끝났을 때, 그는 너를 방문하여
진 빚을 너의 생명으로 갚도록 하려고
부사님과 자기 동료들에게 진 빚. 내 희망컨대

오늘 밤에 너의 감방에 더 나은 소식을 가져올지도 모른다,
하지만 부사의 분노는 누구도 가시게 할 수가 없구나,
그것이 지옥의 활활 타는 화염처럼 솟기 때문이야,
그러니 아가씨, 내가 가져온 소식에 대해 용서 하여라,
내일 정오에 죽음을 준비하고.

THE NIGHT
그날 밤

The little moon shone through the prison door
Where, trembling with the cold, upon he floor
Of earth, as swept the wind like arrows through
The bars in blasts that ever fiercer grew,
Cold and half dead, in torments Choonyang sat
Fearful and yet hoping against hope that
Succor would come to rescue her from doom
And shut the opened portals of the tomb.
Thus through her pain and through her burning tears,
And through her darkened soul weighed down by fears,
Her mind went to her husband, and she prayed
That he might come to her, nor be delayed
Until the hour had passed when help could bring
Freedom and life to the Fragrance of Spring.

감방 문을 통해 작은 달의 빛이 비쳤다,

차갑게 떨리면서 바닥 위로

땅 바닥, 화살처럼 바람이 휩쓸고

계속해서 더 흉포해지는 폭발로 창살을 통과하여

고통 속에 차갑고도 반쯤 죽은 춘양이 앉아서

두려웠지만 요행을 바라기도 하면서

구원자가 그녀를 죽음에서 구출하러 오는

무덤의 열린 문을 닫는,

그리하여 그녀의 고통을 통하고 뜨거운 눈물을 통하여,

또한 두려움으로 내리눌린 새카만 영혼을 통하여.

그녀의 마음은 신랑에게 갔고, 그녀는 기도했다,

그가 자신에게 올 수 있기를, 지체함이 없이

도움이 자유와 생명을 봄의 향기에게

가져올 수 있는 그 시간이 오기를.

As thus she sat by pain and anguish torn

Across the night unto her ears were borne

The calls of wild-geese as they flew on high

Above the clouds that drifted o'er the sky.

And feeling that a kinship held her to

The woman sang with trembling voice and low

The woman sang with trembling voice and low

A prayer to them that breathed of all her woe:

그래서 앉은 그녀는 찢기는 통증과 괴로움

밤을 가로질러 그녀의 귀에 타고 오는

높이 나는 기러기들의 부름

하늘을 덮고 흐르는 구름들 위로

그녀에게 어떤 친족 관계의 느낌으로

이들 거창한 야생 조류는 영기(靈氣)를 가로질러 날며

그들에게 그녀의 비통함을 암시하는 기도를,

그 여인은 떨리는 낮은 목소리로 노래하니,

SONG

　노래

Wild-geese, through the heavens flying

In the chilly night,

If you meet the one I love

In your wandering flight,

Tell him that his love is weeping.

Life is only fears unending

When he's far away

Thus wild-geese, if you meet him

Sisters, will you say,

That his love is broken hearted?

If my love comes not tomorrow

Life itself will cease,

So if you meet my sweetheart,

Tell him, will you please?

That his own true love is dying.

(End of Canto the Third)

하늘을 가로질러 나는 야생오리들

차가운 밤에

만약 너희들 내 사랑을 만난다면,

너희들의 비행의 순간에

그에게 말해다오, 자기 사랑이 울고 있다고.

인생은 오로지 끝없는 걱정이라,

그가 멀리 떠나 있을 때,

그래서 너희들이 그를 만난다면, 야생오리야,

자매들이여, 너희가 말해다오,

그의 사랑이 비탄에 잠겨 있다고.

만약 내 사랑 내일도 오지 않으신다면,

생명 자체가 끊어질 것인데,

너희들이 내 멋진 연인을 만난다면,

그에게, 제발 와달라고, 말해주겠니?

그 자신의 진정한 사랑이 죽어가고 있다고.

(제3편의 끝)

CANTO THE FOURTH
제4편

INTRODUCTION
들어가면서

How slowly Nature works and yet how well,

For if the gods hate haste, as some would tell,

Yet is their work when finished all sublime,

Commensurate with the process and the time

Consumed by the great throbbing mill of life

Throughout its round of storm, of stress, and strife.

And reckoned on this wise can we alone

Value aright the hardships that are known

To men and women as they take their way

Across life's short and fleeting earth-known day.

For cares not Nature what's the price she pays

Nor yet how slow the process if she lays

At last upon the lap of mother Time

A product that is faultless and sublime;

For unto her to whom all things are known

The finished product is of worth alone.

자연은 얼마나 천천히 작용하고, 그러나 얼마나 잘 작용하는가,

만약 신들이 성급함을 싫어한다면, 어떤 이가 말하는 것처럼

그러나 그들의 작업은 숭고하게 완성된다고,

과정과 시간에 상응하여

인생이라는 거대하게 진동하는 풍차에 의해 소모되는

그것의 폭풍의 시기, 압박의 시기, 분투의 시기를 거쳐서

우리는 오로지 이런 지혜를 기대할 수 있다,

알려진 시련을 정확히 가치 매기면서

남자들과 여자들에게, 그들이 자기들의 길을 가는 동안

인생의 짧고 덧없는 이승의 날을 가로질러

자연이 바라지 않는 무엇이 지불해야 할 대가인가,

하지만 자연이 설정하는 과정이 얼마나 느린가,

결국 어머니 시간의 겹침의 조화에 따라

결함 없고 숭고한 산물은

만물이 유명한 자연에게로

완성된 산물만이 가치 있는 것.

THE MESSENGER

연락자

As low in the west dips the afternoon sun

And as long grow the shadows in Namwon,

A messenger boy is speeding him forth

Twenty miles out on a trail to the north.

When spies he[72] a tramp sitting under a tree;

359

Resting or taking his leisure was he.

"Look here, you youngster," to the boy he cried,

"Why all the hurry?—has somebody died?"

"Why say 'youngster,' to a man of my age?"

The messenger answered in furious rage.

The tramp called back, "I have made a mistake,

So don't get angry. But where do you make

Your home?" "Why, I live in our town of course,"

The messenger said; and again started forth

On his errand. "Now look here, my good man,"

Called the tramp to the boy as he onward ran,

"I have made a mistake, as I said before,

So pass that over nor think of it more.

But when you're at home where do you reside?"

"In the city of Namwon," the boy replied.

"And more, fresh one, if you wish to know

Of who I am, and of whither I go?

My name is [73]Seung-chill, and my task this thing,

To carry a letter from the Fragrance of Spring

With hurrying feet from the city of Namwon

---

72 a tramp: 게일도 변장한 어사를 a tramp로 표현한다.

73 Seung-chill:『옥중화』에서는 방자로 나오고, 게일 「춘향」에서는 관속명인 방자의 이름은 반편이란 뜻의 'Bolljacksay'이라 말해준다. 이 극시에서는 그의 이름이 성칠(Seung-chill)이라고 하는데, 변사또를 림안주, 향단이를 리창이(Lichangnee)이라 하는 것과 마찬가지로 그 이유를 파악하기 어렵다.

To Seoul and to Yee, the Minister' son."

오후의 태양이 서쪽으로 살짝 내려갈 때

남원에서 그 그늘이 길게 커지고 있을 무렵,

연락 소년이 속도를 내서 앞으로 나가고 있다,

20마일 바깥의 북쪽으로 가는 길에서,

그가 어느 나무 밑에 앉아 있는 뜨내기를 발견했다.

그는 휴식을 취하거나 여가를 즐기고 있었다.

이봐라, 너 젊은이, 그가 소년에게 외쳤다,

어떤 일로 그렇게나? 누가 죽어가기라도?

어찌하여 내 나이의 사내한테 '젊은이'라 말하는지?

연락자는 화가 치밀어 대답했다.

그 뜨내기 되받았다, 내가 실수를 했구려,

그러니 화내지 마오. 그런데 어디로 가오,

당신 집으로? 왜 그러오, 나는 당연히 우리 마을에 살지,

연락자가 말했다. 그리고 다시 앞으로 나가기 시작하니

자기 볼일을 보기 위해, 자, 여기 좀 봐라, 선한 장부여,

자기 일을 보러가는 소년을 그 뜨내기가 불렀다,

아까 말했듯이, 내 실수했소.

그러니 그것은 보내버리고 더 이상 생각 마오.

하지만 당신이 고향에 있다면, 어디에 거주하오?

남원시에서 사오, 그 소년이 답했다.

그리고 더 알고 싶으신가요, 생생한 이야기,

내가 누구며 어디로 가는지?

내 이름은 승칠이고 내 볼일은 이것이오,
봄의 향기가 쓴 편지를 배달하는 것,
남원시를 떠나서 빠른 걸음으로
한성으로, 대감의 아들인 이에게 가는 거요.

The tramp gave a start and his cheeks turned red,
And he turned to the boy and politely said,
"I would like to read this letter you bring
From the, who is it, the Fragrance of Spring?
And within the space of five minutes you may
Have it again and be off on your way."
The boy for a moment the stranger eyed,
Then in an all easy manner replied,
"My task demands haste and yet I suppose
That five minutes' delay will no heavier woes
Bring to the woman whose message have I
So read it in haste then onward I fly."

그 뜨내기는 깜짝 놀랐고, 그의 볼이 빨갛게 변했다,
그리고 그 소년에게 돌아서, 예의를 차리고 말했다,
내 그대가 갖고 가는 이 편지를 읽어보고 싶소,
그 누, 누구라, 봄의 향기가 쓴?
그리고 당신이 그대가 허락하면 오 분이면 되오.
다시 받아 당신 길을 떠나는 거요.

그 소년은 잠시 동안 그 나그네를 보았고,
그러고는 완전히 느긋한 태도로 답했다,
내 볼일은 서둘러 가야 할 일이지만, 추측컨대
오 분의 지체가 그다지 큰 고뇌는 아닌 듯하오.
내가 가진 편지의 여인을 생각나게 하는 군요,
그러니 속히 읽으시오, 그런 다음 내 날아가리다.

THE LETTER
편지

While the boy sat down on a stone to rest
The tramp read the letter:
"Dearest and Best: —
Mid the fires of affliction that claim me today
I am writing to you, my hope and my stay.
For fled is the day that holds any worth,
And empty and void is all, while the earth
Opens her mouth to receive me, and pain
Slips o'er me her mantle, and hops's all but slain;
Since I sit here alone in the shadows and death
Taints e'en the air that I breathe with its breath,
Longing to fold me in still deeper gloom
And pull me from earth to a horrible doom.
To be more explicit, the new Magistrate,

Who came from the city of Seoul but of late,

Called me before him, the beast that he is,

And asked that I sweeten his portion of bliss

By becoming his concubine. And since I would not

His pride took a fall and his anger waxed hot.

And he had me beaten and tortured until

My body is broken, but not so my will.

For though I am chained in prison, and death

Awaits at the threshold with dank, poisoned breath,

Yet would I prove unto you a true wife

Till death in its meshes entrap me, and life

Ceases its functions. E'en then would I be

Yours, and yours only, through enernity.

Oh, I wish, my true love, that come you might

And snatch me out of this terrible plight;

Or if they take my life, that you were here,

For that dread, solemn hour I greatly fear;

But if the gods, decree that I should die

Alone, a worthy wife to be I'll try

In passing to the yellow shades, that when

You, too, pass from this awful world of men

We may meet to unite in a world of bliss

To reap the rewards we have gained in this;

To part never more, while the ages bring

Only peace to our days.

The Fragrance of Spring."

그 소년이 쉬기 위해서 바위에 걸터앉아 있는 동안,

그 뜨내기 편지를 읽는다.

사랑하는 그대에게,

오늘 저에게 가해진 고통스런 고문 중에

제가 나의 희망이요 버팀줄인 당신에게 편지를 씁니다.

어쨌든 아까운 날이 빠져 달아나고

그리고 모든 것은 텅 비어 헛되니, 대지는

나를 받아들이기 위해 입을 벌리고, 통증이

대지의 덮개로 나를 덮고, 완전히 살해된 것이나 다름없으니,

내 여기 어둠 속에 홀로 앉아 있고, 죽음이

내가 죽의 기운으로 호흡하고 있는 그 공기를 오염시키네.

훨씬 더 깊은 우울 속에 나를 싸안으려 갈망하며

이승으로부터 나를 가공할 죽음으로 끌어당기니

더 명확히 하자면, 신임 부사

경성으로부터 오셨는데, 최근에

말 그대로 짐승인, 자신의 앞에 저를 불러,

저로 하여금 자기 희열의 몫을 향기롭게 만들어달라고 요구했지요,

그의 첩이 되어서. 그런데 제가 하지 않았으므로,

그의 자부심을 추락했으며 그의 화는 뜨겁게 커졌고

그는 제가 두들겨 맞고 고문당하도록 만들고

제 몸이 망가질 때까지, 그러나 제 의지까지는 안 되지요.

365

비록 제가 감옥에 묶여 있고, 또 죽음이

축축하고 독이 든 공기를 뿜으며 문턱에서 기다리고 있지만,

그렇지만 저는 진정한 아내로서 당신에게 증명할 것입니다,

죽음이 그것의 그물로 나를 옭아매기까지, 그리고 생명이

그 기능을 중단할 때까지. 설사 그때라도 저는

당신의 것, 오로지 당신 것일 겁니다. 영원히

오, 내 진정한 사랑이 당신을 오도록 하여

이렇게 끔찍한 곤경에서 저를 채 가달라고 기원합니다.

아니면, 만약에 그들이 내 목숨을 빼앗고, 당신이 여기 오신다면

제가 매우 걱정하는 저 두렵고도 엄숙한 시간에

하지만 만약 신이 제가 죽어야 한다고 판결한다면

혼자서, 저는 귀중한 아내가 되려고 애쓸 것입니다.

황천길로 가는 길에, 당신 또한

이 지독한 인간 세상에서 빠져나올 때

우리 환희의 천국에서 결합하기 위해 만날 수도 있을 것입니다.

우리가 이런 사태에서 얻은 보상을 거두어서

더 이상은 결코 헤어지지 않고, 세월은

우리의 날들에 오로지 평화만 가져올 것입니다.

봄의 향기

THE TRAMP
뜨내기

The blood and tear stains that were there

On the letter's page, with the words laid bare
E'en the innermost room of a heart as true
As the lily is white, when in the dew
Of summer's fair morn it stands sublime,
White as is snow from the full breast of Time.
Hot ran the tears down the tramp's soiled face
To find on the letter's page a place
Among the blood and tear stains that were there,
As if their owner claimed the right to share
The sufferings of the one whose virtue had
Been kept at such a price. Just then the lad
Looked up and beheld the tears of the man
That adown on the page of the letter ran,
And said to him, "Good man, you are soiling
The letter that you hold, and thus spoiling
My chance of reward when my journey is done
And I hand this letter in Seoul to the one
For whom it is written. And my man, if you
O'er the woman's letter make such an ado,
What would you have done had you been at her side
When the Magistrate tried to break her pride
Beneath the paddle? or could you behold
Her chained in the prison to suffer untold
Agonies of body, of mind, and of soul,

While the hours as ages over her roll?"

거기 피와 눈물이 얼룩져 있었고

편지지 위에는, 상황을 꾸밈없이 보여주는 글과 함께

진정으로 마음의 가장 깊숙한 방까지

백합이 하얗게 피듯이, 여름의

깨끗한 아침 이슬이 고귀하게 내려 있을 때,

시간의 충분한 심정으로부터 눈처럼 하얗게

그 뜨내기의 흙 묻은 얼굴에 눈물이 뜨겁게 흘러내리고,

그 편지지 위에 어떤 장소를 찾기 위해서,

거기 만들어져 있는 피와 눈물의 얼룩들 사이에

마치 그것들의 소유자가 자리를 나눌 권리를 주장하듯이

정절을 지키는 자의 고통은

그런 가치로서 유지되었다. 바로 그때 그 청년

올려다보고 그 남자의 눈물을 보았으니,

흘러서 편지지 위로 떨어지는,

그에게 말했다, 선한 사람, 당신은 더럽히고 있군요

당신이 쥐고 있는 그 편지를, 그래서 망치고 있습니다,

내 여정이 완수되었을 때, 내가 보상받을 길을.

내가 경성에서 그 분에게 이 편지를 전하고,

이 편지의 수신인에게, 그리고 만약에 당신이

그 여인의 편지 위에 그런 문제를 일으켜 놓는다면,

당신이 했던 일이 그녀의 편에서 어떤 의미가 있을 것 같소,

부사가 그녀의 자존심을 꺾으려고 시도했을 때

곤장의 힘으로? 아니면 당신은 볼 수 있겠소,
감옥에 묶인 그녀의 말 못한 신체적,
정신적, 영혼의 고통을,
세월 같은 시간이 그녀의 편지 위로 흘러가는 동안?

The tramp groaned aloud as on raced the lad
With the tale of Choonyang, and all that she had
Suffered at the hands of the new Magistrate,
And of what he thought would yet be her fate.
Then seeing that the tramp was moved very much
And thinking that quite uncommon was such
On the part of a stranger, the lad would know
If he claimed kin to Choonyang that her woe
Affected him thus? In reply the tramp said,
"By this note and the tale that you tell I am led
To think that even would steel or stone
Respond to the same with a tear and a groan.
Then how much more must a human form
Be touched with the fury of the storm
That she has passed through. No more I'll say
So take your letter and be on your way.
But hold a moment, since your path will be
Directly through the next magistracy,
Will you not for me a letter take

To the magistrate there? If so I'll make
It worth your while in the days that are yet
By you in the path of life to be met."
The messenger replied, "Little I trust
In the promise you give; but since I must
Go past the place, your letter I'll take.
But, fellow, I must request that you make
Haste with your writing that I may fly,
For time is slipping rapidly by."

그 뜨내기는 그 청년과 경쟁하듯이 크게 울부짖었다,
춘양의 이야기와 관련하여. 그리고 그녀가 겪은 모든 것
그 신임 군구의 손아귀에 잡혀서
또한 그가 생각했던 것은 이미 그녀의 운명이 되었을 것,
그 뜨내기가 크게 감동받은 것을 보면서
그것이 정말로 평범하지 않다고 생각하여
나그네의 입장에서 그 청년은 알았을 것이다,
만약 그가 춘양의 인척이라도 된다면, 그녀의 비통함이
이렇게 그에게 감흥을 주었을까? 뜨내기 대답하여 말했다,
자네가 전하는 이 문서의 이야기로 나는 이끌렸소,
생각하도록, 강철이나 바위라 하더라도
그 같은 일에 대하여 눈물과 신음 소리로 응답하리라고,
한 인간의 신체가 얼마나 더 많이
폭풍의 분노로 타격을 받아야 하는지

그녀가 겪었던. 내 더 이상 말하지 않으리,

그러니 당신은 편지를 갖고서 당신 길을 가시오.

하지만 잠시만, 당신의 길이

다음 부사의 관할지를 직접 통과해 가기 때문에

나를 위하여 편지 하나를 좀 배달해주겠소,

거기의 부사에게? 해주시겠다면, 내 만들어서

당신이 할 만한 일이니, 아직 오지 않은 날들에

당신이 인생의 길에서 만나게 될.

그 연락자는 답했다, 내 거의 믿지 않으니

당신이 하신 약속. 하지만 내가

그 장소를 지나야 하는 까닭에, 내가 당신 편지를 갖고 가겠소.

하지만 형씨, 나는 요구해야 하도, 당신이 빨리

당신의 편지를 써주시면, 나는 날아갈 것이오,

시간이 급속하게 미끄러져 가고 있기에.

The letter was finished and the boy set forth

Again on the trail that led to the north.

While the tramp with hurrying feet turned south,

With fear in his heart and a curse in his mouth.

When nearing Moonlight Pavilion he spied

Two lone farmers the roadway beside,

Of whom he asked of the new Magistrate

That had come to Namwon city of late

One replied, "Why, he eats well and drinks well,

No one does better than he, so they tell,

And tomorrow after a birthday feast

For the nobles 'round, it is said that the beast

Will take the beautiful Fragrance of Spring

And beat her to death, just for refusing

To bend to the beastly will of the man;

But let the devil feast while he can,

For The edge of the executioner's steel."one of these days his neck

will feel

편지가 완성됐고, 소년은 출발했다,

다시 북쪽을 향하는 길 위에서.

그 뜨내기 급한 걸음으로 남쪽으로 향하는 동안,

마음속으로 걱정을 안고서, 입에는 저주를 담고서,

달빛 누각 가까이 그의 시선이 머물렀을 때,

길옆에 외따로 서 있는 두 농부

그는 그들에게 신임 부사에 관해 물었다,

최근 남원시로 부임해왔던.

한 명이 답했다, 어찌나 그는 잘 먹고 잘 마시는지,

어느 누구도 그분보다 더 잘 할 수 없지, 사람들이 그렇게 말하지요.

그리고 내일 생일 잔치를 한 후에

주위의 양반들을 위하여, 전하는 말에 의하면, 그 짐승이

그 아름다운 봄의 향기를 끌어내서

죽도록 매질을 한다네, 거부한 대가로,

그 사내의 짐승 같은 의지에 굴복하지 않았다는,
하지만 악마로 하여금 그가 할 수 있는 축연을 베풀라 하시오,
얼마 안 있어, 그의 모가지는 느끼게 될 것이오,
사형 집행인의 강철 칼날을.

THE MOTHER
어머니

The tramp turned from them and hurried away,
But when he came to the village that lay
'Neath Moonlight Pavilion he sough, in the place
The home of Choonyang and turned his face
To its opened gate. A dog snarled at him.
And kneeling before a small shrine in the dim
Hour of the twilight, he saw an old dame
Earnestly praying, and as closer he came
He could hear her say, "O Spirit of Heaven,
The Spirit of the stars, to whom it is given
To have wisdom and power, send to my side
The husband of Choonyang before it betide
That her life is rent and her spirit fled
To the realms of the everlasting dead."

그 뜨내기는 방향을 바꾸어 급히 떠났다,

하지만 그가 마을에 도착하였을 때
달빛 누각 아래 있는, 그 장소,
춘향의 집, 그는 얼굴을 돌려
그 열린 대문으로. 개 한 마리 그를 향해 어르렁거렸고,
그는 석양의 희미한 시간에 조그만 사당 앞에
무릎을 꿇고 있는 늙은 귀부인을 봤다,
열심히 기도하고 있는. 그가 더 가까이 가자
그는 그녀의 말을 들을 수 있었다. 오, 천지신명이시여,
별의 신령이시여, 가지고 계신
지혜와 권능으로 제 옆으로 보내주십시오,
춘양의 남편을, 일이 일어나기 전에
그녀의 생명은 임대되었고, 그녀의 혼백이 도망갔으니,
영구의 죽음이라는 영역으로.

The tramp stepped back to the open gate
And after a moment's silent wait
Called aloud, "Come here." The mother said
To Lichangnee, the little servant maid,
"Hurry to the gate and see who calls
At this wretched hour, when darkness falls
Like night o'er our souls." The maid hurried out
To the opened gate to answer the shout
Of the stranger there. "Who is it," she cried,
"That comes to our door?" The stranger replied,

"It is I." "Who is I?" the maiden would know.

"Don't you know me?" he asked, "that you throw

Such inquiries at me?" The maiden deep gazed

At the tramp's haggard face and then raised

A shout of joy, for she saw in the man

The husband of Choonyang, and quickly ran

To the house with the news that she bore,

And shouted to the mother through the door,

"The Master is come, oh say, do you hear?

The Master is come, the Master is here!"

In the dusk of the evening the mother stepped out

And threw her lean arms Dream-dragon about,

Asking in tones all hysterically wild,

"Have you fallen from heaven to save my child?

Come into the house. Hot supper I'll bring,

And tell you of her, the Fragrance of Spring."

The Young Master stepped the doorway through

And seated himself without further ado.

Where the mother, bringing a lamp, was surprised

To see her son in such a strange guise.

For while as the face of the gods was his own

The mother could only give forth a groan

At sight of his clothes, all dirty and worn,

Patched often, and yet the more often torn

Into holes without patches. "What does this mean?"
Demanded the mother in almost a scream.

그 뜨내기는 열린 대문으로 돌아 나섰고,

순간의 침묵이 기다린 후에

큰 소리로 불렀다. 이리 오너라, 어머니가 말했다,

어린 하녀 리창니에게

서둘러 대문으로 가서 누가 방문했는지 확인하거라,

이런 비참한 시간에, 어둠이 내리는

마치 우리 영혼에 내리는 밤 같은 때에. 하녀는 급히 나갔다.

열린 대문으로 가서 외침으로 답했다,

거기 있는 나그네에 대하여, 누구시오? 그녀는 외쳤다.

우리 대문에 오시는 분은? 나그네 대답했다,

나다, 나가 누구요? 하녀가 알게 되었다.

나를 모른단 말이냐? 그가 물었다, 네가 그런 물음을

나에게 던지다니? 그 하녀 뚫어져라 응시했다,

그 뜨내기의 초췌한 얼굴을, 그리고는 일어나서

기쁨의 외침을 질렀다, 그녀가 그 남자를

춘양이 남편으로 확인했고, 재빨리 달려서

그녀가 새 소식을 갖고 집안으로

문을 통과하여 어머니에게 외쳤다,

주인 나리가 오셨어요, 오, 이런, 들립니까?

주인 나리가 오셨어요, 주인 나리 여기에!

저녁의 땅거미 속에서 어머니는 걸어 나와서

그녀의 가는 팔로 드림 드래건을 안았다.

완전히 병적으로 흥분하여 난폭한 음조로 물었다,

자네가 하늘에서 내 아이를 구하기 위해 떨어졌는가?

집으로 들어가세. 따뜻한 저녁을 가져오겠네.

그리고 봄의 향기 그녀에 대해 이야기해주겠네.

그 젊은 주인 나리는 문간으로 들어섰고

더 큰 소동 없이 자리를 잡고 앉았다.

거기서 등을 가져오는 어머니 놀랐는데,

자기 사위의 괴상한 행색을 확인하고는

한 동안 귀신의 몰골이 그의 얼굴이었다.

어머니는 오로지 신음 소리만 낼 수 있을 뿐이니.

그의 옷차림은 완전히 더럽고 닳아 있었다.

헝겊을 덧대 여기저기 기웠고, 더 많은 곳이 찢어져

헝겊도 없이 구멍이 나 있다. 이게 무엇인가??

어머니는 거의 절규하듯이 대답을 요구했다.

EXPLANATIONS
설명

"Now listen, mother," Dream-dragon replied,

"I really worked hard at my studies and tried

To pass the state examinations well

And receive an office, but it befell

That eternal fate decreed otherwise

And so I lost the much coveted prize
And being disgraced, as I was, you see
My father became impatient with me
And turned me out with never a sou.
And so, good mother, what could I do
But become a beggar and beg my way
From door to door from day unto day,
And give the village dogs something to do
In barking at me as I pass through?
And finding myself in this wretched plight
My thoughts quite naturally took their flight
To you, my good mother, and so I am come
To share with you the blessings of home.
I have heard of Choonyang's terrible plight
And it makes me feel miserable quite."

장모님, 들어보시오. 드림 드래건이 대답했다.
나는 글공부에 정말로 열심히 임했고,
과거 시험에 통과하기 위해,
그리고 관직을 받기 위해, 그러나 운명이 닥쳐서
영구적인 운명이 다르게 판결하였다오.
그리하여 저는 몹시 탐내던 상을 잃고
치욕스럽게도, 내 예전처럼, 보시는 바와 같이
제 부친께서는 도저히 참을 수 없게 되셔서

단 한 푼도 없이 저를 내쫓아 버렸어요.

그리 되었으니, 선량한 장모님, 제 뭘 할 수 있으리오.

그러나 거지가 되어서, 구걸하며 여행하는데

이 집에서 저 집으로, 날이면 날마다,

마을의 개들에게 할 일을 주기도 하지요,

내가 지나칠 경우 나를 향해 짖어대는.

이렇게 비참한 곤경 속에 빠져 있다 보니,

내 생각은 너무나 자연스럽게 날아가지요,

나의 훌륭한 장모님께로, 그래서 제가 온 것입니다

가정의 축복을 장모님과 나누고자.

저는 춘양의 끔찍한 곤경에 관해 들었고,

그게 나로 하여금 아주 비참한 느낌을 갖게끔 합니다.

"Are the gods mean as this?" the mother cried,

"And are my hopes thus crushed and my pride

Cast down to hell? Lichangnee, quickly go

To my little shrine in the garden and throw

Its stones to earth. No more will earnest prayer

Or tears unto the gods be offered there.

My child! My child! And are you left to die?

Oh, that I could for you in prison lie,

And in your stead the cup of death could drink!

But the privilege is denied me. Oh, I think

I am already mad! Give me a knife.

I'll end it all, I'll take my wretched life!"
So wild she raved Dream-dragon thought it best
To offer words of comfort, and exprest
His feelings for her sorrow, but to be
Rebuffed and scorned and raged at until he,
In fear of mortal harm, unto her said,
"There may be some way out, till life has fled
Give not up hope..." "Some way out?―you knave,
None but a king's comissioner could save
My darling now. You dead beggar, no more,
You add but fury to a pot that's boiling o'er."

이처럼 신들도 야속할 수가? 어머니는 울었다,
그렇게 내 희망도 뭉개졌고, 내 자존심도
지옥으로 내던져지는가? 리창니, 빨리 가거라,
정원에 있는 내 작은 사당으로, 그리고 던져라,
그곳의 돌들을 땅에다. 성실한 기도는 더 이상
눈물도 더 이상 거기서 신들에게 제공되지 않을 것이다.
내 새끼! 내 새끼! 네가 죽도록 버려졌구나?
오, 내가 너를 대신하여 감옥에 갈 수도 있고
너 대신에 죽음의 잔을 들이킬 수도 있는데!
하지만 그 특권은 나를 부인하니, 오, 나는 생각한다,
내가 이미 미쳤다고! 나에게 칼을 다오.
나는 이제 끝이야. 내 이 비참한 삶을 끝낼 꺼야!

그녀는 드림 드래건을 최고라면서 아주 미친 듯이 격찬했어,
위안의 말을 제공하고, 표현하면서
자신의 슬픔에 대한 자기 느낌을, 하지만
좌절되고 비난받고 폭력을 당하며, 그가
치명적인 해약을 두려워하면서 그녀에게 말했다,
어쩌면 탈출구가 있을 수도 있지요, 생명이 없어지기까지
희망을 포기하지 맙시다.... 어쩌면 탈출구? 네, 이 악당아,
임금님의 사자가 아니라면 누구도 구할 수 없어,
이제 내 아이를. 너, 이 망할 거지, 더 이상
너는 끓어 넘치는 주전자에 격분만 추가하네.

"Have your own way, mother, of your sacrifice
No more will we talk. But bring me some rice.
For I am quite hungry with the long way
That my weary legs have brought me today."
"Rice? I have no rice for beggars like you."
Answered the mother, as the maid stepped through
The door with his supper, who, setting it down,
Told him to eat to his fill, while the frown
Of the mother rested upon her. But he
To see if within her sight he could be
More hateful than ever, ate everything
And called for the servant girl to bring
Any cold food that the house might afford.

Cold rice was brought and placed on the board,

Which he ate in gulps. While the mother declared,

"You greedy parasite, oh, that you shared

The fate of my daughter, then would I find

Joys abundant and full peace of mind."

When he'd finished his meal Dream-dragon said,

"I feel somewhat better since I have fed.

And now to the city of Namwon I'll go

To see my Choonyang, for her bitter woe

Tugs at my heartstrings and I want her to know

That I feel for her in all of the pain

Of the fearful cup she has had to drain."

자기 자신의 희생 방법을 취하세요, 어머니,

우리는 더 이상 이야기하지 않을 겁니다만, 밥을 좀 주시오,

먼 길을 오다보니 내 아주 배가 고픕니다,

오늘 내 지친 다리가 나를 데려온 그 먼 길.

밥이라고? 나는 자네 같은 거지들한테 줄 밥이 없다네.

어머니가 대답했다, 하녀가 들어오자

문을 넘어서 그의 저녁식사를 들고, 그것을 놓고는

그에게 배불리 먹어라 말하고, 어머니의

찡그린 얼굴이 그녀를 향해 있는 동안. 그러나 그는

보기 위해, 그녀의 시야 안에서 그가

언제보다 더 미울 수 있으니, 모든 것을 먹었다.

그리고 그 하녀에게 청하여 가져오라고
집안에서 제공할 수 있는 여하한 식은 음식이라도
식은 밥을 가져왔고, 상 위에 놓았다.
그는 꿀떡대면서 먹었다. 어머니는 천명했으니,
네 탐욕스런 기생충, 오, 네가 공유했다니,
내 딸의 운명을, 그런데 내가 찾겠는가
넘치는 기쁨과 가득한 마음의 평화를.
자기 식사를 마치자, 드림 드래건이 말했다,
배가 부르니 어느 정도 기분이 더 좋아지는군,
이제 저는 남원시로 가겠습니다,
나의 춘양을 보기 위해, 그녀의 쓰라린 고통
내 마음의 현을 퉁기고, 나는 그녀가 알기를 원하오,
내가 그 모든 고통으로 그녀를 느끼고 있다는 사실을.
그녀가 비워야 했던 공포의 잔이라는 고통.

The servant girl said that she too would go
With the Master unto the city to know
How her Mistress fared. And the mother said
That she would keep company with the maid.
So they started out in the dark and the night,
While the moon, half full, cast a fitful light
Along their path, as ever and anon
The clouds in the heavens as they drifted on
Hid its face from them. Then as farther still

They went, the clouds grew thicker until
The sky was covered and gloom gathered round
And from far away came the rumbling sound
Of thunder that ever the nearer came
Till it crashed around them and broke in flame.
But they reached the city's gate at last
Where at hearing their names the gateman passed
Them into the city. And as they gained
Its streets broke over the world the rain.

그 하녀는 자기도 가겠다고 말했다
그 주인 나리와 함께 시내로, 알기 위해서
자기 여자 주인이 어떻게 지내는지. 어머니는 말했다,
자신은 그 하녀와 함께 다닐 것이라고,
그래서 그들은 어둠과 밤 속으로 출발했다.
달, 반달이 일정치 않은 빛을 던지는 동안
그들이 가는 길을 따라서, 가끔씩
하늘의 구름들은 흘러가면서
그들로부터 얼굴을 숨겼다. 그럼에도 여전히
더 멀리 갔고, 구름들은 점점 더 두터워졌다.
하늘은 뒤덮였고, 우울감이 주위에 모여들었다.
불평의 소리가 저 멀리로부터 들려왔다,
천둥과 관련한, 더 가까이로 들려왔다.
그들 주위에서 충돌하고 불꽃 속에서 부서지기까지

하지만 그들은 결국 시의 대문에 도달했다.

그들의 이름을 듣고는 문지기가 통과시켜

그들을 도시 안으로, 그리고 그들이 획득한 것처럼

도시의 길들은 세상에 비를 뿌렸다.

THE PRISONER

죄수

[74]The Fragrance of Spring finished her prayer

In song to the wild-geese flying in air.

Then dropped into fitful slumber and dreamed.

She was away in the mountains, so it seemed,

And the rain was falling and the clouds came down

To where she stood on the mountain's crown.

And they turned to chariots where beings bright

Stood surrounded with soft mellow light;

Who beckoned to her and she went with them

On their chariot clouds from this world of men.

"Our lady fair bids you come to her door,"

The beings said, as they gently bore

Her high in their cloudy ships away

---

74 『옥중화』와 「춘향」에서 춘향이 옥에서 꾼 꿈에서 그녀는 '만고정렬황릉묘'에 서 중국의 유명한 여인들 즉 아영, 어영, 태임, 태사, 맹강 등을 만난다. 이 극시에 서는 두 텍스트와 달리 고유명사는 번역되지 않고 아영과 여영으로 추정되는 이를 lady로만 번역한다.

To a land that glowed in perfect day.

봄의 향기는 기도를 끝냈다,

대기를 나는 기러기에게 바치는 노래로.

그리고는 단속적인 선잠에 골아 떨어지고 꿈을 꿨다.

그녀는 멀리 산 속에 있었고, 그렇게 보였는데,

비가 내리고 구름들이 내려왔으니

그 산의 꼭대기 그녀가 서 있는 곳으로.

그것들은 존재들이 빛나는 곳에서 마차를 돌려서

부드럽고 아름다운 빛으로 둘러싸인 채 서 있는

그녀에게 신호했고, 그녀는 그들과 함께 갔다,

인간들의 이승으로부터 그것들의 마차 구름들에

우리의 선녀님께서 당신을 그녀의 문으로 오시도록 초청합니다,

그 존재들은 말했다, 친절하게 모셨다,

저기 떨어져 있는 구름 배들에 있는 선녀에게

완전한 날에 빛을 내는 땅으로.

At last they came to a temple that bore

A brilliant inscription over the door.

"The Temple of Faithful Women," it read.

"This is our lady's castle," they said,

"And our lady's wish is that we bring

Into her presence the Fragrance of Spring."

She entered the hall and on a dias raised

Was sitting a queenly lady who gazed

All lovingly on the Fragrance of Spring,

As she requested her attendants to bring

Choonyang to her chair, who, blushing, replied,

"Unworthy am I to come to your side,

For do I not dwell in the sordid earth?

And come, do I not, of humble birth?"

Whereupon the beautiful lady replied,

"Artless woman of a humble pride,

Wonderful, beautiful creature of earth,

Honored the land that has given you birth.

Long have I thought that Korea would be

Given a place in this temple that we

Have built to true women..." A cock's shrill call

Brought the woman back to herself and all

The things that engulfed her. The falling rain

Beat in through the door. And now and again

Blew across her face. Then the woman tried

To move away to the fathermost side

Of the room, but the effort caused her such pain

That she stayed where she was, allowing the rain

That rode on the cutting wings of the storm

To beat as it would on her face and her form.

Thus time passed away in darkness and pain,

Of fierce, cutting winds, and cold spring rain.

결국 그들은 밀치고 나아가 어느 사원에 도착했다,
문 전체에 화려한 새김 장식으로
정렬사, 라고 적혀 있었다.
그들이 말했다, 이곳이 우리의 여사님의 성입니다,
우리 여사님의 소망은 우리가 봄의 향기를
그녀의 앞에 모시고 오는 것입니다.
그녀는 방으로 들어가서, 세워진 귀빈석에
앉아 있는 여왕 같은 여인은 봄의 향기를
한껏 사랑스러운 눈길로 응시했다,
그녀가 수행원들에게 모셔라 요구하니,
춘양을 그녀의 자리로, 얼굴을 붉히며 답하니,
저 같이 하찮은 이가 님의 곁에 가다니요?
더군다나 저는 지저분한 세상에서 거주합니다.
천한 태생의 저로서는 가지 않겠습니다.
그러자 그 아름다운 여인은 대답했다,
겸손한 자부심의 꾸밈없는 여인,
경이롭고도 아름다운 지상의 생명,
당신에게 생명을 주었던 그 땅의 영광이요,
나는 오래 동안 코리아에게 이 사원의
한 장소를 줄 것이라고 생각했는데, 우리가
진정한 여인을 위해 건립한...., 수탁의 울음소리가
그 여인을 정신 차리게 만들었다, 그 모든

일들은 그녀를 휩쓸었고, 내리고 있는 비는
문을 통과하여 치고 들어왔다. 그리고 때때로
그녀의 얼굴로 날아들었다. 그러자 그 여인은 시도했다,
가장 먼 쪽으로 이동하려고
그 방 안에서, 그러나 시도는 그녀에게 고통을 야기했고,
그녀는 그 자리에 머물렀다. 비를 허용하면서,
돌풍의 날카로운 날개를 타고 들어오는,
그녀의 얼굴과 신체에 날아들었다.
그렇게 시간은 어둠과 고통 속으로 지나갔다.
사납고 살을 에는 듯 한 바람과 차가운 봄비로.

But if without is wild and fierce the storm

The one within is fiercer, and her form

Trembles beneath its stroke, as once again

The woman feels her perils and her pain.

Again she hears the wild-geese in the sky

Loud calling mate to mate as they pass by.

Their freedom mocks her bondage and her pain.

Her mind goes to her husband and again

She bids them carry on their strong, swift wings

Messages to him, as tremblingly she sings:

"Wild-geese through the heavens flying

In the stormy night,

If you meet the one I love

In your wandering flight,

Tell him that his love is weeping."

> 그러나 만약 거칠고 사나운 돌풍이 없었다면,
>
> 안에 있는 사람이 더 사나워져서, 그녀의 신체는
>
> 다시 한 번 더, 그 타격에 떨고 있을 것이다
>
> 그녀는 자신의 위난과 자신의 통증을 느낀다.
>
> 그녀는 다시 하늘을 나는 기러기 소리를 듣는다,
>
> 곁을 지나가면서 짝을 부르는 큰 목소리
>
> 그들의 자유는 그녀의 구속과 고통에 아랑곳하지 않으니,
>
> 그녀의 마음은 자기 신랑을 향해 가고, 다시
>
> 그녀는 그들의 튼튼하고 날쌘 날개에 실어 보내,
>
> 그에게 전달을, 떨리는 목소리로 부르는 노래,
>
> 하늘을 가로질러 나는 기러기,
>
> 돌풍 부는 이 밤에
>
> 만약 당신이 내가 사랑하는 이를 만난다면,
>
> 당신의 종잡을 수 없는 비행 가운데
>
> 그에게 전해주오, 그의 사랑이 울고 있음을.

THE MEETING

만남

[75]Across the storm along the city's street,

With heads bowed low and ever hurrying feet,

Three persons take their way across the night

With naught to guide them but the fitful light

Of lightning's flash. And now they near the door

That leads into the prison, but before

The place is reached, across the night and storm

In subdued tones, yet clear, to them is borne

A song so bitter-sad in its appeal

That it would cause a heart of hardened steel

To sense its grief, in sympathy to know

All that the other feels of misery and woe.

Thus upon the wings of the early morn

In sweet yet plantive notes the song is borne:

돌풍을 가로지고 도시의 거리를 따라서,

머리를 아래로 낮게 숙이고, 급한 걸음으로,

세 사람은 밤을 가로질러 길을 간다,

그들을 안내하는 이 없지만, 희미한 불빛

번개의 섬광으로 생겨, 그렇게 마침내 문 가까이 왔네,

감옥으로 이어지는 문, 그러나 그 장소에

도착하기 전에 밤과 돌풍을 가로질러

---

75 춘향모, 향단, 어사 세 사람이 옥에 갇힌 춘향을 만나러 가는 장면이다. 『옥중화』
와 「춘향」에서는 번쩍이는 번개와 비와 천둥 소리가 마치 죽은 귀신이 곡은 하
는 듯 으스스한 분위기를 자아낸다. 그러나 이 극시에서는 번개와 천둥이 치는
것은 유사하지만 귀신의 곡소리 부분은 생략하고, 대신 님을 그리는 춘향의 애
절한 '사랑 노래'가 극시 안의 운문 형식으로 삽입된다.

391

부드러운 음색으로 그러나 맑게 그들에게 들려오니
어떤 노래가, 아주 심히 슬픈, 호소하는
단련된 강철의 심장을 일으켜서
그 비탄을 느끼도록 만드는, 이해의 공감으로
타인이 겪는 불행과 고민의 모든 것에 대하여.
이른 아침의 기운 위에다
그 노래는 달콤하지만 분명한 음을 실어 나르네.

"Life is only fears unending

When my love's away,

Thus, wild-geese, if you meet him,

Sisters, will you say,

That his love is broken hearted?"

"If my love comes not with morning

Life itself shall cease,

So if you meet my sweetheart,

Tell him, will you please,

That his own true love is dying?"

인생은 오로지 끊임없는 걱정
내 사랑 멀리 있으니,
그러니 기러기들아 너희들이 그를 만난다면,
자매들이여 말해주시겠어요,
그의 사랑이 망연자실해 있다는 사실을?

만약 내 사랑이 아침에 오지 않는다면,

생명은 그대로 중지될 것이며,

그래서 당신들이 내 사랑을 만나게 되면,

제발 그에게 말해주시겠어요,

그 자신의 진정한 사랑이 죽어가고 있다고?

Ends the song. Across the night and storm

To lose itself in them a bitter moan is borne,

But though soon lost, its note falls on an ear

Tuned to its key of sympathy and fear.

A moment later, out upon the street,

She hears, or seems to hear, approaching feet.

Or is it a wild dream by fancy fed?

To better catch the sounds she lifts her head.

"I've come," in whispers to her heart is borne

She starts. Is she awake? Is reason gone?

She does not answer lest her answer break

The spell, to call her from her dreams to wake

To her dread fate. She sits in silence, head

Upheld to catch the music that has fled.

It comes no more. She whispers, "Can it be

I heard his voice? — that he has come to me?"

The whisper carried not the doorway through.

She dropped a sigh, 't was all that she could do.

그 노래는 끝났다. 밤과 돌풍을 가로질러

그것들 때문에 노래 자체는 사라지고 고통스런 신음소리 흘러

하지만 비록 금방 사라지긴 했어도, 그 선율은 귀에 떨어지고

노래의 요지인 연민과 걱정으로 변환되어

잠시 뒤, 바깥의 길거리에서,

그녀는 듣거나 듣는 것 같다, 다가오는 발소리,

아니면, 그것이 공상에 의한 엉뚱한 꿈이란 말인가?

그 소리를 더 잘 듣기 위해 그녀는 고개를 들었다.

내가 왔네, 속삭임으로 그녀의 가슴에 전해졌고,

그녀는 놀랐다. 그녀가 제정신인가? 이성이 사라졌나?

그녀는 자기 대답이 깨뜨리지 않도록 답하지 않았다

이 조화를, 꿈에서 깨어 일어나라고 그녀를 부르는 소리

그녀의 무서운 운명에. 그녀는 침묵하는 가운데 앉아, 머리를

들어 올리고 사라져간 그 음악을 잡기 위하여.

더 이상 오지 않으니, 그녀가 속삭이네, 가능할까,

내가 그의 목소리를 듣는 일? 그가 나에게 오는 일?

그 속삭임은 문간을 통과해 나가지는 않았다.

그녀는 한숨을 떨어냈고, 그것이 할 수 있는 전부였다.

The fearful, awe-struck mother pushed the man

Forth from the gate, and mournfully began,

"My child, my darling child! oh, are you dead?

Has to the yellow shades your spirit fled?"

"No, mother dear, not dead, oh, that I were

Before tomorrow's pains my vision blur

With the death mist; but 't is denied, and I

Must pass through deeper shades before I die —

Must bend before the paddle till it break

My very being, but it will not shake

My courage or my purpose. And I go,

If hard, still reconciled, for well I know

That in the yellow shades I'll meet with him

Who is my lawful husband, when the dim

Light of today will be revived, when known

To us will be the joys above..." A groan

Falls on her ear. She starts again,

Memories surge within her, present pain

Seems lost in scenes of rapture that have fled

In notes that one day throbbed, but now lie dead.

두렵고 공포에 쩔은 어머니는 그 남자를 밀쳤다,

문으로부터 앞으로, 애처롭게 말을 시작했다,

[76]내 새끼, 내 사랑하는 새끼! 아이고, 내 죽은 거냐?

네 혼이 저 황천으로 도망갔느냐?

---

76 『옥중화』와 게일 「춘향」에서 춘향모와 향단이 그리고 거지로 변장한 어사가 옥에 갇힌 춘향을 찾아 가는 대목이다. 『옥중화』의 "너 평싱 상사ᄒᆞ 리셔방인지 셕히 셔방왓다", 게일 「춘향」의 "Your beloved, your long thought of Yee Sobang, Worm Sobang, has come."로 판소리계 소설 특유의 언어유희 장면이 이 극시에서는 생략된다.

아니오, 어머니, 죽지 않았어요. 아, 차라리 그랬다면,
내일의 고통이 내 눈을 어둡게 만들기 전에
그 죽음의 안개로. 하지만 그리 되지 않을 것입니다. 저는
죽기 전에 깊고 깊은 그늘을 통과해야 합니다.
곤장이 부수기 전에 굴복해야 합니다,
바로 내 몸을. 그러나 그것이 뒤흔들지는 않을 것이니,
내 용기나 내 목적을. 그리고 저는,
힘들더라도, 화해할 것입니다, 왜냐하면 제가 잘 알고 있으니,
황천의 그늘에서 내가 임을 만날 것임을,
나의 적법한 남편, 그 희미한,
오늘의 빛이 되살아날 때입니다, 알려질
우리에게 그 천상의 즐거움이....., 신음 소리가
그녀의 귀에 떨어졌다. 그녀가 다시 시작했다.
기억들이 그녀 내부에 굽이치며, 현재의 고통이
도망 가버린 황홀경 속에서 사라져 버리는 것 같아
한때 고동쳤던 음색으로, 하지만 이제 사라진.

"Mother, I thought that you were safe at home.
 Why through the storm to me thus have you come?
And mother, ere you spoke in coming here
I thought another's voice reached my ear −
A voice familiar, sweet. And now again
I heard, or seemed to hear, in sadder strain
That voice of old." The doubtful woman said,

Deeming her ears were true, but more than half afraid
They played her false. When clear, above the storm
To her true ears her husband's voice is borne.
"Dear one, I've come, nor can I tell you all
Of what I feel for you, as thus the gall
Of life you drink. And oh, my dearest one,
I wish I'd come before this deed were done..."

어머니, 저는 어머니께서 집에서 안녕하신지, 생각했어요.
제게 들이닥친 돌풍으로 어찌하여 어머니께서 여기 오셨나요?
그리고 어머니, 여기로 온다고 말씀하시기 전에
저는 다른 이의 목소리가 내 귀에 들린다고 생각했어요.
친숙하고, 다정한 목소리. 그리고 이제 다시
내가 듣는, 아니면 듣는 것 같은, 더 슬픈 긴장 속에서
오래된 저 목소리. 의문을 가진 여인이 말했다,
그녀의 귀가 듣고 있었다고 생각했지만, 반쯤 걱정하는 이상으로
그녀가 틀렸다고 하는 듯이. 그때 그 돌풍 너머 맑은,
신랑의 목소리가 그녀의 귀에 정말로 전해지자.
내 사랑, 내 왔소, 내 모두를 당신에게 말할 수 없소,
내가 당신을 느끼는 바를, 당신이 들이키는
인생의 쓴잔에 대해서도, 그리고 아아, 내 가장 귀한 사람,
이런 일이 행해지기 전에 내가 왔더라면....

The mother cut him short, "His words, my child,

Are empty words, or worse, words filled with guile.

This thing that claims to be your husband, came

Last night at dusk unto our home to claim

A beggar's portion. Telling a tale of woe

Brought on by failure, and if more you'd know:

He is outcast from his father's home

Condemned for aye a wonderer to roam,

To beg or starve. And if your eyes could see

Him as he is, you'd end your misery

By taking what is offered to you now,

Forgetting with his fall your marriage vow."

Oh, mother, shame for voicing words like these.

Whate'er his state forget not, mother, please,

That he's my husband. And if the evil fates

Have played him such a trick, there still awaits

One soul that's true..." "Oh, look!" the mother said

"She's crazy quite, ah, better were she dead."

Choonyang, on hands and knees, crept to the door

"O husband mine! just speak to me once more.

Your voice comes to my ears as music sweet,

And though the world should say that you're a cheat

Yet would I know you true. Put in your hand

And help me to my feet, that I may stand

E'en for a little moment near to you."

He thrust his arm the door's iron meshes through,

And yet to reach her hand in vain he tried,

The separating distance was so wide.

"Kneel down here mother, that place I may

My foot upon your form and in this way

The hand of Choonyang reach, and reaching raise

Her to her feet." Answered the dame, "Your ways,

Vile wretch, fill me with loaching and contempt

And if a slave to make me you attempt

Such work as this, I'll call to yonder guard

And have you placed within a prison ward."

어머니가 그의 말을 짧게 끊었다. 아가야, 그의 말은

모두 껍데기뿐이란다. 아니면 사기야, 거짓으로 가득 찬.

네 신랑이라고 밝히고 있는 이런 일은

지난 밤 어둑할 때 우리 집으로 와서 요구했지,

거지의 밥상을. 비통한 이야기를 하면서

인생 실패자로 나타나, 네가 더 많이 알게 되더라도,

그는 자기 부친의 집에서 쫓겨난 자식이야

배회하며 다니는 뜨내기로 살도록 저주를 받고서

구걸하거나 굶거나 하면서. 만약 네가 눈으로 본다면

지금의 꼴을 하고 있는 그를, 네 비참한 신세를 끝낼 것이야,

지금 네한테 주어지는 것을 취함으로써.

그의 전락과 함께 네 결혼 맹세 또한 잊어야.

아니고, 어머니, 이런 말씀 목소리만으로도 창피하오,

그의 처지가 어떠하든 어머니, 제발 잊지는 마세요,

그가 바로 내 신랑이오. 그리고 사악한 운명이

그런 장난으로 그를 놀렸겠지만, 여전히 기다려요,

참된 한 영혼을..... 어머니가 말했다, 어허, 보게나,

저 애가 아주 미쳤어, 아이고, 차라리 죽었어야지.

손과 무릎에 의지하여 춘양은 문으로 기어서,

오, 내 신랑! 한번만 더 제게 말해주세요,

당신의 목소리 음악처럼 내 귀에 감미롭게 오니,

그리고 세상이 당신을 사기꾼이라고 말하더라도

그러나 나는 당신이 진실함을 압니다. 손을 뻗어서

나를 도와줘요, 내 다리로 일어서도록

잠시라도 당신 곁으로 가보게요.

그는 그 문의 철망을 통과하여 자기 팔을 밀어 넣었으나,

그녀의 손에 닿으려고, 헛되이 노력했다,

가로 놓인 거리가 너무 넓어서.

어머니 여기 무릎을 꿇어주세요, 제가

어머니 몸 위에 다리를 놓고, 이런 식으로

춘양의 손을 잡게, 손을 잡고 일으켜서

그녀의 다리로 설 수 있게. 그 부인이 답했다, 자네의 방식

비열한 자, 나를 모욕과 경멸로 욕보이네,

그리고 자네가 나를 노예로 만들 요량이면,

이런 수작으로, 내 저기 간수를 부르겠네,

그래서 자네를 감옥 방에 쳐 넣어 라고.

PREPARATION FOR DEATH
죽음의 준비

Choonyang, with mighty effort, while the pain
Tore at her nerves, her husbands's hand to gain
Rose to her feet, and clasped it as it were
The dearest gift the gods could bring to her.
"Ah, long has been the time since last we met,"
The woman said, "and I have suffered, yet,
This meeting is enough to balance all
The pain that I have undergone, the gall
That I have tasted; and what though if now
Death's dew is resting on my troubled brow?
To me you have been faithful, thus I go
With trusting heart to meet the fatal blow.
For with high noon today my life must pay
The price that virtue asks, and this fell day
In closing dark, will leave my love alone
With rapture, like the faded sunshine, gone."

대단한 노력으로 춘양은 고통에도
그녀의 신경을 찢는, 자기 신랑의 손을 잡으려고
발에 힘주어 서려고, 말하자면 손을 꽉 잡았다
그녀에게 신이 줄 수 있는 가장 귀중한 선물.

아, 우리가 만났던 이래로 시간이 오래 지났습니다,

그 여인이 말했다, 그리고 내가 고초를 겪었지요, 하지만,

이 만남은 모든 문제를 상쇄하고도 남습니다,

내가 겪은 모든 고통을, 제가 맛봐왔던

그 쓴 맛, 비록 무엇이든, 만약 지금

죽음의 이슬이 내 고난의 눈썹에 내린다면,

당신이 나에게 충실하였음을, 그래서 저는 갑니다,

신뢰의 마음으로 죽음의 타격을 맞으러.

오늘 정오가 되면 내 생명은 마땅히 바쳐야

정조를 지킨 대가로, 그리고 이것이 낮을

끝내기 어둠으로 만들어, 내 사랑을 혼자 남겨두고,

황홀하여, 색 바랜 햇빛과 같이, 사라졌네.

"For e'en this heart that vibrates at your will

Will cease its tune to lie forever still.

But now the storm's withdrawing and the night

Rolls back her curtains, while the morning light

Glows in the east. Oh, that our night and storm

Could thus roll back its shadows e'en to form

A day all clothed with light for you and me,

To brighten up the deepening shades that we

Have known, but 't is denied. And night will bring

If rest, only rest, to the Fragrance of Spring,

Still deeper shades to you, my dearest one —

The breaking of storm and the setting of sun.

But, mother, do you hear? when I am gone

And you and my loved one are left all alone,

Go to my room and take from my great chest

Of cloth that is there, the fairest and best

And well-fitting clothes for the Master prepare,

And see to his wants with painstaking care."

The mother's groan proclaimed that she had heard,

Though answered she never so much as a word.

The woman again her husband addressed,

"O dearest and truest, the fairest and best,

Now go you must and your breakfast secure,

But when the hour comes for my torture be sure

To come and to walk at my side to cheer

Me as I go, lest the dread and the fear

Be more than my frail, feeble form can bear,

As they lead me forth to the torture chair.

And when they have killed me and cast me aside

Let no one else lay hands on your bride;

But raise in your arms my poor broken form,

Crushed by the force of the inhuman storm

And bear me homeward. There where the pines

And cedars grow, mid the flowers and the vines

Just dig a little grave for me; but make

No coffin for my form, but rather take

Your coat and wrap about me and I'll rest

As were all things the costliest and best."

당신의 의지에 진동하고 있는 이런 마음이 비록

그 조화를 정지시켜 영원한 침묵으로 만든다 하더라도

그러나 이제 그 돌풍이 지나가고, 밤이

자기 어둠을 걷어내면, 아침의 빛이

동쪽을 비출 것이니, 아, 우리의 밤과 돌풍은

그 어둠을 걷어 올릴 수 있을 것이오,

당신과 나를 위해 빛나는 옷을 입은 날이 온다면,

그 깊은 어둠을 밝히기 위하여

우리가 이미 알고 있지만, 그것은 부정된다, 그리고 밤은 올 것이오,

봄의 향기에게 오로지 휴식을 전하러,

당신에게 훨씬 더 깊은 어둠, 내 귀중한 당신

돌풍이 일어나고, 태양이 지는데,

그러나 장모님, 듣고 계십니까? 내가 떠났을 때,

장모님과 내 사랑 둘만 남겨 놓았지요,

내 방으로 가서, 대형 옷상자에서 꺼내시오,

거기 있는, 가장 아름답고 최상의

잘 맞는 옷들을 주인이 준비하는

공들여 보살피고 그가 필요한 것을 살펴주세요.

어머니의 신음 소리로 자신이 들었음을 밝혔다.

한 단어라도 꺼내서 그녀가 대답하지는 않았지만,

그 여인 다시 자기 신랑에게 말을 걸었으니,

아, 귀중하고, 참되며, 가장 곱고, 최상의

이제 당신 가셔야 하고, 아침 식사를 챙겨 드세요,

하지만 제 고문의 시간이 다가올 때

반드시 오셔서 제 곁으로 걸어오셔서

제가 갈 무렵이면, 저를 응원해주시어요. 그 두려움과 공포가

내 약하고 무른 신체가 견딜 수 있는 것 이상이 되지 않도록.

그들이 나를 고문 의자로 데려다 놓을 때,

그들이 나를 결국 죽여서 옆으로 던져버릴 때

당신의 신부에게 다른 누구의 손도 허용하지 마시고,

제 부서진 불쌍한 육신을 당신의 품에 안고 들어올려,

인정 없는 돌풍의 위력에 짓눌려서 부서진 그 몸을

집으로 옮겨주세요. 소나무가 있는 그곳,

삼나무가 자라고, 꽃들과 포도넝쿨 중간에서,

그저 자그만 무덤하나 저를 위해 파시어, 제 신체를

담을 관은 만들지 마시고, 차라리

당신의 윗옷으로 나를 감싸서, 저는 쉴 것입니다.

만물 중에 가장 값나가고 최상의 것이 되어.

"My dearest one," her husband whispered low,

"My heart bleeds at the pain you undergo.

But be not over anxious for we may,

As I have told your mother, find a way

To rescue you from hell. But whatsoe'er

Betide of good or ill, of hope or fear,

Think only of the time when we shall meet

In union true and joys more than sweet.

Then can we look back on the past to know

That not was vain its dreadful cup of woe.

And now good-by just for a little spell

With hopes that everything will yet be well.

So rest in peace; think only of the time

When we shall meet again in peace sublime."

내 귀중한 사람, 그녀의 신랑이 낮게 속삭이네,

내 마음은 당신이 겪고 있는 고통에 피 흘리고,

하지만 우리가 할지도 모를 걱정 끝나지 않았으니,

내가 당신의 모친께 말씀드렸던 바, 길을 찾아서

당신을 지옥에 구출할 것이오, 하지만 좋든 나쁘든

희망이든 공포든 무슨 일이 일어나든,

우리가 만나게 될 시간만 생각하시오

결합한다면, 달콤함 이상의 진실과 기쁨이 있을 것이니,

그때 우리는 다시 돌아 과거를 보면서, 알 것이오,

비통한 삶의 쓴 맛이 헛되지는 않았다는 것을,

이제 자은 조화를 위해 그냥 안녕히

만사가 잘 될 것이라는 희망을 안고서,

평안히 쉬고 있으시오, 그때만 생각하시오,

우리가 숭고한 평화 가운데 다시 만나는 시간.

Dream-dragon took the ragged coat he wore
And passed it in to her through the prison door,
To shield as it might, the little trembling form
From the morning's piercing cold and keep it warm.
As he turned from the door the mother would know
What was his purpose, and where he would go?
"Why, mother, I am going with you of course
To eat my breakfast, so let us set forth."
"You had better go to the beggars' camp,
You'll rest you better with those of your stamp."
"Ah, mother, how cruel, and yet I fear
That in part you're right, for the hour is near
When I must meet with my kind, as you say,
And give them my plans for the work of today."

드림 드래건은 자기가 입었던 헤진 외투를 벗어
감옥 문을 통하여 그녀에게 그것을 전했다.
만약에 보호하기 위해서, 그 연약하게 떠는 몸
아침의 찌르는 듯한 추위로부터, 따뜻하게,
그가 문에서 돌아서자, 그 어머니는 안다
그의 목적이 무엇인지, 그리고 그가 어디로 가는지?
어찌하여 장모님, 물론 제가 함께 갈 것입니다.
아침밥을 먹어야지요, 자, 출발합시다.
자네는 거지 굴에나 가는 것이 더 좋을 것인데,

자네는 자네 같은 종류와 어울려 쉬는 편이 더 좋아.

아, 장모님, 잔인하게, 하지만, 제 걱정은

부분적으로 장모님께서 옳다는 점입니다, 시간이 가까우니,

제가, 장모님께서 말씀하시는, 저와 같은 종류들을 만나야 하니

그래서 오늘 일을 위한 계획을 그들에게 말해야 할 시간이 가까웠

으니.

THE FEAST
잔치

[77]At ten oclock from magistracies near by,

And from Namwon appear the guests, that vie

With oneanother in the quaint display

Of silken clothes, to crown the festal day

With fitting beauty. Without the doorway

The bandsmen weird and creepy music play.

Like loud spring thunder ever now and then

The drums come rolling in, the flutes, as when

---

77 어사출도 전 신관사또 생일 잔치를 그리는 장면이다. 뜨내기로 변장한 어사가 잔치에 참여하여 조롱을 받는 것은 『옥중화』, 게일의 「춘향」, 어퀴트의 극시 모두 유사하다. 그러나 앞의 두 텍스트와 달리 〈춘향전〉에서 당시 학정자의 작태를 고발하여 잔치에 모인 관리들의 간담을 서늘하게 했던 어사의 "금준미주논 천일혈이오 옥반가효논 만성고라 촉루락시에 민루락오 가성고쳐에 원성고"는 이 극시에서 생략된다. 전반적으로 어퀴트는 이 극시의 초점을 두 남녀의 사랑에 초점을 두었기 때문에 탐관오리의 학정을 비판하는 정치적인 요소가 강한 어사의 "금준미주" 운문을 포함하지 않은 것으로 보인다.

The phenix calls, chime in between, the harps
Commingle there with sad, sweet, plaintive parts,
And through it all the voice of maidens sweet
Hold to the tune in gay and joyful sweep.

부사 관할지 근처에서 열시에
남원으로부터, 손님들이 나타난다, 경쟁하면서
서로서로 색다른 전시로
비단옷을 입고서, 잔치 날을 장식하기 위해서
어울리는 미모로. 출입구도 없이
악사들은 기이하고 오싹하는 음악을 연주하고,
때때로 있는 시끄러운 봄 천둥소리 같이
북소리가 둥둥 말려 들어왔다, 피리 소리에, 마치
불사조가 올 때처럼, 그 사이에 종소리, 거문고 소리
거기서 슬프고 다정하며 애처로운 부분들이 뒤섞이고,
그것을 통하여, 여인들의 달콤한 목소리가
쾌활하고 즐겁게 휩쓸리는 기분으로 조화를 유지했다.

And here in silken garments 'mid the crowd
With haughty step, and head held high and proud,
Walks the new Magistrate; who welcomes all
With fitting words unto the festal hall.
When he sees a tramp with the welcomed guests
That pushes his way in with the rest.

He calls a runner, "See that beggar there,

Eject the wretch, and see that you take care

He enters not again." To do as told

The man walked to the tramp and laid firm hold

Upon his clothes; who with strong hold in turn

Held to a tree, nor could the runner turn

Him from his post. And while he went for aid,

A general[78] who was watching, quickly made

His way unto the host and whispered low,

"I have watched that fellow that a moment ago

Came in, and though a beggar he appears

His face belies it all, and I've my fears

That he's a gentleman here in disguise

For special reasons; and I would advise

That you invite him in to taste the feast

And if I'm wrong his presence will at least

Furnish some fun for those assembled here,

And help the time of festal hour to cheer."

The Master frowned, but deemed not wholly bad

The advice offered, thus he dispatched a lad

---

78 『옥중화』의 운봉영장, 「춘향」의 "the captain of the guard Oonbong"이 이 극시에 서는 단순하게 'a general'로 표현된다. 어뤄트는 3-4명의 중국고사 속의 인명을 사용한 것을 제외하곤 대부분 중국고사 속의 인명과 지명을 음역도 의역도 하 지 않고 대부분 생략한다. 한국의 인명, 지명도 마찬가지로 주요 인물이 아니면 생략한다.

To the beggar standing in the yard to call

Him with the honored guests into the hall.

The tramp responded with a pleasant smile

And quickly took his place within the file

That passed the doorway through, where tables stood

Loaded with flowers and wine and pleasing food.

Here mirth ran high as rich wine flowed

And tables were unburdened of their loads.

그리고 여기 군중들 사이에 비단 의복들

거만한 걸음걸이로, 고개 높이 쳐들고, 오만하게,

신임 부사가 걷는데, 사람들이 모두 환영하니

잔치가 열리는 대청을 향해 적당한 말들로,

그가 환영하는 손님들과 함께 어느 뜨내기를 보니,

나머지와 함께 자기 길을 헤치고 들어간다,

그는 한 하인을 불러, 저기 저 거지를 보라,

저런 천박한 놈을 쫓아내고, 잘 처리하도록 하고,

그가 다시 들어오는지 잘 봐라. 명대로 행했다.

그 남자는 그 뜨내기에게 걸어가서 완력을 써서 붙잡았다,

그의 옷을, 그러자 그가 다시 강력하게 붙잡고

나무에 묶어, 그 하인은 돌릴 수도 없었다,

그의 자리로부터. 그는 도움을 위해 가는 동안,

지켜보던 한 장수, 재빨리 움직여

부사에게로 가서 낮게 속삭였으니,

411

제가 저 친구를 잠시 전부터 쭉 봐 왔는데,

들어와서부터, 비록 외관이 거지라 하더라도

그의 얼굴은 완전히 다릅니다. 제가 걱정하기로,

그는 변장을 한 양반으로 여기 와 있습니다.

어떤 특별한 이유로, 제가 충언컨대

나리께서 그를 잔치를 즐기도록 초대하시라고,

만약 제 말씀이 틀린다 하더라도, 그의 모습이 최소한

여기 모인 사람들에게 어떤 즐거움을 제공할 것입니다.

그리고 잔치의 시간을 흥미롭게 하는 데 도움이.

부사는 인상을 찌푸렸지만, 전적으로 잘못되지 않음을 생각하고,

제안된 충언이, 그래서 한 청년의 보냈다,

뜰에 서 있는 거지에게 초대하기 위해

대청에 귀빈석으로 모시겠다고

그 뜨내기는 즐거운 미소로 반응했고,

재빨리 그 연석 안에서 자기 자리를 잡았으며,

문간으로 통과해 전달되는 상들이 서 있는 곳

꽃들과 술과 산해진미의 음식들이 가득 올려진 채로,

여기에 웃음이 넘치고, 귀한 술이 흘렀네,

상들 위에 놓인 음식들이 비워졌다.

The dancing-girls appeared and danced and sang,

And all the festal hall with music rang;

While wine flowed on. Then rose the Magistrate,

Who, being filled with wine, throbbed with hate

For the poor creature that had dared withstand

The passion of his heart, power of his hand;

And made it known unto the guests that he

Had called them there to play and revelry

To witness at the last the death of one

Through torture, who to him foul crime had done,

A dancing-girl, who had denied his right

To her possession and had scorned his might.

And though he'd tortured her she refused still

To yield unto his pleasure and his will.

And soon he'd lead her forth unto the chair

Within the sight of all to taste death there.

None marked that as he finished, from the hall

The tramp stepped out, and none among them all

Had noticed that as passed the hours away

No wine was tasted by the tramp that day.

기생들이 나타났고 춤췄고 또 노래 불렀다,

잔치 열리는 대청에는 음악으로 울려 퍼지며.

술은 계속 흘렀고, 그러던 중 부사가 일어섰다,

술을 잔뜩 마시고 증오로 전율하는 그는

감히 버티고 있는 그 불쌍한 생명에 대한 증오

자기 마음의 열정과 자기 손의 권능에 항거하는

알렸다. 그가 놀고 흥청망청 떠들기 위해서

초청했던 손님들에게,

한 사람의 죽음을, 마지막을, 목격하기 위해서,

고문을 받아서, 부사에게 치욕의 범죄를 저지른 사람,

어느 기생, 부사의 권리를 거부했던 년

그녀를 취할 수 있는 권리를, 그의 권능을 비웃었던,

그가 그녀를 고문했음에도 불구하고, 그녀는 여전히 거부했다,

그의 쾌락과 그의 의지에 길을 내주지 않았다.

곧 그가 그녀를 고문 의자로 내 놓을 것이다,

모두의 시야에, 거기서의 죽음을 구경하기 위하여,

그 뜨내기 식사를 마치자, 아무도 모르게 대청에서

걸어 나와서, 모두들 중에 어느 누구도

알아채지 못했네, 그 시간들이 지나면서,

그날 그 뜨내기가 어떤 술도 마시지 않았다는 것을.[79]

The feast progressed, the revelry ran high —

The happy moments came to flit and fly

On golden wings, while others followed them

More pleasing still; again and yet again,

The wine was passed — then at its highest ebb

Into the court a troop of horses sped —

---

[79] 『옥중화』와 게일 「춘향」에서는 어사또가 신관사또의 생일잔치에서 운봉영장의 옆구리를 찌르며 먹는 '갈비'와 사람 갈비로 농을 하는 부분, 억지로 기생을 청하여 권주가를 부르게 하는 장면 등 어사의 익살스러운 모습이 그려진다. 이에 반해 이런 장면들이 생략된 이 극시에서 어사는 전체적으로 매우 진중하고 단정한 사람으로 그려진다.

Declared the colors that their riders wore,

"The King's Comissioner is at the door."

Deep consternation settled over all,

Confusion reigned within the festal hall.

Dismounted soldiers rushed within the place

Where men for every exit madly raced.

The host unto the women's quarters fled

And sought a place to hide his guilty head.

While dancing-girls and servants, wretched quite

With fear, added confusion to the riot.

When clear, above the din there came a call

That each obeyed, and through the noisy hall,

A great calm settled down and quietness

Reigned where a moment gone was strife and stress.

잔치는 진행되었고, 흥청망청은 최고조에 이르렀다.

기쁨의 순간들이 왔다가 흐르고 날아갔다,

금빛 날개를 타고서, 다른 이들이 그들을 따르는 동안,

훨씬 더 즐거운, 다시, 또 다시

술이 전달되었고, 그러면서 그것의 최고조에 이르자

마당 안으로 일단의 말들이 들이 닥쳤으니,

그 기수들이 입고 있는 옷 색깔은 공적으로 알려졌으니,

어사 납시오.

깊은 당황스러움이 모두를 덮쳤다.

잔치가 벌어진 대청에는 혼돈이 지배했고,

말 내린 병사들이 그 곳으로 쇄도했다

출구가 있을 법하면 모든 사람들이 아귀다툼,

부사는 여자들의 거처로 도망가서

자신의 죄많은 머리를 숨길 곳을 찾았고,

기생들과 하인들은 아주 초라한 모습으로

두려워했으니, 그 소동에 혼란을 더했고,

정리되고, 소음들 너머로 외침이 들렸다,

각자가 복종하고, 시끄러운 대청을

엄숙한 고요가 내리고, 침묵이

지배했다, 잠시의 다툼과 압박이 사라진 곳에서.

The King's Commisioner the judgment seat

Ascended and began, as it were meet,

To examine into things that needed care

And called the officials before him there,

All but the Magistrate, whose hiding place

None, alas, knew, nor any found a trace.

First of the prisoners, questioned he of them,

He would their cases know and then condemn

Or pardon, as it seemed fitting to do;

As he their cases passed in thorough review

They said a score awaited but his call

To pass within and out the judgment hall.

They told him of Choonyang, and of her state

Of how she had defied the Magistrate,

How that he'd decreed the day should bring

Torture and death to the Fragrance of Spring.

The Commissioner bade them take a chair

And bring the woman unto him with care,

To follow his commands they rushed away

To where she languishing in prison lay.

"Take courage little woman, for we bring

Word from the Commissioner of the King;

Who occupies e'en now the judgment seat,

And would your ladyship right quickly meet.

He seems an honest man and we believe

You at his hand will only good receive.

So, lady, hope and trust." And as they spoke

From off her queenly neck they took the yoke.

While to herself the woman murmured low,

"Where is my husband? Oh, where did he go?

Was he so tired he fell asleep to leave

Me to my wretched fate, alone to grieve

And die? Oh, how can I go forth alone

Unto a world whose heart is hard as stone?"

Before they brought her to the judgment hall,

Some women of the place on hearing all

That had transpired, and hopeful that they might

Yet save the woman from her wretched plight,

A petition for her hastily prepared

That all her good made known, her virtues bared,

And this they gave to the Commissioner;

Who quickly promised them he'd deal with her

In justice as were fitting, but he could

Not over-ride the law for which he stood.

Thus by her guilt or innocence alone

Would she be judged. And nothing could atone

For crime committed, and if innocent

Naught in the world could cause him to assent

Unto her punishment. They knew his mind

He hoped that they therein would comfort find.

And as they left his side in through the door

The Fragrance of Spring they gently bore.

But the mother was made to stand outside.

With little, catching sobs the woman cried

To herself, while she whispered o'er and o'er,

"Oh, where is my love, that he comes no more?"

And thus she came to the judgment seat,

To take her place at her judge's feet.

그 어사, 판결석에

오르고, 말하자면, 시작했다,

다루어져야 할 일들을 점검하고,

거기 있는 그 사람 앞에 관리들을 호출했으나

단 부사만은, 그의 숨은 장소를

아무도 몰랐고, 자취를 찾을 수 없었다.[80]

먼저, 어사는 죄수들을 불러 그들에게 심문했다,

그는 그들의 사건들을 알고, 연후에 유죄를 판결하거나

용서하거나 할 것이다, 적절하게,

그가 그들의 사건들을 완전히 검토하여 넘기면서

그들은 스무 사람이 대기 중이라고 말했지만, 그의 부름은

재판정 안으로 밖으로 전달되고

그들이 그에게 춘양과 그녀의 상태에 대해 이야기했다,

그녀가 어떻게 부사에게 반항하였는지에 관해서,

어떻게 부사가 날을 공표하였는지, 고문을 하여

죽음에 이르기까지, 봄의 향기에게,

그 어사가 그들에게 의자를 대령하라 명했고,

조심스럽게 그 여인을 자신에게 데려오라고 말했다,

그의 명령에 따라, 그들은 급히 나갔다,

그녀가 기운이 없어진 채 감방에 누워있는 곳으로

작은 여인이여, 용기를 가져라, 우리가 데리러

어사께서 명을 내려 왔으니,

---

80 『옥중화』와 「춘향」에서 어사출도 후 신관사또 뿐만 아니라 운봉영장, 담양부
사, 순창 군수 등이 도망치는 장면이 매우 해학적으로 그려진다. 그러나 다른 장
면과 마찬가지로 어쿼트는 판소리계 소설의 해학적인 면을 보여주는 이 장면을
생략한다.

그가 이제 재판석을 장악하고 있고,

자네의 여인의 품위가 곧바로 세워질 것이니,

그는 정직한 사람으로 보이고, 우리는 자네가

그의 손에 의해 오로지 좋은 판결을 받으리라 믿네.

그러니 여인이여, 희망을 갖고 믿어라, 그리고 그들이 말한 대로,

그녀의 여왕 같은 목으로부터 멍에를 벗겼다.

그 여인이 낮게 스스로에게 중얼거리니,

내 신랑은 어디에? 아이고, 그는 어디로 갔지?

너무 피곤하여 잠들었나, 내 비참한 운명 때문에

나를 두고 가셨나, 혼자서 통곡하도록

그래서 죽도록? 아이고, 어떻게 내가 혼자서 나갈 수 있겠는가,

돌 같이 딱딱한 마음의 세상을 향하여?

재판정으로 그들이 그녀를 데리고 오기 전에

그 장소에 있던 몇몇 여성들은 발생한

전부를 듣고는 희망을 품고

비참한 곤경에 빠진 여인을 구할 수도 있으리라 바랬다,

그녀를 위한 탄원이 급히 준비되었고,

모두는 그녀의 선함을 밝혔고, 그녀의 정조를 알렸다,

그들은 이런 사실을 어사에게 전달했으니,

그는 그들에게 그녀의 문제를 처리하겠다고 신속히 약속했다,

판결에서 언제나 적절했지만, 그는 할 수 없었다,

그가 그 바탕 위에서 서 있는 법을 무시할 수는,

그리하여 그녀의 유죄냐 무죄냐 만이

판결될 것이었다. 그리고 어떤 것도 속죄할 수 없었으니,

죄는 저질러졌던 까닭에, 만약 무죄라면,

이 세상의 어떤 것도 그로 하여금 동의하게 만들 수 없었다,

그녀의 처벌에. 그들은 그의 마음을 알고 있었다.

그는 그들이 그런 점에서 위안을 찾기를 희망했다.

그들이 문을 통해서 들어가 자기 곁을 떠나서

조심스럽게 봄의 향기를 데리고 왔다.

그러나 어머니는 바깥에 서도록 허용되었다.

그 여인은 작지만 애절한 흐느낌으로 울고 있었으니,

한편으로는 자신을 향해서 속삭이고 또 속삭이며,

오, 나의 사랑 어디에, 이제 더 이상 그는 오지 않는가?

그러던 중 그녀는 재판석으로 왔다,

재판관 앞에서 그녀의 자리를 점하며.

Not a muscle moved, save as now and then

Sobs shook her form to reveal the pain

That surged within. The Commissioner said,

"Dear lady, from the records I have read,

That you, the daughter of a dancing-girl born,

Have met your superior with cold scorn,

And have refused to do what he asks of you.

Now tell me, my fair one, is this all true?

And since you refuse to him to bow,

Will you bow to me right here and now?

And for your Lord will you serve instead

Me, my fair one, of the drooping head?"

"Alas," Choonyang replied with head still bowed,

"It seems to me the gentry is a crowd

Of base ignoble souls; and I must say,

Though for the word you do my body slay,

That I can but be true unto the one

To whom my heart is pledged, And what I've done

Though called by you by other name just now,

Is to be true unto my marriage vow.

And true unto that vow I'll be till breath

Departing, leave me still and cold in death."

한 가닥 근육도 움직이지 않았고, 가끔씩 예외적으로

통증을 드러내면서 흐느낌이 그녀의 신체를 흔드는 것을 제외하고,

몸 안에서 굽이치는 고통. 어사 말했다,

여인은, 내가 읽은 기록에 따르면,

기생의 딸로 태어난 자로서,

그대의 윗사람을 냉혹한 경멸로 대했고,

그가 당신에게 요구한 일을 행하기 거부했으니,

자, 나에게 말해보시오, 예쁜 여인, 이게 모두 사실이오?

그리고 그대가 그에게 굴복하기를 거부하였던 까닭에

그대는 여기서 당장 나에게 굴복하지 않겠소?

그대의 윗사람으로 대신 나를 모시겠소,

힘없이 고개 숙인 예쁜 여인이여?

아이고, 춘양 여전히 고개를 숙이고 대답하니,

저로서는 양반이란 다수의 무리로 보이는데,

야비하고 비열한 영혼을 가진. 저는 말해야 합니다,

나리 하신 말씀에 따라 내 육신 파괴된다 하더라도,

나는 오로지 한 사람에게 진실할 도리 밖에 없습니다,

제 마음이 맹세를 바쳤던 사람에게. 그리고 제가 행했던

바로 지금은 다른 이름이지만, 당신에 의해 요청되었더라도

제가 행했던 것은 제 결혼 서약에 충실한 것입니다.

그리고 제 숨이 끊어지기까지 제가 지켜갈 서약에 대한

진실, 죽음이 저를 침묵과 냉기로 버려두기까지.

HER HUSBAND

그녀의 신랑

"Look up, fair one," the Judge commanded her,

But she, as if not hearing, did not stir.

In changed and softer tones again he said,

"Look up, sweetheart." Startled she raised her head

And saw her husband sitting in the chair.

In wonderment she could but at him stare.

For very joy the tears welled to her eyes

To fall upon her tattered dress. To rise

And go to him she tried, but limbs too weak

Could not bear up her weight. She tried to speak

423

But words refused to come. He saw her plight

And to her side as quickly as he might,

Took his firm way and clasped her in his arms.

As if beyond the world and all its harms

In his great silken robe she burried deep

Her head, her proud and beautious head, to weep

In joy, then lay in rest such as the earth

Doth seldom bring to mortals, and whose worth

Is beyond money's price, for only love,

Love deep, trusting, and serene can prove

What that worth is, or feel its mystic power,

As it doth mortals hold in triumph's hour.

And here one hour was fitting recompense

For all the hours of suffering, and the tense

Moments of expectation that had cast

Such shadows over her in hours now past.

[81]여인이여, 고개 들어 보라, 그 재판관이 명했다,

하지만 그녀는 마치 듣지 않은 것처럼 미동도 하지 않았다.

---

81 어사출도 후 춘향에게 자신이 이도령임을 밝히는 대목이다. 『옥중화』에서는 이
몽룡이 어사임을 밝힌 후 춘향은 전날 밤 자신에게라도 그의 신분을 밝히지 않
았음을 원망하는 대목이 나오고, 게일의 「춘향」은 '마음 편히 있으라'고 했던 이
몽룡의 말을 자신이 이해하지 못했다고 스스로 반성하는 장면이 『옥중화』와 다
르다. 어퀴트는 춘향의 원망과 춘향의 반성이 아닌 어려운 시간을 보낸 두 사람
이 서로를 안고 사랑을 확인하는 것으로 그린다. 어퀴트는 두 남녀의 시련과 고
통, 그리고 그것을 극복한 두 남녀의 아름다운 사랑에 초점을 두고 있다.

다시 바뀌고 더 부드러운 소리로 그가 말했다,

보라, 사랑하는 이여. 놀란 그녀는 고개를 들었다,

그리고 의자에 앉아서 자기 남편을 보았다.

놀라서 그녀는 오로지 그를 응시할 뿐이었다.

기쁨으로 인하여 눈에서 눈물이 쏟아졌고

그녀의 누더기가 된 옷 위로 떨어졌다. 일어서

그에게 가려고 그녀가 애썼으나, 사지가 너무 약하여,

자기 몸무게를 지탱할 수 없었다. 그녀는 말하려고 했으나

하지만 말이 나오기를 거부하였다. 그는 그녀의 어려운 처지를 확인하고,

그가 가능한 재빠르게 그녀의 곁으로 갔다,

자신의 확고한 방식으로 그녀를 팔로 안았다.

마치 이 세상과 이 세상의 모든 해악들을 넘어서

그녀는 그의 지체 높은 비단 관복 안으로 깊이 묻혀서

그녀의 머리, 그녀의 자랑스러운 아름다운 머리, 눈물 흘리며

기쁨으로, 휴식을 취했다, 마치 흙이

인간에게 좀처럼 일으키지 않는 일처럼, 그 일의 가치는

돈의 가치를 넘어서는 오로지 사랑,

깊고 신뢰하며 평온한 사랑은 증명할 수 있으니,

가치 있는 것을, 아니면 그것의 신비한 위력을 느낄 수 있으니,

그것이 인간을 환희의 시간에 세운다.

그리고 여기 한 시간이면 보상으로 적절하고,

모든 고통의 시간 동안, 그리고 그 긴장

기대의 순간들이 던졌던

지금의 시간에 그녀를 뒤덮은 어둠이 지나갔다.

As on an easy couch at close of day

Choonyang in joy and peace and comfort lay,

Dream-dragon told her how the days had passed

Since they, two years before, had parted last.

To studies he had given all his mind,

That when they'd meet again his bride should find

Him worthy of her love. And at the last

With honors high had from his studies passed

A favorite of the Throne, at once to claim

High office at its hand, and in its name

As King'sTo learn of some officials and their worth.

And better the true state to understand

Disguised, a tramp, had traveled through the land. Commissioner,

he was sent forth

날이 끝날 무렵 편안한 침상에 누워서

기쁨과 평안과 편안함에 싸여서 춘양은 누웠다,

드림 드래건은 어떻게 그날들이 지났는지를 그녀에게 이야기했다,

이년 전 그들이 헤어진 이래로

그는 전심전력으로 공부에 열중했으니

그들이 다시 만날 때, 그의 신부가 마땅히 찾을 터이니

그를 자기 사랑으로서, 그리고 결국에는

그의 공부의 결실은 과거를 장원급제로 통과하여

임금의 총애하는 부하로서, 즉시 임명되니,

휘하의 고위 관직에, 그 이름하여

어사 나리로서, 그는 파견되었고

몇몇 관리들과 그들의 진가를 살피기 위하여

더 나아가서, 진정한 상태를 이해하기 위하여

위장한 뜨내기로서 나라의 전역을 돌아다녔던 것이었다.

He told her how he first had learned her state

By reading her sad letter which had fate

Cast in his way. And how by the same lad

That carried her epistle on he had

Dispatched a note unto his soldiers true,

Telling them by night to hasten to

The city of Namwon, where, without the gate,

Hidden, they were his orders to await.

In his note to his soldiers he had

Bidden them make all known to the lad,

Who would throughout the hours of the night

Be to them a guide and direct them aright.

And when he had that morning left her cell

It was to hasten to his men to tell

Them of the work awaiting them that day.

He'd have told her all as he passed away

At morn, but sentries were near, and he thought

That they might hear and a treacherous plot

Be formed to undo all that he had done.

Thus lose for them the battle ere was won

Its final triumph in the overthrow

Of the base fiend who'd brough her all her woe.

For he had planned to make the man condemn

Himself before his peers, that unto them

Would appear the justice that should send

Him forth unto his exile; there to end

His days as it were meet for such a beast

Who would on innocense and virtue feast.

He mentioned not to her and yet she guessed

That there was other reason, unexpressed

For holding back from her his rank and power

When they had met in that most solemn hour

Of grief, when she faced but the opened tomb,

With not a star to light its fearful gloom;

It was to prove to himself and others too,

How strong her faith, her love how true —

Well, she had met the test and she had won;

Nor would she love him less for what he'd done.

Such pride and vanity were not a sin

When they but helped another soul to win

The greatest triumph human hearts may know,
Receiving character at price of woe.

그는 그녀에게 어떻게 그녀의 상태를 처음으로 알게 되었는지를
말했으니,
그녀의 슬픈 편지를 읽고서, 그것은 자신의 길에
던져질 운명이었으니. 그리고 어떻게 그 동일한 청년으로 하여금
그녀의 서한을 배달하던, 그의 병사들에게
보낼 통지를 들려서 그들에게 보냈으니
밤으로 서둘러서 오라고 명하여
남원시로, 거기 문 바깥에서
은신하여 자신의 명령을 기다려라 하고
병사들에게 보내는 통지에는 그가 명하여
그 청년에게 모든 사실을 알려줘라 했다.
그 밤 시간을 통틀어서 누가
그들에게 안내인이 되고 또 그들을 바로 인도하겠는가,
그날 새벽 그녀의 감방을 떠났을 때
자기 병사들에게 서둘러 갔고, 말하여
그들에게, 그날의 일을 기다리고 있는 그들에게.
그는 그녀에게 모든 것을 말했을 터인데, 그가 지나칠 무렵
새벽에, 하지만 초병들이 가까이 있었으니, 그가 생각하기를
그들이 듣기라도 하여, 위험한 계획을
부사가 행했던 모든 것을 뒤집기 위해 고안되었던
그래서 그 싸움에서 이기기 전에 그들에게 알려진다면,

물리치고 최종적인 승리를 거두기까지

비열한 악마, 그녀를 비애의 구렁텅이로 몰아넣은

그래서 그 자를 유죄 판결하기 위해 계획된 그 구상

스스로 자기 동료들 앞에서, 그들에게

판사로 등장하여서, 그를 귀양살이

보내야 하는, 끝을 내는

그의 좋은 날들 말하자면 그런 짐승 같은 사람이

결백과 정절에 대하여 축연을 베푸는

그가 그녀에게 말하지는 않았지만 그녀가 추측키로

다른 이유가 있었으리라, 표현되지 않은

그녀 때문에 그의 지위와 권능을 자제하는 까닭에

그들이 그렇게 경건한 시간 동안 만났을 때

비탄의 시간, 그녀가 오로지 열린 무덤을 마주했을 때,

그 공포의 우울을 비출 별 하나도 없이

그것은 증명했다, 그 자신에게 그리고 타인들에게 또한

얼마나 강한지 그녀의 충실, 그녀의 사랑, 얼마나 진실한지

어쨌든 그녀는 그 시련을 맞았고, 그녀는 이겨냈다.

그가 했던 일 때문에 그녀는 그를 조금 덜 사랑하지도 않았으니,

그런 자부심과 허영심은 죄가 아니리

그들이 다른 사람이 이기도록 도왔더라면

인간이 알 수 있는 최대의 승리를

얻는 인물이었을 것이다, 고뇌의 대가로서

TO EXILE

귀양살이

The Magistrate was brought forth from the place

Where he had fled, brought forth in shame to face

The victim he had wronged, and at her word

He the dread sentence of his exile heard.

And to an island of the Yellow Sea,

With others of his kind in misery

He was sped forth to meet his day of doom

By slow degrees in hopeless, wretched gloom.

[82]그 부사를 데리고 왔다, 그 장소에서

그가 도망쳤던 곳에서, 끌려 나와 수치심으로 마주한다,

그가 나쁜 짓을 행했던 그 희생자를, 그녀의 말을 통해

그는 그 공포의 자기 귀양살이 판결을 들었다,

황해의 한 섬으로

비참한 신세가 된 그의 다른 동료들과 함께

그는 급속히 운명의 날을 맞이하도록 처해졌다고

---

82 『옥중화』과 「춘향」에서 춘향모가 변사또를 구명하고자 하고, 어사 또한 변사
또가 아니었다면 춘향의 절개를 알지 못했을 것이라 하며 변사또의 직위를 유
지시킨다. 그러나 어쿼트는 두 텍스트와 달리 신관사또를 황해로 귀양 보내 권
선징악을 확실하게 구현한다. 이 연은 14행으로, 각운을 포함한 각 시행의 마지
막 단어는 place/face, word/heard, sea/misery, doom/gloom, came/shame, crave/
gave, more/door이다.

431

천천히 점차 절망적이고 비욕스러운 우울 속으로.

That night the mother to the chamber came
And faced her despised son with bitter shame.
For all her wrongs she did forgiveness crave,
Nor asked in vain for he quite freely gave
Her her desires, and bade her think no more,
Of wrongs that love had fastened at her door.

[83] 그날 밤 어머니는 공관의 응접실로 등장하여
그녀가 경멸했던 사위를 괴로운 수치심으로 맞이했으니,
그녀의 모든 그릇됨에 대하여 그녀는 용서를 빌었다,
그가 아주 자유로이 주었기 때문에 헛되이 요구되지 않았고,
잘못과 관련한 그녀의 욕망과 생각을 더 이상,
사랑이 그녀의 대문에 걸려 졌다.

CONCLUSION
결말[84]

---

83 이 연은 춘향모가 거지꼴로 돌아온 이도령을 구박했던 일에 대해 용서를 구하는
장면에서는 「춘향」과 유사하다. 그러나 『옥중화』와 「춘향」에서 춘향모가 어사
에게 변사또를 용서해주라는 대목이 있지만, 이 극시에서는 전개상 불필요하여
생략되었다. 이 극시는 신임사또를 두 참고저본보다 더욱 악랄하고 탐욕저으로
그린다. 이 연은 6행으로 각운은 aa/bb/cc(came/shame, crave/gave, more/door)이다.
84 어퀴트는 두 사람이 결혼하여 아이들을 낳고 행복하게 잘 살았고, 그들의 사랑
과 정절은 후대의 귀감이 되었다는 것을 긴 한 연으로 그린다. 이 연은 20행으로,
각운을 포함하는 시행의 마지막 단어는 well/tell, underwent/spent, day/way,
praise/days, Spring/bring, tell/well, way/day, gain/vain, sky/buy, behind/kind이다.

Need I declare how long they loved and well? —
These things their children's children tell.
Known to the realm is all they underwent,
And all the happy afterdays they spent.
They are the pattern even to this day
For all who would be true in every way.
Thus if you would a girl's fair virtue praise
Just tell the maiden that her earthly days
Imbibe the spirit of the Fragrance of Spring.
And it will to her a satisfaction bring
Beyond all price. Or if you choose to tell
A youth how great his actions are, 't is well
To mention that he follows in the way
Tread by Dream-dragon in his earth-known day,
And you a gratitude so strong will gain
That all the fiends of hell would strive in vain
To banish it from the realms beneath the sky —
A gratitude that gold could never buy.
Such is the power that virtue leaves behind
Among the sons and daughters of mankind.

알릴 필요가 있는가, 그들이 얼마 동안 사랑했고, 잘 살았는지?
이런 이야기들은 그들의 아이들의 아이들이 말할 것이다.

세상에 알려지기로 그들이 겪은 모든 것

그들이 보냈던 이후의 모든 행복한 시간들

그들의 이야기는 오늘날까지도 원형이 된다,

모든 삶의 방식에서 진실 되려는 모든 이들을 위하여,

그리하여 여러분이 어느 여성의 고귀한 정절을 칭찬하려면,

그 여인에게 이야기해주기를, 그녀의 이승에서 날들이

봄의 향기의 정기를 빨아들이도록.

그리고 그것은 그녀에게 어떤 만족을 전할 것이며,

모든 대가를 넘어서, 아니면 여러분이 선택하여 이야기해준다면

어느 젊은이에게 그의 행위가 얼마나 위대한지, 좋을 듯하다,

그가 그 길을 따르라고 말하는 것이,

드림 드래건이 걸었던 길, 그의 이승에서의 날들에,

그렇다면 여러분은 아주 견실한 감사의 마음을 얻으리니,

모든 지옥의 악마들은 헛되이 애를 쓸 것이니

하늘 아래 세상들에서 그것을 없애기 위하여

금으로도 결코 살 수 없을 보은의 마음

그것은 정절의 미덕이 뒤에 남기는 권능이다,

인류의 아들들과 딸들 사이에.